Martina Naubert

Ehre und Ehrfurcht
Buch 2 der Serie
Illustrierte Ausgabe
Das Erbe der Frauen

Für nachkommende Generationen

Über das Buch

Im Jahr 1918 sind Ida Heym und Maria Häring knapp zwanzig Jahre alt. Ihre Jugend ist geprägt vom Krieg und einem Leben mit wenig Vergnügungen. Die heimkehrenden Soldaten tragen den Krieg nach Hause. Deren traumatische Erfahrungen prallen auf das, was an der Heimatfront in ihrer Abwesenheit geschehen ist. In der Kleinstadt Neumarkt beobachtet man aus der Distanz, was im Land passiert. Man ist mit den zunehmenden Sorgen des Alltags beschäftigt. Aber die Auswirkungen der politischen Ereignisse kommen auch im Privaten an. In der Familie Heym wächst die Angst einer Entwicklung wie in Russland, während Familie Häring den Zusammenbruch des Kaiserreichs in Orientierungslosigkeit erlebt. Umso wichtiger wird der Halt in der jeweiligen Religion. Inmitten dieser wirren Zeiten verliebt sich Maria in den Soldaten Friedrich, den sie im Lazarett kennenlernt. Ida hingegen ist über ihren unverhofften Verehrer Gottfried zu nächst irritiert, dann geschmeichelt, bis sie sich in einer Rolle wiederfindet, auf die sie im Grunde nicht vorbereitet ist.

Mit der Romanserie „Das Erbe der Frauen" verwebt die Autorin wahre Ereignisse der eigenen Familiengeschichte und Zitate von Zeitzeugen mit gesellschaftlichen Entwicklungen, den Blick stets auf die Liebe, das Leben und das Wirken der Frauen gerichtet, die über Generationen hinweg ein wenig bewusstes Erbe an ihre Töchter weiterreichen. Geschichtliche Ereignisse werden in diesem historischen Roman aus Sicht der Frauen berichtet. Obwohl die Buchreihe sich mit der Frage beschäftigt, welchen unbewussten Anteil Frauen daran haben, ein Patriarchat wider ihre Interessen zu stützen, erzählt die Romanserie auch von Entwicklungsschritten, Rückschlägen und dem Mut, der die Frauen nicht verlässt.

Über die Autorin

Martina Naubert hat sich in dem Land niedergelassen, welches der Deutschen liebstes Reiseziel ist: Italien. Sie wurde 1960 in Kanada geboren, wuchs in Neumarkt i.d.Opf. auf, ist viel gereist, siedelte im Jahre 2007 nach Bologna über. Sie lebt heute mit Ihrer Familie in Desenzano. Ihre Ausbildung in Transaktionsanalyse beeinflusst ihre Arbeit maßgeblich. Sie veröffentlicht ferner Märchen zur Entwicklung der Persönlichkeit auf Basis der Transaktionsanalyse.

Cover/Illustrationen

Das Foto auf dem Cover zeigt Maria Häring und Fritz Naubert anlässlich ihrer Verlobung im Jahre 1919/20

Familienstammbaum

Die Darstellung der Familienstammbäume entspricht nicht den klassischen Formen der männlichen Erblinie, sondern versucht alle Verbindungen und Verzweigungen der Familien aufzunehmen und im Besonderen auch Frauen zu berücksichtigen. Daten sind – soweit bekannt – darin verarbeitet. Im zweiten Weltkrieg sind zahlreiche private Unterlagen, sowie kirchliche und städtische Archivdokumente in Neumarkt verbrannt. Manche Daten konnten von Fotos und Aufzeichnungen rekonstruiert werden, andere sind geschätzt.

Martina Naubert

Ehre
und Ehrfurcht

Das Erbe der Frauen
Buch 2 (1918 – 1920)

Ehre und Ehrfurcht
Buch 2 der Serie ‚Das Erbe der Frauen‘
Illustrierte Ausgabe

ISBN: 978-3-7693-1766-4

Verlag: BoD · Books on Demand GmbH, In de Tarpen 42,
22848 Norderstedt, bod@bod.de

Druck: Libri Plureos GmbH, Friedensallee 273,
22763 Hamburg;

Inhaltsverzeichnis

„Ich dachte immer, jeder Mensch sei gegen den Krieg,
bis ich herausfand, dass es welche gibt,
die nicht hingehen müssen."

Erich Maria Remarque
deutscher Schriftsteller (1898 – 1970)

Was bisher geschah

Im Jahr 1916 sind Ida Heym und Maria Häring gerade achtzehn Jahre alt. Ida, die Bürgerstochter aus wohlhabendem Hause, und Maria, die Tochter einer einfachen Bauernfamilie, leben beide in Neumarkt in der Oberpfalz und in derselben, sich rasant verändernden Zeit. Im Alltag haben sie keine Berührungspunkte, außer dass sie beide ihren Freiwilligendienst im örtlichen Lazarett leisten. Und doch verbindet sie ein ähnliches Schicksal, denn ihr Leben ist stark von ihren Schwestern und der Religion ihrer Familien geprägt.

Als Töchter aus gutem Hause genießen Ida und ihre jüngere Schwester Martha auch in Kriegszeiten noch viele Privilegien, leiden aber sehr unter der Ungerechtigkeit ihrer harschen Stiefmutter. Ihr strenger, aber wohlmeinender Vater lässt als vielbeschäftigter Brauereidirektor seiner zweiten Frau in der Erziehung weitgehend freie Hand, und so erfahren die fast erwachsenen Töchter im Gegensatz zu ihren beiden jüngeren Stiefgeschwistern oft unangemessene Repressalien. Ida sieht sich mit einer weiteren familiären Benachteiligung konfrontiert: Ihr Vater hat ihre Schwester Martha zu seiner Lieblingstochter auserkoren, was sie gefühlt oder tatsächlich allzu oft schmerzlich zu spüren bekommt. Doch so sehr sie unter der mangelnden Wertschätzung des Vaters leidet, so wenig beeinträchtigt dies die innige Beziehung der Schwestern. So steht Ida auch zu Martha, als diese sich heimlich mit dem katholischen Medizinstudenten Heinrich verlobt. Im streng protestantischen Hause Heym wird eine solche Liaison jedoch nicht geduldet. So werden sowohl Martha als auch ihre Mitwisserin Ida nach Bekanntwerden der Beziehung hart bestraft.

Noch problematischer wird die Situation, als Martha erfährt, dass ihr Verlobter Heinrich, der sich freiwillig an die Front gemeldet hatte, gefallen ist, zumal sie sich inzwischen in anderen Umständen befindet. Sie flüchtet sich in den Gedanken, in ein Kloster einzutreten, um eine Lösung für ihre Sorgen zu finden. Die Eltern, die über die Umstände im Unklaren gelassen werden, verurteilen diese Hinwendung zum katholischen Glauben. Auch Ida zweifelt. Doch Martha setzt sich über alle Hürden hinweg und hält an ihrem Plan fest, auch als sie ihr ungeborenes Kind verliert. Ida steht zum ersten Mal vor der Aufgabe, ihr Leben ohne ihre Schwester an ihrer Seite meistern zu müssen.

Auch Marias Weg wird immer wieder von unvorhergesehenen Ereignissen im Leben ihrer älteren Schwester Anna gekreuzt. Während sie auf dem streng katholischen elterlichen Hof arbeitet, hat Anna eine Anstellung in einem noblen Nürnberger Hotel gefunden und gilt als Vorbild für ihre jüngeren Schwestern Walli, Maria und Helene. Als Anna sich in einen jungen evangelischen Mann verliebt, von ihm ein Kind erwartet und eine Familie gründen will, verbietet ihr die streng katholische Mutter, den evangelischen Vater des Kindes zu heiraten. Stattdessen sucht sie per Zeitungsannonce einen Mann ihrer Konfession. Doch der Plan, die Schande abzuwenden und Anna noch rechtzeitig katholisch zu verheiraten, scheitert an der Abneigung der zukünftigen Schwiegermutter. Anna muss ihr Kind allein und heimlich in der Großstadt zur Welt bringen. Zudem entpuppt sich der vermeintlich wohlhabende Katholik kurz nach der Hochzeit als gewalttätiger Trunkenbold. Entsetzt erkennt die Familie die Wahrheit, als es längst zu spät ist. Maria und ihre Schwester Walli werden bei einem Besuch in Annas neuer Heimat Zeuge einer Gewaltszene, bei der Anna ihnen in ihrer Verzweiflung ihre kleine Tochter überlässt.

Wie Ida steht auch Maria ihrer vom Thron des Vorbildes gestoßenen Schwester in allen Schicksalsschlägen treu zur Seite.

Was ihren Schwestern widerfährt, prägt auch sowohl Maria als auch Ida für ihr Leben.

Foxtrott ins neue Jahr
Die Schwestern Häring und Heym, Silvester 1917

Kranken-
schwestern
spielen für
Neujahr in
einer
Musik-
kapelle,
1918;

„Sie wird sich schon beruhigen!"
Danach sah es nicht aus.

„Sie hat dich nur lange nicht gesehen ...", versuchte Maria die Reaktion des Kindes herunterzuspielen, denn die kleine Anni plärrte sich die Seele aus dem Leib. Sie wollte partout nicht auf dem Arm der Mutter bleiben, streckte ihre kleinen Händchen nach der Tante aus, als hinge ihr Leben davon ab.

„Sie hat sich erschreckt, das ist alles", versuchte Maria noch einmal, die für ihre ältere Schwester sicher schmerzliche Reaktion des Kindes herunterzuspielen. Sie konnte Anna bei diesen Worten nicht in die Augen sehen. Es war ihr arg und es machte sie verlegen, dass das Kind so offen seine Ablehnung gegenüber der leiblichen Mutter zeigte. Und es machte sie nervös, dass das Kind solche Schwierigkeiten machte, denn Maria hatte gerade für diesen Abend Pläne. Pläne, die sie sich nicht durchkreuzen lassen wollte.

Anna nickte, senkte die Augenlider. Sie ließ ab von ihrem Kind und trat stattdessen an Maria vorbei in die warme Stube ihres einstigen Zuhauses, wo sie mit ihren Schwestern Walli, Maria und Helene aufgewachsen war. Lange schien es her. Die kleine Anni stellte schlagartig ihr Quäken ein. Mit randvoll befüllten Äuglein betrachtete sie ihre Mutter argwöhnisch aus der sicheren Distanz, in der sie sich nun wägte.

„Das ist doch deine Mama!", wisperte Maria in ermutigendem Tonfall in das kleine Ohr. Schließlich wollte Anna ihre Tochter heute wieder mit sich nach Hause nehmen. Als Maria und Walli vor drei Monaten, an diesem schrecklichen Tag, das Kind gezwungenermaßen mit sich genommen hatten, weil der *Hundskrippi* – so nannten Maria und Walli den Mann ihrer Schwester seitdem – seine Frau, bei tatenlosem Gaffen der Nachbarn, grün und blau geschlagen hatte, da hatte es noch tagelang nach seiner Mutter geschrien. Nun schien die kleine Anni sie gar nicht mehr zu kennen.

„Lass nur!", legte Anna ihren Schal ab, „sie braucht etwas Zeit. Sie wird sich schon erinnern!"

Da sprach das liebende, mit schlechtem Gewissen beladene Mutterherz, das jeden durch ihr Kind zugefügten Schmerz nachsichtig ertrug, bereit, noch ganz andere Verstöße des Sprösslings zu erdulden, um die Bilanz der nie auszugleichenden Schuld zumindest ein wenig wettzumachen. Eine Schuld, die man ihr aufgeladen hatte, die deswegen aber nicht minder schwer wog. Zwölf Wochen waren für ein Menschenkind von sechs Monaten eine sehr lange Zeit. Es war die zweite Hälfte dieses kurzen Lebens, das ihre Tochter in der Obhut der Tanten Maria und Walli, im Haus der Großeltern in Neumarkt nun zugebracht hatte. Anna hatte in dieser Zeit kein einziges Mal kommen können, um sie zu sehen. Ihr Mann, Josef von der Sitt, hatte es nicht erlaubt. Seine grausame Haltung war reine Schikane, aber was hätte sie tun sollen? Sie hatte das Kind gegen seinen Willen nach Neumarkt fortgegeben, hatte ihn dadurch in aller Augen beschämt und schlecht gemacht, wie er behauptet hatte, und so sollte sie den Zustand denn auch ertragen. Das war seine Meinung. Die Drohung, dass er nicht nur sie, sondern auch das Kind windelweich schlagen würde, wenn sie ihn hintergehen sollte, hatte Anna ernst genommen. Ihre blauen Flecken und Blutergüsse zeugten davon, dass es keine leeren Einschüchterungen waren. Er schlug oft genug völlig ohne Grund zu, ihm auch noch einen Anlass zu liefern, wäre leichtsinnig gewesen.

Doch nun war er weg, im Krieg, so wie die meisten Männer seines Alters. Ungleich der anderen Eheweiber war die Einberufung für Anna jedoch geradezu ein Glück. Der leibliche Vater der kleinen Anni, Albrecht Schober, hatte seine Tochter anerkannt und zahlte immer pünktlich. Dass Anna nun den Lebensunterhalt für sich und für die Pflege ihrer kranken Schwiegermutter besorgen musste, erschien ihr beinahe wie eine Erholungskur. Das Wenige, das sie brauchten, das konnte sie erarbeiten. So war das, was für andere Frauen eine schwer zu tragende Last war, für sie eine Erleichterung. Jetzt konnte sie ihr geliebtes Kind wieder zu sich holen! Und genau deshalb war sie gekommen.

Maria legte Anni im Laufstall ab, der unweit des warmen Herdes aufgestellt war. Die Kleine rollte sofort auf der Decke herum und griff nach einem Spielzeug, ganz so, als wollte sie der Mutter vorführen und unter die Nase reiben, was sie in der Zwischenzeit schon alles erlernt hatte. Natürlich war dieser Eindruck Unsinn, aber Maria konnte sich dessen nicht erwehren.

Sie brühte einen Kräutertee für sich und Anna auf. Sie waren allein zu Hause, und noch hatte Maria ein wenig Zeit. Sie musste erst nach dem Neujahrstag wieder ins Lazarett hinüber. Ihre Schwester Walli war in den Expresswerken, wo sie endlich die langersehnte Stelle als Bürogehilfin ergattert hatte, ihre Mutter in einer Messe, die für die kürzlich gefallenen Söhne der Stadt gelesen wurde (es wurde jede Woche eine solche Messe gelesen), ihr Vater stand am Ausschank im Schwarzen Bären, wo er heute an Silvester lange arbeiten würde.

„Warum bleibst du nicht für diese Nacht?", schlug Maria vor und kam mit dem Teekessel an den Tisch. Anna hatte bereits Tassen aus dem Schrank genommen. „Es wird drüben im Lazarett im Nebenraum ein bisschen Musik und Bier für die Verwundeten geben."

Sie schaute sich kurz um, als hätte die Möglichkeit bestanden, in der Stube heimliche Zuhörer oder Spitzel zu vermuten, beugte sich flüsternd in Richtung ihrer Schwester und fügte verschwörerisch hinzu: „Und sogar ein bisschen Tanz! Obwohl das verboten ist. Aber sogar unser Doktor Grundler meint, dass etwas Ablenkung allen guttun wird."

Und als Anna nicht reagierte, sprach sie sie ganz direkt an: „Dir auch! Dir tut etwas Ablenkung auch gut! Du kannst doch morgen zurückfahren. Und Anni kann sich inzwischen wieder an dich gewöhnen. Der Opa und die Oma können doch auch über ihren Schlaf wachen! Na, was meinst du?"

Ganz so selbstlos, wie Maria es darzustellen versuchte, war ihr Überredungsversuch allerdings nicht. Das musste sie sich eingestehen. Wenn sie ihre Schwester nicht überzeugen konnte, mitzukommen, dann würden ihre Eltern von ihr erwarten, dass auch sie zuhause blieb. Es würde damit auch für sie schwierig werden, zu diesem seltenen Vergnügen zu eilen. Dass ihre Schwester auch ausgerechnet heute auftauchen musste, um ihr Kind zu holen! Dabei hatte sie dieser gutaussehende Schulterdurchschuß, für den alle Mädchen im Lazarett schwärmten, ausgerechnet sie angesprochen. Er hatte sie sogar geradezu bedrängt, auf das kleine Fest zu kommen. Sie hatte ihm versprechen müssen, dass sie mit ihm tanzen würde. Im Neid der anderen badend hatte sie sich dabei mehr als geschmeichelt gefühlt. Irgendetwas in ihr war seitdem nicht mehr still geblieben. Dieser Moment hatte eine Saite in ihr berührt, die noch immer leise nachklang, unaufhörlich in sanfter Schwingung geblieben war, und danach rief, erneut berührt zu werden.

Anna seufzte schließlich. „Das klingt schön! Aber ich kann nicht. Ich muss doch die Alte versorgen."

Maria setzte sich und schenkte die Tassen randvoll. Kräutertee war so ziemlich das Einzige, das sie im Überfluss hatten.

„Ist sie denn so krank, dass sie nicht einmal einen Tag alleine zurechtkommt?"

„Ich weiß es nicht", gab Anna zu und ergriff ihre Tasse, um die Hände daran zu wärmen. Sie war von der Reise im kalten Zug durchgefroren bis auf die Knochen. „Seit dem Infarkt liegt sie viel im Bett und jammert, dass sie zu schwach sei, um aufzustehen. Sie geht nicht einmal mehr zum *Haisl*[1], ich muss jeden Morgen den Nachttopf leeren. Aber mit der Nachbarin kann sie schon noch tratschen, über den Zaun, wenn sie meint, ich sehe es nicht. Manchmal glaube ich, es ist pure Absicht, um mich zu quälen. Aber vielleicht tue ich ihr auch Unrecht? Der Doktor meint, sie ist eine schwache Natur, die sich vor Kümmernis um den Sohn nicht mehr erholt."

„Mit dieser Sorge ist sie weiß Gott nicht die Einzige auf dieser Welt."

Maria konnte die Bemerkung nicht zurückhalten. Mutter von der Sitt war ihr von Beginn an zuwider gewesen und „schwach" war eine Zuschreibung, die ihr für diese Person nie in den Sinn gekommen wäre. Sie erinnerte sich mit Abscheu

---

[1] Plumpsklo, außerhalb der Wohnräume, meist in Abstand zum Wohnhaus

an den Tag, als dieses Weibsstück an Stelle ihres Sohnes hierhergekommen war, um die Hochzeit auszuhandeln. Wie herablassend sie ihre Eltern behandelt hatte! Nie würde sie das vergessen. Ihren Sohn hatte sie als Retter der Ehre der schwangeren Anna und ihrer Herkunftsfamilie gepriesen und hatte dabei ihren eigenen Vorteil, den Missratenen endlich unter der Haube zu wissen, sehr gut zu verbergen gewusst. Und nun würde diese Person es sogar, quasi über die Bande, verhindern, dass sie zu dem Tanzvergnügen gehen konnte! Der Arm des Bösen war lang. Das hatte der Herr Pfarrer einmal in einer Predigt gesagt, und nun verstand sie, was er damit gemeint hatte. Sogar aus der Distanz des fernen Oberpfälzer Dorfes drohte das Weib in ihr persönliches Leben einzugreifen. Wenn sie, Maria, nicht zu dieser Silvesterfeier gehen konnte, würde der Schulterdurchschuß gewiss mit einer anderen tanzen. Der Gedanke jagte ihr einen gehörigen Schrecken ein.

„Du hast ihr genug zu essen hingestellt, oder? Das hält sie doch auch einen Morgen länger aus. Du sitzt ja sonst auch nicht die ganze Nacht an ihrem Bett."

„Das stimmt", überlegte Anna.

„Ob du nun hier bist oder in deinem Bett in Hemau, das macht doch keinen Unterschied." Maria spürte, dass ihre Worte Wirkung zu zeigen begannen, weshalb sie weiter Argumente in die Waagschale warf. „Außerdem verdient der Besen es gar nicht, dass du dich so um sie sorgst!"

Ein Moment der Stille trat ein. Nur das Feuer im Ofen prasselte laut, und Anni schlug geräuschvoll und mit großem Vergnügen einen hölzernen Kochlöffel gegen die Gitter des Laufstalls. Anna beobachtete mit einem zärtlichen Lächeln auf den Lippen und einem milden Glanz in den Augen ihr Kind, als würde es einer Harfe himmelsgleiche Melodien entlocken.

„Weißt du, Maria", wandte sich Anna von dem liebevollen Anblick ab, „ich glaube, die Alte spürt, dass ich froh bin, dass er weg ist. *Gscheid froh bin i!*[2] Jeden Tag danke ich Gott für die Einberufung! Und ich bete, dass er ihn nicht mehr heimkommen lässt ..."

Trotz ihrer bohrenden Sorge, ihre Schwester am Ende nicht zu diesem Vergnügen überzeugen zu können, konnte sie ihre Bestürzung über deren Worte nun kaum verbergen. Gleichwohl sie ihre Schwester allzu gut verstand und selbst auch keinen Heller dafür gab, dass ihr Schwager heil aus dem Krieg zurückkehrte. Aber es war eine große Sünde, eine solche Bitte an den Lieben Gott zu richten! Eine sehr große.

„Jetzt denkst du schlecht von mir, *gell?*", trank Anna einen kleinen Schluck aus ihrer Tasse und fuhr fort, ohne auf Antwort zu warten. „Aber es ist die Wahrheit. Und die Alte spürt das. Sie beschimpft mich jeden Tag, sagt, dass ich schuld bin, wenn er nicht wiederkommt, dass ich dem Herrgott auf Knien danken müsste, dass er mich genommen hat, dass ich ein undankbares Drecksweib und eine schlechte Ehefrau bin. Neulich hat sie mich angespuckt und Hure genannt und

---

[2] Dialekt: Sehr froh bin ich darüber!

dass ich ihren Sohn gar nicht verdient hätte. Als ob *ich* ihn ihr weggenommen hätte, nicht der Krieg!"

„Ich denke nicht schlecht von dir", beruhigte sie Maria. „Der Satansbesen hat den Teufel im Leib! Da kann der Sohn gar nicht anders geraten sein."

Anna fixierte sie mit zusammengezogenen Augenbrauen, als sei ihr selbst dieser Gedanke noch nie gekommen. Sie gab keine Antwort, schien über etwas nachzudenken.

„*Geh!*[3]", stupste sie Maria nach einer Weile mit ihrer Hand über den Tisch an, „du bleibst diese Nacht! Du schläfst bei mir und der Anni in der Kammer. Morgen früh wird sie sich wieder an die Mama gewöhnt haben. Du wirst schon sehen! Und morgen gehen wir alle zusammen in die Neujahrsmesse, so wie früher! Danach kannst du wieder heimfahren. Es wird doch wohl erlaubt sein, dass du deine Familie an so einem Tag mal besuchst!"

Und dann fügte sie in beschwörendem Ton hinzu, was weniger eine Bitte als die Ermahnung an den gesunden Menschenverstand war: „Ich bitte dich!"

Mehr als nun auch noch ein harmonisches Zusammensein im Kreise der Familie in Aussicht zu stellen, konnte Maria nicht mehr tun.

Es zeigte auch Wirkung.

Anna lächelte.

„Na gut!", meinte sie schließlich. „Recht hast du! Die Anni braucht die Zeit … und ich auch!"

***

„Fräulein Ida! Einen Moment bitte!"

Martha und Ida wandten den Kopf zu der Seite, aus der die Stimme kam. Unvermittelt bildeten sie, im Portal der evangelischen Kirche plötzlich anhaltend, ein Hindernis, gleich einem Felsen im Fluss der Bewegung. Die Gläubigen begannen links und rechts an ihnen vorbei ins Freie zu strömen, wo sie sich mit allgemeinem Händeschütteln einen beschaulichen Silvesterabend und einen friedlichen Neujahrsstart wünschten. Der Krieg machte allen zu schaffen, wenn es auch noch immer hartnäckige Befürworter gab, die an den finalen Sieg der offiziell verkündeten Propaganda fest glaubten. Schließlich war der Feind keineswegs besser dran. Es überwog jedoch eine allgemein gedrückte Stimmung, denn die Welt machte es nicht leicht, Hoffnung auf eine bessere zu bewahren. Nicht einmal in der Kirche mochte das noch gelingen. Die tragende Musik der Messe hatte zur Hebung der Seelenlage nicht gerade beigesteuert.

Der junge Violinist, der diesen Nachmittagsgottesdienst musikalisch untermalt hatte, kam die in einfachem Stil gehaltene hölzerne Wendeltreppe der Empore herab und eilte auf die beiden Mädchen zu, wobei er ein Bein ein wenig nachzog. Seinen Geigenkasten hatte er unter den Arm geklemmt. Er trug den langen, grauen Mantel der Soldatenuniform. Ida und Martha kannten ihn,

---

[3] Dialekt: Komm schon!

Gottfried, er wohnte in der Wiesenstraße, dort, wo hinter dem Bahngleis die Judenwiesen[4] begannen. Das war nicht weit von ihrem Zuhause in der Hindenburgstraße[5] und immer ein schöner Spaziergang, entlang des alten Kanals bis zu dem Ort, der noch immer Galgenhügel genannt wurde, weil dort einmal der Hinrichtungsort der Stadt gewesen war. Das war aber schon so lange her, dass der Platz seinen Schrecken inzwischen verloren hatte.

„Darf ich Sie nach Hause begleiten?", bot sich Gottfried an, als wäre es ein alter Brauch zwischen langjährigen Freunden, und die Frage selbst nur eine rhetorische Überleitung zur selbstverständlichen Tat. „Wir haben fast denselben Weg."

Gottfried Schuler
1919

Ida schaute Martha fragend an und diese warf einen besorgten Blick auf ihre Eltern draußen vor dem Kirchentor, die sie seit dem Hausarrest vor ein paar Wochen nicht mehr aus den Augen gelassen hatten. Wie Falken ihre Beute hatten sie jeden Schritt der Töchter mit Argusaugen verfolgt. Vor allem die Stiefmutter hatte nicht die kleinste Gelegenheit verstreichen lassen, sie harsch zurechtzuweisen, ihnen unliebsame Arbeiten aufzubürden und sie mit schneidenden Ausdrücken der Kritik zu überhäufen. Seit dieser unseligen Nacht im Kloster in Regensburg, die Ida und Martha nur mit einem Telegramm an die Eltern entschuldigt hatten, schien sie sich zu bemühen, in Galligkeit geradezu zu promovieren. Ihre eigenen Sprösslinge, die um ein paar Jahre jüngere Lissy und den kleinen Walty, hielt sie seitdem völlig isoliert von den älteren Töchtern aus erster Ehe ihres Gatten, obwohl Lissy immer wieder protestierte. Ihre leibliche Mutter begründete dies als unabdingbare Maßnahme, wegen des schlechten Einflusses, den die älteren Geschwister auf sie haben könnten. Direktor Heym mischte sich in diese familiären Fragen nicht ein, wie üblich.

„Ihr Herr Vater hat bestimmt nichts dagegen", fuhr der junge Mann mit unverhohlener Zuversicht fort. „Ich kenne ihn gut, vom Kirchenvorstand. Erst gestern haben wir über das Musikprogramm der Neujahrsmesse morgen gesprochen. Sie kommen doch?"

Ida zögerte mit einer Antwort. Es stand außer Frage, dass die Familie Heym am Neujahrstag, wie immer, geschlossen zur Kirche gehen würde. Es stimmte wohl auch, dass der junge Mann ihren Vater kannte. Aber Ida war über diese unerwartete Gesellschaft schlichtweg nicht angetan. Was wollte der Kerl von ihr? Er hatte nur sie mit ihrem Namen gerufen! Nicht auch ihre Schwester Martha, die doch direkt neben ihr lief. Wie kam er dazu?

Gottfried Schuler war mittelgroß, schlank, aber das waren in dieser Zeit notgedrungen fast alle, und es war kein herausstechendes Merkmal. Er hatte mit

---

[4] Die Wiesenflächen, die sich rechts und links der Bahnlinie bis zu dem Ort Woffenbach erstreckten, hießen im Volksmund „Judenwiesen", weil viele der Grundstücke Juden gehörten.
[5] Frühere und spätere Bahnhofstraße

seinen gut zweiundzwanzig Jahren bereits recht schütteres Haar, das in früheren Jahren blond gewesen war. Daran erinnerte sich Ida gut, denn er hatte als Bub, seinerzeit, als ihre Mutter noch gelebt hatte, immer die Milch gebracht. Er wäre ein recht ansehnlicher Kerl gewesen, wenn da nicht schon immer die große, gebogene Nase gewesen wäre, die ihm schon damals neckende Namen seiner Spielkameraden eingebracht hatte. Doch Gottfried hatte es früh verstanden, sich bei den Erwachsenen Achtung zu verschaffen, indem er bereits als Kind seiner Violine die klarsten Töne zu entlocken vermocht hatte. Ferner hatte er eine herausragende Stimme. Er sang als Solo-Tenor im Kirchenchor. Und damit hatte er sich im Kreise der Kirchengemeinschaft früh einen Namen gemacht. Er galt als begabter Musikus, der sogar das absolute Gehör besaß[6]. Er war aus einer kinderreichen, einfachen Familie, aber diese Begabung hatte ihn in der Glaubensgemeinde nachhaltig ein hohes Ansehen eingebracht. Bei den Gleichaltrigen hatte ihm das freilich wenig geholfen, da war er erst recht zum Neckopfer geworden, was seinen Rückzug in die Welt der Musik und der Bücher nur noch verstärkt hatte.

„Sie haben sehr schön gespielt", lobte Martha seinen musikalischen Vortrag. Ida setzte sich mit einem belanglos klingendem „wunderschön" wieder in Bewegung. Es klang als hätte sie „recht leidlich" gesagt. Martha folgte ihr hinaus.

„Danke, zu freundlich", erwiderte Gottfried steif und drängte ihnen hinterher. Sein Geigenkasten war im Weg und er musste sich winden, um die Höflichkeit zu wahren und niemanden anzurempeln.

„Das freut mich außerordentlich!", kämpfte er sich hinter den Mädchen durch die Kirchgänger. Draußen schloss er sofort wieder mit ihnen auf. Sie standen als Dreiergruppe inmitten der anderen Grüppchen. Martha schenkte ihm ein Lächeln. Ida schob ihre eisigen Hände in die Manteltasche. Ihr war kalt, doch es wirkte sehr abweisend und vielleicht war es das auch, denn sie verschwendete keinen Gedanken daran, wie es auf ihn wirken mochte.

„Ich bin doch sehr aus der Übung, die Finger wollen noch nicht so recht. Die Verletzung macht mir noch Probleme. Und auf dem Schlachtfeld gibt es nicht so viel Gelegenheit, auf der Violine zu üben. Aber mein Hauptmann hat gesagt, ich solle mein Instrument nur mitbringen, wenn ich zurückkomme. Er ist ein Musikliebhaber und hat mich aufgefordert, dort im Führungsquartier zu spielen. Ich muss in zwei Wochen wieder einrücken."

Da konnte er sich glücklich schätzen, da musste er zumindest nicht kämpfen und sein Leben riskieren. Ida dachte es ohne Wertung und auch ohne größeres Interesse. Es war einer jener Gedanken, die man allgemein eben hin und wieder erwog, aber nicht aussprach. Es war hässlich genug, die Bilder und Nachrichten

---

[6] Als absolutes Gehör oder Tonhöhengedächtnis bezeichnet man die Fähigkeit eines Menschen, die Höhe eines beliebigen gehörten Tons ohne Hilfsmittel exakt zu bestimmen, d. h. seine Tonklasse innerhalb eines Tonsystems (wie C, Cis, D, Dis usw.) zu benennen, ohne dabei einen bestimmten Bezugston zu hören. Weitgehend ungeklärt ist, welche neuronalen Zusammenhänge dies erreichen und welche Funktionen im Gehirn dazu benötigt werden.

dieses fortwährenden Krieges ständig im Kopf zu haben. Die ungeheuren Opferzahlen hatten auch vor dem kleinen Städtchen Neumarkt nicht Halt gemacht. Je weniger man darüber sprach, umso besser. Man musste sich und seine Seele schützen. Das vergangene Jahr hatte den größten Umschwung in der Weltlage gesehen, den in diesem Ausmaß niemand erwartet hatte. Niemand. Durchhalten war das Motto, und das konnte man nur, indem jeder auf sich selbst achtete. Zwar war Solidarität zwischen Freunden und Nachbarn groß, doch war man unempfindlicher gegenüber dem Leid der anonymen Masse geworden. Dieses Paradox war in jedem Leben spürbar geworden. Auch Ida hatte gelernt, nicht nur gesellschaftliche Distanz zu wahren, sondern darüber hinaus vor vielen schrecklichen Dingen einfach die Augen zu schließen.

Martha schaute hinab vor ihre Füße, als suche sie etwas. Ida fuhr es sofort wie ein Stich ins Herz, sie ahnte, dass ihre Schwester an Heinrich erinnert wurde. Der hatte sich auch in Sicherheit geglaubt, als Arzt hinter den Kampflinien. Gewiss dachte sie auch an sein totgeborenes Kind, das niemand je gekannt hatte und von dessen kurzer Existenz niemand außer ihnen beiden je etwas wissen würde.

Es waren diese Empfindungen, die verhinderten, dass weder Ida noch Martha Mitgefühl für Gottfried zeigten und sich nicht nach dem Stand seiner Genesung erkundigten, wie es der Anstand gefordert hätte. Er war in irgendeinem fernen Frontlazarett behandelt worden und sie mutmaßten, dass es eine ziemlich üble Wunde gewesen sein musste, weil er sogar noch Heimaturlaub erhalten hatte. Die Mädchen wussten Bescheid, wie diese Dinge zu beurteilen waren, seit sie im Notlazarett Kolping ihren freiwilligen Dienst taten.

Die Sonne wärmte die Gesichter der Menschen nach der Unbeweglichkeit in der eisigen Kirche, gleichwohl es klirrend kalt war. Ihr Atem bildete bei jedem Lungenzug einen weißen Nebel vor dem Mund, als pafften sie allesamt dicke Zigarren.

Gottfried begrüßte die Eltern der Mädchen auf übertrieben höfliche Weise, verbeugte sich vor der Frau Direktor, und salutierte Vater Heym mit einem eckigen Nicken des Kopfes und einem zackigen „Herr Direktor", als hätte er einen militärischen Vorgesetzen vor sich. „Gehorsamst!", schlug er sogar mit einem knappen Klacken kurz die Hacken zusammen. Vater Heym lobte seinen Musikbeitrag im Gottesdienst und die Stiefmutter fragte ihn, ob er am nächsten Tag ebenfalls spielen würde, obwohl dies alle genau wussten, weil der Herr Pastor es bei der Verabschiedung noch angekündigt hatte. Die Männer besprachen daraufhin noch eine Weile die geplanten Stücke für den kommenden Tag. Die kleine Menschenansammlung vor der Kirche befand sich in allmählicher Auflösung.

„Es ist kalt," befand der Vater der Familie schließlich. Es war keineswegs eine überflüssige Feststellung über einen Tatbestand, auf den man wahrlich nicht auch noch hinweisen musste. Es war ein Befehl, für den die Frauen seines familiären Machtbereiches keine Übersetzung benötigten. Martha und Ida zogen ihre Wollschals enger um den Hals und wandten sich zum Gehen. Wie immer, folgten ihnen ihre Eltern mit ein wenig Abstand, jedoch nahe genug, um jedes Wort der beiden zu hören. Gottfried beeilte sich, mit den Schwestern aufzuschließen. Schweigend liefen sie ein Stück nebeneinander durch den Schnee, untermalt von papiertrockenem Knirschen unter ihren Füßen.

„Es gibt heute Abend ein bisschen Musik für die Soldaten im Lazarett", lockerte Martha wie beiläufig das Schweigen auf. Jedoch schien sie ziemlich überzeugt von der Idee, die sie dann vorbrachte. „Warum kommen Sie nicht auch und spielen ein wenig für die Schwerverletzten?"

Ida hätte ihre Schwester am liebsten mit dem Ellenbogen in die Seite geboxt. Wie kam Martha nur auf den Gedanken, diese Einladung auszusprechen! Ida hatte sich auf diese kleine Silvesterfeier seit langem gefreut. Endlich ein bisschen Abwechslung, sogar Tanz, der kriegsbedingt verboten war! Endlich für ein paar Augenblicke unbeobachtet von ihren Eltern. Es war schwer genug in dieser Kleinstadt unbemerkt ein wenig Spaß zu haben, selbst ohne grässlichen Krieg und ohne diesen bitteren Argwohn, den ihre Eltern ihnen gegenüber nun immerzu hegten. Da musste man nicht auch noch Spione einladen!

„Mit Vergnügen!", lachte Gottfried Ida von der Seite an. Diese ging stur geradeaus und machte ein Gesicht, das alles andere als dieses Vergnügen ausdrückte.

„Die Soldaten werden sich freuen", versicherte Martha beseelt. „Es muss kein ganzes Konzert sein. Die Schwerverletzten können nicht so lange durchhalten. Ein bisschen sanfte Musik wird ihnen aber bestimmt guttun."

Von diesem Moment an überlegte Gottfried Schuler laut, welche Stücke für diesen Anlass geeignet seien. Zwischen jeder Überlegung fragte er die Meinung der beiden Heym-Schwestern dazu ab. Kirchenmusik schied sofort als ungeeignet aus, wie er selbst urteilte. Andere Stücke waren eher geeignet, jedoch war er selbst zurzeit nicht in der Lage, diese fehlerfrei vorzutragen, weshalb sie daher ebenfalls nicht in Betracht kamen. Simple Volksmusik befand sich nicht in seinem Repertoire. Möglicherweise klassische Variationen von Heimatliedern, die jeder kannte?

„Warum nicht", befand Martha.

Ida konnte es nicht gleichgültiger sein. Sie war weniger mit dieser Frage beschäftigt, als damit, sich über ihre Schwester zu ärgern. Natürlich gönnte sie den armen Verwundeten das kleine Vergnügen. Aber konnte Martha nicht auch einmal an das eigene denken? Und an das ihre? Musste sie denn immer gar so vorbildhaft sein! Und dabei sie, Ida, mit der Selbstverständlichkeit des guten Menschen, der Nächstenliebe übt, mit in Verantwortung ziehen!

„Sie werden aus dem Gedächtnis spielen müssen", warf Martha nach ein paar Schritten eines abermaligen Schweigens in die Überlegungen ihrer Gesellschaft ein. „Es wird ziemlich dunkel sein. Strom ist für private Nutzung von fünfzehn Uhr bis Mitternacht nicht erlaubt, wie Sie wissen. Das gilt auch für das Lazarett außerhalb des Operationsraums. Wir haben nur Petroleumfunzeln, und davon auch nur wenige. Notenlesen wird also kaum möglich sein."

„Machen Sie sich keine Sorgen, Fräulein Martha", beruhigte sie Gottfried, und strahlte dabei Ida in einem Stolz an, den diese der Angelegenheit gar nicht zugestand. „Ich spiele häufig frei, rein nach dem Gehör! Wissen Sie, einfache Stücke kann ich nach einmal anhören bereits nachspielen. Ich werde schon etwas Passendes auf die Schnelle finden."

Ida verdrehte die Augen, aber so, dass Gottfried es nicht sehen konnte, weil sie sich abwandte. Glücklicherweise waren sie mittlerweile vor dem Haus der Familie Heym angekommen. Andernfalls, fürchtete sie, hätten sie womöglich einen Vortrag über das Absolute Gehör über sich ergehen lassen müssen. Den hatte ihnen ihr Vater schon oft genug gehalten. Sie verabschiedete sich eilig mit einem flüchtigen Gruß und Martha dankte ihm noch einmal für seine Bereitschaft zu spielen.

***

Maria ging an der mit Ansichtskarten, Zeitungsseiten und handschriftlichen Anschlägen zugekleisterten Wand am Eingang des Lazaretts vorüber. Ein gewohnter Anblick für sie, die täglich durch diesen Korridor ging. Sie spähte hinüber zu den rauchenden Soldaten, die, wie gewöhnlich, in einem Eck Karten spielten. Der Schulterdurchschuß starrte ebenso gebannt auf ein Schachbrett auf einem kleinen Tischchen vor ihm, wie der ihm gegenübersitzende Herr Stadtpfarrer. Er schien sehr konzentriert, bemerkte Marias Eintreten gar nicht. Wie ein Eimer kaltes Wasser übergoss sie eine unerwartet große und unverhältnismäßige Enttäuschung. Sie war gekommen, seiner Einladung gefolgt. Und nun saß er da und spielte Schach! Gar so ernst schien es ihr Verehrer mit seinem Drängen, sie am Abend zu sehen, doch nicht zu haben. Ansonsten konnte man wohl erwarten, dass er auf ihr Erscheinen gehofft hätte und entsprechend bereitgestanden wäre? Sie erwartete weiß Gott keine Blumen, nicht unter diesen Umständen. Aber Aufmerksamkeit, das schon.

Anna, die ihr gefolgt war, blieb stehen und überflog die Ansichtskarten der Kriegsschauplätze an der Wand, die allesamt romantische Städtchen oder idyllische Landschaften in schwarz-weiß oder in Pastellfarben zeigten, als wollten sie den Eindruck erwecken, aus der Sommerfrische geschickt worden zu sein. Belgien, Frankreich, Ostpreußen, Grüße von Genesenen, die wieder an irgendeiner Front kämpften. Oder auch nicht mehr. Anna guckte auf ein handschriftliches Blatt direkt in Augenhöhe, das das heutige Datum als Titel trug. Sie las unwillkürlich halblaut vor:

„Der deutsche Staatssekretär des Äußeren referiert mit der polnischen Regierung über die Möglichkeit der Beteiligung polnischer Vertreter an den Friedensverhandlungen mit Russland. ... Unser Bayrischer König Ludwig III richtet heute in München eine Neujahrsbotschaft an alle Frontsoldaten. ... Der Rat der Volkskommissare in Petrograd erkennt die Unabhängigkeit Finnlands an. ... In

Amerika geht das Licht aus: Energiebehörde beschließt sechs lichtlose Nächte pro Woche ...".

Postkarte 1915; in den Verflechtungen von nationalistischer Politik und Großmacht-Diplomatie war Italien 1882 dem „Dreibund" der Mittelmächte Deutschland und Österreich-Ungarn beigetreten. Bei Ausbruch des Krieges 1914 erklärte Italien zunächst seine Neutralität, die man mit Gebietsabtritten in Nord-Italien belohnt haben wollte. Österreich verweigerte dies. Durch den folgenden Kriegseintritt Italiens am 23. Mai 1915 eröffnete sich eine unerwartete Front im Süden.

Sie warf ihrer Schwester einen fragenden Blick zu.

„Einer der alten Wärter schlägt jeden Tag so ein Blatt mit aktuellen Nachrichten an. Er hat früher einmal bei dem Neumarkter Tagblatt gearbeitet", erklärte Maria ohne großes Aufheben. Sie glaubte mittlerweile eher an das, was die Soldaten berichteten als an offiziell Gedrucktes und Durchhalteparolen der Oberen Heeresleitung des Landes. Der Anblick verstümmelter Körper und Seelen war seit einiger Zeit ihr Alltag. Der hatte sie gelehrt, den Worten dieser Menschen mehr zu vertrauen als irgendwelchen salbenden Parolen von Glorie und Ehre und Stehvermögen. Und die große Weltpolitik war Männersache, davon verstand sie nichts.

„Er sammelt auch Artikel aus anderen Zeitungen", fügte sie hinzu und schaute wieder hinüber zu den Schachspielern. Sie wandte sich abrupt ab, ganz so, als ob er es bemerken und ihre unausgesprochene Botschaft aufnehmen sollte, was er nicht tat. Aber vielleicht würde er sie doch noch erblicken, wenn sie lange genug vor der Wand stehenblieben? Die Gelegenheit dazu sollte sie ihm bieten, denn möglicherweise hatte der Herr Pfarrer ihn zu dieser Partie gedrängt?

Sie zeigte auf einen Abriss, auf dem die fettgedruckte Überschriften einer mit 2. Dezember datierten Ausgabe einer Österreichischen Zeitung prangten: *34000 Tonnen versenkt* und *Erfolge an der Westfront*. Jemand hatte neben einem langen Artikel „hört hört!" gekritzelt. Es war die Antwort der K.u.K.-Oberen Heeresleitung auf einen zerstückelten Funkspruch der neuen Russischen Arbeiter- und Bauernregierung, der sich an alle Völker der kriegsführenden Länder richtete und diese aufforderte, der Revolution zu folgen und die Waffen niederzulegen.

„Das da sind Karten von Soldaten, die hier waren", erzählte Maria, zeigte auf eine aus Ostpreußen und zwang ihre Gedanken weg von dem Schulterdurchschuss, hin zu dieser Karte. „Der hier heißt Czucha, der hatte keinen anderen Gedanken als den, seine rechte Hand bald wieder gesund zu bekommen. Die Hand war steif wie ein Brett, blaurot, jeder Finger eine Eisenzange. Am Oberarm hatte er noch eine große offene Wunde, aber er hielt sich selbst den Arm, wenn ich ihn bewegte, hat die Zähne zusammengebissen und zugesehen, wie ich die Finger bog. Ich habe das leise, langsam stärker mit aller Kraft gemacht, aber nichts hat sich gerührt. Czucha stöhnte vor Schmerz, aber hat immer gesagt ‚Nur zu, Schwester! Es ist recht so, nicht aufhören, nur zu!'. Und nach Wochen rührte sich tatsächlich irgendwann ganz schwach das erste Glied. Den Fortschritt konnten nur wir beide wahrnehmen, da wir die Hand ganz genau kannten. Nach Monaten waren die Gelenke so weit beweglich, dass er einen Federhalter fassen und ein kleines Stück Holz aufheben konnte. Er hat sich so gefreut! Die Finger sahen da aus wie dicke Raupen, die sich schläfrig bewegen. Czucha spielte Klavier am Fensterbrett und spreizte die Finger über ein ganzes Quadrat. Er sprach vom baldigen Gesundwerden und vom Pflügen seines Ackers, wenn er nach Hause käme. Dann kam er ins Heimatlazarett nach Ostpreußen und hat mir diese Karte geschrieben."

Sie nahm die Karte von der Wand und reichte sie stumm ihrer Schwester hin. Sie kannte den Wortlaut, dachte gleichzeitig an den sie ignorierenden Schulterdurchschuß in ihrem Rücken. Er saß ungünstig zum Blickfeld des Lazaretteingangs. Aber immerhin musste er wissen, dass sie um diese Zeit erscheinen würde! Die kleine Feier war um diese Uhrzeit angesetzt. Also sollte er sich doch hin und wieder zumindest einmal umsehen, ob die Dame seiner Einladung inzwischen eingetroffen war?

Annas Augen wanderten von links nach rechts über das Geschriebene.

Diese Zeilen sind mit der linken Hand geschrieben, ich bekam Wundfieber, und nun haben sie mir den Arm doch abgenommen. Aber es geht schon wieder.

Anna schaute auf: „Der arme Mann."

„Manchmal werde ich recht wütend auf die da oben!", heftete Maria die Karte wieder an ihren Platz, wobei sich diese Wut mit der vermischte, die sie auf den Schachspieler zu empfinden begann. Sie schien über etwas Vergangenes zu sprechen, etwas, das sie lange überwunden, das sie müde und erschöpft zurückgelassen hatte, und doch war es gleichzeitig der Schmerz einer soeben zugefügten Verletzung. Der feine Herr glaubte wohl, dass er ein einfaches Bauernmädchen so behandeln konnte! Der Gedanke mochte übertrieben sein, angesichts der Situation, in der die Einladung ausgesprochen worden war, doch Maria fühlte sich dadurch im Kern ihres Daseins plötzlich tief getroffen.

„Es gibt so viele brave Männer wie diesen armen Soldaten. Dieser Krieg macht sie alle kaputt!"

Sie wandte sich ab von der Wand, schaute direkt zu den spielenden Männern im Eck hinüber und verfiel unversehens in tiefsten Dialekt der Gegend.

„Und i moan netnur d'Hand.[7]"

---

[7] Dialekt: Ich meine nicht nur die Hand!

„Und i muas an soan Deife gron![8]", erwiderte Anna im selben Tonfall.

In der Häringfamilie sprach man für gewöhnlich im Dialekt der Oberpfalz, so wie die meisten Menschen der Kreisstadt. In letzter Zeit hatten sich jedoch vor allem die Mädchen der Schriftsprache des Hochdeutschen ein wenig angenähert. Anna, weil man im feinen Fünfsternehotel, wo sie bis zur Geburt ihrer Tochter gearbeitet hatte, Wert darauf legte. Maria, weil sie die fremden Verletzten sonst nicht verstanden. Walli, weil sie ständig mit dem Schreiben von sauberer Korrespondenz beschäftigt war, und Helene, weil auch die Hotelleitung in dem Münchner Hotel, in dem sie arbeitete, darauf bestand. Doch wenn Emotionen zum Ausdruck kamen, verfielen sie unversehens wieder in den Dialekt ihrer Kindertage.

„Komm!", munterte Maria sich selbst und Anna mit einem kraftvollen Heben des Kopfes auf. „Daran wollen wir heute Abend nicht denken! Morgen nach der Neujahrsmesse ist es noch früh genug!"

Sie hakte sich bei ihrer Schwester unter und zog sie mit, in Richtung der leisen, kratzenden Klänge aus einem Grammophon, das hinter einer Wand am anderen Ende des Saales dudelte. Ihre Freundin Hilda, eine Krankenschwester in Ausbildung, hatte es besorgt, und sie hatte auch versprochen, ein paar Schallplatten mit Tanzmusik mitzubringen. Sie hatte Maria ganz neugierig gemacht, viel von einem neuen Tanz gesprochen, den man Foxtrott nannte und den Hilda schon beherrschte. Hilda hatte geschwärmt und gesagt, sie werde es allen an diesem Abend beibringen, ob sie wollten oder nicht.

Maria hob stolz den Kopf. Wenn der Schulterdurchschuß lieber Schach spielen wollte, dann würde sie eben mit einem anderen tanzen!

Die Schwerverletzten hatte man vorsorglich und soweit es ging, mit Paravents und Leinentüchern in einem dunklen Eck in einiger Entfernung zu diesem Raum abgetrennt. Die Klosterschwestern hatten sich bereiterklärt, den Nachtdienst zu übernehmen. Nur deswegen hatte die Oberschwester letztendlich eingewilligt, nachdem sie die gesamte kleine Feier mit sturer Härte beinahe verhindert hatte.

Hilda winkte ihnen zu, als sie durch die Tür traten. Die Luft in dem Hinterraum war stickig und vernebelt mit Zigarettenrauch. Zwei Petroleumlampen, die sich bemühten, ein wenig Licht in das Dunkel zu bringen, taten ihr Übriges. Aber man zog diesen warmen Mief drinnen dem feuchtkalten Ozon draußen allemal vor.

„Maria, komm! Macht mit! Wir haben gerade angefangen!"

Hilda stand vor drei Reihen von Hilfsschwestern und Soldaten, die aufmerksam auf ihre Füße schauten und versuchten nachzuahmen, was sie vortanzte. Die Frauen trugen ihre normale Tracht, sie kamen meist direkt aus der Schicht. Nur die Kopfbedeckungen hatten sie abgenommen und versucht, ihr Haar mit Bändern und Tüchern zu modischen Frisuren umzugestalten. Die Soldaten trugen teilweise ihre Uniformen, etwas anderes hatten sie nicht, und irgendeinen Verband. Die, die nicht laufen konnten oder an Krücken hingen, saßen und

---

[8] Dialekt: Und ich muss an so einen Teufel geraten!

21

standen an die Wand gelehnt, rauchten, beobachteten das Geschehen aufmerksam und in Voraussicht auf den Tag, an dem sie selbst diese Schritte wieder mit einem Mädchen an der Hand hoffentlich würden tanzen können.

Maria und Anna reihten sich zwischen die Tanzschüler. Hildas dunkle Augen sprühten beinahe Funken. Sie hatte ihren dicken, dunklen Zopf über die Schulter nach vorne gelegt, damit er ihr bei den Drehungen nicht im Wege war. Ihre Wangen leuchteten so rosig als hätte sie zu viel Rouge aufgelegt. Sie führte die Schritte im Takt der Musik vor und alle kopierten ihre Bewegungen. Allgemeine Heiterkeit brach los, weil man bei den ersten Versuchen stolperte und dabei alle aneinanderstießen. Nicht zuletzt war es Hildas Lebensfreude, die ansteckend wie die Masern war. Man ergab sich nur allzu gerne dieser Leichtigkeit. Inmitten der blutigen und eitrigen Wirklichkeit entstand eine kleine Oase des Behagens.

„Und jetzt sucht sich jeder einen Partner!", rief Hilda über die Köpfe ihrer Schüler hinweg und ergriff die Hand eines Soldaten. Maria erkannte Emanuel Hahn, den Verletzten mit der Silberplatte im Kopf, den man beinahe schon aufgegeben gehabt hatte. Aber der Sohn der jüdischen Geschäftsleute am Ort hatte sich durchgebissen und war so weit genesen, dass er jetzt sogar tanzen konnte. Dieser Erfolg war zum großen Teil auch Hilda zu verdanken, die sich aufopfernd um ihn gekümmert hatte.

Anna stand bereits in Startposition mit einem Soldaten, auf neue Anweisungen wartend.

„Hier, Schwester Maria!", winkte einer von der anderen Seite herüber, als Maria sich suchend umsah. Kaum hatte sie den Ruf vernommen, stand der junge Mann auch schon vor ihr, breitete einladend einen Arm in Tanzposition aus. Den anderen trug er in einer Schlinge. Es war der Schulterdurchschuß. Er strahlte sie an, als könnte er kein Wässerchen trüben.

„Und jetzt bitte aufmerken!", drang Hildas Stimme durch das Gewusel. Sie stellte sich ebenfalls in Position vor ihren Partner und gab ein Zeichen zu einem Soldaten, der als Assistent für die Tanzlehrerin fungierte. Er kurbelte das Grammophon auf und startete die Schallplatte erneut.

Maria streckte sich, wie alle in der hinteren Reihe, damit sie besser sehen konnte. Sie war aus dem Konzept. Sie hatte sich innerlich bereits darauf eingestellt, böse mit ihrem vermeintlichen Verehrer zu sein. Doch die unerwartete Beglückung über sein plötzliches Erscheinen auf der Tanzfläche brachte diesen Gefühlsplan völlig durcheinander. Er ignorierte ihre Konfusion, so, wie er ihr Erscheinen auf seine Einladung hin übergangen hatte. Selbst jetzt verlor er kein Wort darüber! Er lachte sie an und spaßte, überging ihre Zurückhaltung so hartnäckig, dass sie schließlich nachgab und sich zu dem Vergnügen verleiten ließ. Welchen Sinn hatte es auch schon groß, sich diese kleine Freude von ihm verderben zu lassen?

***

Hilda und Emanuel führten den Tanz in Paarformation vor. Sie harmonierten auf so perfekte Weise, dass Ida kaum glauben wollte, sie hätten noch nie miteinander geübt. Hilda wirbelte wie eine Flamme im Arm ihres Partners hin und her, dann wieder wiegte er sie wie eine Blume im Wind, nur um gleich darauf wieder wie die Schwäne auf dem Schlossweiher der Stadt dahinzugleiten. Des allgemeinen tiefen Eindrucks schließlich sicher, vollführten sie die Schritte noch einmal langsam. Dabei zählte Hilda laut vor: „Seite Rück und Seite Rück, und Seite Rück und Seite Rück ...‟

Die Paare versuchten es nachzumachen, was bei der Enge ein großes Durcheinander verursachte.

„Bitte alle nach rechts anfangen und miteinander!‟, lachte Hilda und gab erneut ein Zeichen. Die Körper bewegten sich wie ein einziger Block hin und her und die Soldaten an der Wand mussten ein wenig zurückweichen. Sogar sie ließen sich von der allgemeinen Heiterkeit anstecken. Sofern sie dazu in der Lage waren, klatschten sie laut mit und neckten die Kameraden vor ihnen, wenn sie aus dem Takt kamen.

Ida versuchte sich mit einem Soldaten, der kaum verletzt schien. Sein Schritt war viel zu schnell und sie musste ihn immer wieder zum Einhalten des Taktes ermahnen. Martha tanzte mit Chefarzt Doktor Grundler neben ihr. Sogar er war kurz vor elf Uhr gekommen und hatte eine Flasche Sekt mitgebracht. Er war seit Jahren Witwer, niemand wartete zu Hause auf ihn.

„Und jetzt Partnerwechsel!‟, erschallte wieder Hildas Stimme. Sie selbst ließ dabei jedoch die Hand ihres eigenen Tanzpartners nicht los.

Martha bedankte sich bei dem Leiter des Lazaretts für den Tanz, so, wie ihr privater Tanzlehrer ihnen das in besseren Zeiten einmal beigebracht hatte.

„Ich will kurz nach Gottfried Schuler bei den Schwerverletzten sehen‟, wandte sie sich an Ida. „Das schulde ich ihm, nachdem er meine Einladung so großzügig angenommen hat und seinen Silvesterabend opfert.‟

Ida hatte sich bereits nach einem neuen Tanzpartner umgesehen und stand schon in Position für die nächste Runde. Sie ließ ihre Arme mit einem Seufzer sinken. Abermals war es Marthas Pflichtbewusstsein, das sie schlagartig aus der Freude riss. Seit diesem schlimmen Tag, an dem das Kindlein Marthas Körper tot verlassen hatte, hatte sie ihre Schwester nicht mehr lachen sehen. Und das machte es auch ihr selbst schwer.

„Komm, Martha!‟, bettelte sie, „noch einen Tanz! Das tut uns gut!‟

Nun war es an Martha, einen langgezogenen Seufzer auszustoßen, als gelte es, eine lästige Pflicht zu erfüllen. Aber alle Partner hatten sich schon gefunden und der Lazarettleiter war nach draußen gegangen. Sie blieb ohne Tanzpartner.

„Siehst du!‟, lachte sie künstlich auf, „das ist ein Zeichen des Himmels!‟

Ida hielt es weder für einen Hinweis des Lieben Gottes, noch gefiel ihr die Hartnäckigkeit ihrer Schwester, mit der sie jedem guten Gefühl konsequent aus dem Weg ging. Die Interpretation eines fehlenden Partners diente Martha doch nur als dumme Entschuldigung für eine Flucht vor diesem Vergnügen! Dabei würde es ihrer Schwester so wohltun, wenigstens für kurze Zeit einmal an etwas anderes zu denken.

„Kommt nicht in Frage!", entschied sie deshalb firm. „Du tanzt jetzt! Du brauchst das. Keine Widerrede und *punctum!*"

Sie hatte die Redewendung ihres Vaters angewendet, wenn er sie als Kinder gescholten hatte. Das hatte immer gewirkt. Es war wie eine Formel, wie der Befehl einer Dressur, der in Fleisch und Blut übergegangen war.

„Sie tanzen doch auch mit meiner Schwester, nicht wahr?", wandte sich Ida an den bereits in Position stehenden Soldaten vor ihr und fügte noch flüsternd mit einem Augenzwinkern hinzu: „Sie ist sowieso die Hübschere von uns beiden!"

Ohne eine Antwort abzuwarten, ergriff sie Marthas Hand und zog sie zu dem Soldaten, der mit einem „freilich, gerne!" nickte.

„Ich gehe hinüber!", entschied sie mit Vehemenz und schob Martha näher an den Tanzpartner, weil diese sich noch immer nicht bewegte.

Martha öffnete den Mund und zog ihre Hand, die der Mann ergriffen hatte, zurück.

„Keine Widerrede!", ermahnte Ida sie nochmal mit strenger Miene und genau im rechten Augenblick, da die Musik erneut einsetzte und Hildas Stimme mit „...und alle zusammen! Seite Rück und Seite Rück ..." erklang.

Der Soldat zog Martha einfach mit.

Ida trat zur Seite und schaute den beiden eine Weile zu, bis sie sicher war, dass Martha, wenn auch aus reiner Höflichkeit, keine weiteren Anstalten machte. Dann glitt sie durch die Tür nach draußen in den großen Saal.

Hinter sich gedämpfte Klänge der fröhlichen Musik und Lachen, drang vom anderen Ende des Saales die tragende Melodie einer Violine herüber. Dazwischen herrschte erstaunliche Unbeweglichkeit und Schummerlicht, durch das zwei Klosterschwestern in ihren hellen Gewändern, Engeln gleich, lautlos zu schweben schienen. Ida hatte das Lazarett kaum des Nachts gesehen, da sie in der Küche eingesetzt war, und da war ihre Anwesenheit nur zu den Mahlzeiten gefordert. Manche der Männer schliefen, andere lauschten mit offenen Augen der Musik, die sich in der Mitte des Saales zu einem seltsamen Gemisch an Tönen und Rhythmen verquirlte. Einmal überraschte ein Moment des beinahe harmonischen Miteinanders der Melodien, doch meist schienen sie gegeneinander anzukämpfen. Ein Verwundeter hatte sich das Kissen über den Kopf gezogen, doch die meisten lauschten hingebungsvoll diesem Wirrwarr an Tönen. Ida zog es eher zurück zur lustigen Weise in ihrem Rücken, als zu dem sanften Klagen der Geige. Mit einem tiefen Atemzug machte sie sich auf in Richtung Violine, um das ihrer Schwester gegebene Versprechen einzulösen.

Es war bereits kurz nach elf Uhr. In einer knappen Stunde würde das neue Jahr anbrechen. Für diesen Moment wollte sie unbedingt zurück im Tanzsaal sein. Es war ihr erstes Silvester, das sie nicht Zuhause mit Bibellesen verbrachten. Sie schlug die dicke Decke zurück, die die Schwerverletzten von den anderen Betten trennte und als sie den derben Wollstoff wieder fallen ließ, konnte sie die heitere Melodie kaum noch hören. Es regierte der Klang der Violine, der auf einmal träumend wirkte.

Gottfried stand in einem dunklen Eck. Er war kaum zu sehen. Eine Klosterschwester saß an einem der zehn Betten und tupfte dem Darinliegenden die Stirn mit einem Tuch. Die Männer lagen noch stiller da als ihre Kameraden im Saal. Nicht einmal ein leises Stöhnen drang aus den Kissen. Für einen Moment dachte Ida, sie seien alle tot. Doch dann gewöhnten sich ihre Augen allmählich an das Dunkel und sie entdeckte, wie der Soldat auf der Pritsche direkt vor ihr sie anstarrte. Unwillkürlich schrak sie einen Schritt zurück. Ihr mangelte es völlig an der Pflegeerfahrung, die die Hilfsschwestern hatten. Ihre Stiefmutter hatte sie zum Küchendienst gemeldet, ohne sie zu fragen, aber wenn sie es jetzt bedachte, war ihr das ganz recht. Da musste sie keine offenen Eingeweide und abgetrennte Glieder ertragen, so wie ihre Schwester im Operationssaal, oder eitrige, stinkende Wunden reinigen, wie die anderen Mädchen. Ein vergipstes Bein ragte aus dem Bett vor ihr. Das konnte kaum die schwerste Verletzung sein, überlegte Ida, sonst würde der Mann nicht in dieser Ecke liegen. Die nicht sichtbaren Wunden waren oft die tragischeren, das wusste sogar sie.

Wie inszeniert setzten in diesem Augenblick die ersten langgezogenen Klänge zu Bachs Air aus der Orchestersuite Nr. 3 an, freilich ohne die Untermalung der anderen Instrumente. Ida liebte das Stück. Als ob sie die Suite nach vorne zog, hin zur Quelle der ergreifenden Tonfolge, trat sie wieder näher an das Bett und bemühte sich, ein Lächeln zu produzieren. Der Verletzte reagierte nicht. Nur seine Hand hob sich ganz langsam in ihre Richtung, so, als müsste er dazu alle Kraft aufwenden. Ohne zu begreifen, was sie dazu antrieb, ergriff sie diese Hand und folgte dem Beispiel der Klosterschwester. Ganz langsam ließ sie sich an den Bettrand nieder, schließlich konnte sie nicht wissen, was dem Mann fehlte und musste bedacht sein. Die Hand war eiskalt. Ida drückte sie leicht.

„Mutti ...“

Es war kaum zu hören gewesen, übertönt von Bach, eher hatte sie es von seinen Lippen abgelesen. Martha hatte ihr oft erzählt, dass Soldaten nach ihrer Mutter rufen oder sie sich durch jede Frau in ihrer Nähe herbeifantasieren. Es war stets ein schlechtes Zeichen. Von diesen Fällen schafften es die Wenigsten nach Hause zu dieser Mutter. Ida aber war keine Hilfsschwester, die solche Dinge gewohnt war. Von Bestürzung übermannt sprang sie auf.

„Schwester!“, rief sie flüsternd, so laut es ihr möglich war, hinüber zu der Pflegerin. „Schnell! Kommen Sie!“

Die Klosterschwester erhob sich leise und eilte herbei, untermalt von den gemächlichen Klängen der Violine, die so gar nicht zu dieser schnellen Bewegung passen wollten. Sie warf einen kurzen Blick auf die Szene und schien sofort zu verstehen.

„Nur Mut, Mädchen!“, nickte sie Ida zu und drückte sie wieder sanft nieder auf die Bettkannte. „Bleib einfach bei ihm!“

Ida wagte es nicht, sich zu wehren. Sie nahm einen tiefen Atemzug und ergriff wieder die Hand, die so reglos auf der Decke liegengeblieben war, wie sie sie fallengelassen hatte.

„Es ist alles gut", raffte sie sich sogar zu dieser Lüge auf. Sie überraschte sich selbst damit, wie überzeugend sie es herausbrachte.

Ob es ihre Einbildung war oder ob es sich tatsächlich so abgespielt hatte, vermochte sie in ihrer Erinnerung später nicht mehr zu behaupten. Die Finger der Hand entspannten sich in diesem Moment. Im Einklang mit den letzten Tönen der Suite zog sich das Leben aus der Hand zurück. Ida spürte es genau, wie es aus den Fingerspitzen die Glieder entlang den Arm hinauf verschwand. Ihr Augenspiel wanderte von der Hand in der ihren in das Gesicht des Fremden, mit dem sie den intimsten aller Momente teilte, ohne seinen Namen zu kennen. Die Augen des Soldaten starrten sie noch immer an, aber sie sahen sie nicht mehr.

Das neue Stück, das die Violine herüberschickte, erklang so fremd, als hätte sie nie zuvor in ihrem Leben diesem Instrument gelauscht. Es war, als kämen die Klänge von sehr weit her. Sehr langsam streckte Ida die Hand aus. Zögerlich drückte sie dem toten Soldaten die Augen zu. Es überraschte sie, wie leicht es ging. Die Hand, die sie gehalten hatte, hing nun schlaff über der Bettkannte. Sie erhob sich, dachte dann, dass sie ihn so nicht liegenlassen konnte. Also nahm sie sich ein Herz und faltete auch noch seine Hände wie zum Gebet. Das war etwas schwieriger, denn sie musste jeden einzelnen Finger ineinanderlegen, und die Glieder waren mit einem Mal von einer Schwere und Widerspenstigkeit, die sie zuvor nicht gespürt hatte.

Schließlich erhob sie sich, zögerlich, als hätte der Tod sie selbst nur aus Versehen nicht gleich auch mitgenommen. Sie sah hinüber zu der Klosterschwester, die ihr schweigend zunickte. Ida stand vor dem Bett und konnte sich lange nicht bewegen. Nie zuvor war sie dem Sterben so nahe gewesen. Weder fühlte sie ihre eigenen Glieder noch konnte sie einen klaren Gedanken fassen. Es war, als hätte der Tod alles in seiner nächsten Nähe betäubt, damit er seines Amtes walten konnte und dabei nicht gestört wurde. Er hatte den Mann mit sich genommen und seinen kaputten Körper einfach zurückgelassen. Von einer Sekunde zur nächsten.

Gottfried Schuler zog den Bogen mit einem langen und sehr behutsamen Ton bis an das Ende der Saiten und setzte ab. Er winkte Ida mit diesem nun freigewordenen Bogen zu. Es weckte sie nicht aus der Betäubung, aber immerhin bewirkte es, dass sie ihre Füße in Gang setzen konnte. Sie schlängelte sich durch die Betten in seine Richtung. Gottfried war der Grund für ihre Anwesenheit hier gewesen, selbst wenn sie den Eindruck nicht abschütteln konnte, dass sie der Liebe Gott womöglich wegen diesem Sterbenden herübergeholt hatte. Der Gedanke tröstete auf seltsame Weise.

„Schön, dass Sie mich besuchen", flüsterte Gottfried ihr sofort zu. „Das freut mich sehr! Möchten Sie mich beim nächsten Stück mit Gesang begleiten? Sie dürfen das Lied wählen, ich werde sehen, ob ich es spielen kann."

Idas Kopf schüttelte sich wie überrumpelt und unfähig stillzuhalten. Sie schaute wieder hinüber zu der Pritsche, wo der Tote inmitten der Lebenden lag, als gehöre er noch zu ihnen.

„Ich kann nicht…", murmelte sie, „… ich kann jetzt nicht … nicht singen."

Gottfried legte sein Instrument nieder in den Geigenkasten zu seinen Füßen.

„Geht es Ihnen nicht gut? Möchten Sie einen Spaziergang machen? Kommen Sie, ich bringe Sie an die frische Luft!"

Ida konnte weder sagen, was sie wollte, noch antworten. Sie fühlte ihr Herz schlagen, das Blut in ihren Adern zirkulieren, ihren Atem durch die Lungen strömen und sie spürte zum ersten Mal ganz genau, wie kräftig das Leben in ihr war. Auf Gottfried musste sie den gegenteiligen Eindruck machen, denn er fasste sie sachte am Arm und führte sie vorsichtig weg. Sie ließ sich von ihm zum Lazaretteingang lotsen, in ihren Mantel helfen, die Tür öffnen und hinausbegleiten.

Ein sternenklarer Himmel wölbte sich über den Dächern. Die hellblau schimmernde Schneedecke reflektierte das bleiche Licht des beinahe vollen Mondes. Man hatte den Eindruck, die Stadt sei auf mysteriöse Weise in sanftes Hellblau getaucht, als hätten Himmelskünstler versehentlich einen Farbtopf über die Straßen ausgeschüttet. Beiden stockte zunächst der Atem als sie ins Freie traten, bevor sich ihre Lungen allmählich an die schneidende Frische gewöhnten. Gottfried führte sie am Arm die kleine Gasse entlang, hinaus in Richtung der großen Pfarrkirche. Der Schnee unter ihren Schuhen gab quietschende Laute von sich. Eisige Kälte kroch schon nach wenigen Schritten durch die Schuhsohlen in die Füße. Nicht Leder noch Wollstrümpfe konnten sie davon abhalten, aber Ida spürte nichts davon. Die Stille der Nacht war wohltuend. Sie fühlte, wie sie allmählich wieder zu sich kam.

„Glauben Sie, dass die Musik den armen Kameraden ein bisschen geholfen hat?" Gottfried sah sie nicht an, sondern hielt sie am Arm und schritt geradeaus sprechend voran. „Sie haben überhaupt nicht reagiert?"

„Das hat sie", versicherte Ida mit Bestimmtheit, ohne weitere Erläuterung.

An der Synagoge bogen sie um die Ecke und liefen weiter in Richtung des Oberen Marktplatzes. Ida betrachtete, wie beiläufig, die Auslagen des Haushaltswarengeschäfts beim Rathaus. Hätte man ihr in diesem Moment die Augen verbunden und sie aufgefordert, aufzuzählen, was dort hinter der Scheibe lag, sie wäre zu nichts dergleichen in der Lage gewesen.

„Einer ist mit Bach gegangen", sprach sie weiter, auf die hinter der Scheibe dekorierten Töpfe und Schüsseln starrend. Ein Kartoffeldämpfer war dort aufgebaut, der, um seinen Zweck zu verdeutlichen, sogar drei Kartoffeln enthielt. Ida sah es und sah es auch wieder nicht.

Nun schaute Gottfried sie doch ein wenig irritiert von der Seite an: „Mit Bach gegangen?"

„Ja, mit den letzten Takten der Suite."

Gottfried schien noch immer nicht zu verstehen, aber Ida konnte nicht mehr als das erklären. Sie war noch zu sehr mit dem Auftauen ihrer Sinne beschäftigt.

Doch sie irrte sich, er hatte verstanden.

„Ein guter Tod", meinte Gottfried nach einer Weile, als sie schon ein ganzes Stück die Obere Marktstraße hinaufgeschlendert vor dem Gasthof Schwarzer Bär angekommen waren. „Mit dieser Melodie zu gehen ist weitaus mehr als den Meisten gegönnt ist."

Das folgende Schweigen schien sie vor der langen Front des Gasthauses in ihrer Bewegung sogar zu bremsen. Nur sehr langsam schritten sie vorüber. Das Lokal war hell erleuchtet. Stimmen drangen nach draußen, und das Lärmen von Männern beim Schafskopf, die die Karten auf den Tisch knallten, als wollten sie damit Fliegen erschlagen. Es hatten sich seit geraumer Zeit auch wieder Jüngere an die Stammtische gesellt. Allen war gemein, dass ihnen ein Körperglied fehlte. Sie waren für den Krieg nicht mehr tauglich, ausgemustert, aber auch ihre Familien oder Arbeitgeber wussten nichts mehr mit ihnen anzufangen und so verbrachten sie den Großteil ihrer Zeit im Wirtshaus. Zu Beginn waren diese armen Krüppel in den Straßen noch ungut aufgefallen. Man hatte sich erschrocken vor der hässlichen Fratze des glorreichen Krieges, die in der Heimat ihre brutale Seite zu zeigen begonnen hatte. Doch der Mensch ist ganz Gewohnheit und so hatte man sich auch schnell an diesen Anblick gewöhnt.

Ida antwortete nicht, weil sie sich zum ersten Mal in ihrem Leben fragte, was dieses häufig gehörte Urteil der Menschen, dieser „gute Tod" aussagen sollte? Was war an diesem Tod gut, wenn der Mann bevorzugt hatte, zu leben? Er wäre bestimmt viel lieber da drinnen bei diesen lärmenden Kartenspielern gewesen. Womöglich sogar trotz eines fehlenden Körpergliedes. Er war noch nicht alt gewesen, vielleicht fünfundzwanzig, oder siebenundzwanzig, keine dreißig jedenfalls. Er war fern seiner Familie gestorben, hatte bestimmt gelitten an seiner Verletzung, war auf einer klapprigen Pritsche gelegen, irgendwo, wo er gar nicht hingehörte. Was war daran gut?

„Das haben Sie sehr richtig gemacht, Fräulein Ida! Gut!"

Damit blieb ihr Begleiter plötzlich stehen und ergriff ihre, in der Kürze der Zeit schon zu Eiszapfen mutierten Hände. Wieder benutzte Gottfried dieses Wort „gut", das auf sie wirkte, wie zwanghaft verwendet, um etwas zu beschönigen, was nicht zu beschönigen war. Notgedrungen hielt auch sie an, ließ es widerstandslos zu, weil ihre Reaktionen noch immer langsam waren. Er sah ihr in die Augen und wiederholte seinen Satz.

„Wissen Sie", fuhr er dann fort, „die meisten Soldaten sterben alleine, ganz alleine, in der Kälte, im Dreck, unter Beschuss, als ob ihr Körper nicht schon getroffen wäre, hagelt es weiter Kugeln, damit er ja nicht mehr aufsteht, der arme Kerl, bis er nichts mehr sieht und nichts mehr hört, ganz taub daliegt, und irgendwann junge Mädchen kommen, um ihn vom Boden aufzuheben, sie singen, wunderschöne Musik, wo er gar nicht mehr weg will, weil es schon so ruhig und lichtdurchdrungen ist und er nicht mehr zurück will in diesen Schlamm, aber sie zerren ihn hoch und er schwebt in ihren Händen durch die Luft ... wenn er Glück hat ..."[9]

Ida verstand, dass er längst nicht mehr von ihrer Erfahrung sprach. Unvermittelt hielt er in seiner Rede an, so, wie jemand, der plötzlich durch ein unvorhergesehenes Ereignis abgelenkt wird.

„Fräulein Ida", Gottfried sprach mit großem Ernst, „darf ich Ihnen schreiben, wenn ich wieder im Einsatz bin?"

Noch immer unter dem Einfluss des Erlebten antwortete sie mit einem schlichten „ja". Unter normalen Umständen hätte sie nicht so leicht zugestimmt, denn so ein Schritt hatte Bedeutung. Eine Bedeutung, die sie der Sache gar nicht geben wollte. Aber durfte man einem Soldaten, der für das Vaterland kämpfte, so einen zarten Wunsch überhaupt verwehren?

***

Ein Sektkorken knallte. Einer der Verletzten an Krücken, befüllte Teetassen. Er teilte sorgsam auf, es gab nur eine Flasche. Die kostbare Flüssigkeit reichte kaum zum Anstoßen. Alles drängte von der Tanzfläche zu dem kleinen Tisch. Das Grammophon spielte im Hintergrund weiter Foxtrott, aber niemand achtete mehr darauf. Irgendjemand begann zu zählen.

„Zehn, neun, acht ..."

Immer mehr Stimmen ließen sich mitreißen.

„... vier, drei, zwei, eins ... Prosit Neujahr!"

Man stieß an, kippte den einen Schluck, umarmte sich wild durcheinander. Niemand sagte „ein gutes neues Jahr!", alle wünschten sich ein „besseres" oder „friedliches".

Mit einem Mal trat plötzliche Stille ein. Als wäre der Krieg mit seinem Schrecken für jeden Einzelnen wieder in einem Satz jäh ins Bewusstsein gesprungen.

„Auf die Revolution!", übertönte irgendeiner mit seinem Ruf die Musik.

„Halts Maul!", schnauzte sofort ein anderer.

Erschrockene Gesichter drehten sich um, zu sehen, wer diese Parolen von sich gab. Jemand nahm die Nadel von der Schallplatte. Stattdessen erklang das helle Klingen eines Löffels an einem Glas. Alle Köpfe drehten sich in diese Richtung.

„Wir wollen das neue Jahr mit einer guten Nachricht beginnen!", lenkte Hilda die Aufmerksamkeit in ihre Richtung, schaute kurz zu dem Mann mit der Silberplatte im Kopf, der an ihrer Seite stand und ergriff seine Hand.

„Ich habe um ihre Hand angehalten!", eröffnete dieser die Neuigkeit und seine Zukünftige jubelte: „Wir haben uns verlobt!"

Emanuel Hahn und Hilda küssten sich.

„Glückwunsch!"

---

[9] Späteres Zitat Gottfried Schulers gegenüber seiner kleinen Enkelin (die Autorin) über seine Verwundung im 1. Weltkrieg

Eines der Mädchen fiel der frisch erkorenen Verlobten um den Hals, andere riefen Gratulationen wild durcheinander.

„Hoch lebe das junge Paar!", brüllte einer laut und übermütig, und alle wiederholten seinen Jubelruf im Chor. Die Musik setzte wieder ein.

Die Tür schlug laut, ohne dass es im Trubel der freudigen Nachricht Beachtung gefunden hätte. Zwei junge Frauen waren nach draußen gestürzt. Eine, weil sie in Tränen ausgebrochen war. Die andere, weil sie sich übergeben musste.

Es waren Martha und Anna.

Tanzvergnügen, wie noch kurz vor den Krieg (Foto 1913) veränderten sich mit dem Krieg radikal. Junge Leute ließen sich nicht mehr in Konventionen einsperren, vor allen Dingen junge Frauen. Doch auf dem Land wurde diese Entwicklung mit großem Argwohn beobachtet und geächtet.

Frauen im ersten Weltkrieg arbeiten in einer Wäscherei für Krankenhäuser und Lazarette;

Fritz
Familie Häring, Neumarkt, Neujahrstag 1918

Wie im Märchen des Aschenputtels verschwand über Nacht binnen weniger Stunden der ganze weiße Zauber. Bereits die Morgendämmerung wurde von einem Grau in Grau mit Wolken und Regen beherrscht, als wäre der hellblaue Frost der Silvesternacht nur eine Illusion gewesen. Die acht Grad, die das Quecksilber anzeigte, fühlten sich jedoch frostiger an, als die trockene Kälte der ersten Stunden des gerade erst angebrochenen Jahres, durch die die Menschen noch nach Hause gegangen waren.

Die Neujahrsmesse war gut besucht. Selbst die, die nicht regelmäßig zur Kirche gingen, waren an diesem Morgen da. Alle Bänke des beträchtlichen Kirchenschiffs der zentralen Stadtpfarrkirche waren voll besetzt. Sogar am Rande stand man dicht gedrängt und hinten am Ausgang konnten neue Kirchgänger kaum noch eintreten, so geschlossen verharrte die Menge. Der Priester verlas die Namen derer aus der Gemeinde, die im vergangenen Jahr gefallen waren. Allerdings nur die katholischen. Andersgläubige wurden nicht erwähnt. Das anschließende Gebet für die Helden war von teilweise heftigem Schluchzen mancher Mutter untermalt, und Maria dachte, dass diese Frauen es gewiss bevorzugt hätten, keinen Helden zum Sohn zu haben. Dafür einen lebendigen. Sie schielte dabei auf ihre eigene Mutter, die andächtig mit gesenktem Kopf in der Bank kniete und halblaut die Gebete mitmurmelte. Sie fragte sich, ob sie Gott dafür dankte, dass sie vier Töchter hatte und ihr dieses Schicksal der Heldenmutter erspart war? Sicherlich war diese Überlegung nicht das, was der Priester mit dieser Messe beabsichtigte zu vermitteln, aber immerhin war es doch ein Gedanke, der zumindest inhaltlich zum Anlass passte.

An diesem Morgen fiel es Maria schwer, bei der Sache zu bleiben. Ständig schweiften ihre Gedanken ab, zurück in die vergangenen Stunden dieser kleinen Feier im Lazarett. Sie hatte sich so leicht gefühlt wie schon sehr lange nicht mehr. Sie glaubte sogar, sich noch nie in ihrem Leben je so amüsiert zu haben, selbst nicht vor dem Krieg, als alles noch einfach gewesen war. Wie sie getanzt und gelacht hatte! Wie fröhlich doch alle gewesen waren! Die Sorgen des Alltags, der Kummer, die Verwundeten, der Hunger und das Elend, alles war so endlos weit weg gewesen in diesem kleinen Nebenraum, der sich wie eine in sich abgeschlossene Welt in ihre Erinnerung eingebettet hatte, wie ein Zufluchtsort, der jederzeit wieder aufgesucht werden konnte. Sie sehnte sich nach dieser Daseinsfreude und stellte sich vor, dass das Leben immer so sein könnte, wenn nur dieser verteufelte Krieg nicht wäre. Warum mussten Männer, vom Raufbold auf dem Schulhof bis hinauf in die Regierung, nur immer kämpfen? Warum konnten sie nicht einfach diese Momente genießen, Augenblicke wie den gestrigen Abend? Den gesamten Gottesdienst hindurch kreiste ihr Innenleben um dieses Sehnen.

Nach der Messe, als die Familie Häring sich vor der Kirche sammelte, weil Vater Häring – wie immer – auf der anderen Seite des Kirchenschiffs bei den Männern gesessen hatte und man auf ihn wartete, um gemeinsam nach Hause zu gehen, entdeckte sie ihre Freundin aus dem Lazarett, die gerade aus der nicht weit entfernten, schräg gegenüberliegenden Synagoge trat. Sie winkte ihr zu.

„Da ist Hilda!", warf sie ihrer Mutter und ihren beiden Schwestern zu und schickte sich an, die Straße zu überqueren, „ich will ihr ein friedliches, neues Jahr wünschen!"

Sie war schneller auf der anderen Straßenseite als ihre Mutter sie möglicherweise hätte aufhalten können. Hilda kam ihr entgegengeeilt, hakte sich sofort bei ihr unter, und bevor Maria überhaupt einen Gruß formulieren konnte, flüsterte sie: „Emanuel wurde ausgemustert! Der Herr Doktor hat bestätigt, dass er kampfuntauglich ist. Jetzt können wir schon bald heiraten!"

Sie schaute sich dabei prüfend nach hinten um, ob sie auch wirklich niemand hörte. Auch die jüdische Glaubensgemeinde kannte selbsternannte Hüter von Ordnung und Sitte mit großen Ohren. Die beiden jungen Frauen standen zu nahe bei der Synagoge, wo sich ebenfalls gerade die Gläubigen auf die Straße ergossen, dort in Grüppchen stehenblieben und sich unterhielten. Zwar feierte die jüdische Gemeinde das Neujahrsfest traditionell an einem anderen Tag im Herbst[10], trotzdem war das reguläre Morgengebet *Shacharit* an diesem Neujahrstag der Christen immer auch ein Anlass, in der Synagoge zu erscheinen. Der Kirchgang der Nachbarn animierte. Außerdem bot das zufällige Aufeinandertreffen nach dem Gottesdienst auf der Straße eine willkommene Gelegenheit zu einem Plausch fern des Alltags. Beim Spaziergang durch die Stadt, auf dem Weg zum Mittagessen, traf man dann auch auf Bekannte anderer Konfessionen, wo das Ritual fortgesetzt wurde. So war auch die jüdische Gemeinde an diesem Morgen zahlreich vertreten.

Hilda zog Maria ein Stück weiter: „Noch ist es nicht offiziell, aber Emanuel wird heute Abend mit seinen Eltern und Rabbi Baruch sprechen. Ich möchte dich aber schon jetzt zu unserer Hochzeitsfeier einladen."

„Ach! Endlich mal eine gute Neuigkeit!", warf Maria ihre Arme in die Luft, als könnte sie ihrer Freude ohne dieser Bewegung nicht Ausdruck verleihen. Hilda war ein Quell an guter Lebenskraft. Ungeachtet der Schwere der Zeit vermochte die Freundin Lebensfreude zu versprühen und an ihre Mitmenschen abzugeben. Allein sich in ihrer Nähe aufzuhalten genügte, um sich selbst gleich besser zu fühlen. Vielleicht hatte ihr der liebe Gott versehentlich zwei Leben mitgegeben? Nur so war diese Großzügigkeit zu erklären.

„Ich komme gerne!", lächelte Maria über ihre eigenen Gedanken und tätschelte Hilda die Handfläche. „Du wirst bestimmt ein ganz wunderschönes Kleid haben! Deine zukünftigen Schwiegereltern sind doch mit dem Haas-Geschäft

---

[10] Juden in aller Welt feiern nicht im ersten, sondern im siebten Monat des jüdischen Kalenders: Rosch Haschana, das „Haupt des Jahres".

befreundet. Die können dir gewiss Spitzen besorgen. *Mei, a so a guade Nachricht!*[11]"

Gemeinsam liefen sie die Hallertorstraße entlang in Richtung der mittelalterlichen Stadtmauer, wo, trotz des Namens, kein Tor mehr war, so, wie in der entgegengesetzten Klostergasse, die nicht den Begriff im Namen trug, jedoch ein altes Stadttor aufwies. Die beiden jungen Frauen träumten sich auf ihrem Weg alle Feinheiten dieser Hochzeit zusammen. Als sie dort ankamen, wo die Straße einen weiten Durchgang in der Mauer verursacht hatte, so dass man sie kaum noch wahrnam, wenn man nicht wusste, dass dort einmal die mittelalterliche Befestigung gewesen war, blieb Hilda auf einmal stehen. Sie guckte mit übertrieben zusammengezogenen Augen zu einem Spaziergänger, als spähte sie in eine unglaubliche Entfernung und müsste sich sehr anstrengen, zu erkennen, was sich da näherte. Dabei war der Flaneur, der aus der anderen Richtung die kahle Baumallee entlanggeschlendert kam, schon sehr nahe.

„Schau mal, wer da kommt!" Hilda frohlockte nahezu in ihrer guten Laune und zwinkerte Maria zu. Sie schien sich an diesem Morgen über alles und jeden zu freuen. „Da ist ja dein Tänzer von gestern!"

„Was redest du denn da!", widersprach ihre Begleiterin, „ich habe doch mit vielen getanzt!" Gleichzeitig musste Maria sich ungeachtet ihrer Worte eingestehen, dass Hilda etwas ausgesprochen hatte, das ihr bis zu diesem Augenblick gar nicht aufgefallen war. Doch nun erinnerte sie sich, dass der Schulterdurchschuß beim Partnerwechsel in der Tat auffallend häufig wieder vor ihr aufgetaucht war. Wenn sie es recht bedachte, hatte er sich einmal sogar nur um sich selbst gedreht und gleich wieder ihre Hand ergriffen. Sie hatte es im Taumel des Spaßes einfach hingenommen, doch nun wurde es ihr durchaus bewusst.

„Schwester Maria und Schwester Hilda!", winkte der Spaziergänger schon von weitem und kam schnurstracks auf sie zu.

„Brav, dass Sie ein wenig frische Luft schnappen!", lobte ihn Hilda, erhob aber sofort den scheltenden Zeigefinger vor seiner Nase. „Sie sollten aber nicht so viel rauchen! Das hemmt die Genesung."

Der junge Mann drückte folgsam die halb verglühte Zigarette aus.

„Darf ich Sie ein Stück begleiten?", steckte er den Stummel wieder in die Brusttasche seiner Jacke. Seine Sprache wirkte ein wenig gestelzt; er erweckte den Eindruck eines Schauspielers aus einem Stummfilm, der durch knapp gehaltene Untertitel kommunizierte. „Ich freue mich über ihre Gesellschaft. Sie gibt mir einen guten Anlass. Das Wetter macht wenig Lust. So bewege ich mich noch ein wenig. Ich darf doch?"

---

[11] Dialekt: Was für eine gute Nachricht; „Mei" ist im Bayrischen eher ein Gemütsausdruck als ein Wort. Es kann sowohl 'ja, so was!' bedeuten, als auch wie in „Ja mei" Ausdruck fatalistischer Haltung sein. Der Ton, den dem es gesagt wird, spielt dabei eine große Rolle.

Spazierweg entlang des alten Stadtgrabens, auf dem Fritz den beiden Hilfsschwestern
Maria und Hilda entgegenkam; 1918;

Zwar nickten die Mädchen, Maria etwas williger als Hilda, die dies ohne Begeisterung in der Miene tat, denn sie wären gerne ihren Träumereien nachgegangen, die man nun, mit einem Mann an der Seite, nicht weiterspinnen konnte.

„Es war ein wunderschöner Abend gestern, nicht wahr?", redete der Soldat gleich mit dem ersten gemeinsamen Schritt und bot damit immerhin ein anderes, beinahe ebenso schönes Gesprächsthema an.

So tauschten sie sich zunehmend lebhaft über die vergangene Feier und insbesondere den neuen Tanz aus, der allen so viel Freude bereitet hatte. Der junge Mann, der sich Maria trotz der Einladung und der zahlreichen Tänze nicht vorgestellt hatte, und, der für Maria noch immer *der Schulterdurchschuß* hieß, erklärte ihnen, dass der Name Foxtrott aus dem Englischen kam, übersetzt so etwas wie Fuchsgalopp bedeutete. Jedenfalls wurde es davon abgeleitet. Das fanden Maria und Hilda sehr nachvollziehbar, vor allen Dingen aber lustig.

„Meinetwegen könnte der Tanz auch Schweinegalopp heißen", lachte Hilda, „Hauptsache, man tanzt ihn! Das Schöne daran ist doch, dass man ihn ganz schnell lernen kann. Und so vielseitig variieren. Jeder kann gleich mitmachen. Das ist es doch, was das Vergnügen ausmacht."

Darüber waren sie sich einig. Sie hatten am Abend sogar ein paar Drehungen probiert, wenn es auch eng gewesen und man ständig irgendjemandem auf die Füße getreten war. Aber das hatte den Spaß nur vermehrt.

Bevor sie an den letzten Häusern auf dem Weg zum alten Kanal abbogen, drehte Hilda sich auf einmal um und spähte auf die Kirchturmuhr.

„Herrje!", erschrak sie sich. „Ich muss zum Bahnhof! Meine Eltern kommen auf Besuch." Während sie sich schon abwandte, fügte sie jubelnd hinzu: „Wir gehen ins Café Kainz[12]! Was werden sie sich freuen, wenn ich ihnen die gute Nachricht erzähle!"

Damit ließ sie die beiden anderen einfach stehen. Maria war es alles andere als recht, alleine mit ihrem Tänzer des gestrigen Abends zurückgelassen zu werden. Zwei junge Mädchen im Spaziergang mit einem Verwundeten, das ging durch. Das gab kein Gerede, zumal sie beide Hilfsschwestern des Lazaretts waren und der Mann weithin sichtbar einen Arm in der Schlinge trug. Aber alleine, das würde sofort ein Gerücht in Umlauf setzen, falls eine Nachbarin sie sah. Und das war in der Kleinstadt fast nicht zu vermeiden. Doch sie war so schnell gar nicht in der Lage, einen Grund vorzubringen, um sich ebenfalls zu verabschieden. Daran hätte ihre Freundin denken können! Doch die schien durch ihr Glück wirklich völlig kopflos und alles außer Acht zu lassen. So kannte sie Hilda gar nicht.

„Ich habe gehört, dass der Kamerad Hahn ausgemustert wird", drängte sich der Schulterdurchschuß in ihre Gedanken hinein. Er lief dabei wie selbstverständlich weiter neben ihr her, so wie er weiterredete, als spräche er zu sich selbst. „Welch ein Glück! Für ihn ist der Krieg jetzt vorbei. Nun ja, mit der Verwundung kann er froh sein, wenn er ein normales Leben führen wird. Zu beneiden ist er da weiß Gott auch nicht. Das Leben ist manchmal ironisch, nicht wahr? Es gibt mit einer Hand und es nimmt gleichzeitig mit der anderen."

Maria folgte weder seiner Bewegung noch seinen Worten, sondern nur ihren Befürchtungen. Um der unliebsamen Situation ein Ende zu bereiten, stieß sie fast unfreundlich hervor: „Ich muss auch gehen."

Er blieb stehen. Erst jetzt schien er zu bemerken, dass sie zurückgeblieben war. Wie angewurzelt stand sie am Fleck.

„Aber nicht doch!", bettelte er und legte dabei den Kopf schief, wie ein Hund, der durch Niedlichkeit einen Leckerbissen herauslocken will. Gleichzeitig aber verstand er wohl doch ihre Gründe, denn seine weiteren Worte waren durchdacht. „Laufen wir über den Kanalweg zurück. Bei dem Wetter sieht uns dort kein Mensch!"

Maria senkte den Blick auf den Boden. Man sah ihr Gesicht kaum noch, so tief neigte sie den Kopf. Sie musste an das Rotkäppchen denken, das Märchen, das sie als Kind so unsinnig gefunden hatte, weil sie in ihrem Leben noch nie eine Großmutter gesehen hatte, die alleine im Wald lebte. Sie war schon damals häufig und gerne im Forst der Familie gewesen, deshalb hatte sie das genau gewusst. Dort lebten keine Großmütter; schon gar nicht mutterseelenalleine. Doch in diesem Augenblick verstand sie das Gleichnis mit dem Mädchen, das vom Weg abgeht, weil es Blumen pflücken will. Da sich das gute Gefühl der

---

[12] Einst in der Mariahilfstraße 1, das Café existiert heute nicht mehr.

erinnerten Leichtigkeit durchaus auch mit dem Mann vor ihr verband, brach sie ihre selbst auferlegte Disziplin. Sie nickte schon, bevor sie ja sagen konnte.

Er schien sich zu freuen, zumindest gab er sich große Mühe, diesen Eindruck zu erwecken.

„Was meinen Sie, Schwester Maria? Wie lange wird man mich noch in Ruhe lassen? Wann wird man mich wieder an die Front schicken?", nahm er die Konversation wieder auf und bot ihr seinen gesunden Arm an.

Maria schob ihre Hände tiefer in die Manteltasche. Sie schritt demonstrativ selbständig neben ihm her. Auf keinen Fall wollte sie an seinem Arm in derart vertrauter Haltung gesehen werden. Hilda mochte vielleicht bald mit ihrem Verlobten so spazieren gehen, aber auch das erst dann, wenn es ganz offiziell war.

„Ich weiß das nicht", antwortete sie, obwohl sie dazu sehr wohl ein Urteil hatte, dem sie aufgrund ihrer Erfahrung auch weitestgehend trauen durfte. Mittlerweile lag sie mit ihren Vermutungen diesbezüglich oft richtig. Ein wenig würde er wohl noch in Pflege bleiben, wenn auch nicht unbedingt in ihrer. Manchmal wurden die Verwundeten verlegt, weil man die Betten benötigte. Bei dem Mangel an Soldaten, der mittlerweile zu herrschen schien, kam man möglicherweise auch auf die Idee, ihn für etwas einzusetzen, wozu er seinen Arm nicht brauchen würde. Aber das wollte sie nicht sagen und, was sie selbst überraschte, sie wollte es auch nicht denken.

„Das muss der Herr Stabsarzt entscheiden."

„Verstehe."

Sie bogen auf den Trampelpfad, der entlang des Kanals in einem weiten Bogen nach Norden um die Stadt bis zum alten Hafen führte. Die Erde war noch immer festgetreten, obgleich man kaum noch Pferden begegnete, die ein beladenes Boot auf dem Kanal nach Norden in Richtung des Mains oder in die entgegengesetzte Richtung zur Donau zogen. Auf halbem Wege dorthin konnte man auf einen Feldweg abbiegen, der durch Wiesen zurück zu dem Ausgangspunkt ihres Spaziergangs führte. Sie mussten nun hintereinander marschieren, da das winterliche Gras links und rechts an dieser Stelle ziemlich hoch, vor allen Dingen jedoch nass war. Er lief vor ihr, um den Weg von herabhängendem Schilf zu befreien, das hin und wieder den Weg versperrte.

„Wollen wir nicht *du* zueinander sagen?" Er drehte sich unvermittelt um. „Der schönen Erinnerung halber! Wer weiß, wann wir je wieder Gelegenheit zum Tanzen haben werden?"

Und ohne auf eine Antwort zu warten, hielt er ihr seine Hand hin: „Ich heiße Fritz. Eigentlich natürlich Friedrich, aber alle nennen mich Fritz."

Nun war es ganz um ihre Schutzhaltung, die sie sich über all die Monate hinweg eisern bewahrt hatte, geschehen. Nur nicht die Namen der Verwundeten kennen! Die Schwestern sprachen immer nur von „der Silberplatte im Kopf", dem „rechten amputierten Bein" oder dem „Granatsplitter im Hintern". Es bewahrte sie vor zu viel Nähe, und das schirmte ab vor unnötigem Schmerz. Jetzt kannte sie diesen hier. Der Schulterdurchschuß hieß also Fritz.

„Meinen Namen kennen Sie ja," antwortete sie nüchtern. Nicht deswegen, weil sie sich von dem Ansinnen nicht etwa doch geschmeichelt fühlte, sondern weil sie sich davor fürchtete, diese Annäherung zuzulassen.

„Du!", korrigierte er sie schmunzelnd.

„Ja. Stimmt. Richtig. *Mei*, na gut. ... kennst *du* ja schon!", wiederholte sie. Sie ließ ein leichtes Lächeln erkennen, wies aber gleichzeitig mit einem Wink ihres Kinnes an, dass er weiterlaufen sollte.

Für die nächsten Minuten gingen sie wortlos nebeneinander her, jeder in seine eigenen Gedanken vertieft.

Dieser Fritz war hochgewachsen, jedoch nicht zu groß, er war schlank und doch muskulös. Das war Maria schon beim Anlegen des Verbands aufgefallen. Seine Hände waren harte Arbeit nicht gewohnt, das hatte sie sofort gesehen, als er eingeliefert worden war. Damit hatte sie sich aber nicht weiter aufgehalten, denn er hatte gestunken wie ein Misthaufen, war verlaust, schmutzig, verwahrlost gewesen, wie die meisten der Männer, die direkt aus dem Schützengraben kamen. Sie hatte Mühe gehabt, den tagelangen Wildwuchs in seinem Gesicht abzuschaben, bis seine angenehmen Züge zum Vorschein gekommen waren. Sie hatte damals schon an seinen leuchtend hellblauen Augen erkannt, dass der Rest auch ganz ansehnlich sein musste, und das hatte sich dann auch bestätigt. Mittlerweile konnte man ihn durchaus als gutaussehend bezeichnen. Jetzt trug er ein kleines Bärtchen unter der Nase, pflegeintensiv und ganz nach der neuen Mode. Seit es ihm wieder besser ging, hatte er außerdem ständig einen gewitzten Spruch auf den Lippen. Die Frauen im Lazarett mochten ihn, sogar die Klosterschwestern lachten nur allzu gerne über seine Scherze. Viel zu lachen gab es ja nicht und da war einer, der die Dinge leichter zu nehmen schien, geradezu eine Wohltat.

„Ich komme aus Eisenberg", brach Fritz das Schweigen.

Nun fühlte sie sich aufgefordert, nachzufragen, gleichwohl sie noch immer zögerte, mehr über ihn zu erfahren.

„Wo liegt das?"

„In Thüringen", erklärte er, „gar nicht so weit von hier, hinter der bayrischen Grenze. Aber glaube mir, wir sprechen da ganz anders als ihr hier! Manchmal verstehe ich euch gar nicht."

„Da musst du dich halt ein bisschen anstrengen!", lachte Maria. Thüringen, das war für sie weit weg, beinahe ein fremdes Land. Natürlich sprachen die Menschen da anders. Aber sie hatten ja schon Männer aus Berlin und sogar aus Österreich-Ungarn im Lazarett gehabt, die zu beschädigt gewesen waren, um den Transport in ein Heimatlazarett durchzustehen.

„Ich habe zwei Brüder, einer hat Medizin studiert, der andere ist Beamter. Und eine Schwester, die Gedichte schreibt", erzählte er weiter. „Ich bin Steuerberater geworden, so wie mein Vater das von seinem Erstgeborenen erwartet hat. Das ist eine gute Arbeit. Steuerberater werden immer gebraucht, weil der Staat fortwährend Geld eintreibt. Wenn es einen Beruf gibt, der krisensicher ist, dann dieser. Zwei Dinge sind im Leben nämlich unvermeidbar: Der Tod und die Steuer!"

Er gab einen kurzen Lacher von sich. Der Verfall der Ironie in seiner Aussage, hin zu bitterem Sarkasmus, berührte Maria auf irritierende Weise. Sie lachte nicht. So etwas Kaltes, Berechnetes wie Geldsteuer mit der Grausamkeit des Todes gleichzusetzen, schien ihr beinahe Gotteslästerung. Aber die Soldaten sagten oft solche Dinge, lachten über Merkwürdiges oder verbanden paradoxe Aussagen in einem Satz. Sie war sich nicht sicher, ob dies vom Krieg hervorgerufen, oder ob es in der Welt der Männer üblich war, solche Dinge zu denken. Von den Männern ihrer Familie kannte sie so etwas jedenfalls nicht.

„Wie viele Geschwister hast du? Du hast eine Schwester, die habe ich schon einmal gesehen. Genauso hübsch wie du, übrigens!", knüpfte Fritz die Aussage zusammenhangslos an seinen letzten Satz und warf ihr mit dem Kompliment ein Augenzwinkern zu.

Maria errötete leicht und um das zu kaschieren, antwortete sie schnell: „Vier. Wir sind vier Mädchen."

Sie zählte alle Namen mit dem jeweiligen Beruf auf, ließ sich selbst aber aus, weil sie sich auf einmal schämte, als einzige keine Lehre gemacht zu haben. Sie hätte nicht einmal sagen können, warum das so gekommen war. Sie hatte für einige Zeit als Dienstmädchen bei den Dreichlingers gearbeitet, jetzt als unbezahlte Hilfsschwester im Lazarett und immer auf dem Hof.

Maria erzählte ihm von Andres, ihrem Vetter, der auch im Krieg war und von dem sie schon länger nichts mehr gehört hatten. Fritz nickte verstehend mit dem Kopf. Er antwortete damit, dass er vom Frieden sprach, der irgendwann kommen musste, und davon, dass er eine eigene Kanzlei betreiben, eine Familie gründen wollte.

„Was möchtest du nach dem Krieg machen?", wollte er im Anschluss von ihr wissen.

Es schien eine folgerichtige Frage, aber Maria wurde von ihr gänzlich überrascht. Sie zuckte gedehnt die Achseln, wie jemand, der hoffte, vielleicht doch noch eine Antwort zu finden, bevor die Bewegung beendet sein würde. Diese Frage hatte sie sich so nie gestellt. Beinahe hätte sie geantwortet, dass sie tanzen wollte wie letzte Nacht, immerzu diese Leichtigkeit spüren. Aber ihr war durchaus bewusst, dass das Leben viel zu ernst war, als dass man sich solchen Träumereien hingeben durfte.

„Ich werde im Frieden weiter auf dem Feld arbeiten, den Haushalt machen, in den Wald gehen, um je nach Jahreszeit entweder Holz zu holen oder Beeren, Pilze und Kräuter zu sammeln, die Kuh melken, zu Weihnachten eine Gans schlachten, Socken flicken, große Wäsche machen, Kuchen backen, ja, viel öfter Kuchen backen! Solche Sachen eben. Nur, im Lazarett werde ich nicht mehr arbeiten."

Fritz sah ihr bei dieser Antwort aufmerksam ins Gesicht. Maria befürchtete, dass er ihr einfaches Leben als Bauerntochter als geringschätzig werten würde. Sofort bedauerte sie, sich zu diesem Spaziergang verleiten lassen zu haben. Doch auch, wenn es ihr im Herzen wehtun würde, sie würde sich nichts anmerken lassen und mit Stolz ihren Stand behaupten. Bei der geringsten erniedrigenden Bemerkung wollte sie ihn erhobenen Hauptes stehenlassen und sofort alleine zurücklaufen. Jawohl!

„Du schlachtest selbst eine Gans?", erstaunte er sich mit hochgezogenen Augenbrauen am Ende ihrer Rede, als sei das das Einzige, was er daraus aufgenommen hatte.

„Ja, freilich!", lachte sie nun erleichtert, „da ist doch nichts dabei!"

„Ich bewundere dich! Ich könnte das nicht!", behauptete er, lachte ebenfalls und schüttelte dabei den Kopf, als wollte er sich so etwas nicht einmal vorstellen.

Maria sah ihn nachdenklich von der Seite an. Wieder so ein Moment, wie sie nun schon viele im Lazarett erlebt hatte. Was ging in diesen Männern nur vor? Menschen erschießen und verstümmeln, das konnten sie. Und das manchmal auf grausamste Weise, wenn sie den Schilderungen mancher Soldaten Glauben schenken durfte, und sie hatte keinen Grund, das nicht zu tun. So, wie diese eine Geschichte, die ihr einer von der russischen Front geschildert und dabei selbst noch geweint hatte. Diese Erzählung, die ihr einfach nicht mehr aus dem Kopf gehen wollte, es vermutlich nie mehr tun würde, wo die Bolschewiken einem armen Kerl ein in Wachs getauchtes Seil um den Hals gewickelt hatten, als Docht der lebenden Kerze, die er dann war. Das war bestimmt kein Schauermärchen, mit dem der Verwundete bei ihr Eindruck schinden wollte. So etwas konnte sich keiner ausdenken, so etwas war Wahrheit. Und wenn einer derart Unvorstellbares erzählte, dann erlebten auch andere solche Dinge, auch wenn sie nicht darüber redeten. Zu so etwas waren Männer fähig! Berichte wie diese verfolgten sie Tag und vor allen Dingen nachts, wenn sie wach lag und darüber sinnierte, wie diese Männer je wieder in ein normales Leben zurückkehren konnten? Aber eine Gans schlachten, eine notwendige Handlung für Nahrung, das brachten sie nicht fertig? Sahen denn diese Männer nicht die Widersprüchlichkeit in ihrem Denken und Handeln? Maria war schon früher zu dem Entschluss gekommen, dass sie es nicht sahen. Sie brauchten die Frauen, damit diese die Welt und sie selbst wieder ins Gleichgewicht bringen würden, die sie mit ihrem seltsamen Hunger nach Ehre und Ruhm und Vaterland ruinierten. Und dann kamen sie zurück, verbargen hinter ihren rechtschaffenen Gesichtern vielleicht solche Gräueltaten?

Sie waren inzwischen ein schönes Stück vorangekommen, sie ihren Gedanken nachhängend, er über irgendetwas von Gänsen und Sonntagsbraten plaudernd. Sie hatte gar nicht richtig hingehört. Irgendwann schaute sie wieder auf und sah sich um. Sie befanden sich bereits an der Stelle, wo der Feldweg abbog, zurück dahin, woher sie gekommen waren, und die Richtung, die sie hatten nehmen wollen. Er ging einfach weiter geradeaus, so, als kenne er den Weg nicht. Und Maria folgte ihm wortlos, so, als hätte sie es nicht bemerkt.

An der alten Schleuse reichte er ihr die Hand, um ihr die rutschigen Stufen der Treppe hinaufzuhelfen. Danach ließ er sie aber nicht mehr los und sie zog sie auch nicht zurück. So liefen sie noch ein ganzes Stück stumm weiter, Hand in Hand, wie ein verliebtes Paar, und vielleicht zeigten sich auch tatsächlich erste Gefühle dieser Art, was der Grund ihres hartnäckigen Schweigens sein mochte, denn beide schien es auf eine gewisse Weise seltsam anzumuten. Dann tauchte in der Entfernung ein hartnäckiger Angler auf, der wohl dachte, dass die Fische bei Regen besonders gut bissen. Er saß mit tief ins Gesicht gezogener Mütze unbeweglich am Ufer und hielt seine Rute noch regungsloser ins trübe Wasser. Die Geduld war auch nötig. Viele Fische waren nicht mehr im Kanal. Der Hunger der Bevölkerung hatte auch dem Leben im brachen Gewässer zugesetzt.

Maria zog ihre Hand zurück. Man konnte nicht wissen, wessen Augenpaar sich unter dieser Kappe verbarg. Ein nie empfundenes Bedauern erfüllte sie in diesem Moment. Auch ihr Begleiter schaute drein, als hätte man ihm die fette Wurst von der Scheibe Brot geraubt, in die er gerade herzhaft hatte beißen wollen.

Fritz Naubert (2. Von rechts hintere Reihe) mit Kameraden 1918;

40

Völlig durchnässt kam Maria zu Hause an. Bevor sie in die warme Stube trat, eilte sie in ihr kaltes Schlafzimmer, das sie mit Walli noch immer teilte, und legte trockenes Gewand an. Die nassen Sachen breitete sie über das hohe Fußende der nur noch selten genutzten Holzbetten, in denen früher ihre Schwestern Anna und Helene geschlafen hatten. Es würde wohl wenig nützen. Sie musste ihre Kleidung später, wenn die Stube leer und alle im Bett waren, in der Nähe des Ofens aufhängen, sonst würden sie noch am nächsten Tag klamm sein.

Spazierweg von Maria und Fritz entlang des Kanals und Kanalbrücke, Nürnberger Straße, 1918

Sie fand die gesamte Familie in der Wohnküche vor. Zur ihrer großen Überraschung war auch ihre Schwester Anna noch da. Sie stand mit Walli am Herd und bereitete das Mittagessen zu. Maria war erst kurz vor der Ankunft in ihrem Zuhause wieder siedend heiß eingefallen, dass Anna zurück nach Hemau musste und sie womöglich nun verpasst hatte, sich von ihr zu verabschieden. Sie hatte es völlig vergessen.

„Wo hast du dich so lange herumgetrieben?", begrüßte ihr Vater sie auch schon mit einem Vorwurf, kaum, dass Maria den Fuß in den Raum gesetzt hatte. Die Mutter schaute nicht auf von ihrer Handarbeit, aber Maria wusste, dass sie genau zuhörte. Die Wintertage verliefen häufig so, wenn der Vater nicht am Ausschank arbeitete: Die Eltern Häring saßen auf der Bank in der guten Stube, der Vater rauchte, die Mutter stopfte, strickte oder flickte – es gab immer etwas zu tun für sie – und sie sprachen über das, was es eben so zu reden gab.

„Ich war spazieren", antwortete Maria wahrheitsgemäß. Sie ließ die Tür ins Schloss fallen und machte sich unaufgefordert daran, den Tisch einzudecken.

„Was sind denn das für neue Moden?", forschte Vater Häring nach. Da er dabei aber an seiner Pfeife paffte, wirkte das, was Strenge hatte sein sollen, eher wie nebenbei gesagt. „Du bist wohl nicht ausgelastet mit deiner Arbeit, dass du spazieren gehen musst wie die feinen Damen?"

„Wir haben uns ein bisschen verplaudert, Hilda und ich", ergriff Maria die Schüssel dampfender Kartoffeln, die Walli ihr reichte. Sie platzierte sie in der Mitte des Tisches. Das Gericht war schon fertig. Da war sie gerade noch rechtzeitig nach Hause gekommen, dachte Maria mit Erleichterung. Undenkbar, was es gegeben hätte, wenn sie ohne weitere Erklärung diesem Mittagessen am Neujahrstag einfach ferngeblieben wäre.

„Hilda hat sich verlobt!" Maria plapperte so leicht dahin, wie es ihr möglich war. „Und sie hat mich zu ihrem Fest eingeladen, denkt nur! Sie wird den Emanuel Hahn heiraten, den mit der Silberplatte im Kopf. Das wird ganz bestimmt eine vornehme Feier, so eine Hochzeit von einem Sohn der Geschäftsleute. Ich habe euch doch von ihm erzählt, erinnert ihr euch? Aber bitte, noch nichts den Nachbarn sagen. Es ist noch nicht offiziell!"

Es fiel ihr zum Glück nicht schwer, so fröhlich zu berichten, diese wahre Geschichte glaubhaft zu erzählen, und damit von ihrem Spaziergang mit Fritz abzulenken. Denn sie geriet sofort wieder ins Schwärmen, sobald sie an die frohe Botschaft dieser Verlobung dachte.

„*Des wissma scho*[13]", erwiderte ihre Mutter trocken. „Von der Verlobung hat uns *Dieda* längst erzählt!" Sie zeigte mit dem Kinn auf Anna, die mit einem Gesicht so durchsichtig wie ein Blatt Butterpapier dasaß. „*Mir song scho nix!*[14]"

„Das geht uns sowieso nichts an", befand Vater Häring. „Was die jüdischen Leute unter sich machen, ob oder wen die heiraten oder nicht, das ist deren Angelegenheit."

Walli brachte noch eine Terrine mit gekochtem Kohl und ein kleines Gefäß mit Gänseschmalz, das von der Weihnachtsgans übrig war und mit etwas gesalzenem Schweineschmalz und Zwiebeln gemischt nun wochenlang als willkommene Fettnahrung diente. Dann setzte auch sie sich.

Der Vater legte seine Pfeife zur Seite, die Mutter ihr Strickzeug. Sie falteten die Hände und sprachen mit gesenktem Haupt das Tischgebet.

Maria war froh, dass das Gespräch in diese Richtung verlaufen war und niemand weiter nachbohrte. Wie auf Kommando erhoben alle mit dem gemeinsamen ‚Amen' die Köpfe.

„Wann musst du denn zum Zug?", wandte sich Maria direkt an Anna neben ihr, während die Mutter ihrem Mann als ersten den Teller befüllte. Die Töchter beobachteten sie dabei geduldig, belanglos, wie hungrig sie selbst waren.

„Ich begleite dich zum Bahnhof, wenn du willst?"

Erst jetzt fiel Maria auf, dass Anna ein wenig zitterte: „Geht es dir nicht gut?"

An Stelle von Anna, antwortete ihre Mutter.

„*Zwoamoi hats gschbien*[15]! *Schad'* um das gute Essen! Als ob wir davon im Überfluss hätten. Das kommt davon, wenn man die ganze Nacht feiert wie bei den Hottentotten! *Dass aich net schammts!*[16] Gerade du, als verheiratete Frau! Das gehört sich nicht! Das wird ein sauberes Gerede geben, *mei o mei o mei*... Ist ja schon schlimm genug, dass sich die Maria da mitreißen lässt, das dumme *Madl*! Aber du, als Ältere und verheiratete Frau, wo dein Mann im Krieg ist! Eine

---

[13] Dialekt: Das wissen wir schon!
[14] Dialekt: Wir sagen schon nichts.
[15] Dialekt: Zweimal hat sie sich übergeben.
[16] Dialekt: Dass Ihr Euch nicht schämt!

Schande ist das! Und dann den halben Tag im Bett liegen, weil's dir so schlecht geht!"

„Aber Mama", versuchte nun Walli die üble Stimmung ein wenig abzudrosseln, „sie haben doch nur ein bisschen getanzt!" Sie selbst war auf einer offiziellen Silvesterversammlung ihres Arbeitgebers gewesen, von der sie früh am Abend zurückgekommen war, und bei der, sehr zu ihrem Bedauern, nicht getanzt worden war. Auch, wenn es öffentlich verboten war, in kleinem Kreise ließen sich die jungen Menschen das hin und wieder doch nicht nehmen.

„Getanzt hat man früher auch, das darfst du mir glauben!", ließ die Mutter verlauten und auch Walli verstand, dass sie besser kein weiteres Wort zur Verteidigung ihrer Schwestern vorbrachte. Die Mutter spießte zwei Kartoffeln aus der Schale, die ihr Mann ihr hingeschoben hatte, und schaute ihre Töchter böse an. „So ein gottloses Sodom und Gomorra wie da drüben hat's da nie gegeben! Und das, *wo's grad* verboten ist! In Grund und Boden hätten wir uns früher geschämt! *Nix* als sorgen muss man sich mit euch *Bixn*![17] Die Leute werden sich das Maul zerreißen! Und wenn das Hochwürden erst erfährt ..."

Mit dem letzten Satz schwang sie ihre Gabel samt der letzten aufgespießten Kartoffel daran hoch durch die Luft, wie ein Priester den Weihwasserwedel. Die Knolle löste sich durch den Schwung und flog in hohem Bogen quer durch die Küche, klatschte platzend an die Stubentür. Alle Köpfe wandten sich, alle Augen folgten dem Flug des Erdapfels durchs Zimmer. Unter anderen Umständen wären sie möglicherweise sogar in Gelächter ausgebrochen, aber weder Maria noch ihre Schwestern wagten das in diesem Moment. Die Situation war jedenfalls komisch genug, um zumindest den Ärger, der in der Luft gelegen hatte, ein wenig zu lindern.

„*Geh, Anna!*", erstaunte sich Vater Häring mit einer Portion Verwunderung im Gesicht, „*wos machst'n[18]?*"

Anna hob instinktiv den Blick, realisierte aber sofort, dass der Tadel nicht ihr, sondern ihrer Mutter, nach der sie benannt war, galt. Diese erhob sich, ergriff ihren Löffel vom Tisch, ging an die Stubentür und kratze die daran klebende Kartoffel vom Holz auf ihren Teller.

„*Weil's wohr is!*[19]", murmelte sie dabei. Sie setzte sich wieder auf ihren Platz und begann zu essen. Die Mädchen nahmen sich der Reihe nach und aßen ebenfalls. Als letzter nahm Vater Häring wieder von seinem Teller, nachdem er einen langen Blick über die Köpfe der Frauen seiner Familie hatte schweifen lassen. Was ihm dabei durch den Kopf gehen mochte, blieb seine Sache, sein Gesicht verriet nichts darüber. Dann widmete er sich schweigend voll und ganz seinem Gericht. Bloß das Klappern des Essbestecks war zu vernehmen, manchmal

---

[17] Dialekt: Büchsen, abfällige Bezeichnung für Mädchen
[18] Dialekt: Was machst du denn, Anna?
[19] Dialekt: Weil es wahr ist!; der Ausspruch wird häufig am Ende einer Auseinandersetzung gesetzt, um ein Einlenken anzudeuten, ohne seinen Standpunkt aufzugeben.

unterbrochen durch das Geräusch des auf der Tischplatte aufsetzenden Bier-
krugs des Vaters.

„Es ist nicht wegen der Feier", murmelte die auf Besuch gekommene Tochter
nach einer ganzen Weile, und so leise, dass man sie kaum verstand.

„Ich bin wieder schwanger."

Alle Essgeräusche verstummten.

Bild oben: Hallertorstraße mit rechts abgehender Adlergasse, wo das Wohnhaus der Familie
Häring und das Kolping-Reserve-Lazarett waren; Bild unten: Klostergasse, Fortführung der
Hallertorstraße auf der anderen Seite des Rathauses;

Abschied an die Westfront
Maria Häring, Neumarkt, März 1918

Hilda und ihr Bräutigam saßen jeweils auf einem Stuhl und hielten sich an der Hand, nicht zuletzt, um das Gleichgewicht zu halten. Dies, weil sie von Männern hoch über den Köpfen der Gäste zu einer lebhaften Klarinetten- und Akkordeonmusik im Kreis getragen wurden, während die Frauen unter ihnen lachten und dazu rhythmisch klatschten. Das Grammophon spielte schon die ganze Zeit diese außerordentlich fröhlichen Stücke, eine Weise, die fremd, jedoch mitreißend war.

Emanuel Hahn

Maria und Fritz standen am Rande der kleinen Gesellschaft in den Privaträumen der Familie Hahn, im ersten Stock über dem Laden. Sie folgten dem Treiben mit Aufmerksamkeit, klatschten brav mit, versuchten zu begreifen, was es mit diesem seltsamen Brauch auf sich hatte. Zur religiösen Feier in der Synagoge waren sie nicht zugelassen worden, obwohl Hilda es ausdrücklich gewünscht hatte. Aber das junge Paar hatte sich der Entscheidung des Rabbi Baruch und auch der Eltern Hahn beugen müssen. Dass ihre künftigen Schwiegereltern streng an alten Regeln festhielten, das hatte Hilda erwartet. Aber der Rabbi war jung, kaum älter als der Bräutigam; seine konservative Haltung überraschte. Doch das junge Paar hatte sich auch seiner Entscheidung beugen müssen. Als maximales Zugeständnis hatte man die beiden Freunde getrennt zum privaten Teil der Feier am Abend eingeladen, Maria als Freundin der Braut, Fritz als Kamerad des Bräutigams.

Viele der jüdischen Geschäftsleute der Stadt waren zugegen. Da waren Marias ehemalige Arbeitgeber, die Herrschaften Dreichlinger, in eleganter Abendrobe; neben den Besitzern des Modegeschäfts Ambach & Kraus, auch die Familien Semi Haas, Goldschmid und Landecker, alles Vertreter der *Großkopferten*, wie man die Wohlhabenderen der Stadt landläufig nannte. Maria beobachtete alles mit einem gemischten Gefühl in der Magengegend. Sie empfand sich fehl am Platz inmitten dieser feinen Leute, die sie bestenfalls von einem Einkauf in deren Geschäft kannte. Das Dienstmädchen, das servierte, war ihr wesentlich vertrauter. Sie war mit ihr zur Schule gegangen. Die hielt ihr nun das Tablett mit den Sektgläsern vor die Nase, doch als Maria eines davon zögerlich ergriff, zischte sie ihr im Weitergehen zu:

„Kerst eza ebba a zu dene, ha? Des moanst oba blos![20]"

Maria hatte etwas darauf antworten wollen, denn sie war weiß Gott weit entfernt davon, sich Zugehörigkeit anzumaßen, aber sie kam nicht dazu.

„Und Sie, junger Mann? Was machen Sie beruflich?" Der alte Herr Landecker war zu ihnen getreten. Er paffte an einer dicken Zigarre, hustete zwischendrin, und zog dann gleich wieder an dem abgelutschten Stängel. Es war eine jener

---

[20] Dialekt: Gehörst du jetzt wohl auch zu denen, was? Das bildest du dir aber nur ein!

Coronas, die fast eine Mark pro Stück kosteten. Maria hatte sie im Schaufenster des Tabakwarenhändlers einmal gesehen und sich gefragt, wer sich so etwas leisten konnte, eine ganze Mark in die Luft zu paffen? Jetzt wusste sie es. Der Mann sprach sehr laut, zum einen, weil er gezwungen war, die Musik zu übertönen, zum anderen, weil er wohl nicht mehr gut hörte. Er hielt sich immerzu die Hand an sein Ohr, sobald jemand etwas zu ihm sagte. Maria kannte ihn vom Sehen. Er spielte manchmal Karten im Schwarzen Bären, wo Vater Häring arbeitete.

Fritz antwortete aufrecht und lächelte dabei souverän. Er schien sich in dieser Gesellschaft keineswegs fremd zu fühlen. Er bewegte sich sicher und plauderte selbstbewusst.

„Soso, Steuerberater,", nickte der alte Herr beflissen. „Gedenken Sie, sich nach dem Sieg in Neumarkt sesshaft zu machen? Wir könnten hier einen guten Steuerfachmann brauchen."

„Zurzeit bin ich noch mit dem Sieg beschäftigt," antwortete Fritz und zeigte auf seine Uniform. Maria fragte sich, ob dies seine aufrichtige Antwort oder ob es ironisch gemeint war, was aber dem alten Herren gegenüber ziemlich frech gewesen wäre.

Ein anderer Soldat stand ganz in der Nähe. Bei dem Stichwort *Sieg* trat er ebenfalls zu der kleinen Gruppe. Es war Siegfried Hahn. Er hatte anlässlich der Hochzeit seines Bruders Emanuel drei Tage Heimaturlaub erhalten. Auch er trug Uniform. Der dritte Sohn, Ludwig, wohnte der Feier in Form eines Fotos auf der Kommode, das mit einer schwarzen Binde versehen war, bei. Er war kurz nach Beginn der Kämpfe bei Verdun gefallen. Eigentlich trauerte die Familie noch und beinahe wäre die Hochzeit deswegen noch weit in die Zukunft verschoben worden. Aber der Rabbi hatte Einsehen gezeigt. In diesen Zeiten mussten selbst rigide Bräuche flexibler gehandhabt werden, wenn das Leben weitergehen sollte.

„Es ist damit zu rechnen, dass man nun, nach dem erfolgreichen Durchbruch zur Piave in Italien und dem Friedensschluss mit Russland[21], alle verfügbaren Kräfte an der Westfront konzentrieren wird. Damit werden wir Mittelmächte dort nach vier Jahren erstmals wieder eine zahlenmäßige Überlegenheit haben!", warf er in das Gespräch ein.

Maria senkte unwillkürlich den Kopf. Das wollte sie nicht hören. Der Frieden mit Russland hatte in ihr die Hoffnung genährt, dass nun auch an anderen Fronten die Waffen niedergelegt werden würden. Alle im Lazarett hatten es als eine gute Entwicklung gesehen. Und nun sprach dieser Mensch von einer erneuten Offensive? Warum suchte man keine Gespräche auch mit den Franzosen? Hatte

---

[21] Der am 3. März 1918 von Trotzki unterzeichnete Friedensvertrag zwischen Russland und dem Deutschen Reich sah die Bildung deutsch kontrollierter Satellitenstaaten von der Ukraine bis zum Baltikum vor. Russland war weit nach Osten gedrängt worden, es hatte über die Hälfte seiner industriellen Anlagen und fast ein Drittel seiner Bevölkerung verloren. Das von Trotzki erhoffte Überschwappen der Revolution nach Deutschland hatte jedoch nicht stattgefunden.

man denn noch immer nicht genug? Seit zwei Monaten pflegte sie Fritz mit aller Hingabe gesund. Sie hatten zusammen gelesen oder Dame gespielt – er hatte es ihr beigebracht –, sie hatten Spaziergänge an der frischen Luft unternommen, sie hatte ihm sogar rares Geräuchertes von Zuhause mitgebracht, damit er wieder zu Kräften kommen sollte. Seit ihrem ersten Kuss, als er sie eines Abends plötzlich im Lazarett hinter einem aufgespannten Leinentuch um die Hüfte gepackt und, wie in einem der stummen Kinofilme, an sich gezogen hatte, wusste sie, dass sie diesen Soldaten liebte. Sie erzitterte jedes Mal von Kopf bis Fuß, wenn er nur ihre Hand ergriff. Dagegen war nun nichts mehr zu machen. Was sie stets zu vermeiden versucht hatte, war nun mit umso stärkerer Wucht über sie hereingebrochen. Es war zu spät. Es zerriss ihr das Herz zu denken, dass gerade sie, durch ihre Pflege und Liebe dazu beitrug, seine unvermeidbare Einberufung zurück an die Front herbeizuführen. Am liebsten hätte sie seine Genesung sabotiert, bis dieser von ihr erhoffte Frieden endlich kommen würde. Aber das war freilich ein dummer Gedanke.

„Was Sie nicht sagen!", horchte der alte Landecker auf. Eine graue Wolke verdeckte für einen Moment sein Gesicht. Man sah nur seinen weißen Vollbart mit leichtem Gilb, wie altes Hermelinfell. „Das klingt einleuchtend, sehr einleuchtend ...". Er nickte vor sich hin.

Fritz ergänzte nichts, aber er machte auch nicht den Eindruck, von dieser Aussage überrascht zu sein. Er trug keinen Verband mehr, stand schneidig da wie ein Zinnsoldat. Nur seine Hand zitterte noch ein wenig, wenn er den Arm zu lange belastete. Er hielt die Sektflöte in der anderen, um nichts zu verschütten.

„Es wäre gut möglich, dass diese deutliche Überlegenheit unserer deutschen Artillerie der Infanterie einen raschen Vormarsch durch die ersten Frontlinien und tiefe Durchbrüche ermöglichen wird", fuhr Siegfried Hahn unerschüttert fort, trank und wartete auf eine Reaktion von Fritz. Ob er Zustimmung oder Widerspruch erhoffte, das war weder aus seiner Rede noch aus der Stimmlage zu deuten. Er hatte gesprochen wie ein Berichterstatter, ohne Emotion und ohne erkennen zu lassen, was er darüber dachte.

„Damit ist zu rechnen", nickte Fritz und hielt sich auf diese Weise ebenso bedeckt wie der andere.

Im Hintergrund setzte man das Brautpaar, das man – im wahrsten Sinne des Wortes – hatte hochleben lassen, unter lautem Beifall wieder auf dem Boden ab. Siegfried wandte sich um, denn dort war der Bräutigam unter dem Ansporn der Menge nun im Begriff, mit dem Fuß auf ein Glas in einem Beutel zu treten, um es zu zerbrechen.

Ein Ruf ertönte aus allen Kehlen: „Mazal tov!"[22]

Siegfried drehte sich wieder zu der kleinen Gruppe. „Das symbolisiert die Zerbrechlichkeit des Glücks", erklärte er ungefragt den fremden Gästen, von denen er vermutete, dass diese mit dem Brauch nicht vertraut waren. Er warf Fritz

---

[22] Jiddisch bzw. hebräisch: frei übersetzt ‚Viel Glück‘ oder ‚Viel Erfolg‘

dabei einen seltsamen Blick zu, den Maria nicht recht zu deuten wusste. „General Ludendorff wird sich diese Chance nicht entgehen lassen", griff er dann das Gespräch an dem Punkt wieder auf, wo er es kurz zuvor unterbrochen hatte.

„Wo sind Sie denn eingesetzt?", fragte Fritz daraufhin interessiert. Maria hielt das für eine sehr kluge Reaktion. Man musste vorsichtig sein. Es gab immer noch Leute, die nicht kriegsmüde waren und diese Haltung unerbittlich von allen forderten, wenn es auch eher unter den Bessergestellten vorzufinden war, die gewisse Interessen mit den Kampfhandlungen verbanden, und die womöglich gar nicht hingehen mussten zu diesen Kampfhandlungen. Menschen ihrer Schicht, die Hunger und Elend litten, hatten diese Begeisterung von einst längst abgelegt.

„Verdun. Und Sie?"

„Ich war an der russischen Front. Aber dahin wird man mich nun nicht mehr schicken."

„Redet ihr schon wieder von diesem schrecklichen Krieg!" Hilda trat von hinten an ihren frischgebackenen Schwager heran. „Ich will heute nichts davon hören! Heute ist unser Festtag, wenigstens für ein paar Stunden könnt ihr das Thema doch ruhen lassen."

„Natürlich, verzeih!", gab Siegfried sofort klein bei und verneigte sich dabei leicht, so, wie ein Adeliger andeutungsweise den Kopf vor einem standesgemäß Ebenbürtigen neigte. Hilda ließ die Männer stehen und zog Maria am Arm ein Stück beiseite.

„Amüsierst du dich? Gefällt dir die Musik? Später spielen wir Foxtrott, warte nur! Ein bisschen müssen wir das traditionelle Programm noch laufen lassen. Für die Familie und die Älteren, die legen großen Wert darauf."

„Was ist das denn für eine Musik, die gerade gespielt wird?", überging Maria die Frage ihrer Freundin. Sie versuchte, damit zu verbergen, dass sie sich überhaupt nicht unterhielt. Alles hier wirkte bedrohlich auf sie, nichts, was hier passierte, war ihr geläufig, und diese Gespräche über eine mögliche neue Attacke hatten alles andere als zu ihrer Freude beigetragen.

„Klezmer", erklärte Hilda, als sei es das Selbstverständlichste der Welt und als könnte sie nicht fassen, dass Maria die Musik nicht zu kennen schien. Erst als ihre Freundin noch immer nicht reagierte, fuhr sie mit einer Erklärung fort. „Das spielt man bei uns traditionell auf jeder Hochzeit, aber auch auf anderen Feiern. Gefällt es dir?"

Maria nickte brav: „Ja. Sehr schön. Fröhlich und trotzdem irgendwie ein bisschen traurig."

„Ist schon sehr alt", tat Hilda den Hinweis ab. „Wir Juden neigen zu dieser Melancholie, es ist beinahe eine Pflicht, so zu empfinden. Aber mir gefällt das nicht. Ich will fröhlich sein!"

Und damit zog sie Maria in die Mitte des Raumes, ergriff ihre beiden Hände und begann zu tanzen. Sofort gesellten sich andere Frauen hinzu, hakten sich im Arm unter und bildeten einen immer größer werdenden Kreis, hopsten zu den schnellen Takten nach vorne und zurück, seitwärts und rundherum. Maria kopierte einfach, was die andern vormachten, schwang das Bein halbhoch, sprang dabei zur Seite, überkreuzte die Schritte nach hinten und nach vorne, und da sich diese Figuren immer wiederholten, war sie bald mitgerissen und konnte ohne große Anstrengung dem Rhythmus folgen. Die flotte Musik riss sie mit, bis sie völlig vergaß, dass sie eigentlich nicht zu diesen Menschen gehörte, weder zu ihrer Religion, noch zu ihrer Klasse. Für ein paar Augenblicke schienen diese Grenzen aufgehoben. Zum wiederholten Male wirbelte sie lachend an Fritz vorüber, der sie mit brennenden Augen vom Rand aus beobachtete. Ihr Blick traf auf den seinen. Ihr fiel wieder ein, dass er mit seiner empfindlichen Schulter noch nicht so herumspringen konnte. Mit geröteten Wangen löste sie sich aus der Gruppe. Sie gesellte sich wieder an seine Seite, um ihm Gesellschaft zu leisten. Er ergriff sie um die Taille und zog sie heftig an sich.

„Wenn ich dir so zusehe, machst du mich ganz verrückt!", raunte er ihr ins Ohr. Seine Stimme klang dabei so heiß wie ihr von diesem Tanz war.

„Aber Fritz!", ermahnte Maria ihn und schob ihn schnell von sich, wenn auch lachend. Zum Glück war seine Annäherung im allgemeinen Trubel untergegangen, niemand achtete auf sie.

Der Kreis der Tanzenden wurde immer größer. Es gesellten sich auch Männer hinzu, und die am Rande Stehenden mussten zurückweichen, um nicht umgestoßen zu werden. Fritz hielt Maria wie zum Tanz fest umklammert, hauptsächlich mit dem linken Arm, er war es noch nicht gewohnt, auch den rechten wieder genauso zu benutzen und wiegte sie im Rhythmus hin und her. Das ließ sie geschehen, denn es wirkte fast, als ob sie tanzten. Diese Musik war tatsächlich geeignet, um in einen Rausch zu verfallen. Man wollte gar nicht aufhören, sich ihr voll und ganz hingeben, sich fortziehen lassen mit den Klängen in eine Welt des Taumels, in die Welt einer Fremde.

„Komm!", flüsterte Fritz, „Lass uns irgendwo hingehen, wo wir alleine sind."

„Aber das gehört sich doch nicht, einfach so abzuhauen!", rügte sie ihn. „Wo willst du überhaupt hin, wo wir allein wären? Es ist doch schon dunkel!"

„Ja, eben!" Er zog sie hinüber zu dem Bräutigam, der bei seinen Eltern stand und reichte diesem die Hand. Maria konnte nicht einmal hören, was Fritz zu ihm sagte, der Trubel, das Klatschen, Singen und Hüpfen war zu laut. Sie sah, wie Emanuel nickte, auch ihr zunickte, sich zu bedanken schien. Dann zog Fritz sie auch schon hinaus in Richtung des Hausflurs. Irgendeine Männerstimme ermahnte dazu, die Musik etwas leiser zu spielen, das würde sonst Ärger geben. Tanz war noch immer verboten, auch auf privaten Feiern. Daraufhin wurde die Musik tatsächlich ein wenig gedämpfter, der Lärm der Gäste jedoch blieb auf gleichem Niveau. Maria konnte der an ihr vorbeiwirbelnden Hilda nur noch kurz zuwinken, bevor die Tür hinter ihr und Fritz ins Schloss fiel.

Kaum auf dem Gang, drückte Fritz sie an die Wand und küsste sie so leidenschaftlich, dass es ihr den Atem abschnitt. Wenn es auch daran gelegen haben mochte, dass sie noch völlig außer Puste vom Tanz war, so beeindruckte sie die

Heftigkeit dieser Empfindung doch tief. Abermals schob sie ihn weg, diesmal, weil sie nach Luft ringen musste.

„Aber Fritz!", feixte sie. „Nicht so stürmisch! Was ist denn nur los mit dir heute Abend?"

Er sah sie flirrend an, beschäftigte sich nur mit ihren Augen, während sich hinter der Milchscheibe der verschlossenen Tür schemenhafte Figuren bewegten. Die Musik untermalte das Schattentheater gedämpft. Fritz machte einen tiefen Lungenzug, als zöge er an einer seiner Zigaretten.

„Ich glaube, ich liebe dich", stieß er hervor. Er blinzelte sie nervös an.

„Du glaubst?", lachte sie ihn aus, aber vielmehr deswegen, weil sie von diesem unbeholfenen Geständnis überrumpelt war. „Aber geh, Fritz! So was weiß man doch! Oder man weiß eben, dass nicht!"

Sie lachte durch ihn hindurch, als sie seinem erschrockenen Blick begegnete. Er richtete sich auf, fast ein wenig beleidigt. Dann schien er sich aber zu besinnen, dass seine Worte in der Tat kaum dazu geeignet waren, ihr Vertrauen zu gewinnen, dass sie tölpelhaft geklungen haben mussten.

„Nein, natürlich weiß ich es!", tönte er mit Stolz erhobenem Kopf. „Ja, ich weiß es! Ich liebe dich!"

Marias Magen zog sich schockartig zusammen. Der Sekt in ihrem Blut schien mit einem Mal überzusprudeln. Plötzlich wurde ihr ganz schwummrig, im Kopf, in den Beinen, überall.

„Ich will dich heiraten", fuhr Fritz mit fester Stimme fort. „Dich und keine andere! Nie im Leben bin ich mir einer Sache sicherer gewesen!"

Eine lange Weile sah sie ihn prüfend an. Er scherzte doch nicht etwa mit ihr? Das wäre ein gar übel Schabernack gewesen, von solchen Geschichten hat man schließlich oft genug gehört. Also, spaßte er? Heiraten? Heiraten! Sie, Maria, diesen Soldaten Fritz heiraten? Eine Welle des Wohlwollens durchflutete sie. Dennoch stand sie noch immer steif wie ein Brett da. Sie hatte sich recht selbstsicher gegeben, aus Gewohnheit, weil die Rolle der Hilfsschwester gegenüber den Verletzten immer eine der Stütze und Kraft sein musste, stets mit Fürsorge und Distanz zum Soldaten eine Art weibliche Autorität bedeutete. In diese Rolle konnte sie sich jederzeit zurückziehen, auch gegenüber Fritz. Aber in Wahrheit war sie alles andere als selbstsicher. Zerstückelte Gedankenfetzen schwirrten um ihren Kopf wie Fruchtfliegen um einen Pfirsich. Mit einem Antrag hatte sie nicht gerechnet, gehofft vielleicht, dass so etwas eines Tages in ferner Zukunft geschehen könnte, jedes Mädchen wünschte sich doch zu heiraten, und noch dazu so einen feschen Kerl, aber so plötzlich, damit konnte doch niemand rechnen, und woher sollte sie wissen, dass er es wirklich ernst meinte, obwohl, ihr Eindruck war schon so, dass er die Wahrheit sprach, aber sie konnte auch irren, sie hatte in solchen Dingen doch keine Erfahrung, wie konnte eine junge Frau da überhaupt sicher sein, aber es fühlte sich schon rechtschaffen an, was er da ausgesprochen hatte …

„Du sagst ja gar nichts?" Friedrich zeigte Anzeichen von Unsicherheit. Seine Stimme schwankte, er musste sich räuspern, und er trat ein wenig nervös von einem Fuß auf den anderen, er schob seine Hände in die Hosentaschen. Verschwunden war seine stürmische Leidenschaft von ein paar Momenten zuvor. Er stand da, verlegen, und als wollte er jeden Augenblick anfangen zu bereuen, diese Worte ausgesprochen zu haben.

„Also? Was sagst du?", forderte er dann unter sichtbarer Aufwendung letzter Geduld eine Antwort.

Maria fiel ihm um den Hals. „Ich liebe dich auch!", brach es aus ihr hervor, als handelte es sich um eine unglaubliche Entdeckung, die sie eben gerade erst machte. Diese Reaktion kam so unversehens über sie, wie der Heilige Geist über die Jungfrau.

Bei ihrem Gegenüber löste sie immerhin Entspannung aus. Ein Grinsen breitete sich über sein Gesicht: „Ist das ein ,ja'?"

„Ja freilich, du dummer Kerl!"

Diesmal war es Maria, die ihn küsste.

Hand in Hand sprangen sie die steile Holztreppe hinunter und durch die schwere Haustür ins Freie auf die Straße. Fritz hielt ihre Finger ganz fest umschlungen in den seinen, gleichwohl Maria versuchte, sie in der Öffentlichkeit zurückzuziehen. Sie rannten über den wie leergefegten Marktplatz hinunter in Richtung des unteren Stadttores. Straßenbeleuchtung gab es schon seit Jahren nicht mehr. Sparmaßnahmen. Die Fensterläden der anrainenden Häuser ließen nicht den kleinsten Lichtstrahl durch eine Ritze. Nicht einmal der Mond stand am Himmel. Es war stockdunkel. Hinter dem alten Kasernengebäude in der gleichnamigen Gasse, in dem noch vor ein paar Jahren die *Chevauleger*[23] der Königlich Bayrischen Armee untergebracht gewesen waren, begannen Bäume und Wiesen. Jetzt standen die mittelalterlichen Gebäude leer, weil die berittenen Soldaten nach Bayreuth verlegt worden waren und die Stadt noch immer keine neue Verwendung für die feuchten Baracken mit ihren halbmeterdicken schiefen Mauern und kleinen Fenstern gefunden hatte. Man lagerte hin und wieder etwas dort ein, das war alles. Fritz trat an eine hölzerne, massive Tür und stieß sie mit einem leichten Tritt auf.

„Aber du kannst doch nicht einfach die Kaserne der *Schwolischee*[24] aufbrechen!", protestierte Maria, ungeachtet der Tatsache, dass dort seit fast zehn Jahren kein Soldat mehr gewohnt hatte. Für die Bevölkerung war es noch immer die Kaserne.

---

[23] Leichte Kavallerie
[24] Dialekt: Die Bevölkerung sprach meist kein Französisch und hatte den Begriff Chevauleger, abgeleitet von ,Chevaux Leger' nach Gehör zu ,Schwolischee' umfunktioniert.

Jüdische Hochzeitsgesellschaft auf dem Weg zur Synagoge 1918,

Unterer Markt, am Ende führt rechts eine Gasse zu den alten Kasernen;

„Die Tür war doch offen!", verteidigte sich Fritz frech und hielt sie mit einem erneuten Kuss von weiterem Einspruch ab.

Drinnen standen ein paar alte Tische und Stühle, im nächsten Raum hölzerne Stockbetten zu drei Etagen. Alles war überraschend sauber, nur ein paar Spinnweben zeugten davon, dass hier niemand reinemachte. Fritz streifte seinen Mantel ab, bettete ihn auf die unterste Pritsche. Er legte sich darauf und zog Maria kurzerhand neben sich. Maria verstand wohl, wohin das führte, aber sie konnte sich nicht dagegen wehren. Sie war wie betrunken, obwohl sie kaum ein Glas Sekt zu sich genommen hatte. Sie wollte ihm nahe sein, diese kostbaren Stunden nur mit ihm verbringen, ihn umarmen und liebkosen. Es brauchte nicht viel, um sie zu überzeugen. Seine drohende Kriegstauglichkeit schwebte wie ein Damoklesschwert über ihnen. Fast hätte sie sich gewünscht, auch er hätte, wie Hildas Bräutigam, eine Silberplatte im Kopf. Wegen dieser Behinderung konnte ihre Freundin heiraten, eine Familie gründen, ein normales Leben beginnen, jedenfalls soweit der Krieg und der Kopf das zuließen. Es schien ihr wie das Paradies auf Erden. Man sollte allen Männern Platten in den Kopf setzen, dachte sie, vielleicht würden sie dann aufhören, Kriege vom Zaun zu brechen? Ihr Fritz musste in wenigen Tagen vermutlich schon fort an die nächste Front, von der er vielleicht nie wiederkehren würde.

Mit diesem Gedanken drückte sie ihn wie in kindlicher Überzeugung fest an sich, als wollte sie ihn einfach nicht mehr loslassen und ihn damit davor beschützen, weggebracht zu werden. Er verstand es als Aufforderung. Seine Hände zitterten wie im Fieber, waren auch so heiß wie die eines Fieberkranken, als er ihren Rock hochschob.

Maria war auf einem Bauernhof aufgewachsen, sie und ihr Vetter Andres hatten bei den Kühen oft genug zugesehen, wie es ablief, wenn der Stier auf den Hennenhof gebracht wurde. Danach gab es immer ein Kälbchen. Bei den Menschen war das ähnlich, das hatten sie sich schon als Kinder zusammengereimt. Aber Genaueres wussten sie nicht, außer dem, was der Herr Pfarrer und die Klosterschwestern in der Schule ihnen dazu beigebracht hatten. Und die hatten den Vorgang zur Sünde erklärt, wenn es nicht in der heiligen Ehe stattfand und nicht allein dem einzigen Zwecke diente, Kinder Gottes zu erhoffen. So betrachtet, war die Angelegenheit also wie die mit dem Stier. Und was geschah, wenn ein Mädchen sich nicht an diese Regeln hielt, das hatte sie deutlich am Schicksal ihrer älteren Schwester Anna erlebt.

Ruckartig richtete sie sich auf die Ellenbogen.

„Du machst mir aber kein Kind, gell? Fritz?", warf sie ihm wie aus heiterem Himmel an den Kopf. Sie fühlte, wie kalt mit einem Mal die Luft war und sie mochte sich selbst nicht leiden dafür, dass sie diesen wunderschönen Augenblick verscheucht hatte.

Halb lag er, halb saß er. Jetzt unbeweglich. Ein schwaches, rund ein wenig irritiertes Lächeln erschien auf seinen Lippen. Anstatt etwas zu sagen, kramte er in der Manteltasche unter ihnen, zog ein beigefarbenes Tütchen hervor und riss es mit den Zähnen auf. Dann zog er etwas Schlauchartiges heraus und hielt es schweigend vor ihr in die Luft. Maria starrte auf dieses Etwas, das aussah wie ein Schweinedarm, in den man die Wurstfüllung presste. So sah ein Kondom also aus! Sie hatte davon gehört, die Dienstmädchen bei den Dreichlingers hatten davon oft geredet, aber sie hatte nie eines gesehen, geschweige denn in den Händen gehalten.

„Woher hast du das?", griff sie vorsichtig mit zwei Fingern an die Wursthülle, weil sie ihre Unwissenheit nicht so offen zeigen, aber doch wissen wollte, wie sich so ein Kondom anfühlte.

Er ließ seine Hand sinken, zuckte die Achseln.

„Das ist Teil unserer Standardausrüstung. Jeder Soldat bekommt das, so wie ein Gewehr und die Uniform."

„Was?!"

Nun setzte Maria sich vollends auf und stieß sich dabei den Kopf an den Brettern des Bettes über ihnen. Sie duckte sich. Ungläubig zog sie die Stirn in Falten: „Wozu braucht ihr an der Front denn so etwas?"

Er senkte den Blick, lächelte wieder, diesmal aber irgendwie sehr seltsam. Maria fragte sich, ob er sich über sie lustig machte, weil sie eine für ihn so dumme Frage gestellt hatte, und, darüber hinaus, mit verhältnismäßigem Entsetzen.

„Das ist wegen der Syphilis und solchen Krankheiten", erklärte er und schaute mit diesen Worten wieder in ihr Gesicht. „Das ist doch sehr vernünftig. Alle Soldaten haben das. Auch der Feind, außer die Amerikaner vermutlich, bei denen kursiert sie nämlich, die Syphilis, was man so hört."

„Ja, aber...", sie stotterte ein wenig, weil ihre Gedanken ihre Sprache überholten, „in der Armee gibt es doch gar keine Frauen? Du willst doch wohl nicht etwa sagen, dass sich die vielen Soldaten an der Front mit den wenigen Krankenschwestern vergnügen?"

„Nein", schüttelte er den Kopf, „das will ich damit nicht sagen."

Er legte eine Pause ein, schien in Gedanken irgendwohin abzudriften, wo er verweilte, aber mit düsterem Ausdruck in den Augen. Maria schaute ihn in einer Mischung aus Argwohn und Erwartung an und wartete.

„Ach, Maria!", seufzte Fritz dann schwer und drehte ihr den Kopf zu, „weißt du, dieser Krieg bringt das Schlechteste in den Menschen hervor! Das

Schlechteste. Und der Besuch in einem Bordell ist da wirklich nicht das, was ich meine ..."

Es war offensichtlich, dass er an schlimme Dinge erinnert wurde. Sie konnte es in seinen Augen lesen, die ihr reizendes Glimmen von kurz zuvor völlig verloren hatten. Aber Maria konnte ihm in diesem Moment nicht die Wärme geben, die er vielleicht benötigt hätte, um diese Gespenster zu verscheuchen. Sie hing an dem einen Wort fest, das für sie das Verwerflichste ihrer Vorstellung bezeichnete. Sie wiederholte es wie einen Vorwurf:

„Bordell!"

Da glaubten die braven Frauen an der Heimatfront, dass die notleidenden Männer heldenhafte Kämpfe fochten, für das Vaterland und die Ehre und die Familien zu Hause ihre Glieder, Gesundheit und den Kopf riskierten. Dabei gab man ihnen Kondome in die Hand, damit sie in das nächste Freudenhaus pilgerten, anstatt in eine Kirche! Und das ganz offiziell!

Fritz setzte ein Grinsen auf, das nicht von innen zu kommen schien. Er trug es wie eine Maske.

„Schau, Maria", legte er das Kondom in seiner Hand zwischen sich und ihr auf den Mantel, „ich habe meine ja noch!"

Sie starrte auf das Objekt ihres Entsetzens, dann hob sie die Augen und schaute ihn musternd an. Er wurde wieder ernst.

„Ich habe meine für uns aufgehoben", fuhr er fort und ergriff ihre Hand, „weil ich nicht will, dass du ein Kind kriegst, bevor wir richtig verheiratet sind."

Er streichelte ihr mit den Fingern der kranken Hand über die Wange. Der Arm zitterte auch dabei leicht. Sie konnte deutlich die Zickzacklinien fühlen, die seine Berührung auf ihrer Wange verursachte. „Und du musst auch nicht denken, dass wir etwas Falsches tun. Wir sind doch jetzt so gut wie verlobt, da darf man das."

„Nicht nach dem Gesetz des Glaubens!", widersprach sie sofort, aber nicht besonders heftig.

„Diese Regeln haben doch die Menschen gemacht", korrigierte er sie sanft. „Gott hat bestimmt nichts gegen die ehrliche Liebe zweier sich versprochenen Menschen, die sich vielleicht nie wieder sehen werden."

Darin empfand Maria völligen Einklang. Auch, wenn sie die Stimme Hochwürdens bei der Beichte schon im Ohr hatte, und sie immer wieder wie gezwungen an diese nächste Beichte denken musste. Obwohl: Vielleicht musste sie ihm das gar nicht erzählen? Der Gedanke, dass der Liebe Gott eine so tiefe, gute Liebe wie die ihre nicht verurteilen konnte, war ihr selbst auch schon gekommen. Das überzeugte. Doch am Drastischsten war der letzte Ausspruch, den Fritz getan hatte. Dass sie sich vielleicht nie wieder sehen würden, dass er fallen konnte, wie schon so viele vor ihm, schlimmer noch, vermisst blieb für alle Zeiten. Es war dieser drohende Schrecken, der sie erneut in seine Arme warf. Und er nahm sie, hielt sie fest, liebkoste sie, bedeckte diese Gefahr mit Küssen, verscheuchte jede böse Drohung in weite Ferne, errichtete mit seiner Herzenswärme eine Festung der Sicherheit um ihre Seele, bis sie die Augen schloss und sich dieser honigsüßen Erleichterung hingab. Mitten in einem Schweben wie auf frisch ge-rupften Daunenfedern, jagte ein stechender Schmerz durch ihren Unterleib. Ma-ria stieß einen Schrei aus, der lauter war, als sie gewollt hatte, und drückte Fritz unwillkürlich und mit nie geahnter Kraft von sich. Der Schreck lähmte ihre Glie-der. Sie starrte ihn mit bebenden Lippen und leicht geöffnetem Mund an.

Wenn Fritz von dieser Reaktion kalt überrascht wurde, so zeigte er es nicht. Sein Gesichtsausdruck formte sich zu verkörperter Milde.

„Das erste Mal tut es immer ein bisschen weh", küsste er ihre Lippen sanft, als könnte er damit den Schmerz da unten lindern. „Aber das gibt sich mit der Zeit."

Maria fixierte ihn unbeweglich. Sie zeigte keine Regung.

„Hat dir das denn niemand gesagt?", wunderte er sich.

Maria schüttelte den Kopf. Sie hatte immer geglaubt, Bescheid zu wissen. Sie hatte gedacht, dass diese Sache mindestens etwas war, was man als Frau zuließ, weil der Geliebte es wollte. Man schenkte es ihm sozusagen, auch, wenn man selbst dabei nichts weiter empfand. Die letzten Minuten hatten in ihr jedoch so-gar ein heftiges Sehnen erweckt, das großes Vergnügen versprochen hatte. Mit Entzücken hatte sie diese Entdeckung gemacht, war dem Drängen in ihr nur allzu willig gefolgt, bis sie dieser Stich wie ein spitzes, frisch geschliffenes Mes-ser durchbohrt hatte. Nun fühlte sie sich wie eine dumme Gans.

„Schon gut!", beruhigte sie Fritz. Er legte sich neben sie und nahm sie in den Arm. Sie ließ sich wiegen wie ein kleines Kind, fühlte sich albern und ignorant, vor allen Dingen aber unfähig. Womöglich war es ein Zeichen des Himmels? Der Liebe Gott war vielleicht doch nicht ganz einverstanden mit dem, was sie hier taten? Warum sonst sollte er den Frauen so einen Schmerz zufügen, wo es dem Manne ein solches Vergnügen zu sein schien?

Allerdings war sie mittlerweile lange genug als Hilfsschwester tätig gewesen und hatte damit ein wenig Einblick in medizinische Dinge erhalten. Wenn dieser Schmerz darin gründete, dass ein junges Mädchen da zwischen den Beinen un-berührt und ganz eng war, warum sollte das mit einer Hochzeit anders sein? Sie erinnerte sich an die Bemerkung ihrer Schwester Anna über die ehelichen Pflichten, die laut deren Worte einer Frau gar manches abverlangten. Hatte sie damals das damit gemeint? Wie lange sollte das so zugehen? Gott konnte doch nicht allen Ernstes von den Frauen verlangen, dass sie nicht nur ihre Kinder un-ter Schmerzen zu gebären, aber auch zu empfangen hatten?

„Möchtest du es noch einmal probieren?"

Fritz formulierte seine Frage mit größter Vorsicht. Seine Stimme klang wie die eines Kindes, das genau wusste, wie unwahrscheinlich es war, ein zweites Plätz-chen vom Teller nehmen zu dürfen, es aber sehnlichst erhofft und diesen Wunsch auch nicht verbergen kann. „Es lässt mit der Zeit nach ... sagt man ..."

„Wirklich?" Maria lag nach wie vor gerne in seinen Armen, aber inzwischen war ihr kühl geworden und das wundersame Ziehen in ihrem Bauch hatte sie gänzlich verlassen.

„Die Menschheit wäre inzwischen ausgestorben, wenn das immer so wäre, oder?" Er versuchte sich in einem Scherz, über den er ein wenig lachte.

Ob es nun dieses Lachen war oder überhaupt sein Bemühen, die Situation zu entzerren, das Argument überzeugte jedenfalls. Sie musste zustimmen.

Der zweite Versuch endete jedoch jählings in demselben Schmerz. Auch, wenn sie zunächst tatsächlich versuchte standzuhalten, von einem Nachlassen desselben war nichts zu bemerken. Von einem Vergnügen konnte gewiss schon gar nicht die Rede sein, egal, wie lange sie die Augen zupresste und die Zähne zusammenbiss.

„Ich kann nicht!", stieß sie letztendlich hervor. „Ich kann nicht! Es tut mir leid, es geht nicht ..."

***

Es sollte ihre einzige und vorerst letzte Gelegenheit gewesen sein. Schon drei Tage später kamen der Stabsarzt und der Lastwagen, der taugliche Genesene und solche, die dazu bestimmt wurden welche zu sein, einsammelte und sofort mitnahm. Maria assistierte dem Musterungsarzt, beantwortete ab und zu eine Frage zu dem einen oder anderen.

Sanitärfahrzeug 1. Weltkrieg

Als Fritz an die Reihe kam, fragte der Arzt gar nichts, resümierte kurz „Schulterdurchschuß, vor drei Monaten", stempelte dann ein „einsatzfähig" auf seine Liste vor sich und ließ Fritz abtreten, seine Sachen zu packen. Mit Schrecken blickte Maria ihm hinterher, wie er zu seinem Bett ging.

„Schwester!", ermahnte sie der Stabsarzt, der nun von seinem Klappstuhl zu ihr aufschaute, weil sie nicht geantwortet hatte. Er zeigte auf den nächsten Patienten, der vor ihm strammstand. „Dem Mann hier fehlt ja gar nichts! Was ist mit dem?"

Maria schluckte.

„Er hat eine schwere Grippe. Er sollte gar nicht hier stehen."

„Grippe, hm? Gut. Kurieren sie die Erkältung aus. Nächste Woche hole ich ihn!" Er notierte es in seine Liste. „Der Nächste!"

Maria stand wie auf heißen Kohlen. Vergebens versuchte sie, eine andere Schwester herbeizuwinken, die ihre Stelle einnehmen würde. Hilda hätte die Situation sofort verstanden und wäre eingesprungen, bevor der Arzt überhaupt bemerkt hätte, dass eine andere Schwester ihm Rede und Antwort stand. Aber die war mit ihrem frischgebackenen Mann für ein paar Tage aufs Land in die Flitterwochen gefahren. Nicht eine ihrer Kolleginnen schaute überhaupt in ihre Richtung. Sie musste aber unbedingt sofort zu Fritz! Mit jeder Sekunde schlug ihr Herz lauter und verzweifelter. Es waren die letzten Minuten, bevor er in den

Lastwagen steigen musste! Fritz schaute immer wieder zu ihr herüber, während er seinen Rucksack packte, gab ihr Zeichen, aber sie konnte nicht einfach weglaufen und ihren Posten verlassen. Das hätte ein Theater ohnegleichen gegeben. Sie kannte den Doktor, mit dem war nicht zu spaßen. Der scheute nicht davor zurück, auch die Schwestern zur Schnecke zu machen, wenn sie nicht so strammstanden, wie er es von den Soldaten gewohnt war. Es warteten noch an die zwanzig Männer in der Reihe und bis die durch waren, war der erste Wagen besetzt und fuhr am Ende schon los, ohne dass sie sich von Fritz hätte verabschieden können!

Prompt gab der Fahrer des ersten Wagens von der Tür her ein Zeichen, dass er abfahren wollte. Fritz packte unglaublich langsam, aber die wenigen Habseligkeiten, die er besaß, waren bereits verstaut. Er schnürte auffällig untätig an seinem Gepäck herum, schaute immer wieder zu Maria herüber.

„Die zwei da nimmst du noch mit!", rief der Arzt zur Tür, zeigte auf Fritz, ohne überhaupt seine Tätigkeit zu unterbrechen, und dann auf den Mann vor sich. Maria beobachtete, wie Fritz seinen Rucksack schulterte, ganz, wie sie es immer geübt hatten, auf der gesunden Seite, und wie er dann langsam zum Ausgang schritt, ohne den Blick von ihr abzuwenden.

Tränen schossen Maria in die Augen. Verzweiflung übermannte sie, ihr Herz raste, ihre Hände schwitzten, ihr Atem ging viel zu schnell. Ohne länger zu überlegen drehte sie auf dem Absatz um und stammelte eine Entschuldigung, die keine war: „Ich komme gleich wieder!"

Damit rannte sie hinaus vor die Tür. Es war ihr einerlei, was sie damit auslösen würde. Es war ihr gleichgültig, ob der Stabsarzt sie hinterher anschrie. Mochte er herumbrüllen wie er wollte, sie würde es sowieso nicht hören. Alles was zählte, war Fritz, der im Begriff war, aus ihrer Welt gerissen zu werden.

„Fritz!", schrie sie. „Warte!"

Er war gerade dabei als einer der Letzten auf den Wagen zu klettern. Er hielt in der Bewegung inne und drehte sich zu ihr um. Sie umarmten sich schweigend und fest und lange, und die Männer auf den Bänken schauten schweigend und lange und unbeweglich zu.

„Komm bitte wieder!", flüsterte Maria und bemühte sich sogar zu einem Lächeln: „Wir müssen doch üben!"

Fritz lächelte auch: „Wenn das kein Grund ist, am Leben zu bleiben, was dann!"

Der Letzte kam aus dem Lazarett und gesellte sich in den Lastwagen zu den anderen. Der Motor heulte auf. Fritz folgte dem Kameraden, hievte seinen Rucksack hinauf, drehte sich noch einmal um und küsste Maria ein letztes Mal, die Hände bereits an der Laderampe, bevor er sich ganz nach oben zog. Maria stand dicht vor der Klappe, reichte ihre Hände nach oben, die Fritz ergriff.

„Pass auf dich auf!", wiederholte sie noch einmal. Mit diesen Worten brüllte der Motor noch heftiger auf, stieß eine schwarze Wolke aus dem Auspuff, das Fahrzeug setzte sich ruckartig in Bewegung und sie musste mitlaufen, um seine Hände in den ihren behalten zu können. Doch nach wenigen Schritten entglitten sie ihren Fingern, gleichwohl sie so schnell wie möglich Schritt zu halten versuchte und die enge Gasse es nicht ermöglichte, dass das Fahrzeug schnell fuhr.

Maria blieb stehen.

Mit Tränen in den Augen sah sie dem Laster nach, wie er bei der Synagoge um die Ecke bog. Fritz schaute ihr bis zuletzt in die Augen. Kurz vor Entschwinden aus ihrem Sichtfeld zwinkerte er einmal schelmisch.

Notdürftig errichtete Gräber von Gefallen Soldaten an der Front; 1916-1918;

Kinder fotografiert als Soldaten, 1917;
(Foto: Geschwister von Gottfried Dauner; Dauner,
Zweiter von rechts, war ein deutscher Architekt.
Er wirkte in Bamberg und der Erbauer der
Friedenskirche in Nürnberg und der Erlöserkirche
in Bamberg. Dauner gilt als Erbauer der
Nürnberger Reformations-Gedächtnis-Kirche.)

Verkleidete Kinder 1917; Foto: Postkarte;

Achilles Wunsch
Familie Heym, Neumarkt, Ostern 1918

Während katholische Familien ihre karge Nahrung für ein Osterfrühstück in Körben in die Kirche trugen, um diese weihen zu lassen, wurde der Karfreitag in der protestantischen Gemeinde ohne dieses Ritual begangen. Kaum ein Soldat war auf Heimaturlaub. Alle Kräfte der Streitmächte waren an der Westfront konzentriert. Kein Mann schien entbehrlich. Nachdem die deutsche Großoffensive in der Picardie trotz ihrer Anfangserfolge steckengeblieben war, wollte General Erich Ludendorff mit einem zweiten Anlauf die Offensive doch noch zum Erfolg bringen.

Achilles 18 Jahre alt

Für diese Operation "Georgette" wurden 29 Divisionen mit über 2.200 Geschützen und etwa 500 Flugzeugen bereitgestellt, die Zahl der benötigten Männer war kaum zu beziffern.

Achilles Heym wäre einem Fremden in der von Alten, Kriegsversehrten, Frauen und Kindern voll besetzten Kirche in dieser Zeit sofort ins Auge gestochen. Denn weder war er kriegsverletzt noch alt, im Gegenteil: Er war ein kerngesunder junger Mann von achtzehn Jahren. Achilles war hochgewachsen, schlank und trug sein dunkelblondes Haar kurz geschnitten. Es gab keine auffälligen Merkmale, keinen Bart, keine Brille, auch war er nicht in irgendeiner Weise ausgeprägt gutaussehend. Dennoch erkannte der Betrachter sofort, dass er sich von den gewohnt aschgrauen Soldatengesichtern anderer Fronturlauber deutlich abhob. Achilles strotzte geradezu vor Gesundheit. Niemand in der protestantischen Gemeinde wunderte sich darüber. Es war bekannt, dass die Familie Heym Schweizer Staatsbürger waren und als solcher blieb auch der Sohn, der zu Ostern auf Besuch gekommen war, natürlich vom deutschen Kriegsdienst befreit.

Die Heyms waren mit nüchternem Magen in die Kirche gegangen. Dies nicht aus Mangel, sondern weil es am Karfreitag so Tradition in der Familie war. Danach versammelte man sich, ausnahmsweise auch die jüngeren Geschwister Lissy und Walty, am Mittagstisch mit gefülltem Karpfen, Kartoffeln und Gemüse, verzichtete auf Bier und Nachtisch. Letzterer Teil der Tradition, genauer gesagt das Menü, musste in diesem Jahr geopfert werden. Haushalt war längst zur Überlebensarbeit geworden. So war selbst bei Bessergestellten der Tisch spärlich gedeckt. Der Verzicht auf Fleisch an diesem hohen Feiertag erschien vielen wie Hohn. Kaum eine Familie hatte seit langem überhaupt einen Braten oder Fisch zu Gesicht, geschweige denn in den Magen bekommen. Selbst von dem berüchtigten Dachhasenbraten[25] war kaum noch die Rede. Streunende Katzen

---

[25] „Dachhase" ist laut Grimmschen Wörterbuch eine scherzhafte Umschreibung für eine Hauskatze, die auf einem Ziegeldach herumstreunt. Der Ausdruck stammt aus der Zeit der zweiten Belagerung Wiens durch die Türken im Jahr 1683.

waren von der Bildfläche längst verschwunden. Die überbackenen Käsespatzen, die das Dienstmädchen – dank des Emmentalers, den Achilles aus der Schweiz mitgebracht hatte – auf den Tisch stellte, waren aber ein großartiger Ersatz für ein besonderes Menü. Dazu gab es geröstete Zwiebeln. Es war ein Festessen, dessen Auftragen rund um den Tisch mit wässrigem Mund ehrfurchtsvoll erwartet wurde.

„Eigentlich ist das eine viel zu üppige Speise für Karfreitag", befand Frau Direktor Heym kritisch, obwohl selbst sie ihre Gier kaum verbergen konnte.

„Lass gut sein!", tätschelte Vater Heym ihr die Hand. „Du hast zwar durchaus recht, meine Liebe, aber zu Ehren von Achilles Besuch dürfen wir mal eine Ausnahme machen."

Martha und Ida nahmen diese Worte des Entscheiders der Familie mit Erleichterung auf. Ida hatte schon befürchtet, dass ihre Stiefmutter die Schüssel wieder in die Küche schicken würde. Während das Dienstmädchen die Portionen auf die Teller und jeweils ein paar Löffel Zwiebel darüber gab, schwieg die Familie andächtig. Vater Heym sprach ein Tischgebet, alle senkten feierlich den Kopf. Als er damit fertig war und mit dem „Amen" bereits seine Serviette durch die Luft aufschlug, wie er es immer tat, um sie sich zum Schutz seiner Kleidung an den Kragen zu heften, fiel sein verwunderter Blick auf das Dienstmädchen. Dieses entfernte sich für gewöhnlich während des Gebets, ein Vorgang, den alle als selbstverständlich nahmen. Umso mehr fiel ihre Anwesenheit nun auf.

„Was gibt es denn noch?", offenbarte nun auch die Stiefmutter mit spitzer Stimme ihre Verwunderung darüber.

Heidi kramte ein Kuvert aus ihrer Schürzentasche.

„Ein Brief", murmelte sie kleinlaut.

Frau Direktor Heym ließ einen, dem Anlass entsprechend übertrieben tiefen Seufzer hören, und Messer und Gabel, die sie bereits in der Hand hielt, wieder auf das Tischtuch sinken. Sie war nicht erbaut von dieser Unterbrechung und sie machte auch keinen Hehl daraus.

„Wie oft habe ich dir schon gesagt, dass du die Post entweder zum Frühstück bringen sollst, oder zum Kaffee nach dem Essen! Auf jeden Fall nicht bei Tisch, wenn wir gerade speisen! Ist das so schwer zu verstehen?"

„Der Brief ist schon von gestern", gestand das Mädchen eingeschüchtert. „Ich habe ihn nicht gesehen, erst vorhin entdeckt und wollte nicht noch länger damit warten, vielleicht ist es doch gar wichtig, der Postbote hat ihn gestern einfach hingelegt, ich habe ihn gar nicht gesehen, also den Postboten, der muss dagewesen sein, als ich im Keller war und die ..."

„Gib schon her!", unterbrach sie die Hausherrin mürrisch und hielt ihr die ausgestreckte Hand hin. Doch Heidi bewegte sich nicht, ein Umstand, der alle noch mehr aufschauen ließ.

„Der Brief ist für das Fräulein Ida", murmelte das Mädchen, bewegte sich aber noch immer nicht von der Stelle.

Es kam ein abgehacktes „Ah!" tief aus der Kehle der Stiefmutter. Dann staunte sie sehr übertrieben in Richtung Ida am anderen Ende des Tisches. „Welche Heimlichkeiten gibt es denn diesmal? Lass sehen!"

Letztes ging an das Dienstmädchen und war unterstützt von einem fordernden Winken mit den Fingern der rechten Hand. Heidi überreichte das Kuvert wie eine heiße Kartoffel, und machte sich sofort aus dem Staub. Frau Direktor Heym wandte den Brief mehrmals in der Hand, studierte schweigend Adresse und Absender, sprach dann, wie ein Buchhalter, der seinem Vorgesetzten die neueste Bilanz unterbreitet, ihren Mann an.

„Gottfried Schuler schreibt deiner Tochter."

Ida warf Martha zu ihrer Seite einen vorsichtigen Blick zu. Martha hielt den Kopf gesenkt, als sei sie noch immer in das Gebet vertieft. Ida hingegen saß recht gleichgültig da und wartete, dass man ihr das Kuvert aushändigen würde. Das an sie gerichtete Schreiben selbst kümmerte sie nur am Rande. Sie hatte Gottfried nur deshalb erlaubt, mit ihr zu korrespondieren, weil sie einem Frontsoldaten dieses kleine Glück nicht verwehren wollte. Sie sorgte sich vielmehr um ihre Schwester, die durch diesen Vorfall unnötig an ihr trauriges Schicksal erinnert wurde. Martha ertrug es kaum, von einer Verlobung sprechen zu hören oder davon in der Zeitung zu lesen. Jede Nachricht über eine Hochzeit, selbst, wenn es eine Ferntrauung war, trieb ihr die Tränen in die Augen. Sie sprach nicht darüber, aber Ida verstand auch so, dass sie trauerte. Ida hatte Martha natürlich darüber aufgeklärt, dass Gottfried ihr schreiben wollte und auch ausführlich darüber gesprochen, dass dies nur dem Krieg geschuldet war und nicht auf zärtlichen Gefühlen ihrerseits basierte. Aber sie begriff, dass alleine der Anblick von Feldpost in Martha Erinnerungen wecken musste, die schmerzhaft waren.

„Daran ist nichts auszusetzen", befand Vater Heym und widmete sich endlich seinem Teller, auf dem die Käsespatzen bereits verdächtig wenig dampften. Daraufhin schob seine Frau das Objekt des Aufsehens über die Tischdecke zu Ida, wandte sich dabei mit einem auffordernden „esst nur!" an Lissy und Walty, die mit Ungeduld vor ihren Tellern saßen und mit dieser Genehmigung sofort loslegten, als hätten sie tagelang nichts zwischen die Zähne bekommen.

„Das ist endlich einmal eine anständige Nachricht!", ließ die Stiefmutter weiter verlauten. Sie richtete die Worte aber nicht an Ida, sondern an Martha. „Ein ordentlicher Protestant aus anständigem Hause, du solltest dir an deiner Schwester ein Beispiel nehmen!"

Nicht, dass es angebracht gewesen wäre, eine Antwort vorzubringen, aber die Tatsache, der Lieblingstochter ihres Vaters als vorbildliches Beispiel vor die Nase gehalten zu werden, noch dazu von ihrer Stiefmutter, die nie ein gutes Wort für sie übrighatte, machte Ida sprachlos. Immer war Martha diejenige gewesen, die die perfekte Tochter war, der sie, Ida, nie hatte das Wasser reichen können.

Ida ergriff das Kuvert und schob es unauffällig – sofern das in dieser Situation noch möglich war – unter die noch unbenutzte Serviette neben ihrem Gedeck. Lissy schielte von der anderen Tischseite zu ihr herüber. Ida konnte an deren Nasenspitze erkennen, dass sie vor Neugierde platzte, wohl zu gerne gewusst hätte, was das für ein romantischer Brief war. Ida lächelte dem Backfisch flüchtig zu. Seitdem diese sich damals, anlässlich Idas Zimmerarrests deutlicher gegen ihre Mutter aufgelehnt hatte, als sie und Martha es je in diesem Alter gewagt hätten, empfand sie etwas wie Menschenfreundlichkeit für die jüngeren Halbgeschwister. Es Nähe und Zuneigung zu nennen, wäre übertrieben gewesen, aber der Vorfall hatte doch so etwas wie eine wohlwollende Gunst der älteren Halbschwester in ihr heranreifen lassen.

Martha pickte ein paar Käsespatzen einzeln auf ihre Gabel. Sie aß schweigend und beinahe so konzentriert auf diesen Vorgang, als könnte man dabei schwerwiegende Fehler machen.

„Wenn der endgültige Sieg auch im Westen nun errungen sein wird, wird auch Martha bestimmt einen braven Mann finden," befand Vater Heym in gütigem Tonfall, überging dabei wie unbedacht, Marthas geäußerten Wunsch, eine Probezeit in einem Kloster verbringen zu wollen. Seit der Vereinbarung, mit der diese einem Jahr Bedenkzeit wohl oder übel zugestimmt hatte, ignorierte man das Thema mit äußerster Konsequenz. Im Gegenteil, Vater und Stiefmutter sprachen beinahe methodisch immer wieder über andere Zukunftsvarianten junger Mädchen, dabei stets so, als unterhielten sie sich ganz allgemein darüber. Die Stiefmutter war diesmal ungewöhnlich direkt gewesen. Sie hatte keinen Zweifel daran gelassen, welche Zukunft sie für die Töchter ihres Mannes für angebracht hielt, und dass sie nichts mehr ersehnte, als dass diese Zukunft so bald als möglich eintreten sollte.

Achilles griff das Stichwort „Im Westen" auf. Ida vermutete, dass auch er ablenken wollte, weil er diese Sticheleien ebenso unerträglich fand wie sie und Martha, und vermutlich sogar die jüngeren Geschwister. Deren Gesichter verdunkelten sich dann immer. Sie wollten diese Ungleichheit nicht. Wie alle Kinder, sehnten sie sich nach Einheit und Halt, sie wollten Teil der Gruppe sein, nicht abgesondert und bevorzugt. Das war deutlich zu beobachten. Einmal hatte es der kleine Walty sogar laut gefordert, was selbstredend nur zur Folge hatte, dass er und Lissy für längere Zeit nicht mehr an besonderen Tagen am Tisch mit den Erwachsenen speisen durften. Darüber hinaus sollte Ida sich jedoch irren, was die Motivation ihres Bruders Achilles betraf. Diese fußte auf anderen Bestrebungen.

„Die Deutschen haben die alliierten Einheiten stark zurückgedrängt", erzählte er, „bei uns in der Schweiz beobachtet man das Geschehen sehr genau. Neunzigtausend Gefangene hat Deutschland gemacht, und zwölfhundert Geschütze erbeutet!"

„Die Neunzigtausend müssen aber auch ernährt werden", dämpfte Vater Heym die Euphorie seines Sohnes. Doch dann schwenkte er selbst wieder um.

„Umso wichtiger ist jetzt endlich ein finaler Sieg! Mehr denn je. Lange werden wir das sonst nicht mehr durchhalten. Irgendjemand muss das alles ja eines Tages bezahlen. Der Feind muss der Verlierer sein! Muss. Wir können es uns gar nicht leisten, zu verlieren. Die Kriegsanleihen wollen ja schließlich zurückbezahlt werden, nicht wahr!"

Ida trank einen Schluck Wasser und ließ den Blick über die anderen Tischpartner schweifen. Niemand sprach. Sie stellte das Glas ab und wandte sich ihrem Vater zu.

„Was passiert denn, wenn diese Anleihen nicht zurückbezahlt werden können, Herr Papa?", schaute Ida ihren Vater abwartend an, ohne weiter zu essen. Sie hatte sich bisher wenig für diese Dinge interessiert, um nicht zu sagen: Gar nicht. Nie hatte sie auch nur einen Gedanken daran verschwendet, wie dieser Krieg zu Ende gehen sollte. Hauptsache er ging zu Ende! Dieses Gerede über Schlachten, Ehre und Strategie hatte sie als Männergespräche abgetan. Aber die Aussage, dass Deutschland es sich nicht leisten konnte, den Krieg zu verlieren, hatte nun ihre Furcht geweckt. Eine ganz direkte, sehr persönliche Furcht. Beinahe noch direkter als die, die sie empfunden hatte, als von den Gräueltaten in Russland die Rede gewesen war, wo die Kommunisten alles Bürgerliche einfach abschlachteten wie Vieh, und einst wohlhabende, angesehene Familien als jämmerliche Emigranten nach Paris und Lissabon flüchten mussten.

Mit dem Ausdruck von Überraschung schaute Direktor Heym seine älteste Tochter über den Tisch hinweg an, so, als hätte er von ihr eine solche Frage nicht erwartet. Doch eher von Achilles, meinetwegen auch Martha, aber nicht von ihr.

„Nun", er räusperte sich, „dann werden brave Familien wie wir – und die sind das Rückgrat des Reiches! –, diese Familien werden ihr Erspartes nicht mit Zins und Zinseszins zurückbekommen, wie es die Regierung versprochen hat, sondern sie werden ihr Geld verlieren. Alles."

Nicht nur Ida, sondern alle anderen auch, ließen ihre Gabeln sinken und starrten den Tischvorstand an. So deutlich war das offensichtlich niemandem klar gewesen. Und dass die eigene Familie Heym von diesem Schicksal sehr persönlich bedroht war, verstanden in diesem Moment schließlich alle. Niemand hob noch den Arm zum Mund, alle ließen das Besteck in der Hand neben dem Teller ruhen. In den Gesichtern der beiden Jüngsten spiegelte sich Angst, die wohl eher von der Reaktion der anderen herrührte, als dass sie wirklich verstanden hätten, was ihr Vater da gesagt hatte.

„Geht auf eure Zimmer!", ordnete Frau Heym ihren beiden leiblichen Kindern an. Deren Teller waren bereits fast leergegessen. „Ihr könnt Euch von Heidi einen Nachtisch geben lassen!"

Vater Heym aß demonstrativ weiter. Man wartete mit dem Fortsetzen der Konversation, bis die beiden Jüngeren die Tür hinter sich geschlossen hatten.

„Paris bombardiert man aus der Ferne, aber von der Armee bei Amiens hört und liest man nichts", fuhr er zwischen zwei Bissen fort, spülte die Speisen mit einem Schluck Wasser hinunter und zeigte mit dem Messer, lehrend wie ein

Schulmeister mit seinem Zeigestock, in Richtung Achilles. „Solche Stille ist nie ein gutes Zeichen! Das macht mir Sorgen. Jetzt verstehst du meine Gedanken vielleicht?"

„Verstehe", nickte sein Sohn.

Ida folgte dem Gespräch nicht mehr. Auch sie war von Angst erschüttert. Sie blieb bei ihrer Furcht hängen. Sie begann mit sich selbst in Gedanken Runden zu drehen. Alle Ersparnisse verlieren! Auch ihre und Marthas Mitgift, die fünfzigtausend Schweizer Goldfranken? Aber nein, die waren ja bei der Tante in der Schweiz und bestimmt nicht in Deutschen oder Französischen Staatsanleihen angelegt. Diese Goldfranken lagen sicher in einem Banktresor! Sie schob eine Ladung Spatzen in den Mund und kaute schweigend vor sich hin. Würden sie arm werden, so, wie viele andere Familien, falls das passieren sollte? Wieder schwappte eine Ladung Besorgnis nach oben und schnürte ihr die Kehle zu. Sie griff zu dem Glas Wasser auf dem Tisch vor ihr. Die Flüssigkeit wirkte Wunder, klare Gedanken folgten. Aber nein! Auch die Furcht vor den russischen Kommunisten war letztendlich unbegründet gewesen, sagte sie sich. Der Schrecken, sie würden hierherkommen und auch sie alle umbringen, hatte sich doch als unbegründet herausgestellt. Jetzt mussten diese russischen Kommunisten für den Frieden mit Deutschland sogar zahlen[26]! Warum sollte es nicht wieder so kommen?

Sie streute geröstete Zwiebeln auf ihre nächste Gabel und beschloss, sich nun voll und ganz diesem leckeren Gericht zu widmen. Die Teigspatzen mit dem vielen, geschmolzenen Käse mundeten dermaßen berückend, dass sie gar nichts anderes mehr denken wollte, als sich diesem Geschmack hinzugeben. Nie im Leben hatte sie eine so köstliche Mahlzeit verzehrt!

„Schmeckt es dir nicht?", warf sie einen Blick auf Marthas Teller. Obwohl sie die Ursache deren Herumstocherns nur zu gut ahnte, wurde sie darüber trotzdem ärgerlich. Ein so feines Gericht in dieser Weise zu missachten, war eine Sünde. Martha aß zwar, aber hätte man ihr Sägespäne vorgesetzt, sie hätte den Unterschied wohl kaum bemerkt.

Martha nickte nur kurz mit einem sanften Lächeln und gab weiter vor zu essen. Schließlich schien sich auch der Rest der Familie wieder auf die guten Gaben dieses Tages zu besinnen. Für geraume Zeit vernahm man nur noch das Klappern des Silberbestecks auf dem feinen Porzellan.

---

[26] Für das Kriegsgeschehen von enormer Bedeutung war der Zusammenbruch der russischen Armee, die schließlich am 17. Dezember 1917 kapitulierte. Dies hatte riesige Gebietsgewinne für die Mittelmächte zur Folge, da die Ukraine, das Baltikum und Teile des Kaukasus nun unter der Kontrolle der deutschen Armee standen. Der Frieden von Brest-Litowsk, der im März 1918 zwischen Russland und den Mittelmächten geschlossen wurde, bedeutete das Ende des Zweifrontenkrieges für Deutschland. Das bolschewistische Regime in Russland benötigte wiederum den Frieden um sich weiter etablieren zu können. Die von Berlin diktierten Friedensbedingungen waren extrem hart: Neben enormen Reparationszahlungen musste Russland die Abtretung von Polen sowie die Verselbständigung des Baltikums, der Ukraine und Finnlands akzeptieren.

Russische und deutsche Soldaten tanzen an der Ostfront anlässlich des Friedens zwischen Russland und Deutschland im März 1918;

„Sprechen wir von etwas Erfreulicherem", regte Vater Heym nach einer Weile unvermittelt an, obwohl niemand etwas gesagt hatte. „Wann wirst du deinen Dienst bei der Grenzsicherung der Schweiz beenden? Ich brauche dringend deine Hilfe in der Brauerei. Du solltest allmählich lernen, auf was es in der Firma ankommt. Ich werde mich irgendwann aus der Leitung zurückziehen."

„Jaaaa", dehnte Achilles seine Antwort wie ein Gummiband kurz vor dem Zerreißen, „genau darüber wollte ich mit Ihnen sprechen, Papa. Ich habe meine sechshundert Tage bald voll und ..."

„Na, hervorragend!", fiel ihm sein Vater ins Wort und klopfte seinem Sohn auf die Schulter. Achilles saß zu seiner Linken und musste die beladene Gabel abermals niederlegen, um nicht alle Spatzen deswegen durch die Luft zu schleudern. Vater Heym forderte ihn mit dem Wink seines Essbestecks auf, weiterzusprechen.

„Ich habe mir darüber natürlich auch meine Gedanken gemacht", fing Achilles mit einem anderen Satz wieder an. Seine Hände spielten mit der Serviette auf seinem Schoß. „Unsere Heimat ist mir lieb. Außerdem hat die Schweiz eine großartige Zukunft vor sich. Man leidet zwar auch unter diesen Kriegsumständen, aber doch nicht so wie alle anderen Länder."

„Jaja!", winkte Direktor Heym ungeduldig ab. „Lass uns nicht wieder von diesem Krieg anfangen. Das wird ja nun bald vorbei sein. Lass uns vorausdenken! Das ist es, was erfolgreiche Geschäftsführung ausmacht: Den anderen einen Schritt voraus sein! Darauf kommt es an! Was meinst du, was passieren wird, wenn morgen der Frieden da ist? He? Was glaubst du? Wird alles einfach wieder von heute auf morgen seinen normalen Gang gehen? Wohl kaum. Die Kriegsmaschinerie ist groß und träge, es wird dauern, bis sich die Köpfe wieder anderen Dingen zuwenden werden. Die Übergangzeit wird kompliziert und schwierig sein, das ist immer so nach einem Krieg. Wir müssen uns vorbereiten, dass unser Warenlager nicht zu voll ist, man könnte uns zwingen, unsere Produkte zu niedrigen Preisen abzugeben. Gleichzeitig müssen wir aber jederzeit sofort mit dem Brauen loslegen können, wenn die Preise es wieder hergeben, und Bier macht man nicht von einem Tag auf den anderen. Verstehst du, worauf ich hinauswill?"

Ida kratzte ihren Teller leer, machte dabei laute Geräusche, die man nur deshalb hörte, weil nach dieser Rede keiner sprach und auch ihr Bruder Achilles nichts dazu von sich gab. Sofort warf der Vater ihr einen unwirschen Blick zu, als sei es ihre Schuld, dass ihr Bruder nicht antwortete. Da er aus der Haltung seines Sohnes nicht die erhoffte Wirkung ablas, fühlte er sich genötigt, noch einmal deutlicher nachzulegen. Obwohl die Frage zunächst als rhetorisches Ende seiner Ausführungen gesetzt gewesen war, formte er sie nun als deutliche Fragestellung: „Verstehst du?"

„Ich verstehe Ihre Sorgen gut, Papa", wich Achilles aus, holte Luft, machte den Anschein weitersprechen zu wollen, doch tat er es nicht sofort. Abermals unterbrach ihn sein Vater mit Ungeduld.

„*Meine* Sorgen?", betonte er und hob die Augenbrauen zu einem Bogen, als wollte er damit eine Armbrust spannen.

Ida legte ihr Besteck auf dem Teller zusammen. Zwar hätte sie gerne noch von den köstlichen Spatzen nachgefasst, denn es war noch genug in der Schüssel, um allen Anwesenden eine kleine Extraportion zu erlauben, doch der Ausdruck auf dem Gesicht ihres Vaters vereitelte jeden Gedanken daran. Seine zuvor noch aufgeräumten Falten bewegten sich kreuz und quer über sein Gesicht. Wenn seine Stirn diese Längsfalte produzierte, wie es eben der Fall war, war nicht zu spaßen. Vorsichtig zog sie den Brief unter der Serviette hervor und stopfte ihn so unauffällig wie möglich unter den Gürtel ihres Kleides. Es war besser, sich bei nächstbietender Gelegenheit zu entfernen.

„Das sind die Sorgen eines jeden Geschäftsmannes, mein Sohn!" Direktor Heym schaute Achilles fordernd an. „Und es sind auch die deinen! Du bist kein Kind mehr. Jemand muss die Brauerei durch diese kommende schwierige Zeit führen, und wer weiß, wie lange ich das noch kann."

„Liebster! Sprich doch nicht so!"

Diesmal war es seine Frau, die ihm ins Wort fiel. Ida hörte ihre Stiefmutter zum ersten Mal überhaupt ein zärtliches Wort wie dieses an ihren Vater richten und entdeckte sogar etwas in deren Antlitz, das man tatsächlich als erschrocken bezeichnen konnte.

„Eh!" Direktor Heym machte eine missmutige Handbewegung in die Richtung seiner Gattin, so, wie man eine lästige Fliege verscheucht.

Achilles hatte inzwischen wieder sein Essbesteck ergriffen, schob sorgfältig letzte Reste auf seinem Teller zusammen, er hörte gar nicht auf, jeden Krümel einzusammeln. Im Gegensatz zu Ida fasste Direktor Heym noch einmal nach, indem er höchstpersönlich die Schüssel zu sich zog. Er lud sich drei große Löffel auf den Teller.

„Also?", stellte er sie dann wieder in die Mitte des Tisches zurück, „wann kann ich mit dir rechnen?"

Achilles ließ sein Besteck in der Bewegung, der er sich so hingebungsvoll gewidmet hatte, verharren und hob mit einem kräftigen Atemzug das Antlitz.

„In der Schweizer Armee haben wir zum militärischen Einsatz Armbanduhren mit Leuchtziffern", begann er völlig zusammenhangslos die Frage seines Vaters zu übergehen. „Die sind sehr nützlich und praktisch. Ich glaube ...", damit schob er nun die letzte Gabel in den Mund und kaute ausführlich, bevor er weitersprach, „nein, ich bin überzeugt, dass dies ein salonfähiges Produkt wird, ein großes Geschäft mit Zukunft: Herrenarmbanduhren!"

Nun sah er seinen Vater direkt an, der während dieser Rede seinerseits das Essbesteck hatte sinken lassen und seinen Sohn musterte, als sähe er ihn zum ersten Mal.

„Ich möchte in dieses Geschäft einsteigen!"

Bekräftigt vom Schweigen seines Vaters, fuhr Achilles mit dem fort, was er sich schon lange in seinem Kopf zurechtgelegt zu haben schien. „Ich möchte der Erste sein, der dieses Produkt auf den Markt bringt. Und die Schweiz ist dafür der perfekte Standort, dort gibt es hervorragend ausgebildete Leute mit viel Erfahrung auf dem Sektor, ganz zu schweigen von den vielen Männern in der Armee, die eine Armbanduhr auch als Zivilisten nicht mehr missen werden wollen."

Als sein Gegenüber ihn noch immer mit starrem Augenausdruck fixierte, griff er zu der Formulierung, die dieser erst kurz zuvor benutzt hatte. „Wie Sie so recht gesagt haben, Papa: Man muss im Geschäft vorausdenken, schneller sein als die Konkurrenz!"

Die unerwartete Anerkennung eines Standpunktes des Gegenübers, die häufig als gute Brücke in einer schwierigen Konversation dienen kann, ließ in diesem Gespräch jedoch die Verbindung bröckeln. Direktor Heym konnte es kaum verbergen, dass er zwischen aufkeimendem Ärger über diese aus heiterem Himmel kommende Idee seines Sohnes, Enttäuschung über die damit verbundene Absage an die geplante Nachfolge in der Brauerei und einer Art Entsetzen über das, was er als Träumerei schlechthin betrachtete, schwankte. Dieses eine Wort, das er über die Lippen brachte, konnte als jede dieser Emotionen interpretiert werden: „Herrenarmbanduhren?"

Die Frauen am Tisch wagten kaum, sich zu bewegen. Martha stupste ihre Schwester vorsichtig an, aber Ida zuckte unsicher die Achseln. Ganz ohne Vorwand konnten sie sich nicht einfach vom Tisch erheben. Also blieben sie sitzen, warteten auf eine Gelegenheit.

Achilles war offensichtlich vorbereitet, überzeugen zu müssen. Während sich das Gesicht seines Vaters zunehmend verdunkelte, führte er weiter die Vorteile seiner Idee aus, ohne auf dessen Reaktion einzugehen oder überhaupt darauf zu achten. Zunehmend verbreitete er den Eindruck, dass seine Ausführungen gar keine andere Beurteilung zuließen, als dass seine Idee das größte Geschäft der Zukunft war.

Ida verstand davon nichts, aber sie kannte ihren Vater, und sie spürte deutlich, wie nahe dieser einem Aufbrausen war. Die Enden seines hochgezwirbelten Schnurrbartes zitterten vor Anspannung. Sie wollte Achilles ein Zeichen geben, sich ein wenig zu mäßigen, das Gespräch auf einen anderen Zeitpunkt zu vertagen, wenn ihr Vater diesen Schock erst einmal ein wenig verdaut haben würde, aber ihr Bruder redete sich förmlich in Ekstase.

„Ich werde natürlich ein wenig Startkapital benötigen, fünfzigtausend Franken sollten für den Anfang genügen", erklärte er weiter. Nach anfänglichem Zögern redete er nun eine längere Phase, ohne Hemmungen, im Rausch seiner Überzeugung.

Endlich setzte er jedoch einen Punkt. Alle Augen richteten sich auf den Vater. Die große Standuhr an der Wand tickte laut, als zähle sie die letzten Sekunden bis zum Eklat.

Doch das Familienoberhaupt schien sich noch einmal zu zügeln, offenbarte eine Anstrengung, die er seinen Töchtern gegenüber niemals hervorgebracht hätte. Ob er sich seiner Fähigkeiten als Direktor entsann und doch lieber auf Gegenargumente setzte, oder seinen Sohn durch Vorbild lehren wollte, wie ein Direktor zu handeln hatte, bevor er sich schlicht seiner Macht bediente, war für Ida nicht ersichtlich. Jedenfalls griff er zu Darlegungen, die Achilles offensichtlich zum Nachdenken bringen sollten.

„Eine Armbanduhr ist doch, nun ja, sagen wir, ein nettes Schmuckstück. Das ist etwas für Frauen. Nie und nimmer wird eine Militäruhr eine feine Taschenuhr ersetzen! Man will doch im Frieden nicht ständig an den Krieg erinnert werden."

„Mit Verlaub, Papa, Sie irren!", erwiderte Achilles standhaft. Ida stockte der Atem und auch Martha schaute erschrocken auf. Die Stiefmutter sagte zwar nichts, aber ihr Gesichtsausdruck sprach Bände. Ida pfiffen beinahe die Ohren, so deutlich konnte sie die Schelte, die diese ausgespuckt hätte, wenn sie oder Martha diese Widerrede gewagt hätten, im Geiste hören. Doch den Sohn ihres Mannes zurechtzuweisen, das wagte sie nicht.

„Es brechen neue Zeiten an!", fuhr Achilles fort. „So eine Herrenarmbanduhr wird ein sichtbares Zeichen dieser Moderne sein. Niemand wird mehr eine umständliche Taschenuhr herumtragen wollen. Dafür muss man ein Gilet tragen und das kommt aus der Mode. Wohin also mit dem *Drum*[27]? Das wird schon bald Vergangenheit sein."

„Willst du damit sagen, dass ich nicht auf der Höhe der Zeit bin?", erzürnte sich Vater Heym nun doch. Er wusste genau, dass er damit seinen Sohn ein wenig Einhalt gebieten konnte.

„Natürlich nicht, Papa!", gab dieser auch sofort nach. „Aber gerade Sie haben mich gelehrt, ein Mann mit Prinzipien zu sein! Nichts anderes bin ich geworden."

„Kostbares Kapital, das die Brauerei – nebenbei gesagt – gerade jetzt nicht erübrigen kann, in Träumereien zu investieren, hat nichts mit Prinzipien zu tun",

---

[27] Umgangssprache: etwas abwertende Bezeichnung für einen Gegenstand, den man nicht wirklich dringend braucht.

korrigierte ihn Direktor Heym, aber wieder wesentlich gemäßigter. Das Kompliment an seine Erziehung hatte gewirkt.

„Das wird auch nicht nötig sein. Eine Bürgschaft bei der Bank genügt." Achilles hatte sich offensichtlich schon bestens mit seinem Plan auseinandergesetzt und war auf alles vorbereitet.

Doch die Antwort war scharf und schneidend: „Das ist dasselbe!"

Vater Heym nahm seine Serviette ab und legte sie unwirsch neben dem Teller ab, das untrügliche Zeichen, dass man sich vom Tisch erheben durfte und auch jede Konversation damit beendet sei. Ida und Martha hatten nur auf diesen Moment gewartet, um sich sofort aus der Gefahrenzone zu begeben. Wenn ihr Vater so wütend war, dann konnte sein Zorn jedes Familienmitglied treffen, ob angebracht oder nicht. Und er war schon viel zu lange sehr bedacht geblieben. Die Mädchen erhoben sich.

„Die ganze Idee ist Unfug! Nichts als Unfug!", schloss Direktor Heym das Gespräch endgültig und stand ebenfalls auf. „Ich will davon nichts mehr hören!"

Achilles sprang so abrupt von seinem Platz auf, dass sein Stuhl geräuschvoll über den Parkettboden schrammte.

„Sie werden mich nicht von meinem Plan abbringen!", brauste er, aus seinem Höhenflug auf den Boden der Tatsachen zurückgeholt, auf. Damit warf er seine Serviette wie den Fehdehandschuh auf das Tischtuch und stürmte aus dem Speisezimmer, die Tür hinter sich mit einem lauten Knall zuschlagend.

Ida und Martha zuckten zusammen. Schnell murmelten sie eine vage Entschuldigung und eilten ebenfalls zur Tür hinaus, schlossen diese so sachte wie nur möglich hinter sich. Dabei erhaschten sie einen letzten Blick auf ihren Vater, der am Tischende stehend, sich mit beiden Armen aufstützend, mit hängendem Kopf schwer nach Atem rang.

***

Ida erhielt bald darauf einen zweiten Brief von Gottfried, noch bevor sie den ersten überhaupt beantwortet hatte.

Fins, den 3. April 1918 – Liebes Fräulein Ida! Wenn Sie Fins auf der Karte suchen, so suchen Sie es lange vergeblich an der Lothringer Front. Aber zwischen Cambrai und Peronne müssten Sie es finden. Wir sind jetzt also auch an der brenzlichen Seite. Das kam ganz überraschend. Am 28.igsten kam das Kommando von der Front zurück. Da wussten wir, dass es mit der Ruhe vorbei war. In der Nacht von Karfreitag auf Samstag wurden wir verladen. In 30 Minuten waren wir schon in Cambrai. Anschließend marschierten wir gleich 18 km bis Gouzaucourt. Also Ostern, wie ich es schon geahnt hatte, auf der Landstraße gelegen. In dem total zerschossenen Ort haben wir die Nacht in sechs kümmerlichen Behausungen verbracht. Jeder hat sich ein etwas vor Wind und Regen geschütztes Plätzchen finden oder schaffen müssen. Am zweiten Ostertage sollte gegen Mittag abmarschiert werden. Da kam Befehl, eine Krankensammelstelle in Fins zu errichten. Da musste ich auch mit und an Sie denken. Arbeiten Sie noch im Lazarett? Wenn die Division durch ist, gehen wir zur Kompanie zurück. Die ist inzwischen wohl in der Gegend von Albert angelangt. Hier in Fins haben wir natürlich auch ein recht erbärmliches Quartier. Immerhin noch besser wie vorher.

Frenois den 10. April – Inzwischen ist genau eine Woche verflossen. Am 4. Abend waren wir schon wieder bei der Kompanie. Jetzt gingen die Biwaks los. Das regnerische Wetter hat uns dabei sehr geschadet. Vorgestern nun haben wir eine Division abgelöst und natürlich auch die Sanitätskompanie. Ein solches Elend habe ich noch nicht gesehen, wie gerade hier. Davon später mal. Zum Glück sind wir hier ziemlich sicher. Wegen Fehlen von Sanitätsunterständen haben wir in einem Dorfe den Hauptverbandplatz aufgeschlagen. Bei uns liegen auch die 56er. Ich habe schon verschiedene Verwundete gesprochen. Die haben auch große Verluste. Heute schreibt man davon, dass wir morgen wieder abrücken. Sollten wir hier bleiben schreibe ich bald wieder. Vor lauter Müdigkeit und all dem Elend vergeht die Lust zum Schreiben. Möge doch Gott geben, dass ein Ende des Krieges nahe ist. Schrecklich, schrecklich ist der Krieg. Hier steht man oft und weiß nicht, was tun und ist meist unfähig den Kameraden zu helfen, da es an allem fehlt. Verpflegung war sehr schlecht. Jetzt geht es schon. Nun, liebes Fräulein Ida, seien Sie Gott befohlen. Es grüßt herzlich, Gottfried Schuler[28]

Die große Offensive kam infolge zunehmender Erschöpfung zum Stehen. Ein zweiter Angriff zwischen La Fère und dem Oise-Aisne-Kanal wurde von einsetzenden Gegenangriffen gestoppt. Mit der Erstürmung des seit Kriegsbeginn umkämpften Kemmelbergs bei Ypern gelang den Deutschen zwar die Einnahme eines Höhenzuges, dessen Verlust bei den Alliierten Sorge vor einem weiteren Vormarsch der Deutschen auslöste, doch der größer werdende Frontbogen verschlechterte die Nachschubversorgung für die deutschen Verbände erheblich. Als sich der Widerstand der Briten nach dem Eintreffen französischer Hilfstruppen verfestigte, verebbte die deutsche Offensive nach einem letzten Angriff in Richtung Amiens. Alle Anstrengungen für einen weiteren Vormarsch wurden aufgegeben.

In dieser Woche reiste Achilles ab, ohne dass Vater und Sohn sich versöhnt hatten.

---

[28] Siehe Quellennachweis „Ein rheinisches Tagebuch"

Die Welle bahnt sich an
Maria in Hemau, Juli 1918

Da staunten die Besucher des Neumarkter Drei-Mohren-Kinos nicht schlecht, als im Sommer, der inzwischen unbemerkt, da sehr kühl, ins Land gezogen war, zehn Opernsängerinnen und Opernsänger dem gezeigten Film ihre Stimme verliehen. Es handelte sich um die Lichtspieloper „Martha oder Der Markt von Richmond". Taufrisch war der Film zwar nicht mehr, war er doch schon im Dezember zwei Jahre zuvor in Berlin erstmals öffentlich gezeigt worden, doch die Vorführung der Süddeutschen-Lichtspiel-Opern-Gesellschaft war für die Neumarkter eine sensationelle Premiere. Der Andrang der Schaulustigen war so groß, dass der Film am Samstag zweimal wiederholt werden musste. Den Grund für den allgemeinen großen Erfolg des Films sah man *„in dem haarscharfen Zusammenwirken von Film und Gesang, sodass jeder Besucher sich tatsächlich in eine unserer großen deutschen Hofopern versetzt glaubte."* Zumindest kommentierte die lokale Presse das filmische Meisterwerk so wohlwollend, wenn auch Kritik an der noch unvollkommenen Synchronisation geübt wurde. Die Wahrheit war jedoch, dass die Menschen für das kleine Glück, das diese Ablenkung aus dem Kriegsalltag bot, bereit waren, ihren letzten Pfennig zu opfern. Das konnte man sich unter viel Entbehrung immerhin zusammenkratzen. Von denen, die sich einhundert Mark für eine Karte für ein Caruso-Konzert in Berlin oder München leisteten, hörte man nur reden; solche Leute kannte man in Neumarkt nicht. Und wenn es in der Stadt tatsächlich jemanden gab, der zu einer solchen Veranstaltung reiste, so zeigte er es tunlichst nicht.

Auch die Schwestern des Lazaretts waren geschlossen zu der Lichtspielvorstellung gepilgert, die einen in die erste, die anderen in die zweite Vorstellung. Niemand dachte auch nur im Entferntesten daran, dass diese Menschenansammlung auf engstem Raum Folgen haben könnte.

***

Es war beinahe ein Déjà-Vu für Maria, nur diesmal ohne Musik. Herr Doktor Grundler, Chef aller Hilfslazarette in der Stadt, hatte alle, selbst die, die gerade nicht im Dienst waren, in dem kleinen Nebenraum zusammengerufen. Allesamt hatte er sie herbeibefohlen. Für das, was er zu mitzuteilen hatte, konnten die Verletzten wenige Minuten alleine bleiben.

Es herrschte großes Gedränge in dem kleinen Raum. Maria wartete neben Martha und Ida, die Klosterschwestern standen, aufgereiht wie Vögel auf der Telegraphenleitung vor dem Abflug nach Süden, in der hinteren Reihe. Die Wächter und Hilfssanitäter drängten sich an der Seitenwand, die Oberschwestern flankierten den Arzt. Selbst Hilda, die nun als verheiratete Frau nur noch einzelne Tage im Lazarett aushalf, weil sie sich um den Haushalt und die Restpflege ihres Mannes kümmerte, und darüber hinaus im Geschäft ihrer

Schwiegereltern arbeitete, war gekommen. Doktor Grundler schloss höchstpersönlich die Tür nach draußen. Er hielt einen nach oben offenen Karton in den Armen.

„Alles herhören!"

Der Aufruf war überflüssig, denn es redete sowieso kaum jemand. Alle Augen waren gespannt auf ihn gerichtet. Jeder hatte sofort verstanden, dass es sich um etwas sehr Wichtiges handeln musste, wenn der Chef eine solche Versammlung einberief. Die Mediziner in Lazaretten und Krankenhäusern waren keine Zivilisten, sondern dem Militär zugeordnet, trugen Rang und Abzeichen wie das Militär, oft herrschte auch ein solcher Ton. Mit Doktor Grundler hatten sie Glück gehabt. Er war ein vernünftiger Mensch, der sehr geachtet wurde, schlicht weil er den Ruf eines erfahrenen, guten Arztes genoss. Doch Widerrede, oder eine andere Meinung zu äußern, war selbst bei ihm ein Tabu. Die Mutmaßungen waren zahlreich gewesen, hatten jedoch nicht viel Zeit gehabt, sich zu Gerüchten zu entwickeln und das Lazarett zu verlassen. Einige hofften, dass der Frieden verkündet würde, andere glaubten nur an einen vorrübergehenden Waffenstillstand, wieder andere befürchteten die Verlagerung des Lazaretts und manche wollten gar wissen, dass es unrechtmäßige Machenschaften gegeben hätte. Doch nichts dergleichen stellte sich als zutreffend heraus. Was der Leiter der Neumarkter Lazarette zu sagen hatte, traf sie, ohne Ausnahme, unvorbereitet.

„Die steigende Zahl der durch diese seltsamen Grippesymptome Sterbenden, die wir seit einiger Zeit beobachten, ist Anlass zu großer Sorge", fing er ohne Umschweife an. „Aus spanischen Zeitungen erfahren wir, dass es dort eine unglaubliche Zahl an Toten gibt. Die Menschen krepieren wie die Fliegen! Männer wie Frauen." Er sprach nicht sehr laut, wohl aus Rücksicht auf die Verwundeten draußen im Saal, die seine Rede nicht hören sollten. Sein nächster Satz machte aber den großen Ärger deutlich, der den Doktor offensichtlich selbst umtrieb.

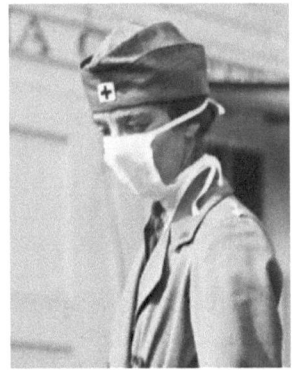

Krankenschwester mit Maske aus Leinentuch 1918;

„Bei uns hält man es anscheinend nicht für nötig, die Bevölkerung und vor allen Dingen uns über so ein Ereignis zu informieren![29] Wir haben Grund zur Annahme, dass diese Krankheit über die Westfront nun auch zu uns gefunden hat. Man weiß nichts darüber, nur so viel, dass sie in ihrer Heftigkeit, nach

---

[29] Aus Spanien kamen ab 22. Mai 1918 in der Madrider Zeitung "El Sol" die ersten Nachrichten, dass massenhaft Menschen an einer rätselhaften Krankheit starben. Selbst der damalige spanische König Alfons XIII war erkrankt. In Spanien war die Krankheit aber nicht das erste Mal aufgetreten. Spanien war nur aufgrund der sonst vorherrschenden Zensur das erste Land, das über die Krankheit schrieb. In anderen Ländern sollten schlechte Nachrichten während des Krieges nicht das Durchhaltevermögen der Bevölkerung und Soldaten schwächen.

Einschätzung meiner Kollegen dort, einer Cholera-Epidemie gleichkommt. Es ist zwar nicht die Cholera, aber es ist genauso schlimm."

Mit diesem Vergleich konnte sich nun jeder sofort ein Bild machen. Die Cholera-Epidemie von 1892 war manchen noch gut in Erinnerung, und die, die es nicht selbst miterlebt hatten, hatten davon erzählen gehört. Damals waren allein in Hamburg über 8600 Menschen gestorben.

Niemand sprach. Einige schlugen die Hand vor den Mund, manche Klosterfrau bekreuzigte sich, eine Oberschwester murmelte etwas wie „das hat uns gerade noch gefehlt!" und Ida dachte einen Moment an Gottfried. Martha drückte ihr aufmunternd kurz die Hand, weil sie größere Sorge bei Ida vermutete als es tatsächlich der Fall war.

Marias Gesichtsfarbe hingegen unterschied sich kaum noch von der ihrer Schürze. Sogar ihre Lippen waren mit einem Schlag blutleer geworden. Ohnehin ging sie bereits jeden Abend nach dem Dienst noch kurz in die Kirche, um dort für Fritz zu beten, sorgsam darauf bedacht, ihrer Mutter nicht zufällig über den Weg zu laufen. Zwar hätte diese es gewiss begrüßt, die Tochter so beflissen in die Kirche gehen zu sehen, aber sie hätte wohl auch sofort verstanden, dass es dafür einen Grund geben musste. Besser war es, Maria vermied so ein Zusammentreffen. Manchmal zündete sie sogar ein kleines Licht für Fritz an, obwohl selbst das Geld für so ein einfaches Kerzlein kaum zu entbehren war. Es hatte ihr bisher über ihre unglaubliche Angst um ihn hinweggeholfen. Doch nun kam auch noch diese Gefahr hinzu! Nicht einen Augenblick dachte sie an sich selbst, die, wie die anderen auch, der Gefahr einer Ansteckung mindestens ebenso ausgesetzt war wie die Soldaten im Schlachtfeld. Sie fühlte sich in der Lage, sich selbst zu schützen, gleichwohl das ein großer Irrtum war. Aber im Vergleich zu der Ohnmacht, die sie empfand, ihre große Liebe vor diesem Krieg beschützen zu können, erschien ihr diese als nichtig. Sein letzter Brief datierte schon vor zwei Wochen, seitdem wartete sie ungeduldig auf ein neues Lebenszeichen von ihm.

„Ich habe hier zwei Leinenmasken für jeden", fuhr der Doktor fort, „die tragen ab sofort alle und immer! Ich möchte niemanden mehr ohne Maske sehen, ohne Ausnahme!"

Dann richtete er sich an die Klosterschwestern und Mädchen. „Wir werden mehr davon brauchen! Dringend. Alte Betttücher und Tischdecken, wir müssen alles zu Masken verarbeiten. Und die getragenen müssen jeden Tag in kochendem Wasser desinfiziert werden. Dazu gehört natürlich auch, dass wir uns möglichst oft die Hände waschen, aber das muss ich wohl nicht noch ausdrücklich dazusagen. Das machen wir sowieso, nicht wahr?"

Die Oberschwestern ließen ein militärisches „Jawohl!", das eher wie „jawoll!" klang, beziehungsweise „selbstredend!" hören.

Martha hob die Hand: „Was ist mit den Verwundeten? Sollten die nicht auch Masken tragen?"

„Wir haben kaum genug, um uns selbst zu schützen", gestand der Arzt. „Wir verlegen die Infizierten in diesen Raum hier, um die anderen zu schützen. Mehr können wir vorerst nicht tun."

Nicht nur Martha starrte ihn mit einer Mischung aus Entsetzen und Ratlosigkeit an.

„Und was das große Schweigen unserer Oberen Heeresleitung zu dieser Bedrohung angeht", ergänzte er mit ungewöhnlich deutlichen Worten der Kritik, die man in dieser Weise von dem Doktor nie vernommen hatte, „dem schließen wir uns an! Kein Wort vor den Verwundeten, wenn auch aus rein menschlicher Rücksicht. Ich wünsche kein Gerede in der Stadt! Kein Wort darf nach Draußen dringen! Ein Zuwiderhandeln wird strenge Folgen haben, dafür werde ich persönlich Sorge tragen! Es liegt an uns, darauf zu achten, dass sich so Wenige wie möglich anstecken." Er schloss seine Rede mit der Wiederholung, dass man im Augenblick nicht mehr tun konnte.

***

Am selben Abend aus der Kirche nach Hause gekommen, nach ihrem innigsten Gebet seit Fritzens Abtransport, fand Maria einen geöffneten Brief aus Hemau auf dem Tisch liegen. Ihr Vater war arbeiten, ihre Mutter bei einer Nachbarin. Wo Walli war, wusste sie nicht. Sie überflog die Zeilen in böser Ahnung, wie immer, wenn Nachrichten von ihrer älteren Schwester kamen. Doch diesmal war es ein verhältnismäßig harmloses Anliegen, das ihre Schwester in diesem Brief vorbrachte. Anna brauchte ihre Hilfe dringender als vorgesehen. Zur Niederkunft ihres zweiten Kindes hatte sie ihre Schwestern gebeten, ihr für ein paar Tage zur Hand zu gehen. Walli und Maria hatten einen genauen Zeitplan aufgestellt gehabt, um sich abzuwechseln, denn keine von beiden war wirklich abkömmlich. Doch nun war die Unterstützung schon zwei Wochen vor dem geplanten Einsatz nötig, weil Annas Schwiegermutter, Frau von der Sitt Senior, schwer erkrankt war. Die hochschwangere Anna war dieser Belastung, mit der kleinen Anni um sich, nicht mehr gewachsen. Maria ging sofort zu Hilda und bat sie, ihren Dienst im Lazarett für diese Zeit zu übernehmen. Dann packte sie geschwind eine Tasche.

Am nächsten Morgen bestieg sie den Zug. Die Ankunft am Bahnhof Hemau weckte in Maria düstere Erinnerungen. Sehr nachdenklich, fast zögernd stieg sie aus, als ob auf dem Bahnsteig eine Gefahr lauerte. Die Erinnerung daran, wie sie und Walli die kleine Anni vor der Gewalt des Ehemannes ihrer Schwester gerettet, sie mit zu sich nach Hause genommen hatten, jedoch ohne ihre Schwester Anna aus dieser Gefahr befreit zu haben, war so lebhaft vor ihren Augen, als sei es erst gestern gewesen. Der Bahnvorsteher war derselbe, der ihnen damals geholfen hatte. Aber er erkannte Maria nicht, und ihr war nicht im Geringsten daran gelegen, sich in Erinnerung zu bringen.

Sie ergriff ihre Tasche und lief beherzt los. Gottlob war der Grobian an die Ostfront eingezogen worden! Dafür musste man Gott wahrlich danken. Allerdings war seit dem Frieden mit Russland kein Tag vergangen, an dem Maria nicht fürchtete, dass er deswegen möglicherweise jeden Tag plötzlich wieder vor der Tür stehen konnte. Dieser Frieden an der Ostfront, der für die Welt ein Segen war, bedeutete für ihre Schwester alles andere als das. Aber sie beruhigte sich immer wieder mit dem Gedanken, dass er bestimmt auch an die Westfront verlegt worden war. Immerhin wurde keiner einfach so nach Hause geschickt, es sei denn, es lag Kriegsuntauglichkeit vor. Maria wollte sich gar nicht ausmalen, wie es Anna damit gehen mochte. Sie, Maria, betete jeden Tag, Gott möge ihren Fritz beschützen, was schon schlimm genug zu ertragen war. Aber das?

Das Dorf lag ruhig da, der Himmel leuchtete in einem seltenen hellgrün, Bienen erfüllten die Luft mit dem Summen ihrer eifrigen Arbeit. Wie die Bauern mit der Heuernte, waren auch sie emsig beschäftigt, wollten den selten schönen Tag nutzen, ihre Ernte einbringen, bevor die Menschen mit der ihrigen sämtliche Nektarquellen beseitigt haben würden. Der Sommer war bisher ein verregneter und ungewöhnlich kalter gewesen. Die Bauern mussten zusehen, dass sie das Gras halbwegs trocken in die Scheune brachten. Auch Marias Eltern waren an diesem Tag damit beschäftigt und hätten ihre Hilfe dabei dringend gebraucht.

Das Erste, das sich Maria offenbarte, als sich die Haustür zu Annas Heim öffnete, war die enorme Kugel an Bauch, die Anna vor sich herschob. Maria konnte sich nicht daran erinnern, dass ihre Schwester vor der Niederkunft ihres ersten Kindes so dick gewesen war. Man musste beinahe befürchten, der Bauch könnte jeden Augenblick zerplatzen wie ein übermäßig vollgestopfter Presssack.

„Danke, dass du sofort gekommen bist!", begrüßte sie Anna und zog sie ins Haus. „Ich weiß mir nicht mehr zu helfen. Es geht ihr gar nicht gut! Erst ging sie nicht mehr aus dem Haus, nicht einmal mehr zur Nachbarin, mit der sie doch immer geschwätzt hat. Sie hatte nur Fieber und klagte über Kopfschmerzen. Aber beschimpfen konnte sie mich noch. Deshalb habe ich mir nicht so viel Sorgen gemacht. Ich gab ihr Tee und legte Wadenwickel an, doch die haben nichts geholfen. Jetzt hustet sie ständig. Heute Morgen hat sie mich nicht einmal mehr beschimpft, das ist ein schlechtes Zeichen."

Maria umarmte Anna umständlich, weil sich das ungeborene Kind beharrlich zwischen sie schob.

„Und wie geht es dir?" Sie schaute ihre Schwester dabei besorgt an. Anna wirkte wohlgenährt, aber Maria erkannte, dass es Wasser war, das ihr dieses scheinbar gesunde Aussehen verlieh. Annas Beine waren dick angeschwollen, in den Hausschlappen wirkten sie wie Beine eines Elefanten in Strümpfen.

„Es muss gehen", winkte die Schwangere ab. „Aber ich kann die Kleine nicht mehr hochheben. Ich kann sie kaum noch im Zaum halten. Sie ist schon brav, aber ein Kind halt. Sie will sich bewegen. Wenn ich arbeiten gehe, riskiere ich immerzu, dass sie bei den Leuten irgendetwas kaputtmacht. Ich bin so froh, dass du jetzt da bist!"

„Du kannst nicht mehr putzen gehen!", entschied Maria. „Nicht in deinem Zustand. Was tust du gegen das Wasser?"

Maria hatte im Lazarett gelernt, manche Dinge ohne Umwege anzusprechen und Patienten direkt zu konfrontieren, wenn es nötig war. Ihr war klar, dass Anna sich nicht sehr geschont hatte, weil sie sich gar nicht hatte schonen können. Anna versuchte über ihren Bauch hinab auf ihre Beine zu spähen. Sie lachte, weil es ihr nicht gelang. Sie wand sich wie ein Dicker mit Bierbauch, der vergeblich versucht sein bestes Stück zu begutachten.

„Ich trinke schon literweise diesen scheußlichen Brennessel- und Birkenblättertee, den mir die Hebamme gegeben hat", beruhigte sie Maria. „Hilft nicht viel, wie du siehst."

Maria dachte, dass sie ihre Schwester nun jeden Tag auf einen Spaziergang zwingen musste, damit das Wasser ein wenig aus den Beinen verschwand.

„Anni schläft?", warf sie einen Blick nach oben, wo die private Wohnung neben den jetzt geschlossenen Geschäftsräumen der Schusterei, die Josef von der Sitt in Friedenszeiten betrieben hatte, lag.

„Ja, Gottlob!", begann Anna, sich am Geländer hochhissend, die Treppe emporzugehen. „Seit neuestem will sie nicht mehr ihren Mittagsschlaf machen. Es ist jedes Mal ganz großes Theater, wenn ich sie hinlege. Lass uns die Ruhe noch ein wenig genießen. Komm, wir trinken einen Kaffee! Ich habe sogar einen Hefezopf gebacken, was sagst du dazu?"

„Gerne", folgte Maria ihrer Schwester langsam die Stufen nach oben. „Während du den Kaffee machst, schaue ich schnell nach der alten Hexe. Hast du ein verschlissenes Leinentuch, das wir zerschneiden können?"

Anna blieb auf der Stufe stehen und drehte sich um: „Wozu?"

„Das ist nur eine Vorsichtsmaßnahme." Maria wollte Anna in ihrem Zustand nicht unnötig beunruhigen, denn sie hatte einen Verdacht.

„Nicht gerne", drehte sich Anna wieder um und schleppte sich weiter. „Ich habe kaum Bettwäsche. Ich kann dir ein altes Geschirrtuch geben."

„Was ist denn mit deiner Aussteuer?", wunderte sich Maria.

Endlich war Anna oben an der Wohnungstür angekommen. Sie öffnete sie und ließ Maria an sich vorbei in die Stube treten.

„Die hat er noch versetzt, kurz bevor er eingezogen wurde", berichtete sie in einem Ton von beinahe völliger Gleichgültigkeit, als ob das Gesagte das kleinste aller zu schildernden Übel sei. „Sogar das neue Kaffeeservice, das mir Mama und Papa zur Hochzeit geschenkt haben, hat er zu Geld gemacht. Versoffen oder verzockt. Nichts mehr davon übrig."

„Dieser Saukerl!", zischte Maria. Sie fühlte sich wie immer ein wenig schuldig, weil sie selbst sich von dem schönen Schein, den der saubere Herr von der Sitt bei der ersten Begegnung mit ihnen gewahrt hatte, hatte blenden lassen.

Anna ging an den Küchenschrank. Sie kramte ein sauber gebügeltes Tuch hervor und reichte es ihrer Schwester. Sie sah Maria zu, wie sie eine Schere ergriff, die neben ihrem Nähzeug auf der Kommode lag, das Tuch in dicke, lange Streifen zerteilte, bevor sie aus diesen wiederum auf jeder Seite ein Rechteck herausschnitt. Sie band sich eines der entstandenen Stoffteile über Mund und Nase und verknotete die Bänder hinter ihrem Kopf. Dann nahm sie die Maske wieder ab.

„Das wird gehen", befand sie. „Im Lazarett tragen wir seit einiger Zeit diese Masken. Doktor Grundler hat das angeordnet. Wegen der Hygiene."

Anna gab sich mit dieser Erklärung zufrieden und machte sich daran, den Kaffee aufzusetzen.

„Ich bin gleich wieder da!", warf ihr Maria schon im Hinausgehen über die Schulter zu.

Vor dem Haus blieb sie einen Augenblick stehen. In der Ferne bellte ein Hund, eine Hecke verströmte einen süßen Duft. Es brummte geradezu vor Leben in dem blühenden Gestrüpp. Dieser seltene Sonnentag präsentierte sich in aller Pracht, zu der die Natur fähig ist, ganz so, als ob sie in diesem verregneten, kalten Jahr in nur wenigen Stunden ihr Werk vollbringen musste. Maria holte tief Luft und machte sich auf den Weg.

Sie hatte das *Austragshäusl*[30], das Frau von der Sitt für sich angemietet hatte, auf ihrem Weg vom Bahnhof zu Annas Haus schon entdeckt. Zahlen musste das ihr Sohn, im Tausch für das Haus, und nun Anna, die sowieso keinen Heller mehr flüssig hatte. Und nun war sogar sie hier und kümmerte sich um diese boshafte Alte, die ihrer Schwester in Abwesenheit ihres nicht minder elenden Sohnes das Leben zur Hölle machte, als müsste sie diesen in seinen Gemeinheiten vertreten. Das Weib konnte von Glück reden, dass es so etwas wie christliche Nächstenliebe gab, weiß Gott! Sie verdiente es gar nicht, dass man sich so um sie kümmerte.

Als Maria die Tür zum Häuschen aufschob, bot sich ihr ein schrecklicher Anblick. Die Alte lag röchelnd in ihrem Bett. Ihre Haut hatte sich dunkelblau verfärbt und ihr ganzer Körper war aufgedunsen, schlimmer als Annas Beine. Sie starrte Maria mit den Augen einer Dahinsiechenden an, die beim Eintreten der Maskierten zu Tode erschrak. In ihrem Blick spiegelte sich nackte Angst. Sie schien Maria nicht als die Schwester ihrer Schwiegertochter zu erkennen, sondern die Frau mit dem verhüllten Gesicht für eine böse Erscheinung zu halten.

Maria kannte den Anblick. Sie wusste, was das bedeutete. Zwar waren die Fälle dieser schrecklichen Epidemie aus Spanien im Sommer weniger geworden, aber es gab sie noch immer. Sie hatte genügend Männer von einem Tag auf den anderen so sterben sehen. „Am Morgen rot, am Abend tot, am Abend rot, am Morgen tot", kursierte das makabre Sprichwort unter den Pflegerinnen. Von den ersten Fieberanzeichen, über Kopfschmerzen und Atembeschwerden, bis hin zur Verfärbung der Haut und dem Aufschwellen des Körpers verging oft nur ein Tag. Kaum einer überlebte es.

---

[30] Separates kleines Häuschen auf einem Hof, wo die Alten im Tausch für den Hof, ihren Lebensabend verbringen, versorgt von den Jungen.

Sie tupfte der Kranken den Schweiß von der Stirn, gab ihr zu trinken, schüttelte das Kissen auf. Dann wusch sie sich sofort die Hände und ging wieder hinaus. Sie wollte direkt zur Dorfkirche laufen, um den Priester zu holen, überlegte es sich aber dann anders und kehrte nach wenigen Schritten wieder um. Anna wartete mit dem Kaffee auf sie. Sie könnte auf die Idee kommen, nach dem Rechten zu sehen, wenn Maria nicht zurückkam. Und für Anna in ihrem Zustand war es überhaupt nicht ratsam in die Nähe der Krankheit zu kommen. Auf keinen Fall durfte sie sich anstecken, wenn sie es nicht schon vorher getan hatte. Maria schickte einen hilfesuchenden Augenaufschlag, der ein stilles Bittgebet an Gott ersetzen musste, gegen den Himmel.

„Du kommst genau richtig", bedeutete Anna, als sie die Stube wieder betrat. Sie trug gerade die dampfende Kanne Kaffee in der Hand an den Tisch. Das Fenster stand offen, ein warmes Lüftchen verwehte den alten Vorhang, und der Tisch war im Rahmen der Möglichkeiten nett gedeckt. In der Mitte thronte ein appetitlicher Hefezopf. „Der Kaffee ist gerade durchgelaufen. Komm, setz dich! ... Wie geht es ihr?"

Es duftete nach Kaffeeersatz, aber es war ein herrlich einladender Geruch, so, wie die ganze Szene einladend war. Es hätte zu einem seltenen Augenblick eines freudvollen Zusammenseins in diesen jämmerlichen Zeiten werden können. Maria aber setzte sich nicht. Stattdessen sagte sie: „Wir müssen den Priester rufen."

Ihre Worte verhallten unerwidert.

Anna betrachtete ihren Hefezopf, als bedaure sie, dass sie diesen nun nicht anschneiden würden. Maria konnte nicht deuten, was ihre Schwester dachte. Weder wirkte sie erschrocken, noch verwundert, aber auch nicht erleichtert, was nach Marias Ansicht nur allzu verständlich gewesen wäre. Sie stand mit der Kanne in den Händen unbeweglich da.

„Du darfst nicht mehr zu ihr gehen, Anna", fuhr Maria fort, nachdem diese nichts weiter von sich gab. „Sie hat diese Krankheit aus Spanien. Das ist hoch ansteckend. Und du darfst dich und das Kind nicht mehr gefährden, hörst du?"

„Ich habe sie ja bis jetzt auch gepflegt. Das liegt in Gottes Hand. Überlassen wir es ihm!", setzte sich Anna mit diesen Worten wieder in Bewegung. Sie stellte die Kanne auf dem Tisch ab und nahm Platz. „Ich werde es schon nicht bekommen. Und was das Kind in meinem Bauch betrifft ... wenn der Wicht in meinem Bauch so böse wird wie sein Vater, dann soll Gott ihn lieber nicht leben lassen. Seit er in meinem Leib lebt, quält er mich schon. Grad wie sein Vater! Einen zweiten solchen braucht die Welt gewiss nicht!"

„Aber Anna!", flüsterte Maria bestürzt, „so etwas darfst du nicht sagen!"

Sie konnte ihre Schwester verstehen, aber trotzdem war sie im Mark erschüttert über die Todsünde, die in diesen Begriffen der Bitterkeit lag.

Anna hob den Kopf, schaute zu ihrer jüngeren Schwester auf, mit Augen so klar, als wollten sie das Bewusstsein, mit dem sie diese Dinge sagte, unterstreichen.

„Du musst nicht schlecht von mir denken, Maria, weil ich das sage. Du weißt ja nicht, was ich mitgemacht habe." Sie wandte das Gesicht ab, stützte die Ellenbogen auf den Tisch, legte die Hände über Mund und Nase, und rieb sich müde die Augen. „Ich hatte die Hölle auf Erden mit dem Kerl! Und jetzt, wo er weg ist, habe ich Angst, dass er wiederkommt! Jedes Mal, wenn ich einen Soldaten vom Bahnhof kommen sehe, bleibt mir fast das Herz stehen. Beim Großbauern ist der Bub neulich heimgekommen, weil er jetzt ein Krüppel ist. Und alles, was ich da denken konnte, war, Gott bewahre, dass mir das auch noch blüht! Ich habe keine Nachricht von ihm und das macht alles noch schlimmer! Ich schlafe kaum noch. Jedes Geräusch schreckt mich auf, weil ich denke, jetzt kommt er heim ..."

Maria ging zu Anna und legte ihr nur die Hand auf die Schulter, nach Worten ringend, die vielleicht tröstend sein konnten. Aber es fielen ihr keine ein und so sprach sie aus, was beide Schwestern wohl schon lange gedacht hatten.

„Vielleicht kommt er ja nicht wieder ...".

Sie flüsterte es, weil sie ihr Gewissen durchbrechen musste, um diesen Satz laut auszusprechen.

Anna ließ die Hände sinken und schaute wieder auf.

„... falls der Liebe Gott mir gnädig ist", beendete sie die Aussage.

Maria griff nach der Kanne und schenkte Anna und sich selbst ein wenig Kaffee in die bereitgestellten Tassen. Sie schob Anna das heiße Getränk hin.

„Aber das Kindlein", meinte Maria vorsichtig, „das Kindlein kann doch nichts dafür."

Anna ergriff die Tasse und trank daraus. Maria nahm einen Schluck im Stehen. Sie musste den Priester holen, aber der Ernst dieses Gespräches hielt sie davon ab.

„Ach! Weißt du, Maria", seufzte Anna in ihre Tasse, „das, was einst eine Freude gewesen wäre und es nicht sein durfte, muss jetzt eine sein, obwohl sie es nicht ist. Der Teufel kommt hoffentlich nicht wieder, aber er hat die Frucht seines bösen Samens dagelassen. Ich bitte Gott doch nur darum, nicht wegzuschauen. Ich lasse es in seinen Händen, zu entscheiden", verteidigte Anna sich nüchtern. *Des is koa Sünd*[31], Maria!"

„Ich kann dich verstehen, wirklich, Anna," Maria stellte ihre Tasse wieder auf den Tisch, „aber es ist doch auch dein Kind! Es hat doch bestimmt auch das Gute von dir, meinst du nicht? Schau mal, wie lieb deine kleine Anni geworden ist!"

Ganz aufrecht hielt Anna den Kopf, als blicke sie nicht in den Raum, sondern darüber hinweg, in eine Dimension, die sich nur ihr erschloss.

„Gegen die Wucht des Bösen kann ich nicht viel ausrichten, Maria. Dafür bin ich zu schwach. Das Böse wird sich durchsetzen, wie immer in der Welt. Es waren schon immer die Grausamen und Rücksichtslosen, die die Welt beherrscht haben, weil sich die Guten dagegen nicht wehren, denn sonst wären sie ja nicht die Guten! Und weil die Tatenlosen einfach wegschauen oder sich das Böse

---

[31] Dialekt: Das ist keine Sünde

schönreden. Die Guten verwenden nicht die Waffen des Bösen und deshalb unterliegt das Gute immer wieder."

Maria hätte gerne diese beklommene Atmosphäre, die in diesem Hause und um ihre Schwester herumschlich wie eine dahinsiechende Katze, verscheucht. Aber sie konnte nicht einmal verhindern, dass wieder dieses Schweigen aufkam, von dem sie in der Familie oft heimgesucht wurden. Es waren Momente, in denen jeder darauf wartete, dass der andere etwas sagen würde, aber keiner wusste, was er sagen sollte.

So wandte sich Maria schließlich zur Tür: „Bitte warte hier auf mich! Ich hole den Pfarrer."

Anna nickte nur.

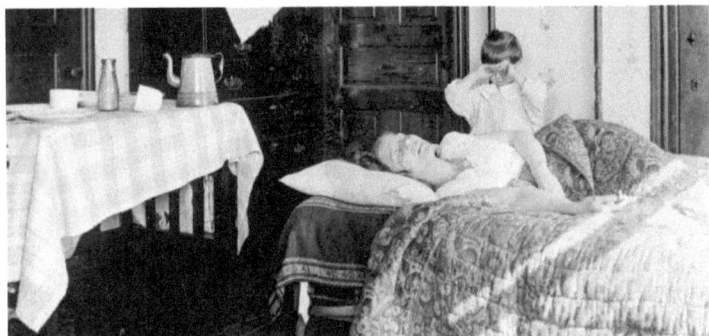

Wie diese Mutter erkrankten zahlreiche, vor allen Dingen junge Frauen, 1918 an der Spanischen Grippe; wegen Unterernährung verstarben viele.

Die Ostertage an der Westfront hatte die deutsche Oberste Heeresleitung 1918 mit dem „Unternehmen Michael" im Westen den entscheidenden Durchbruch erzwingen wollen. Bis zum 5. April betrugen die Verluste 240.000 Soldaten. Das Foto zeigt tote deutsche Soldaten im Schützengraben mit englischem Panzer und englischen Soldaten oben.

Das Gespräch
Neumarkt, Familie Heym, August 1918

Ida gewöhnte es sich an, Zeitung zu lesen. Das kurze Gespräch, in dem ihr Vater erwähnt hatte, wie riskant Kriegsanleihen für Familien wie die ihre geworden waren, ließ eine Angst in ihr heranreifen, die kaum zu bändigen war. Kommunismus und Kriegsanleihen waren zu einer existenziellen Bedrohung für sie geworden. Sie glichen Pfeilen, die abgeschossen waren, nur um direkt ins Schwarze ihres Daseins zu treffen. Mit einem Mal hatte sie verstanden, dass Politik und Krieg, überhaupt alle von Männern gelenkten Weltgeschicke, ihr eigenes Leben sehr direkt betrafen.

Noch kurz vor Kriegsende wurde diese Anzeige für Kriegsanleihen von der Regierung in deutschen Zeitungen geschaltet;

Ida und ihre Geschwister waren behütet aufgewachsen, ein gewisser Wohlstand war natürlich, Dienstpersonal im Haus so selbstverständlich wie Möbel und Klavier- und Tanzunterricht. Gesellschaftliches Ansehen als Töchter aus gutem Hause trugen sie zur Schau wie die gut geschneiderten Gewänder in ihrem Schrank. Selbst der Krieg, der karge Speisen auf den Tisch gebracht, den kleinen Ziergarten vor dem Haus in ein Gemüsebeet verwandelt hatte, im Lazarett eine endlose Nachfuhr an Verwundeten und Toten produzierte, hatte diese grundsätzliche Sicherheit in ihr nicht erschüttern können. Sie waren aufgewachsen mit dem steinharten Fundament der inneren Zuversicht, dass materielle Grundbedürfnisse stets befriedigt waren, daher keinen hohen Stellenwert besaßen. Es war nichts, worüber man sich sorgen musste. Es existierte gar nicht in ihrem Bewusstsein. Dass es arme Menschen gab, und zwar nicht wenige, das wusste sie. Dass diese Menschen im Elend lebten, hungerten, darbten, das wusste sie auch, nicht zuletzt durch die ehrenamtliche Tätigkeit, der ihre Mutter nachgegangen war, und später auch die zweite Frau Heym. Aber dass diese Menschen ohne der ihr natürlich erscheinenden inneren Rückversicherung leben mussten, das war für Ida schlicht nicht nachempfindbar gewesen. Das gravierendste Übel im Hause Heym war für Ida ihre Stiefmutter gewesen. Eine schlimmere Katastrophe hatte sie sich nicht vorstellen können. Die emotionale Nestwärme waren ihr und Martha durch den Tod ihrer leiblichen Mutter verloren gegangen, das war tragisch. Doch immerhin hatte sie nie an der materiellen Sicherheit ihrer Existenz zweifeln müssen. Doch dieses Empfinden hatte sie nun auch verloren und es erschreckte sie in Mark und Bein.

Ihr Vater war, wie jeden Tag nach dem Mittagessen kurz in die Bibliothek gegangen, hatte dort seinen Kaffee genommen, um das, was er während des

Frühstücks noch nicht an wichtigen Artikeln gelesen hatte, zu diesem späteren Zeitpunkt zu studieren. Danach war er wieder in die Brauerei gegangen. Die Stiefmutter war unterwegs mit den Damen des Wohltätigkeitskomitees, Martha, eine Besorgung zu machen. Das Dienstmädchen machte sich gerade fertig, Holunderbeeren sammeln zu gehen, wobei sie dann die jüngeren Kinder der gnädigen Frau mitnehmen sollte, damit diese an die frische Luft kamen. Danach würde sie Gelee einkochen. Martha und Ida waren heute später zur Schicht im Lazarett eingeteilt, und so fand sich Ida alleine zu Hause in der großen Wohnung. Kaum hörte sie die Dienstbotentüre in der Küche ins Schloss fallen, verließ Ida ihr Zimmer und ging schnurstracks in die Bibliothek ihres Vaters. Dort lag auf dem wuchtigen Schreibtisch aus Ebenholz die aufgeschlagene Zeitung. Er ließ sie immer so liegen, weil er seine Tageslektüre am Abend beenden wollte. Er mochte es gar nicht, wenn irgendjemand die Zeitung wegräumte oder überhaupt veränderte. Er bestand darauf, dass sie abends genauso vorzufinden war, wie er sie mittags zurückgelassen hatte. Einmal hatte sie ein neues Dienstmädchen zusammengefaltet und neben seinen Ohrensessel am Fenster gelegt, weil sie es in ihrer früheren Anstellung immer so zu machen gehabt hatte, und außerdem den Schreibtisch hatte abwischen wollen. Das arme Mädchen war sofort wieder entlassen worden. Direktor Heym wollte sie nicht mehr zu Gesicht bekommen.

LATEST NEWS IN PICTURES—LOCAL AND WORLD EVENTS

Wohltätigkeits-Komitees der Damen der Gesellschaft während der Spanischen Grippe 1918;

Ida ergriff die Lesebrille ihres Vaters, die quer über einem Artikel liegend auf seinen Träger wartete, und legte sie vorsichtig zur Seite. Dann blätterte sie zurück zu den Titelschlagzeilen. Sie hatte während des Frühstücks kurz eine Überschrift erhascht, die irgendetwas über Amiens aussagte. Das war der Frontabschnitt, der ihrem Vater Sorgen bereitet hatte, das war dort, wo der Pfeil abgeschossen wurde, das wusste sie noch ganz genau. Ihren Vater danach zu fragen, war außer Frage gestanden. Er hasste es, während der Morgenlektüre gestört zu werden. Die Zeitung war im Hause Heym wie eine Handgranate: Alles, was damit zu tun hatte, musste mit Glaceehandschuhen angefasst werden. Ida raffte das Journal zusammen, ließ sich in den Ohrensessel plumpsen und schlug die Seite mit dem Artikel auf.

Kurz streifte ihr Blick einen Artikel über Mata Hari[32], die darin als Opfer des französischen Kriegswahns bezeichnet wurde. Das Leben dieses Idols interessierte Ida, aber nicht so sehr, wie ihr eigenes. Ihre Augen blieben schließlich an einer Überschrift über einen *Schwarzen Tag des Kaiserlichen Heeres* hängen. Am 8. August, also vor gut einer Woche, schien es den alliierten Truppen gelungen zu sein, einen Einbruch durch die deutschen Linien zu erzwingen. Die heimischen Truppen waren zum Rückzug auf breiter Front gezwungen gewesen. Einen Tag später hatte sich die Lage wieder stabilisiert, und der Vormarsch der alliierten Truppen wurde abgebremst. In einer Randnotiz auf der nächsten Seite wurde von einem Treffen im Belgischen Spa berichtet, wo die Obere Heeresleitung im Hotel *Britannique* die Fortführung des Krieges besprechen würde.

Ida ließ die Zeitung in ihren Schoß sinken und schaute grübelnd vor sich hin. Was hatte das zu bedeuten? Diese Schlachtberichte waren doch immer dasselbe! Am Ende stand doch wieder nur ein Patt. Nichts Neues. Warum schrieb man überhaupt darüber? Und warum titelte dieser Bericht als *Schwarzer Tag für das Heer*? Und warum druckte man öffentlich ab, wo und wann sich die Heeresleitung treffen wird? War das nicht gefährlich, wenn das der Feind erfuhr? Sie war es nicht gewohnt, zwischen den Zeilen zu lesen. Sie hatte nicht gelernt, politischen Journalismus zu entschlüsseln und zu verstehen, wo die wichtigen Informationen zu finden waren. Aber das würde sie schon noch herausfinden!

Die Spitze der 18. Armee zu Besuch im Großen Hauptquartier in Spa in Belgien, im Sommer 1918. Vorne links: Generalleutnant Traugott von Sauberzweig; rechts: General Oskar von Hutier. Hinten v.l.n.r.: Prinz Heinrich von Preußen, Alois Ritter Klepsch-Kloth von Roden, Kaiser Wilhelm II.

Entschlossen schlug sie die Seiten wieder auf und forstete nach weiteren Nachrichten, als sie das knarrende Geräusch der sich öffnenden Haustüre hörte.

---

[32] Mata Hari war in der Zeit vor und während des Ersten Weltkrieges als exotische Tänzerin und exzentrische Künstlerin berühmt. Wegen ihrer Spionagetätigkeit für die Deutschen wurde sie am 25. Juli 1917 wegen Doppelspionage und Hochverrats von den Richtern eines französischen Militärgerichts zum Tode verurteilt und am 15. Oktober in Vincennes hingerichtet.

Kurz darauf vernahm sie die Stimme ihres Vaters auf dem Korridor. Erschrocken fuhr sie hoch. Sie raffte die Zeitung zusammen. Sie eilte zum Schreibtisch. Forsche Schritte ließen die Holzdielen des Ganges knarren. Sie kamen direkt auf die Bibliothek zu. Und da war offensichtlich auch eine weitere Person, denn er unterhielt sich mit jemandem. Warum kam er zurück? Das war für diese Zeit äußerst ungewöhnlich! Mit fahrigen Fingern suchte Ida die Seite, die Direktor Heym aufgeschlagen gehabt hatte. Sie fand sie nicht sofort, blätterte ein paarmal aufgeregt hin und her, bevor sie endlich die richtigen Abbildungen erkannte. Schon waren die Geräusche auf der Hälfte des Weges angelangt. Sie bettete das Journal wieder auf den Schreibtisch, wie sie es vorgefunden hatte. Ida sah sich kurz um. Ihr Vater kam womöglich zurück, weil er etwas vergessen hatte? Sie wandte sich der anderen Tür zu, die in das Speisezimmer führte, um durch diese leise hinauszuschlüpfen. Auf halbem Wege fiel ihr jedoch die Brille ein. Sie eilte zurück und richtete sie mit zittrigen Fingern wieder so an Ort und Stelle, wie sie sie vorgefunden hatte. Sie hatte es sich gut eingeprägt. Die Klinke der Korridortür wurde herabgedrückt. Es war zu spät, um die anvisierte Speisezimmertür zu erreichen. Ida huschte hinter den schweren Vorhang am Fenster hinter dem Schreibtisch, gerade noch rechtzeitig, als schon die Tür in einem Schwung aufgestoßen wurde.

Ida hielt den Atem an und machte sich ganz dünn. Sie presste sich mit an die Wand gedrückten Handflächen, die Arme dicht am Körper gegen die Mauer, ganz wie früher, als sie als Kinder verstecken gespielt hatten. Der Vorhang war immer ein beliebter Zufluchtsort gewesen, aber den hatten ihre Geschwister natürlich auch gekannt und daher hatte es nie lange gehalten, bevor sie gefunden worden war. Ein Luftzug fuhr durch Idas Haar. Sie schielte zum Fenster, das leicht offenstand. Es ließ kühle Sommerluft herein. Hoffentlich drückte der Wind es nicht auf und ihr Vater kam, um es zu schließen! Sie wollte sich gar nicht ausdenken, welches Gesicht er machen würde, sie hinter dem Vorhang vorzufinden. Sie, alleine in seiner Bibliothek, in seinem Reich! Und das, während er nicht anwesend war! Der Raum war sein Heiligtum, in das andere nur zu bestimmten Anlässen gebeten wurden, meist waren es Standpauken, die man sich hier abzuholen hatte. Ein Buch zu borgen war zwar erlaubt, aber es musste durch seine Hände gehen. Den Raum rein zu halten glich einer diplomatischen Meisterleistung ohnegleichen, weil das Dienstmädchen das Zimmer alleine nicht betreten durfte, das Putzen während der Anwesenheit Direktor Heyms jedoch als unerhörte Störung erklärt war. Was konnte Ida bloß als Begründung vorbringen, warum sie hier stand, heimlich? Offensichtlich heimlich! Sie versuchte sich damit zu beruhigen, dass ihr Vater bestimmt nur etwas vergessen hatte und gleich wieder hinausgehen würde.

Sie hörte, wie Mantel, Hut und Stock auf dem Ohrensessel abgelegt wurden. Ida wurde ganz übel. Das ließ auf einen längeren Aufenthalt schließen. Was hatte sie nur dazu getrieben, sich hinter dem Vorhang zu verstecken wie ein feiger Dieb! Warum hatte sie nicht einfach ein Buch ergriffen und behauptet, sich neue Lektüre zu suchen. Das hätte Ärger gegeben, aber immerhin hätte sie sich danach zurückziehen können. Sie horchte, wie Direktor Heym auf dem Sessel hinter dem Schreibtisch, nur einen knappen halben Meter von ihr entfernt, Platz nahm. Eine Schublade ging auf und zu, es raschelte, das ungeduldige Knurren ihres Vaters war zu vernehmen, das er immer von sich gab, wenn er den Kragen wechselte und das gute Stück sich nicht gleich willig an seinen Hals fügte. Es war immer ein frisch gestärkter Kragen in einer Schublade. Ihr Mut sackte völlig in den Keller.

„Nun?", hörte sie ihren Vater fragen, worauf die Türe der Bibliothek geschlossen wurde und der Luftzug um Idas Kopf abbrach. Das Fenster hatte gehalten. „Was gibt es so Dringendes, dass es nicht bis heute Abend warten konnte?"

„Nicht dringend, aber wichtig, Papa." Es war Marthas Stimme, die sich von der gegenüberliegenden Wand näherte. Ida hielt verdutzt inne. Niemand schien sich zu bewegen, auch vor dem Vorhang nicht. Ein Schweigen kam auf, weil jeder auf Worte oder Handlungen wartete. Auf Ida lastete es am schwersten. Diese Stille war riskant für sie, man konnte das leiseste Rascheln vernehmen. Sie wagte kaum zu atmen. Zu ihrer großen Erleichterung zeigte der Vater jedoch bald Anzeichen von Ungeduld, die sich in Bewegungen äußerten. Er schnäuzte sich kräftig in ein Taschentuch, kramte herum, öffnete und schloss abermals die Schublade, raschelte kurz mit der Zeitung, wartete geräuschvoll darauf, dass seine jüngere Tochter aus erster Ehe mit ihrem Anliegen endlich herausrücken möge. Seine Taschenuhr schnappte auf und dann entschlossen wieder zu. Schließlich schien seine Geduld erschöpft.

„Ich höre ..."

Martha räusperte sich. „Die Sache ist von der Art, dass sie besser unter vier Augen besprochen werden sollte", fing sie an. „Deshalb habe ich Sie um diese Unterredung gebeten, Papa."

„Nun, wir sind ja hier, also sprich!" Ein Stuhl wurde gerückt. Es raschelte.

„Ich habe lange Monate nachgedacht." Marthas Stimme war klar und fest, sie machte den Eindruck, genau zu wissen, was sie sagen würde. Jedes ihrer Worte saß wie ein maßgeschneidertes Korsagenkleid. „Ich versichere Ihnen, ich bin ausführlich in mich gegangen, bevor ich mich entschlossen habe, mit Ihnen zu sprechen, Papa. Ich habe mir Ihre Worte sehr zu Herzen genommen und komme nicht aus leichtfertigen Motiven. Also: Ich hege nach wie vor den Wunsch, mich für ein paar Monate von dieser Welt zurückzuziehen. In einem Kloster."

Ida schloss für einen Moment die Augen. Das Gespräch! Ihre Schwester hatte ihren Vater also abgepasst, weil sie mit ihm diese Unterredung führen wollte. Alleine. Martha hatte die Gelegenheit am Schopf gepackt. Die Stiefmutter war aus dem Haus, das war selten genug der Fall. Ida hatte gewusst, dass Martha das plante. Da diese aber in den letzten Wochen darüber nicht mehr geredet hatte, war Ida der Hoffnung verfallen, ihre Schwester würde die Idee mit dem Frauenkloster doch allmählich fallenlassen. Sie hatte sich insgeheim schon einer sanften Erleichterung hingegeben, dass das Thema endlich vom Tisch zu sein schien.

Nun begriff sie, dass sie sich gewaltig geirrt hatte. Martha hatte, gleich einer Katze vor dem Mauseloch, geduldig und stillschweigend gewartet, bis sich die Gelegenheit ergab.

„Aber dazu musst du doch nicht in ein Kloster gehen! Noch dazu in ein katholisches!" Die Füße des Schreibtischsessels schrammten über den Parkettboden. Schritte knarrten auf und ab. „Was ist das nur mit euch jungen Leuten heutzutage, dass ihr nichts mehr hinnehmen könnt, wie es ist? Jeden Stein müsst ihr umdrehen! Als ob darunter irgendetwas zu finden wäre! Eure Kraft verschwendet ihr mit Unsinn, anstatt mit Vernunft an die Zukunft heranzugehen. Warum nehmt ihr nicht die Wege, die Generationen vor euch im Schweiße ihres Angesichtes geschaffen haben? Warum müsst ihr das Rad neu erfinden, und das dann auch noch über Stock und Stein fahren? Alles wollt ihr verändern, ohne zu wissen in welche Richtung! Was soll aus dieser Welt nur werden, wenn ihr so weitermacht? ..."

In dieser Art redete er noch eine Weile fort. Ida empfand die Bitterkeit, in die er die Verallgemeinerung seiner Anklage bettete, schmerzhaft, wie einen Stich in der Brust. Sie hatte nichts getan, um ihrem Vater Kummer zu bereiten, das waren ihre Geschwister. Und doch traf sie seine Enttäuschung ungeteilt. Am liebsten wäre sie hinter dem Vorhang hervorgesprungen und aus der Bibliothek gerannt. Sie wollte nicht Zeugin dieses Gespräches sein, verdammt dazu, in Passivität zu lauschen.

Die Schritte marschierten wieder genau auf ihr Versteck zu, blieben dann aber in der Nähe des Schreibtischs abrupt stehen. „Fahr meinetwegen zu deiner Tante nach Lausanne! Da kannst du so lange bleiben wie du willst und in dich gehen! Die Schweiz ist neutral, da bist du weg von diesem Krieg und kannst in aller Ruhe nachdenken! Voilà[33]!"

Dann schien er seine Emotion in den Griff zu bekommen, er änderte den Tonfall: „Schau, Martha, warum machst du es dir denn so schwer, hm?" Während er sprach, bewegte er sich in die Richtung, aus der die Stimme ihrer Schwester gekommen war. „Diese Welt ist kompliziert und herausfordernd! Du, als Tochter aus einer guten Familie, du musst es dir doch nicht so schwermachen! Warum quälst du dich so? Du bist ein kluges Mädchen, das ist vielleicht dein Problem, das sehe ich. Du denkst zu viel nach! Was zerbrichst du dir nur den Kopf über Dinge, die du nicht ändern kannst? Da hat es deine Schwester leichter. Ida grübelt nicht lange, sie ist unbedarft und naiv, aber das ist für ein junges Mädchen keine Schande. Im Gegenteil, es ist recht attraktiv. Sie wird einmal heiraten und Kinder haben und einen Haushalt wie diesen hier führen. Das ist eine wichtige Aufgabe, das muss eine Frau gut hinbekommen. Das ist zwar auch nicht gerade ihre starke Seite, aber das wird sie hoffentlich noch lernen ..."

Idas Augen füllten sich mit Tränen. Sie hatte immer gespürt, dass sie an letzter Stelle der väterlichen Zuneigung gestanden hatte. Andauernd war es so

---

[33] Franz.: So! Hier! Das ist es!

gewesen, erst der Sohn, dann die Lieblingstochter, dann die neuen Geschwister der zweiten Frau, und dann vielleicht irgendwann, doch noch sie. Es so deutlich zu hören war jedoch mehr, als sie ertragen konnte. Sie musste an das Sprichwort denken: *Der Lauscher an der Wand, hört seine eigne Schand.* Recht geschah es ihr! Was stand sie hier auch feige herum, verdeckt hinter einem Vorhang, wie eine niederträchtige Person, lauschend. Sie sollte mutig hervortreten, ihren Vater alleine durch ihr Erscheinen beschämen! Jawohl, beschämen! Weil sie seine Worte gehört hatte, die für ihre Ohren nicht gedacht waren! Beschämen. Aber sie war sich nicht sicher, ob er Scham empfinden würde. Schließlich hatte er nie einen Hehl aus seiner Gleichgültigkeit ihr gegenüber gemacht. Die Schande würde wohl eher sie selbst treffen, weil sie gelauscht hatte und sich überhaupt unerlaubterweise hier aufhielt.

Vater Heym schien sich zu besinnen, dass er gar nicht über seine zweite Tochter reden wollte, sondern ein anderes Ziel verfolgte.

„Martha", griff er den Faden wieder auf, „du warst immer meine gescheite, hübsche Tochter, auf die ich so stolz bin! Komm, sei vernünftig! Du fährst nach Lausanne, bis der Krieg vorbei ist, was meinst du? Dann sehen wir weiter. Meinetwegen kannst du Ida mitnehmen. Ich lasse gleich morgen ein Abteil erster Klasse im Zug reservieren. Deine Tante Geneviève wird sich freuen, da bin ich mir sicher!"

Tränen rannen Ida über die Wangen. Sie kitzelten. Aber sie konnte sie nicht wegwischen, jede kleinste Bewegung hätte sie verraten. Sie schluckte sie hinunter. So garstig der Anlass für sie selbst auch sein mochte, die Aussicht auf eine Reise in die Schweiz zu ihrer Tante wirkte wie ein großes Trostpflaster. Aber Martha machte diese Hoffnung sofort zunichte.

„Ich schätze Ihre Bemühungen, mir entgegenzukommen, außerordentlich, Papa, und ich würde mich natürlich auch sehr freuen, Tante Geneviève wiederzusehen, gewiss. Aber eine Reise in die Schweiz würde mich nur ablenken und mich deshalb nicht wirklich weiterbringen. Es ist gerade die Konfrontation mit der anderen Religion, die ich suche, verstehen Sie? Ich bin so verwirrt, so unglaublich unschlüssig, ich habe so viele Dinge zu klären! Es scheint jeden Tag mehr zu werden! Das alles steht wie ein großer Berg vor mir, der täglich anwächst. Wenn ich immer im eigenen Saft schwimme, in der Umgebung bleibe, die nichts anderes ist als das, was ich kenne, kann ich niemals zu einer Erkenntnis gelangen!"

„Aber das ist doch völliger Unsinn! Was redest du da eigentlich?" Direktor Heym schien seinen Pfad der liebevollen Überredung schlagartig zu verlassen. Er ging wieder im Raum auf und ab, seine Schritte gedämpft vom dicken Perserteppich. „Du bist bloß verwirrt, weil das Leben nicht den gewohnten Gang geht, weil es keine Bälle gibt, keine Sommerfrische, keine Gesellschaftstees, wo man die jungen Anwärter kennenlernen könnte. Du fürchtest, dass du als alte Jungfer enden wirst! Das ist es! Also höre mir jetzt gut zu: Ich kann dir versichern, dass das nicht der Fall sein wird! Du bist ein junges Weib in voller Blüte! Du stehst ganz am Anfang! Eine wie du hat hervorragende Aussichten! Zurzeit mag der Krieg die jungen Männer fernhalten, das ist leider so in Kriegszeiten. Da müssen sich die Damen ein wenig gedulden. Und es werden auch nicht alle zurückkommen, freilich nicht, aber unter denen, die es schaffen werden, wird sich bestimmt ein geeigneter Bräutigam finden lassen. Du wirst dich gewissermaßen nicht retten können vor Verehrern, so, wie du gemacht bist! Bei Ida müsste man sich da mehr Sorgen machen, aber selbst die scheint ja jetzt einen gefunden zu haben … also, worüber machst du dir bloß Gedanken?"

Ida ahnte, dass diese Rede für Martha schwer zu ertragen sein musste, beinahe so schwer, wie für sie selbst, wenn auch aus anderen Gründen. Die Erinnerung an ihre gefallene Liebe, Heinrich, an sein Kind, das niemals das Licht dieser Welt erblickte und das nicht einmal ein kleines Grab hatte, das einfach gewesen und wieder verschwunden war, so, als hätte es weder ihren heimlichen Verlobten noch die Frucht dieser Liebe je gegeben. All das musste wohl gerade in Martha hochkochen. Der Vater konnte ja nicht ahnen, in welcher Wunde er mit seinen Worten bohrte.

„Ach, Papa", seufzte Martha. Es war ein schwerer, tiefer Seufzer, der Ida nur bestätigte, dass sie mit ihrer Vermutung richtig lag. „Sie irren, das fürchte ich nicht. Es ist eher so, dass ich nicht weiß, ob ich darin meine Aufgabe sehe. Als gläubige Christin, zu der Sie mich erzogen haben, bin ich überzeugt, dass Gott für mich eine Aufgabe vorgesehen hat. Aber ich kann einfach nicht sehen, wohin er mich führen will. Gerade das ist es ja!"

„Es ist die Aufgabe und geradezu die Erfüllung eines jeden Weibes, Kinder zu bekommen und großzuziehen! Ich glaube kaum, dass es Gott ist, der dich hier so in die Irre leitet. Versündige dich nicht!"

„Und was ist mit den Frauen, die keine Kinder bekommen können? Sind sie deswegen überflüssig?"

„Das kommt vor", gab Vater Heym kurz zu, ließ sich aber dann doch wieder hinreißen, seine Aussage zu relativieren. „Obwohl, in der Hälfte der Fälle handelt es sich da um reine Hysterie der Weiber! Sie steigern sich so hinein, dass sie verrückt werden, anstatt Mutter."

Martha wollte vermutlich vermeiden, dass das Gespräch sich weiter in diese Richtung verwickelte, denn sie legte sofort ein neues Argument nach.

„Was ist mit den Lehrerinnen, die wichtige Erziehungsaufgaben an den Schulen übernehmen?"

„Die Lehrerin!", hob Vater Heym an, als hätte er diesen Diskurs schon mehrfach an anderer Stelle vorgetragen, „die Lehrerin, wie sie gewünscht und erzogen ist, sollte sich natürlich mit ganzer Kraft ihrem Beruf widmen. Aber sie sollte ausscheiden aus dem Beruf, wenn sie erkennt, dass sie in die Ehe eintreten und damit eine andere, hochwertigere Rolle einnimmt. Sie sollte, solange sie in der

Schule steht, ungeteilt sein.[34] Mit anderen Worten: Entweder sie tut irgendwann das, was alle Frauen tun, nämlich heiraten, und wenn ihr das nicht gelingt, weil sie allenfalls, nun ja, wenig Vorzüge aufweist, also keinen Mann für sich interessieren kann, naja, dann bleibt sie eben eine alte, vertrocknete Jungfer und damit Lehrerin. Das kann wohl kaum dein Streben sein?"

„Und was ist mit all den Frauen, die jetzt, so wie Ida und ich, in Lazaretten arbeiten? Die, die die Fabriken am Laufen halten? Wenn Gott uns Frauen nicht dazu befähigen würde, das zu stemmen, bräche alles zusammen!"

„Lass Gott aus dem Spiel!", zürnte Vater Heym, „das ist dem Krieg geschuldet! Das ist ein Ausnahmezustand und nur vorübergehend. Ich will doch davon ausgehen, dass du es nicht, wie es den Anschein hat, als erstrebenswert betrachtest, dass Frauen sich in Fabriken kaputtschuften?"

„Natürlich nicht, Papa", gab Martha zu. „Was ich mit diesen Beispielen anführen wollte, ist, dass Gott für Frauen möglicherweise auch andere Aufgaben vorsieht."

„Das habe ich wohl gerade in jedem Punkt widerlegt! Muss ich es wiederholen?" Man hörte die Taschenuhr auf- und zuschnappen. Das war immer ein untrügliches Zeichen, dass der Vater eine Konversation beenden wollte.

Rascheln. Trippeln. Und dann Marthas Flehen: „Ich beschwöre Sie, Papa! Bitte geben Sie mir die Erlaubnis! Ich bitte Sie, geben Sie ihrem väterlichen Herzen einen Stoß! Sie müssen mir nicht ihren Segen erteilen, das verlange ich gar nicht, aber seien Sie meinem Sehnen gnädig. Bitte! Der Liebe Gott wird es Ihnen nicht verübeln, wenn Sie Ihrer Tochter ein wenig helfen, das Licht zu finden!"

Das Betteln seiner geliebten Tochter schien einen schwachen Punkt zu treffen. Es kam keine Antwort, und angesichts der harten Haltung, die er bisher gezeigt hatte, gab das überraschend Grund zur Hoffnung. Martha kannte ihren Vater so gut wie Ida, beide wussten, dass es nun angebracht war zu schweigen. Martha tat genau das.

„Der Liebe Gott möglicherweise nicht", murmelte Vater Heym, „aber bei unserem Kirchenrat bin ich mir da nicht so sicher! Wie soll ich dem Vorstand erklären, dass *meine* Tochter sich in ein *katholisches* Kloster zurückzieht?" Er würgte diesen Satz mit einem Ächzen aus seiner Kehle, ein Auswurf seiner Verzweiflung, der keine Antwort ersuchte, sie aber dennoch erhielt.

„Das müssen Sie nicht, Papa!", rief Martha geschwind, „ich fahre in die Schweiz, so, wie Sie gesagt haben! Wohin ich von dort aus weiterreise, das muss

---

[34] 1880 wurde der Lehrerinnenzölibat im Deutschen Reich eingeführt. Er untersagte Lehrerinnen zu heiraten; auf eine Missachtung folgte die Kündigung. Er entzog einer Beamtin bei Heirat den Beamtenstatus, gleichzeitig erlosch der Pensionsanspruch. Der Lehrerinnenberuf diente lediglich der kurzfristigen Versorgung unverheirateter junger Frauen aus bürgerlichen Familien. Der Lehrerinnenzölibat war damit ein Instrument, mit dem durch Diskriminierung flexibel auf die jeweilige Arbeitsmarktsituation reagiert werden konnte: Bestand Lehrermangel, wurde er gelockert, bestand dagegen ein Überangebot, konnten damit Lehrerinnen vom Arbeitsmarkt verdrängt werden.

doch keiner wissen." Ein langes Schweigen breitete sich aus. Ida stand unbeweglich wie eine Litfaßsäule[35]. Schritte. Das Rascheln von Stoff. Ein kurzer Schlag von Holz auf Holz. Vermutlich hatte ihr Vater seinen Mantel ergriffen und mit dem Stock versehentlich den Sessel gestreift.

„Ich werde darüber nachdenken", ließ Direktor Heym schließlich seine Antwort verlauten. „Jetzt muss ich in die Brauerei."

„Ich danke Ihnen, Papa", flüsterte Martha so leise, dass Ida es kaum hören konnte. Das Geräusch von tausend kleinen Küssen war zu vernehmen. Ida vermutete, dass ihre Schwester ihrem Vater die Hände abküsste, wie sie es als kleines Kind getan hatte, als er ihnen damals die herrlichen Puppenkleider von einer Geschäftsreise mitgebracht hatte. Sie, Ida, war mit ihrem Kleidchen und der Puppe in der Hand danebengestanden und hatte beobachtet, wie der Vater lächelnd Marthas Kopf gestreichelt hatte. Ida war ohne ein Dankeschön weggerannt und die Mutter hatte sie dafür arg gerügt.

„Da wir schon einmal hier sind: Sortiere mir diese Enzyklopädie bitte richtig! Das Mädchen hat dort abgestaubt und die Bücher völlig durcheinander ins Regal gestellt. Das Analphabetentum im Volk ist wahrhaftig erschütternd. Ein Minimum an Wissen sollte doch auch die einfache Bevölkerung haben, schließlich haben wir Schulen."

„Natürlich, Papa", erwiderte Martha brav.

Gedämpfte Schritte entfernten sich, die Zimmertür öffnete und schloss sich, dann Stille. Ida lauschte noch eine Weile, bis sie die Haustüre auf dem Flur ins Schloss fallen hörte. Vorsichtig schob sie den Vorhang zur Seite.

„Martha ...", trat sie so leise wie möglich hervor, um ihre Schwester nicht zu erschrecken. Diese stand alleine mitten im Raum. Martha fuhr herum und mit einem spitzen Schrei beinahe senkrecht in die Luft. Sie fasste sich mit beiden Händen an die Brust, zappelte ein paarmal mit den Beinen, als hätte sie kalte Füße.

„Ida!", schrie sie mit geweiteten Augen, „wo kommst du denn so plötzlich her?! Mein Gott! Wie hast du mich erschreckt!"

Ida zeigte hinter sich: „Ich war da, hinter dem Vorhang."

Marthas Blick folgte der Richtung ihres Fingerzeigs, dann kam er zurück zu ihr und bohrte sich förmlich direkt in ihre Augen.

„Du hast gelauscht?"

Ida zuckte die Achseln, sagte nichts.

„Ja, aber Ida!!! Du spionierst mir hinterher?"

---

[35] Die Litfaßsäule, eine auf dem Gehweg von Straßen aufgestellte, runde Anschlagsäule, an die Plakate geklebt werden, wurde vom Berliner Drucker Ernst Litfaß 1854 erfunden.

Der Schicksalsmonat November
Neumarkt, November 1918

Das 3.Mohren-Kino in Neumarkt hatte erst am 1912 eröffnet und war für die Bevölkerung auch 1918 noch eine Attraktion;

Am 9. Oktober steigerte das Drei-Mohren-Kino in Neumarkt noch einmal den Einsatz; diesmal reisten zwölf Opernsängerinnen und Opernsänger der Münchener Gesellschaft an und bewiesen ihre Talente bei zwei Stummfilm-Vorführungen der Lortzing-Oper "Der Waffenschmied", indem sie den stillen Handlungen auf der Leinwand ihre Stimmen verliehen. Man wies bereits im Vorfeld darauf hin, dass infolge der enormen Kosten eine Wiederholung der Vorstellung, so wie im Mai geschehen, diesmal nicht möglich sein werde. Trotz sinnflutartiger Regenfälle standen die Menschen unter ihre schwarzen Schirme gedrückt, wie dunkle Pilze unter einem Baum zusammengruppiert, Schlange, um, völlig durchnässt, einen Platz im Kino zu ergattern. Als Trost für diejenigen, die es nicht in die Reihe der Privilegierten geschafft hatten, bot man gleich im Anschluss den Film mit der berühmten Schauspielerin Pola Negri „Madame Dubarry" von dem ebenso bekannten Regisseur Ernst Lubitsch an. Diese Vorstellung wurde mehrmals gegeben.

Obwohl mancher Arzt einen vagen Zusammenhang zwischen Ansteckung und Menschenansammlung herstellen mochte, blieben offizielle Warnungen und Verhaltensmaßregeln zur Eindämmung der Spanischen Grippe an die Bevölkerung weiterhin völlig aus.

***

Drei Wochen später regnete es noch immer. Der Fußboden im Eingangsbereich des Notlazaretts war mit Schlamm und Wasser bedeckt. Sanitäter und andere Hinein- und Herauslaufende schleppten mehr davon an ihren Schuhen in den Gang als die Mädchen den Boden trockenwischen konnten.

Ida war bei Eintreffen vor der mit Artikeln und Nachrichten zugekleisterten Wand ein Stück hinter diesem Eingang stehengeblieben. Martha war weitergeeilt, denn sie waren an diesem Tag spät dran. Die Operationen konnten freilich nicht warten, aber die Küche schon, befand Ida. Sie hatte es sich seit einiger Zeit angewöhnt, auch diese Anschläge täglich zu studieren.

„Es ist eine vergebliche Mühe!", stöhnte das junge Mädchen in ihrem Rücken, das gerade versuchte, dem Eindringen des Schmutzes Herr zu werden. Sie war zwölf oder dreizehn Jahre alt, keinesfalls älter, und neu im Lazarett. Ida hatte sie noch nie gesehen. Es waren immer die Frischzugänge, die als erste Arbeit das Putzen übernehmen mussten. Ida hatte auch tagelang nur abspülen und putzen müssen, als sie hier angefangen hatte.

Frauen verrichteten überall unbezahlten Dienst in militärischen Einrichtungen, nicht nur in Lazaretten, 1918;

Das Mädchen wrang den inzwischen schwarzen Lappen zwischen ihren geröteten Fingern aus und lehnte den Stiel ihres Schrubbers an die Wand. Sie ging hinaus, um die Brühe in ihrem Eimer etwas weiter die Gasse hinunter wieder auf die Straße zu schütten.

Ida überflog zuerst die Liste der Gefallenen, Namen von Söhnen der Stadt. Zwar hegte sie keine außerordentlich zärtlichen Gefühle für Gottfried, doch seinen Namen auf dieser Liste zu finden, wäre durchaus ein Kummer für sie gewesen. Ihr Augenmerk blieb an einer Zeile hängen, die sie kurz innehalten ließ: Siegfried Hahn, gefallen 28.9.1918, Verdun. War das nicht der Schwager der Schwester Hilda? Ida seufzte. Die arme Familie! Es war doch schon der Bruder Ludwig bei Verdun gefallen. Dann kommt der andere Sohn mit einer Silberplatte im Kopf als kriegsversehrt nach Hause, und nun das. Das Blut zweier Söhne kreiste jetzt friedlich in französischen Weintrauben und in Brombeeren, die Kinder von den Hecken pflückten.

Doch Schicksale wie diese trafen viele Menschen. Damit war die Familie nicht alleine. Ida war froh, dass ihr Bruder Achilles Schweizer war. Dieses Los blieb ihnen damit zumindest erspart. Die Liste der Gefallenen war mittlerweile längst nicht mehr so umfangreich wie die von der Spanischen Grippe Dahingerafften. Allein, so eine Liste gab es nicht, und wenn, dann in irgendeiner Schublade heimlich verräumt. Doch Ida hatte schließlich Augen im Kopf! Erst vor zwei Wochen hatte man selbst den Leiter der Lazarette, Doktor Grundler, zu Grabe getragen. Er hatte sich sofort bei Auftreten der ersten Symptome zu Hause isoliert, und gleichwohl man eine Rund-um-die-Uhr-Pflege organisiert hatte, war auch er binnen weniger Tage verstorben. Der Schock hatte das gesamte Lazarettpersonal gelähmt. Seitdem befolgten alle die Anweisungen zur Hygiene, die der Arzt einst selbst aufgestellt hatte, strenger denn je. Es war geradezu eine Hygienehysterie ausgebrochen, die zu Zank, Anklagen und sogar zu Denunzierungen geführt hatte. Jeder ging jedem aus dem Weg, denn mittlerweile war jedwedem klargeworden, dass sie selbst die Nächsten sein konnten. Trotzdem hatte es auch die Oberschwester und zwei junge Klosterschwestern getroffen. Sie waren kurz nach Doktor Grundler die nächsten Opfer der Pandemie geworden. Von den vielen Soldaten und den Kriegsgefangenen draußen im Lager in der Ingolstädter Straße, die daran schon elendig zugrunde gegangen waren, ganz zu schweigen.

Idas Blick fiel auf ein Flugblatt, das irgendjemand direkt in die Mitte der Wand über einen Anschlag der Oberen Heeresleitung über errungene Erfolge an der Front geheftet hatte. Es war an die Bürger der Stadt Wien gerichtet. Wien? Wie kam dieses Blatt bloß hierher?

Illustration eines Fluges D'Annunzios über einer feindlichen Stadt, wo er Flugblätter abwirft;

Wiener! Lernt die Italiener kennen. Wenn wir wollten, wir könnten ganze Tonnen von Bomben auf eure Stadt hinabwerfen, aber wir senden euch nur einen Gruß der Trikolore, der Trikolore der Freiheit. Wir Italiener führen den Krieg nicht mit den Bürgern, Kindern, Greisen und Frauen. Wir führen den Krieg mit eurer Regierung, dem Feinde der nationalen Freiheit, mit eurer blinden, starrköpfigen und grausamen Regierung, die euch weder Brot noch Frieden zu geben vermag und euch nur mit Hass und trügerischen Hoffnungen füttert.

Wiener! Man sagt von euch, dass ihr intelligent seid, jedoch seitdem ihr die preußische Uniform angezogen habt, seid ihr auf das Niveau eines Berliner-Grobians herabgesunken, und die ganze Welt hat sich gegen euch gewandt. Wollt ihr den Krieg fortführen? Tut es, wenn ihr Selbstmord begehen wollt. Was hofft ihr? Den Entscheidungssieg, den euch die preußischen Generale versprochen haben? Ihr Entscheidungssieg ist wie das Brot aus der Ukraine: Man erwartet es und stirbt bevor es ankommt. Bürger Wiens! Bedenkt was euch erwartet und erwacht! HOCH LEBE DIE FREIHEIT! HOCH LEBE ITALIEN! HOCH LEBE DIE ENTENTE!...[36]

Ida konnte die Zeilen nicht zu Ende lesen, geschweige denn darüber nachdenken. Eine Hand riss das Blatt energisch vor ihren Augen weg.

„Was ist das für ein Schund?!", donnerte eine Stimme hinter ihr. „Wer verbreitet hier solche Parolen?! Das ist Wehrkraftzersetzung!"

Ida fuhr erschrocken herum. Der neue Leiter des Lazaretts, Doktor Alois Geiger, der aus Regensburg gekommen war, um die Nachfolge Doktor Grundlers zu übernehmen, stand groß und breit vor ihr. Er zerknüllte das Blatt demonstrativ ganz dicht vor ihren Augen, ganz so, als hätte sie es zu verantworten.

„Ich habe nur die Liste der Gefallenen einsehen wollen", entschuldigte sie sich kleinlaut, machte sich augenblicklich davon in Richtung Küche. Martha hatte ihr berichtet, wie militärisch streng der neue Arzt auch im Operationssaal herrschte. Besonders seit den aufwühlenden Nachrichten der aufständischen Matrosen, die sich im Oktober geweigert hatten, den Befehl der Kaiserlichen Admiralität auszuführen und zum ehrenvollen Untergang gegen die überlegene

---

[36] Der Flug über Wien war ein Propagandaflug mehrerer italienischer Aufklärungsflugzeuge während des Ersten Weltkrieges. Bei dem von Gabriele D'Annunzio am 9. August 1918 angeführten Unternehmen wurden mehrere tausend Flugblätter über Wien abgeworfen.

Royal Navy auszulaufen, war sein Ton noch schärfer geworden. Alles kuschte vor ihm.

Doch selbst wenn der neue Doktor sie angeherrscht hatte wie einen grünschnäbligen Rekruten, es war Ida ganz recht, dass er mit Zucht und Gehorsam die alte Ordnung aufrecht zu erhalten versuchte. Das vermittelte Sicherheit. Männer wie Doktor Geiger würden die Kommunisten hoffentlich aufhalten. Die revolutionäre Haltung im Land schien sich in der Tat wie ein Lauffeuer auszubreiten. Darüber hatte neulich sogar ihr Vater bei Tisch gesprochen. Es deuteten sich Zustände wie in Russland an! Man hatte sogar schon erste Arbeiter- und Soldatenräte gebildet, einfach so, und angeblich nur für Frieden und Brot. Doch dann hatten diese Räte die Frechheit, die Abdankung Kaiser Wilhelms II und die sozialistische Republik zu fordern! Eine sozialistische Republik, ganz wie in Russland! Wenn das erst einmal außer Kontrolle geriet, dann würde gewiss auch das Morden losgehen. So, wie die Zarenfamilie im Ungewissen verschwunden war und all die armen Leute, die die Kommunisten dort einfach gelyncht hatten. Eine Gänsehaut zog sich über Idas Rücken. Ihr war, als würde ihr etwas zustoßen, das sonst nur anderen widerfuhr. Mit gesenktem Haupt steuerte sie, die Hände in ihre Schürzentaschen vergraben, auf die Küchentür zu.

„Ist er weg?"

Der alte Wärter, der regelmäßig Zeitungsartikel an die Wand heftete, hatte sich von hinten an sie herangepirscht. Zwar trug auch er eine Maske vor dem Mund wie alle, dennoch machte Ida unwillkürlich einen Schritt zurück. Nicht zuletzt, weil sie ihn nicht hatte kommen sehen.

„Seit sie den *Kini* [37] abgesetzt haben, lässt er mich keine Artikel mehr aufhängen", murmelte der Mann, mehr zu sich selbst als zu ihr. „Da war unser Doktor Grundler viel liberaler, Gott habe ihn selig. Der war im Herzen auch ein SPD-ler, das sage ich Ihnen, Fräulein Ida." Er wedelte mit einem Zeitungsausschnitt vor Idas Nase herum. „Aber der da wird's auch nicht mehr aufhalten!"

Idas Mistrauen malte sich erkennbar in ihr Augenmerk auf den Mann. Sie betrachtete ihn mit Argwohn. Sie machte auch keinen Hehl daraus. Das waren genau die Worte, die sie nicht hören wollte! Der Wärter war ihr immer als ein guterzogener Mensch erschienen, einer, der bei der Zeitung gearbeitet hatte, einer mit Bildung, einer, der informiert war, keiner dieser widerwärtigen Proleten. Und nun kamen solche Worte aus seinem Mund! Dieses kommunistische Gesindel war überall, unsichtbar, es war wie diese schreckliche Grippe aus Spanien. Man sah sie nicht, aber plötzlich waren sie da. Diese Kommunisten versteckten sich hinter braven Gesichtern, die man nie und nimmer für Mörder halten würde, nur um dann unschuldige Bürger heimtückisch zu massakrieren. Sie schienen nur darauf zu warten, ihre Masken abzureißen, um ihre hässliche Fratze zu zeigen.

---

[37] Dialekt: König; der bayrische König Ludwig III, am 7. November in München abgesetzt

Der Wärter hielt ihr den Artikel unter die Nase. Er zeigte auf ein Foto, das dort abgebildet war.

„Schauen Sie, Fräulein Ida!", deutete er dabei so freundlich und unschuldig auf eine Fotographie eines Mannes mit Hut, dass Ida tatsächlich hinschaute. „Wir in Bayern machen das ganz friedlich! Wir brauchen keinen Radau wie die Preußen da oben. Unser Kurt Eisner hat das in München ganz ohne Blutvergießen gemacht. Jetzt wird das Bayrische Parlament kommen! Die sozialistische Demokratie! Wir Bayern machen es denen da oben vor, wie es geht, ohne Blutvergießen."

Er nickte mehrfach, wie um seine Aussage zu bestätigen. Der Mann auf dem Bild kam Ida bekannt vor, dabei wusste sie nicht, woher sie ihn kennen sollte. Was hatte sie schon mit der Politik der großen Welt zu tun? Aber sie war sich sicher: Sie hatte ihn schon einmal irgendwo gesehen.

„Ohne Blutvergießen?", wiederholte sie indes und schaute dem Wärter mutig in die Augen, „jaja, so, wie in Russland!"

Der Alte ergriff sie am Arm und zog sie, immerzu freundlich lächelnd, mit sich in Richtung zurück zu der Wand. Doktor Geiger war inzwischen im Operationsraum verschwunden.

„Nicht wie in Russland", erklärte er ihr und heftete den Artikel fest. „Man muss diese Hitzköpfe im Zaum halten! Die von der extremen Linken und auch die sogenannten Weißen, die die alte Welt wiederherstellen wollen. Sie versuchen es, aber umso wichtiger ist es, die demokratische Sache zu unterstützen, verstehen Sie? Extreme sind nie eine gute Lösung im Leben! Jedes Extrem fordert nur das Entgegengesetzte heraus. Das führt zu nichts. Als junger Mensch glaubt man, alle Mauern einreißen zu müssen. Aber Gutes entsteht in dieser Welt immer nur durch Mäßigung. Merken Sie sich das, Fräulein Ida!"

Er ließ die Hände sinken und schaute Ida aufmunternd an: „Wir Bayrischen Demokraten sind gemäßigt! Wir wollen auch das Frauenwahlrecht einführen, wussten Sie das?"

„Ach", winkte Ida müde ab, „ich wüsste sowieso nicht, wen ich wählen sollte! Davon verstehe ich nichts."

Sie wollte sich abermals zum Gehen wenden, nicht zuletzt deswegen, weil es sie irritierte, dass man mit ihr über solche Dinge reden wollte. Das alleine schien ihr schon verdächtig. Der Wärter hinderte sie jedoch am Weggehen, indem er sich ihr in den Weg stellte.

„In Ihren Kreisen ist man doch belesen", meinte er in beinahe väterlichem Ton, einem wohlgemeinten väterlichen Ton, der Ida auf diese Weise fremd war, aber doch auf ihr offenes Ohr traf. „Wir Sozialdemokraten vertreten auch Ihre Interessen, Fräulein Ida. Kommen Sie doch einmal zu einer unserer Versammlungen! Der Mann von Schwester Hilda – die kennen Sie doch auch, hm? – war neulich auch da. Auch seine junge Frau hat ihn begleitet."

Der alte Mann guckte sie blinzelnd an. Seine kleinen Augen blitzten so aufmunternd, dass sich ihr Misstrauen tatsächlich ein wenig legte. Sie lächelte ein nachsichtiges Lächeln, ganz so, wie es ihre Mutter immer getan hatte, wenn sie als Kinder heimlich ein Plätzchen vom Teller stibitzt und geglaubt hatten, niemand hätte es gesehen. Was wusste der Mensch schon von dem, was Ida ganz persönlich schlaflose Nächte bereitete! Diese Demokratie, von der er faselte, die sollte ihre Familie von den realen Gefahren des Kommunismus und fallenden Kriegsanleihen schützen? Wohl kaum. Und Frauen sollten das Wahlrecht erhalten? Im Pensionat hatten sie vor Jahren über die Demokratie der Griechen einiges gehört und sie bedauerte nun, dass sie damals dem langweiligen Thema nicht mehr Aufmerksamkeit geschenkt hatte. Aber so viel wusste sie noch, dass in der Antike von dieser Demokratie auch nur Männer betroffen gewesen waren. Sie ließ jedoch nichts von diesen Gedanken erkennen. Nicht, weil sie sich gefürchtet hätte, sie auszusprechen, vielmehr deswegen, weil sie es gewohnt war, dass es niemanden – mit Ausnahme ihrer Schwester, und die war nicht zugegen – wahrlich interessierte, was sie dachte.

„Es schickt sich nicht, als Dame abends alleine auszugehen", erwiderte sie ausweichend und ging dann entschlossen um den Mann herum.

„Das ist doch ein Grund mehr, sich uns anzuschließen!", beharrte der Wärter. Er folgte ihr auf dem Fuße. „Warum sperrt man junge Frauen in bürgerlichen Familien so ein, anstatt sie aufzuklären? Das ist doch nicht recht! Man hält sie davon ab, sich eine Meinung zu bilden. Die zukünftigen Mütter unserer Nation sollten politisch gebildet sein. Davon darf man junge Frauen nicht fernhalten!"

Ida durchzuckten tückische Gedanken, von der Art, die ein gesunder, ausgeglichener Verstand nicht zulassen sollte. Idas Zustand war zwar gesund, gottlob, jedoch nicht ausgeglichen, und deshalb konnte sie sich gegen das nun aufkeimende Geistesgut auch nicht wehren. Sie dachte an die Schläge, den schrecklichen Hausarrest im Dunkeln, den vor allen Dingen sie durch ihre Stiefmutter immer wieder erdulden musste. Und sie dachte an die strenge Obhut, die ihr und Martha seitdem auferlegt war. Keinen Schritt konnten sie mehr ohne die Adleraugen der Frau ihres Vaters auf sich gerichtet zu wissen tun. Es war das reinste Gefängnis, aus dem sie nur zum Kirchgang und für die Arbeit im Lazarett befreit wurden. Und selbst da hatte der Kirchenrat und das Wohltätigkeitskomitee seine Augen überall. Jawohl, ein Gefängnis war es!

Der Wächter sah, dass seine Worte in Ida etwas berührt hatten, und schob gleich hinterher: „Man sollte Ihnen erlauben, zu einer politischen Versammlung zu gehen. Was ist schon dabei? Das ist das Recht eines jeden Bürgers, also auch das einer jungen Frau!"

Was sie hatte zweifellos aufrütteln sollen, bewirkte das Gegenteil. Ihre eigenen Gedanken drückten sie nieder, als stünde ihre Stiefmutter leibhaftig hinter ihr. Ida fühlte sich erbärmlicher denn je. Was nützte es schon, sich auf ein Gespräch mit dem Alten einzulassen? Der konnte ihre Welt nicht verstehen, auch, wenn er meinte es zu tun. Männer dachten immer zu wissen, wie das Leben als Frau war. Sie nahmen einfach ihr eigenes, subtrahierten Vernunft und Verstand, von dem sie glaubten selbst weitaus mehr zu besitzen, egal wie dumm einer war, und kamen damit zu dem Resultat, dass Frauen wie Kinder zu behandeln waren. Wenn die Männer dieser Sozialdemokraten das Wahlrecht für Frauen forderten, dann gewiss nur, um mithilfe der weiblichen Stimmen selbst mehr Macht zu erhalten.

„Da haben Sie bestimmt recht", blieb sie unverbindlich und drückte die Tür zur Küche auf.

„Denken Sie darüber nach!", schickte der Wächter ihr hinterher, aber er folgte ihr nicht hinein, denn die Köchin hatte ihm schon mit dem Kochlöffel gedroht. Seit dem Ausbruch der Pandemie durfte niemand außer dem Küchenpersonal ihr Reich betreten. Sogar die Krankenschwestern mussten draußen warten, wenn sie Tee für die Verwundeten holten.

Ida ergriff ein Küchenmesser und begann mit einem Gefühl der Dumpfheit Kartoffeln zu schnipseln, die samt Schalen in kleinen Brocken in eine dünne Hafersuppe gerührt wurden. Sie musste dem Kerl in Zukunft aus dem Weg gehen. Sein Gequassel tat ihr nicht gut, gar nicht gut.

Kaum hatte sich Ida an die Arbeit gemacht, ging die Tür schon wieder auf. Der Wächter steckte den Kopf hindurch. Bevor die Köchin jedoch reagieren konnte, warf er nur drei Worte wie eine Handgranate in den Raum:

„Alle sofort herauskommen!"

Die Frauen sahen sich gegenseitig fragend an, dann richteten sich alle Augen auf die Chefin am Herd, die aber auch nicht mehr zu verstehen schien. Nach ein paar Augenblicken in unbeweglicher Haltung, in der sie den Kochlöffel wie im Einsatz starrhielt, zuckte sie die Achseln, trocknete ihre Hände an ihrer Schürze, band sie dann ab, rückte ihre Maske zurecht und schritt an die Tür. Die Mädchen folgten gehorsam ihrem Beispiel.

Vor der Tür im Saal fand Ida alle wie erstarrt in der jeweiligen Tätigkeit vor. Sie schauten in eine bestimmte Richtung. Schwestern standen mit beladenen Tabletts unbeweglich zwischen Betten, andere hatten im Verbinden einer Gliedmaße innegehalten und starrten unverhohlen, Verwundete hatten sich in ihren Betten aufgerichtet, alle mit ihrer Aufmerksamkeit auf einen Punkt fokussiert.

Doktor Greiner stand mit einer Depeche in der Hand da, ließ sein Augenmerk über die Köpfe gleiten, prüfte, ob nun endlich alle anwesend waren. Dann erhob er das Wort. Er räusperte sich überdeutlich. Es klang wie der militärische Befehl zum Strammstehen, ein überflüssiger Befehl, denn es rührte sich nichts mehr im Saal. Sogar die Fliegen an der Wand saßen still.

„Es scheint so, dass sich heute, am 9. November 1918, die Lage im Land dramatisch zugespitzt hat. Die Sozialdemokraten Friedrich Ebert und Philipp Scheidemann haben aus einem Fenster des Reichstags in Berlin das Ende des Kaiserreichs verkündet."

Für ein paar Atemzüge schien nun sogar die Zeit stillzustehen. Eine Glocke des Schweigens lag über dem Saal. Jeder wartete auf den nächsten Satz. Das Ende des Kaiserreichs? Was hatte das zu bedeuten? Der Bayrische König war schon abgesetzt, das war nicht so überraschend gewesen. Der hatte dem Preußischen Kaiser sowieso nur aus der Hand gefressen. Aber nun auch der Kaiser selbst?

„Wie es scheint, hat aber auch dieser Karl Liebknecht vom Berliner Stadtschloss aus die Sozialistische Republik Deutschland ausgerufen."

Ida suchte mit ihren Augen ihre Schwester. Sie musste in der Nähe des Operationsraumes stehen. Martha schaute zu ihr herüber. Das Entsetzen in deren Blick war keine Beruhigung für sie.

Ein Lastauto, mit revolutionären Matrosen und Soldaten besetzt, fährt durch das Brandenburger Tor, 9.11.1918;

Ida blieb fast das Herz stehen. Sie schlug die Hand vor den Mund. Das Blut in ihren Adern schien zu stocken wie zu schnell gerührte Buttercreme. Nun war er da, der Kommunismus! Wie lange würde es dauern, bis er auch nach Bayern kommen würde? Sie lockerte ihr Halstuch. Sie begann zu schwitzen, als stünde sie mit einem Mal in einer dampfenden Waschküche. Plötzlich erschien ihr die Bedrohung verfallender Kriegsanleihen das kleinere Übel. Zumindest lynchten die nicht.

Doktor Greiner war aber mit seiner Rede nicht zu Ende. Er fuhr mit tragender Stimme fort: „Aus diesem Grunde verständigte man sich zur Bildung einer demokratischen Übergangsregierung. Dieser sogenannte Rat der Volksbeauftragten tagt zurzeit und bleibt zu bestätigen."

Er ließ die Hand mit der Depeche sinken, richtete sich auf wie unter einem letzten Aufbäumen gegen überwältigende Tatsachen, drückte das Rückgrat durch. Noch immer hingen alle gebannt an seinen Lippen, weil niemand wirklich verstand, wer nun die Oberhand im Lande hatte und sich Mangels dieser Orientierung wie selbstverständlich an die Führung des Lazarettes hielt.

„Ich möchte ausdrücklich betonen, dass gerade in ungewissen Tagen wie diesen, Manneszucht, Ruhe und Besonnenheit gefordert sind!" Nun redete er wieder ganz im Ton seiner gewohnten Befehlsrolle. „Die persönliche Sicherheit und das Eigentum jedes Bürgers muss gerade jetzt unbedingt verbürgt sein! Ausschreitungen können unter keinen Umständen geduldet werden! Die Kontrolle dieser Sicherheit obliegt dem Soldatenrat, auch hier in Bayern. Das Reservelazarett ist keine zivile, sondern eine militärische Einrichtung. Der hiesige

Soldatenrat befindet sich in der Verwaltungsbaracke Nr. 8, Zimmer Nr. 7. Zucht und Ordnung bleiben erhalten wie gehabt!"

Stille.

Dann hob ein leises Murmeln an.

Ein Transportwagen mit neuen Verwundeten hielt draußen auf der Straße. Schon stießen Sanitäter die Tür auf und schleppten stöhnende, dreckige Stoffbündel auf Bahren herein.

„An die Arbeit!", tönte der Befehl über alle Köpfe.

Das Geheiß wirkte wie die Erlösung aus der Starre, setzte alles wieder in Bewegung und vermittelte das trügerische Gefühl, dass sich nichts geändert hatte.

***

Zwei Tage später fanden sich Ida und Martha am späten Vormittag am Bahnhof ein. Martha trug einen kleinen, ledernen Reisekoffer, in den sie nur das Nötigste gepackt hatte. Ihre schönen Kleider hingen allesamt im Schrank, wie sie das Dienstmädchen gebügelt hineingehängt hatte. Nicht eines davon hatte sie mitnehmen wollen. Die Zeiger der großen Uhr über dem Eingang des Bahnhofs zeigten kaum auf elf. Sie hatten noch ein wenig Zeit. Der Zug nach Regensburg würde erst in zehn Minuten einfahren, und da es noch immer in Strömen regnete, blieben sie in der Halle stehen. Letztendlich hatte Direktor Heym entschieden, dass es angesichts der aktuellen Lage im Lande zu gefährlich war, seine Tochter zuerst in die Schweiz zu schicken, und sie später zurück nach Regensburg alleine quer durch die Gegend reisen zu lassen. Schweren Herzens hatte er Martha schließlich ein Billett erster Klasse direkt nach Regensburg gekauft.

„Bist du dir wirklich sicher?", fragte Ida zum wiederholten Male und machte dabei ein Gesicht, als würde sie jeden Augenblick die Tränen nicht mehr zurückhalten können. Ihr war auch so zumute, denn für sie war Marthas Abschied für mehrere Wochen in eine Klausur wie eine Strafe. Von klein an war sie es gewohnt, mit Martha Zimmer an Zimmer zu spielen, zu schlafen, zu tuscheln, später zu studieren, gemeinsam Bücher zu lesen, Musik zu machen, zu lachen und zu weinen. Nun würde sie ganz alleine sein. Alleine mit der grässlichen Person ihrer Stiefmutter im Haus! Alleine des Nachts. Alleine am Tage. Nicht einmal mehr im Lazarett konnte sie der Gedanke trösten, dass Martha hinter der Tür des Operationsraumes ihrer Aufgabe nachging. Abgesehen davon tat sich Ida wahrlich schwer, Marthas Wunsch nachzuempfinden. Sie hielt die Idee zu einem Rückzug in ein Kloster zu gehen, für eine Flucht. Freilich wollte sie, dass ihre Schwester wieder glücklich wurde, so wie einst, bevor die Sache mit Heinrich und dem Kind passiert war. Aber es wollte ihr nicht einleuchten, warum dies der richtige Weg sein sollte.

„Nun hör schon auf!" Martha lachte ein wenig. „Du tust ja so, als würde ich in eine Strafanstalt gehen!"

„Ich kann noch immer nicht glauben, dass Papa es dir erlaubt", erwiderte Ida ein wenig schroffer als sie gewollt hatte. Sie hatte insgeheim sehr darauf gebaut, dass der tiefgläubige Protestant in Direktor Heym niemals zustimmen würde. Das tat dieser Protestant zwar noch immer nicht, doch das Vaterherz hatte sich hinreißen lassen. Ida fühlte sich auf eine verquerte Weise von dem Vater im Stich gelassen. Nicht einmal auf seine Strenge konnte sie, Ida, sich verlassen.

„Du hast doch selbst mitgehört, wie schwer es war, ihn zu überzeugen." Martha zwinkerte ihr verschwörerisch zu, stupste Ida dabei mit dem Ellenbogen ein wenig in die Seite. „Nur gut, dass er dich nicht entdeckt hat, da hinter dem Vorhang! Das hätte womöglich alle Hoffnungen ein für alle Mal zunichte gemacht."

„Ich habe dir doch gesagt, wie das gekommen ist", wehrte Ida das Thema ab. Es war ihr unangenehm, immer wieder daran erinnert zu werden. Nachdem Martha an diesem Tag den ersten Schrecken überwunden hatte, hatte sie Ida ausgelacht, dass sie sich zu so einer kindlichen Tat hatte hinreißen lassen. Und sie hatte sie gemaßregelt, dass Lauschen doch nun wahrlich unter ihrer Würde lag.

„Vielleicht wäre es sogar besser gewesen, wenn ich erwischt worden wäre! Dann würdest du jetzt zumindest nicht wegfahren."

„Sei doch nicht so traurig, Ida!", zupfte Martha ihre Schwester zärtlich am Ärmel. Sie warf Ida einen aufmunternden Augenaufschlag zu. „Dafür gibt es doch gar keinen Grund. Ich ziehe mich nur für einige Zeit zurück, um herauszufinden, was für mich der richtige Weg ist. Dort im Kloster bin ich ungestört vor dem Tohuwabohu dieser Welt. Alles bricht auseinander, jeden Tag neue Schreckensnachrichten, Elend, Tod, Morden, Hunger, man weiß doch vor lauter Überleben nicht mehr, was man tut. Hast du nicht auch den Eindruck? Ich sehne mich so nach einem Ort, wo ich das Leben mit der nötigen inneren Ruhe betrachten kann. Und ein Kloster ist wahrscheinlich der einzige Ort, wo das überhaupt noch möglich ist. Das verstehst du doch?"

„Freilich verstehe ich das", gab Ida zu und umarmte sie, auch dies bereits zum wiederholten Male. „Aber ich werde dich so vermissen!"

„Ich werde dir schreiben", versicherte Martha. Sie schälte sich lachend aus den Armen ihrer Schwester. „Jeden Tag, ich verspreche es. Und du musst mir auch schreiben! Wirst du das tun?"

„Wohl," versuchte nun auch Ida ein kleines Lachen, „vielleicht nicht jeden Tag, aber ja, freilich schreibe ich dir! *Naturellement*[38]!

Martha ergriff gerade ihre Hände, um mit einem „Na siehst du!" das von Ida heraufbeschworene Abschiedsdrama abzuschwächen, als die schrille Trillerpfeife des Bahnhofsvorstehers durch die Luft pfiff wie eine nahende Rakete kurz vor dem Einschlag. Der Mann in Uniform der Kaiserlichen Bahn stürmte aus seinem Büro, die Pfeife im Mund unablässig traktierend, nicht kurz, wie bei Abfahrt des Zuges, sondern immerwährend und durchdringend. Er lief mit fuchtelnden Armen in den Wartesaal, wo die dort stehenden Menschen irritiert die Köpfe wandten.

„Es ist Frieden!", verkündete er atemlos, jedoch lauthals in die Runde. „Es ist Frieden! Es ist Frieden!"

Ida und Martha schauten sich an. Wie alle anderen in der Halle auch, benötigten sie ein paar Sekunden, um die Bedeutung der Botschaft wirklich aufzunehmen.

„Es ist vorbei?", flüsterte Martha, als würde jedes laute Wort die zarte Neuigkeit gefährden.

„Der Krieg ist zu Ende!", rief der Bahnhofvorsteher und lief, abwechselnd die Botschaft hinausschreiend und dann wieder in seine Trillerpfeife blasend, hinaus vor den Bahnhof, um auch die Menschen dort draußen mit der frohen Botschaft zu beglücken.

Jubel brach in der Halle aus. Die Reisenden fielen sich gegenseitig in die Arme, auch in fremde. Eine alte Bauersfrau kniete nieder und begann ein Dankesgebet an die Heilige Mutter Gottes. Ein alter Mann warf jubelnd seinen Hut in die Luft. Eine Krankenschwester in Tracht tanzte zu ihren eigenen Worten „Frieden! Frieden! Frieden!" mit einem Greis, der plötzlich letzte Kräfte zu mobilisieren schien.

„*Wenn's na wohr is!*[39]", rief eine Frau immer wieder direkt neben den Schwestern.

Ida und Martha fielen sich in die Arme und drehten sich um sich selbst, wie früher als Kinder, als sie sich noch ungehemmt freuen konnten. Ganz schwindelig wurde ihnen vor ungezügelter Freude, und freilich auch von den Umdrehungen.

Dann liefen die Menschen wie auf Kommando in der Mitte der Halle zusammen und schüttelten sich gegenseitig die Hände.

„Es ist Frieden!", bestätigten sie sich immer wieder, wiederholten endlos dieses Zauberwort, das sie allesamt in einem Moment des Glücks

---

[38] Französisch: natürlich!
[39] Dialekt: Wenn es nur wahr ist!; der Ausspruch ist nicht Ausdruck des Zweifels, sondern der Freude.

zusammenschweißte, als seien sie eins, und als müssten sie diese Wahrheit damit zementieren. Der Zug aus Nürnberg rollte ein. Der Bahnhofsvorsteher war um das Gebäude herum auf den Bahnsteig gelaufen und wiederholte nun dort seine Kundgebung der frohen Nachricht. Die Menschen im Zug streckten neugierig die Köpfe aus den Fenstern, die wenigen Aussteigenden, die von Angehörigen in der Halle erwartet worden waren, fielen diesen auf dem Bahnsteig um den Hals. Die Menschen tanzten im Nieselregen als sei es Champagner der vom Himmel fiel. Auch im Zug konnte man nun Tumult und Freude beobachten. Der Lockführer ließ die dröhnende Pfeife der Dampflok erschallen.

Allmählich begann man auch aus der Ferne Signale der Freude zu vernehmen. Fabrikpfeifen, die sonst nur den Beginn oder das Ende der Arbeitszeit markierten, ertönten. Die wenigen Glocken, die nicht eingeschmolzen worden waren, wie die Friedhofsglocke, tönten ungewöhnlich hell und freundlich dazwischen. Freudenschüsse aus Gewehren, die Soldaten irgendwo abfeuerten, untermalten diesen Rausch. Nach einer Weile zeigte Martha, noch immer vom Schwindel lachend, auf den Zug draußen auf dem Bahngleis.

„Ich sollte einsteigen ...“

Sie lief bereits zu ihrem Koffer, den sie einfach hatte achtlos stehen lassen. Sie ergriff ihr Gepäck und schritt auf den Ausgang zu den Bahnsteigen zu.

Ida verharrte wie versteinert am Fleck und schaute ihr in Verblüffung hinterher. Schlagartig überfiel sie die Ernüchterung. Völlig übermannt von diesem großen Moment hatte ihr Herz tatsächlich geglaubt, Martha würde nun nicht mehr abreisen. Die Freude über die lange und sehnsüchtig erwartete Nachricht war so gewaltig gewesen, dass sie alles mit sich gerissen hatte, den Anschein erweckt hatte, nichts würde mehr sein, wie es gewesen war, alles würde jetzt anders sein, in eine strahlende Zukunft münden, die nun vor ihnen lag wie ein aufgerollter roter Teppich, über den man nur noch zu schreiten brauchte, um direkt ins Glück zu marschieren.

„Kommst du?“, wandte Martha den Kopf zurück. Sie gab vor, den Schock ihrer Schwester nicht zu bemerken.

Ida schaute hinauf zu der großen Uhr über dem Portal. Sie suchte dort einen Anker für ihre Gefühle. Es war fünfzehn Minuten nach elf Uhr. Der Zug war nicht planmäßig abgefahren. Aber angesichts eines Augenblicks wie diesen, schien es Ida mehr als natürlich, dass er stillstehen musste. Sie bezog in dieses Empfinden alles ein, was sie um sich herum wahrnahm. Sie glaubte sogar, die Zeiger der Uhr stillstehen zu sehen. Es wäre ihr ganz glaubhaft erschienen, wenn die geschwungenen Anzeiger angesichts der Bedeutung dieser Minuten ihre unermüdliche Tätigkeit eingestellt hätten.

Doch dann riss sie der kurze Ton der Trillerpfeife draußen auf dem Bahnsteig, diesmal als deutliches Signal, die Türen der Zugabteile zu schließen, aus dieser Trance. Martha war, ohne sich noch einmal umzudrehen, einfach weitergelaufen und stand bereits auf der Plattform vor einem offenstehenden Zugabteil der ersten Klasse. Ein vornehmer Herr mit Hut bot ihr seine Hilfe an und nahm Marthas kleinen Koffer entgegen.

Ida eilte hinaus, gerade rechtzeitig, um ihre Schwester ein letztes Mal vor dem Einsteigen zu umarmen.

„Was für ein schöner Freudentag!", strahlte Martha sie an. Sie schien gar nicht bemerkt zu haben, dass Ida ihr nicht auf dem Fuße gefolgt war. Jedenfalls gab sie sich so. Sie küsste Ida auf die Wange. „Schreib mir bitte! Papa wird sich so freuen über den Frieden! Du musst mir alles erzählen! Ich will alles wissen!"

Angesichts der leuchtenden Augen ihrer Schwester, die sich offensichtlich nicht nur über den Frieden, sondern auch über ihre Abreise freute, beschloss Ida, sich am Riemen zu reißen. Sie versprach es und versuchte, dabei ein beruhigtes Gesicht zu machen. Martha stieg in das Abteil und drehte sich in der offenen Tür noch einmal um.

„Ach Ida!", seufzte sie, „es ist das erste Mal seit so langer Zeit, dass ich eine Erleichterung ums Herz spüre!"

„Das freut mich, Martha", ergriff Ida die Hände ihrer Schwester. Es freute sie wirklich, nur vermischte sich diese Freude mit dem Schmerz der Trennung, der in ihrer Brust bohrte. Sie drückte fester zu. „Ich bin so froh, das zu hören!"

Der Zugvorsteher näherte sich entlang der Wagons und schlug krachend eine Abteiltür nach der anderen zu. Wie eine bedrohliche Welle näherte sich dieses Geräusch ihrem Kompartiment. „Bitte einsteigen!", ertönte es mit jedem Schlag, obwohl niemand außer Ida mehr auf der Plattform stand.

Martha trat nach hinten in das Abteil, um den Mann seine Arbeit machen zu lassen. Ida machte ebenfalls einen Schritt zurück. Kaum war der Vorsteher mit der nächsten Tür beschäftigt, schob Martha bereits das Fenster des Abteils herunter, um Ida noch einmal die Hände zu reichen.

„Wir sehen uns bald wieder, Ida!", versuchte sie ihre Schwester aufzumuntern. Diese blickte zu ihr auf wie zu einem Engel auf einer Empore, der aus der Höhe der Lüfte zu ihr sprach, dessen Worte eben Engelsworte waren, die man nicht wörtlich nehmen durfte, weil Engel doch nur in Gleichnissen sprechen. Ida konnte sich des Eindrucks nicht erwehren, dass es nicht so kommen würde. Dieser Abschied schien ihr ein Abschied für immer.

„Ich freue mich schon darauf!", erwiderte sie indes standhaft und drückte ihrer Schwester ein letztes Mal die Hände. „Ich wünsche dir viel Glück und komme bitte bald wieder!"

Diesmal ertönte das Keuchen der Dampflok gemeinsam mit einem metallenen Quietschen und Ruckeln. Ida ließ ihre Schwester los und trat abermals zurück. Martha winkte. Der Zug setzte sich in Bewegung. Schwarzer Rauch nebelte die Szene ein, so dass Martha schnell das Fenster schließen musste. Sie winkte durch die Glasscheibe, aber das konnte Ida vor lauter Qualm nicht sehen. Ida stand unbeweglich auf dem Bahnsteig, der Nieselregen bedeckte Hut und Wollmantel mit tausend feinen Glasperlen, für einen Moment eingehüllt in eine stinkende Wolke. Als sich diese letztendlich wieder verzogen hatte, war der Zug bereits an der langgezogenen Kurve vorüber, die aus dem Bahnhofsbereich führte, und nahm an Geschwindigkeit zu.

Idas Füße schienen wie aus Blei gegossen. Wie von einem unsichtbaren Gummiband gezogen, drängte ihr Inneres dem davonfahrenden Zug hinterher.

Aber sie stand wie mit Ziegelsteinen ummauert. Das Gefühl der gottlosen Zurückgelassenheit, das sie seit dem Tod ihrer Mutter nie mehr ganz verlassen hatte, beherrschte nun ihren ganzen Körper.

Kein Muskel wollte ihr gehorchen. Nicht einmal der Tränenkanal.

Jubelnde Soldaten in München am
8. November 1918;

Ausrufung der Republik in Berlin am
9. November 1918, Philipp Scheidemann in
einem Fenster der Reichskanzlei;

Revolutionäre Matrosen nach der Erstürmung
eines Gefängnisses forderten am 6.11.1918 die
Errichtung einer sozialistischen Räterepublik;

Karl Liebknecht spricht für den
Spartakusbund in Berlin und ruft
die Sozialistische Republik aus.

Der Krieg kommt nach Hause
Dritter Advent, Neumarkt 1918

Nach Unterzeichnung des Waffenstillstandes von Compiègne am 11.11.1918 kehren die deutschen Fronttruppen in ihre Vorkriegsgarnisonen zurück. Einmarsch der Truppen Anfang Dezember in Berlin. Viele Soldaten fühlten sich gedemütigt und verraten vom eigenen Volk.

Drei der Häring-Töchter saßen im Licht der schwachen Lampe um den Adventskranz mit nur noch einer der vier Kerzen noch nicht angekohlt. Die vierte der Schwestern wäre vielleicht gerne in dieser Runde gesessen, musste jedoch ihre Rolle als wartende Ehefrau, die Heim und Kinder hütete, bis der Krieg ihren Gatten entlassen würde, weiter ertragen. Es war das, was Ehefrauen taten und was man von ihnen erwartete. Es wäre niemandem in den Sinn gekommen, weder Anna selbst noch ihren drei Schwestern, als einmal verheiratete Frau wieder unter dem Dach der Eltern Zuflucht zu suchen. Die erneute Schande, die sie diesen damit bereitet hätte, wäre kaum zu ertragen gewesen.

Helene, die für das Weihnachtsfest aus München gekommen war, befestigte einen Bindfaden an ein abgebranntes Stück Streichholz und setzte das Stöckchen in das Innere einer halben Walnussschale. Dann klebte sie die beiden Hälften mit Wachs zusammen und legte die, wie komplett erscheinende Nuss in eine Schale, um sie später weiter zu verzieren.

„Die erste Friedensweihnacht!", seufzte sie mit einem Lächeln der Seligkeit und presste zwei neue Nussschalenhälften zwischen Zeigefinger und Daumen zusammen.

„*Wannsna a aso bleibt!*[40]" Mutter Häring saß auf der Holzbank, fädelte konzentriert die Nadel mit dem Wollfaden durch das hauchdünne Netz der Sockenferse, die sie mit der anderen Hand über einen Holzpilz gespannt festhielt.

„*Geh, Mama!*[41]", versuchte Walli die friedliche Stimmung zu wahren. Sie klebte bunte Wollreste auf kleine Salzteigfiguren, die sie tags zuvor aus Sägemehl, Mehlresten, Wasser und Salz gebacken hatten. Das kostbare Mehl für Weihnachtsschmuck zu verschwenden hatte die Mädchen Überredung gekostet, aber schließlich hatte die Mutter klein beigegeben, weil sich schon kleine Würmer

---

[40] Dialekt: Wenn es auch nur so bleibt!
[41] Dialekt: Nicht doch, Mama!

darin gebildet hatten. Das wäre zwar kein Grund gewesen, es nicht dennoch zu verarbeiten – einmal gebacken waren die schließlich kein Schaden mehr –, aber sie hatte sich angesichts dieser ersten Friedensweihnacht breitschlagen lassen. Walli hielt eine fertige Figur an einem Faden in die Luft und betrachtete kritisch ihr Werk. Es war ein Engel, dessen Flügel sie mit gelben Schnecken aus Wollresten beklebt hatte.

„Niemand will mehr Krieg, jeder ist froh, dass es endlich vorbei ist. In den Expresswerken sagen sie alle, dass es jetzt bald viel Arbeit geben wird. Wenn erst einmal alle Soldaten wieder zu Hause sind, dann müssen die ja irgendwie zur Arbeit kommen. Alle werden sie Fahrräder brauchen, jetzt wird es aufwärts gehen."

„Auf dass es der Herrgott wahr mache!", murmelte die Mutter, führte die Hand mit der Nadel in die Luft und hielt inne. Sie schaute auf ihre Töchter und fügte hinzu: *„Mei Moila, winschen dad es eich!*[42] Ein Leben in Frieden."

„Aber freilich!", stimmte nun auch Maria ihrer Schwester zu. „Die meisten Soldaten im Lazarett sind gottfroh, dass es vorbei ist und dass sie nach ihrer Genesung jetzt nach Hause dürfen und nicht zurück an die Front müssen."

Sie faltete aus Streifen alten Zeitungspapiers eine Ziehharmonika, die sie an einem Ende zusammenfasste und auf kleinen, aus dem bunten Karton einer Kaffeeschachtel geschnittenen Flügel, aufklebte. Es wirkte wie der Rock eines Engels. Maria wühlte in der offenen Schachtel auf dem Tisch vor ihr, in der sie alte Knöpfe sammelten und zog einen schimmernden Perlmuttknopf heraus. Sie hielt ihn prüfend an ihren Engel, ob der Kopf auch in der Größe passte. Maria sprach von den Soldaten allgemein, und das, was sie sagte, war auch wahr, aber im Grunde dachte sie bei diesem Satz nur an Friedrich. Der letzte Brief von ihm war erst ein paar Tage alt, und darin hatte er davon gesprochen, dass seine Kompanie an einen Ort befohlen worden war, wo sie die Waffen ordnungsgemäß abgeben mussten. Nicht alle wollten diesem Befehl gehorchen, hatte er notiert, er aber war froh, das Zeug loszuwerden. Ihre Erleichterung über diese Nachricht hatte nicht größer sein können. Aus lauter Dankbarkeit hatte sie der Mutter Gottes eine große Kerze angezündet. Bedauern, das hatte sie aus diesem Brief gewiss nicht herausgelesen, recht im Gegenteil. Es hatte Ungeduld aus diesen Zeilen gesprochen, die Sehnsucht, sie wieder in seine Arme nehmen zu dürfen. Maria war zutiefst überzeugt davon, dass es so, wie ihrem Fritz, auch den meisten anderen Soldaten ging. Bestimmt waren die, die ihre Waffen widerrechtlich behielten, in der Minderheit.

All das konnte sie selbstverständlich nicht laut aussprechen. Niemand in ihrer Familie wusste bisher von dieser heimlichen Liebe. Schließlich hatte sie selbst erst einmal abwarten wollen, ob er nicht doch seine Zuneigung zu ihr über die Zeit verlieren würde, oder, was freilich viel schlimmer gewesen wäre, gefallen wäre. Zwar betrachtete sie sich so gut wie verlobt, heimlich, aber so gut wie –

---

[42] Dialekt: Ach Mädchen, wünschen würde ich es euch!

hatte Fritz sich in dieser Richtung ausgedrückt –, doch offiziell war nichts dahingehend geregelt. In jedem Fall war es bisher zu zeitig gewesen, über Fritz zu sprechen.

„Die sind ja auch geradeso mit dem Leben davongekommen!", drängte sich ihre Mutter wieder in ihre Gedanken. Sie ließ ihre Stopfarbeit abermals in den Schoß sinken und schaute vor sich hin, als täte sich dort vor ihrem geistigen Auge ein Bild auf, das nur sie sehen konnte. „Aber die anderen, die werden keine Ruhe geben! Die einen wollen nicht glauben, dass es mit dem Kaiser- oder Königreich endgültig vorbei ist, und die anderen schießen, weil ihnen das, was die neue Regierung jetzt ist, noch nicht reicht. Das ist doch alles nur ein Vorwand, dass die Männer weiter Krieg führen können! Alle paar Jahre müssen sie einen vom Zaun brechen, zwischen unserer Welt als Weiber und der ihren einen klaren Trennstrich ziehen. Und diese Kriege verlaufen immer gleich, genauso wie das Gerede der Männer. Ihr müsst ihnen nur zuhören."

Mit dem letzten Satz stach sie ihre Nadel wieder gezielt in ihre Arbeit. Ihre Töchter ließen die Bastelarbeiten für einen Moment ruhen und wechselten einen stummen Blick untereinander. Solche Worte hatten sie von ihrer Mutter noch nie vernommen. Die brave Bauersfrau, die immer die personifizierte Einigkeit mit ihrem Mann verkörpert hatte, die Politik für Männersache auf ihren Platz verwies, und egal, was der Vater dachte oder sagte, ihm nie widersprochen hatte, sie redete auf einmal von Dingen, die sich auf der Weltbühne abspielten. Dabei sagte sie Sachen, die schlicht erstaunten. Ihre Töchter wussten nicht, was sie daraus schließen sollten, also blieb ihnen nur Verwunderung.

Walli kehrte als Erste wieder zurück zu ihrer Tätigkeit und meinte, noch immer bemüht, die besinnliche Stimmung zu wahren, aber auch, um zu zeigen, dass sie ihrem Vater durchaus zuhörte: „Aber der Papa hat doch erzählt, wie gesittet und vernünftig der Landrat Frauenknecht bei der Sitzung in der Goldenen Gans neulich gesprochen hat. Hat er nicht berichtet, dass es zwar manchem Bürgermeister nicht leicht war, sich mit der jetzigen Regierung abzufinden, aber dass sie alle im Interesse des Vaterlandes jedes persönliche Bedenken zurückstellen müssten? Er hat alle Anwesenden dringend aufgefordert, für Erhaltung der öffentlichen Ruhe und Ordnung einzutreten und mitzumachen. Und das machen sie doch alle, oder?"

„Aber reden tun sie noch wie im Krieg!", beharrte Mutter Häring auf ihrer Meinung. Sie schien ärgerlich darüber zu werden, dass ihre Mädchen ihr opponierten anstatt über ihre Worte nachzudenken. „Von einem Dolchstoß faseln sie, behaupten, dass unsere Männer im Felde unbesiegt geblieben sind, und dass vaterlandslose Weiber in der Heimat ihnen diesen Dolchstoß von hinten zugefügt haben. So, wie das Flintenweib in Berlin, diese Rosi Luxberg oder wie sie heißt[43]. Das mögen die Mannsbilder nicht, verlieren. Gegen uns Weiber schon gar nicht."

---

[43] Rosa Luxemburg war eine einflussreiche Vertreterin der europäischen Arbeiterbewegung, des Marxismus, Antimilitarismus und proletarischen Internationalismus.

„Ja, aber …", Helene schaute ihre Schwestern nach Zustimmung haschend an, „… es waren doch keine Frauen, die den König abgesetzt haben! Das war der Eisner mit seinen Leuten. Und in den Räten sitzen doch auch nur lauter Männer, hab' ich recht?"

Helene legte eine weitere Nuss zu dem fertigen Christbaumschmuck in die Schale. Sie ließ nichts verlauten, ihr Gesicht sprach jedoch Bände. Sie konnte nicht verstehen, warum ihre Mutter den schönen Frohsinn, mit dem sie hier das Weihnachtsfest zu schmücken gedachten, durch ihr düsteres Gerede zunichte machte. Dass ihre Mutter aber auch kein noch so kleines Glück zulassen konnte! Es schien ihr grundsätzlich verdächtig zu sein, das Glück. Dabei hatte das Leben sie selbst damit gesegnet! Wie oft hatten ihre Eltern von ihrer Liebesheirat erzählt! Vielleicht war ihre Mutter aber immer schon so gewesen, und sie hatte es früher nur nicht bemerkt? Doch jetzt, da sie, Helene, in München arbeitete und Abstand zu ihrem Zuhause hatte, fiel ihr das auf. Immerzu musste die Mutter alles schlechtmachen! So, wie sie auch das Glück ihrer großen Schwester Anna zerstört hatte.

„Die Frauen in den Städten sind allein für Brot für ihre Kinder auf die Straße gegangen", stimmte Maria zu, die sich gut daran erinnerte, wie es in Nürnberg zugegangen war, damals, als sie mit dem Zug zu Anna gefahren war.

„Verlieren mögen die Mannsbilder nicht", wiederholte Mutter Häring ihr Mantra. „Da kommt nichts Gutes dabei herum, merkt euch das! Das mögen sie nicht!"

Die drei jungen Frauen erwiderten nichts mehr, eher aus Respekt vor der Mutter als dass sie ihren Worten Gehör schenken wollten. In ihren Augen waren alle Menschen über Dreißig nicht mehr jung und verdienten alleine deswegen Respekt, aber man wusste schließlich auch, dass alte Menschen begannen, schrullig zu werden und dass sie festgefahrene Meinungen besaßen, und dass sie sich nur schwer vom Lauf der Dinge überzeugen ließen.

„Was meint ihr?", hielt Walli ihren Salzteigengel den anderen hin. „Ein rotes Kleid oder ein dunkelblaues?"

„Warum machst du es nicht bunt?", schlug Helene übermütig und, wie aus Trotz, um der Mutter damit vor Augen zu halten, wie Glück ging, vor.

Geh, an Engel in am bunten Gwand[44]!", schüttelte Walli den Kopf. „Es ist doch nicht Fasching! Dunkelblau ist edel, das passt zu einem Engel." Sie hielt einen entsprechenden Stoffrest prüfend an die Flügel.

„Zum verstoßenen Erzengel Luzifer vielleicht", maulte Helene eingeschnappt. „Wenn du es schon so genau nimmst, dann nimm weiß!"

Davon, oder von eigenem Zweifel bezüglich ihrer Wahl verunsichert, ließ sich die ältere Schwester überzeugen. Sie griff beherzt nach einem vergilbten Leinenfetzen und arbeitete damit weiter.

Es klopfte am kleinen Stubenfenster, das zum Vorgarten hinausging. Häufig diente es dazu zu sehen, wer Einlass erbat. Vom Herd und vom Spülstein aus

---

[44] Dialekt: Aber nicht doch! Ein Engel in bunter Kleidung!

konnte man gut hinausspitzen, ohne selbst von draußen entdeckt zu werden. Vor dieser Glasscheibe erschien das Gesicht eines kleinen Jungen wie der aufgehende Vollmond über dem Wolfstein, der Berg mit dem Wahrzeichen der Burgruine im Osten der Stadt. Es war der Sohn des Bärenwirts. Maria ging ans Fenster und öffnete es einen Spalt. Eisiger Wind drängte sich in die warme Küche.

„Der Herr Vater lässt ausrichten, dass er Gäste mit zum Essen bringt", berichtete der Dreikäsehoch und streckte sich dabei mit den Händen, sodass er über das Fensterbrett schauen konnte. „Er sagt, man soll Geräuchertes aus dem Kamin nehmen."

„Gäste? *Wer nachat*[45]?", erkundigte sich Mutter Härings Stimme aus der Tiefe des Raumes. Sie legte ihre Handarbeit neben sich auf die Bank ab, erhob sich und trat ebenfalls ans Fenster. Dann musste die vorgesehene Graupensuppe mit Backpflaumen eben für den nächsten Tag aufgehoben werden.

„*Des derfined song!*[46] Es ist eine Überraschung!"

Damit drehte sich der Kleine um und rannte weg, bevor ihn die Frauen dazu zwingen würden, sein Geheimnis zu verraten.

„Es wird doch nicht Hochwürden sein!", erschrak sich Helene. „Der wird mich bestimmt ausschimpfen, weil ich ins Hotel zum Arbeiten gegangen und nicht bei dieser schrecklichen Familie geblieben bin!"

Sie erinnerte sich mit Schrecken daran, wie furchtbar es in dem Haushalt, in den sie der Pfarrer als Dienstmädchen vermittelt hatte, gewesen war, bevor sie ihr Vetter Andres dort herausgeholt hatte.

„Das haben wir dem Herrn Pfarrer doch gar nicht gesagt", versuchte sie Walli zu beruhigen.

„Und wenn er es jetzt doch irgendwie erfahren hat?" Helene machte ein weinerliches Gesicht. „Ich kann doch Hochwürden nicht sagen, was passiert ist! Oh Gottohgott! Ich schäme mich ja so! Das kann ich ihm doch unmöglich sagen! Der wird denken, dass ich schuld bin, dass ich mich nicht gehörig benommen habe! Ganz bestimmt wird er das denken!"

„Du hast ja unbedingt ins Hotel wechseln müssen, dann musst du es jetzt auch aushalten. Wir müssen Hochwürden damit schließlich auch in die Augen schauen."

Die Mutter ging zu dem metallenen Kamintürchen, wo das unter der Zimmerdecke mäandernde Ofenrohr in der Wand verschwand. Dort hatten sie vor dem Krieg immer ihren Anteil aus den Hauschlachtungen, die sie regelmäßig mit den Brüdern der Mutter durchgeführt hatten, geräuchert. Mit dem Verbot dafür war eine solche Schlachtung sehr riskant geworden. Trotzdem hatte es die Familie vor einiger Zeit gewagt und, bei Nacht und Nebel und unter Vorbehalt aller Vorsichtsmaßnahmen, gemeinsam heimlich auf dem Hennenhof ein Schwein verwurstet und zu Schinken und Braten verarbeitet. Sie hatten die Ware unter sich

---

[45] Dialekt: Wer denn?
[46] Dialekt: Das darf ich nicht sagen.

aufgeteilt, der Onkel Wolfgang aus Lupburg, dessen jüngerer Bruder, der Onkel Andreas, der seit kurzem den Oberen Ganskeller in der Stadt pachtete, freilich Andres' Vater als Bauer des Hennenhofs, und die Mutter Häring. Ein jeder hatte nach und nach seinen Anteil an Würsten, Schinken, Presssack und Kesselfleisch heimlich nach Hause geschafft.

Die Mutter ergriff drei Paar dicke Bratwürste von einer Stange weiter oben im Kamin. Sie hatten die Halterung versetzt, damit man sie nicht gleich sehen würde, falls tatsächlich ein Kontrolleur auf die Idee kommen sollte, da hineinzuschauen. Die Würste waren so schwarz wie der Ruß im Kamin.

„Vielleicht kommt nicht unser Herr Pfarrer, sondern jemand ganz anderes?", überlegte Maria laut. Indes zählte sie in Gedanken nach, wieviel Paar der Würste noch im Kamin hingen. Sie waren als Weihnachtsessen für den Heiligen Abend geplant gewesen, mit einer großen Schüssel Sauerkraut aus dem Steingutfass, und Kartoffeln, ein Festessen, auf das sie sich schon seit Tagen gefreut hatte. Wenn Hochwürden nun doch kam, verspeiste der ihrer Erfahrung nach mit Leichtigkeit ein Paar, wenn nicht mehr, und dann würden sie und ihre Schwestern sich zum Fest die Würste teilen müssen. Auch, wenn sie es Hochwürden freilich nie verwehren würde, sich an ihrem Geräucherten gütlich zu tun, ein Bedauern darüber empfand sie schon.

Walli begann, den fertigen Weihnachtsschmuck zur Seite zu legen und wies Helene an, das Bastelmaterial in eine Schachtel zu packen. Maria ging an das Buffet und nahm Teller und Gläser heraus, die nicht Angeschlagenen für Gäste. Wortlos ging jedes der Mädchen einer Arbeit nach. Binnen weniger Minuten war der Tisch gedeckt, die Bratwürste zogen im heißen Sauerkraut auf dem Herd und ein großes Stück Schwarzbrot wartete mit einem Messer auf einem Holzbrett neben einem Töpfchen Senf. Das Aroma des Weihnachtsessens verbreitete sich schon jetzt im Raum. Helene und Walli holten zwei weitere Stühle aus den Schlafkammern. Die Mutmaßungen über die zu erwartenden Gäste waren einer stummen Neugierde gewichen. Eine jede von ihnen hing ihren eigenen Gedanken nach. Dann, wie auf ein Erkennungszeichen, hoben die Frauen den Kopf. Das Quietschen des Gartentors war zu vernehmen. Maria eilte an den Spülstein und spähte durch das Fenster hinaus.

„Es ist der Andres!", schrie sie schrill, als hätte sie ein Insekt gestochen. Sie fuhr auch ebenso hoch. Sofort rannte sie an die Tür. „Der Andres kommt mit dem *Papa!*"

Die Frauen standen, wie ein Empfangskomitee, der Reihe nach von der geöffneten Haustür zur sperrangelweit offenstehenden Stubentür im kalten Flur. Mutter Häring zuerst, hinter ihr die vor ungezügelter Freude zappelnde Maria, dann Walli und zuletzt Helene, auf deren Gesicht sich die Erleichterung abzeichnete, nicht den Pfarrer, sondern ihren aus dem Krieg heimkehrenden Vetter eintreten zu sehen.

„Schaut her, wen ich euch mitbringe!" Die tiefe Stimme Vater Härings tönte wie der Nikolaus, wenn er Kindern am sechsten Dezember eine kleine Überraschung ankündigte. Er schob den Neffen durch die Tür.

Maria fiel ihrem Vetter vorbehaltlos um den Hals. Auch Helene drängte von hinten hervor und tat es ihr gleich. Beide Mädchen wurden von Andres schweigend umarmt.

„Dass es dir nur gutgeht!", rief Maria immer wieder. Dann beobachtete sie mit Tränen der Freude in den Augen die Begrüßung der anderen Familienmitglieder, die weniger stürmisch ablief.

Andres roch muffig, wie nasses Heu, das zu lange auf dem Feld gelegen hatte. Hager war er, fahl und grau sein Gesicht, hohle Wangen ließen die Backenknochen hervorstehen, sein einst so üppiges Haar stand wie Schweineborsten vom Kopf ab, die schmutzige Uniform hing an ihm wie verwitterte Kleidung an einer Vogelscheuche. Maria war den Anblick gewohnt, alle Verwundeten, die im Lazarett ankamen, sahen so aus, selbst jetzt noch, nachdem alle Kampfhandlungen eingestellt waren. Doch den starken jungen Mann aus ihrer Erinnerung von einst nun so zu sehen, das setzte ihr zu. Sie hatte sich nie gefragt, wie all die Menschen, die sie im Lazarett in diesem Zustand zu hunderten gesehen hatte, zuvor ausgesehen haben mochten. Darüber hatte sie einfach nicht nachgedacht. Nun tat sie es. Wie mochte es nur im Inneren ihres Vetters aussehen, wenn er von außen schon so gefault wirkte? Als fröhlicher, unbeschwerter Junge, als Erbe und zukünftiger Bauer eines stattlichen Hofes, als fescher, von den Mädchen bewunderter Soldat war er spät eingezogen worden, aber schließlich doch im Krieg. Was kam da zurück? Und dann überfiel sie der Gedanke, dass auch Fritz so zurückkommen würde.

Wie versteinert stand Maria im Gang, während alle anderen in die warme Stube drängten. Ihr Vater bat auch den zweiten Soldaten herein, der stumm und unbeweglich im Hintergrund gewartet hatte, bis die erste Wiedersehensfreude der Familie abgeklungen war, und der nicht besser aussah als Andres. Langsam schloss sie die Haustür, ganz so, als würden verwischte Seelen diesen zerlumpten Gestalten ins Haus folgen und man diesen Einzug nicht durch Schließen der Tür unterbrechen durfte. Es fröstelte sie, ob aus diesem Eindruck heraus oder, weil sie im eisigen Wind stand. Sie fühlte eine kalte Hand im Genick.

Schließlich folgte sie den anderen, zögerlich und wie betäubt, blieb abermals in der Stubentür stehen, als hindere sie etwas daran, sich dem zu nähern, was die Männer mit sich schleppten und was sich in der warmen Stube ihres Zuhauses nun ausbreitete. Die kleine Gesellschaft nahm rund um den Tisch Platz. Stummes Stühlerücken. Helene und Walli servierten. Der Vater hatte Bier aus dem Gasthaus mitgebracht und schenkte den Soldaten ein. Helene musterte schüchtern den mitgebrachten Kameraden ihres Vetters. Der wiederrum starrte auf Walli, die ihm einen vollen Teller hinstellte, als hätte er noch nie eine Frau gesehen.

„Mach doch die Tür zu!" Vater Häring drehte sich ärgerlich auf seinem Stuhl herum. „Es zieht! Willst du die ganze Adlergasse heizen?"

Die Rüge weckte Maria aus ihrem Schockzustand. Schnell befolgte sie die Anweisung. Dann drängte sie sich gleichzeitig mit ihren beiden anderen Schwestern auf die Bank.

„Mahlzeit!", murmelte Vater Häring und an die beiden Soldaten gewandt: „Lasst es euch schmecken! So etwas habt ihr bestimmt schon lange nicht mehr in den Magen bekommen."

Vater Häring hatte das Tischgebet entfallen lassen. Die Mädchen schauten instinktiv auf ihre Mutter, die ohne Reaktion mit unbeweglicher Mimik dasaß. Der Kamerad schaute auf seinen Teller, so wie er zuvor auf Walli geschaut hatte. Dann fielen er und Andres wie auf Befehl über ihre Würste her. Sie schnitten sie nicht einmal, sondern spießten sie mit der Gabel auf und rissen mit den Zähnen große Stücke davon ab, so dass sich bei beiden ein schwarzer Rand um die Lippen bildete. Tischmanieren waren bei Härings nicht so fein, wie sie es bei den *Großkopferten* waren, darüber hatten sie sich in der Vergangenheit immer wieder lustig gemacht. Aber eine ungezügelte Fressgier wie diese hatten die Frauen am Tisch doch noch nicht zu Gesicht bekommen. Verlegen senkten sie die Blicke auf ihre eigenen Teller, wo Sauerkraut mit Brot wartete. Zumindest der Geschmack des Geräucherten hatte sich im Kraut verteilt. Der Duft stieg ihnen in die Nase, sodass auch sie langsam zu essen begannen.

Noch bevor Maria wenige Gabeln und Bissen von ihrem Brot genommen hatte, hatten die beiden Heimkehrer ihre Teller leergeputzt. Wie gespült blieb die Keramik vor ihnen, kein Krümel, kein Fädchen lag mehr darauf, von einem Bröckchen Fett ganz zu schweigen.

„Wir haben noch Kraut und Brot", gab Mutter Häring ihrer Jüngsten damit den Befehl, begleitet von einem Wink des Kopfes. Helene tat den beiden Männern noch einmal auf. Diese nahmen die neubeladenen Teller gierig entgegen. Vater Häring schenkte ihnen Bier nach. Allmählich verlangsamte sich die Nahrungsaufnahme der Gäste, auch wenn sie die zweite Portion zur selben Zeit vertilgt hatten, wie alle anderen am Tisch ihre erste.

Maria schaute immer wieder zu Andres und seinem Freund, versuchte zu ergründen, was mit diesen beiden Menschen geschehen war. Manchmal traf sich ihr Blick mit dem ihres Vetters, aber er sah jedes Mal gleich wieder weg. Glorie, Ehre und Ruhm hatte man ihnen versprochen, die Bewunderung der Frauen, weil sie siegreich zurückkehren würden. Helden würden sie sein, hatte man ihnen zugesichert, und alle hatten sie daran geglaubt. Auch sie. Heim kehrten sie jetzt als Halbverweste, in einem Zustand, der jeder Schande spottete. Dabei war es schon ein Glück, dass sie überhaupt in einem Stück zurückkamen, nicht nur zu einem weiteren Namen auf der langen Liste im Lazarett verkümmert waren. Oder gar als Krüppel. Davon gab es auch genug.

Doch Glück über ihre heile Heimkehr, das schienen diese beiden Männer nicht zu empfinden.

„Was werdet ihr jetzt machen?", unterbrach Vater Häring schließlich die Stille. „Jetzt, wo der Krieg vorbei ist?"

Andres hob den Kopf von seinem Teller: „Gerste werde ich anbauen!"

Zum ersten Mal blitzte in den Augen ihres Vetters etwas auf, das Maria an das Leben erinnerte, das Andres früher immer versprüht hatte. Es war also doch noch etwas von dem alten Andres da! Sie dankte es ihrem Vetter mit einem Lächeln, das er wie in einem aufflackernden Reflex, erwiderte. Gleich darauf wich er ihrem Blick aber sofort wieder aus.

„Gerste zum Bierbrauen", schickte er hinterher.

Vater Häring nickte vor sich hin: „Das hast du ja schon vor dem Krieg gesagt, dass du das machen willst."

Er sagte nichts davon, dass man im Volk kaum zu essen hatte, dass Lebensmittel rationiert waren und allerhand Vorschriften die Nahrungsmittelproduktion regelten, dass die Bauern wenig freie Hand hatten, was sie sähen oder ernten wollten, dass die Ernten so schlecht gewesen waren, dass sie kaum selbst zu essen hatten, dass man sich strafbar machte, wenn man für die eigene Familie etwas zur Seite schaffte.

„Und er?"

Damit meinte er den namenlosen Kameraden, den Andres nicht vorgestellt, und der bisher nicht ein Wort von sich gegeben hatte.

„Das ist der Kurt", stieß Andres seinen Freund mit dem Ellenbogen an. „Der ist gescheit, der hat das Gymnasium besucht. Der hat mir immer geholfen, die Briefe zu schreiben. Der ist ein wahrer Kamerad!"

„Ach, so ist das!", lachte Helene auf, „Ich habe mich schon immer gewundert, was du für schöne Sätze in deinen Briefen gemacht hast! Ganz beeindruckt war ich davon."

Andres lachte nicht, schaute seinen Freund von der Seite an. „Der wird jetzt zurück nach Passau gehen und studieren und ein hohes Tier werden, oder so ..."

Der Gefährte schien diese Vorhersage nicht ganz zu teilen, denn er zuckte die Achseln und murmelte eher zu sich selbst, als zu den Anwesenden am Tisch: „Das meinst du halt. Vielleicht auch nicht. Ich kann auch Soldat bleiben."

„Aber der Krieg ist doch vorbei?", warf Helene in spontaner Naivität ein, sprach damit zumindest aus, was alle dachten.

„Der redet bloß", winkte Andres ab. Er schaute seinen Begleiter dabei aber sehr merkwürdig an. „Freilich wirst du auf die Universität gehen, das musst du! Schließlich will ich eines Tages sagen können, dass ich ein hohes Tier zum Freund habe."

Nun lachte er sogar flüchtig, rempelte Kurt nochmals an und nickte ihm auffordernd zu. Dieser ließ sich davon zumindest insoweit beeindrucken, dass er seine Antwort in Watte packte.

„Eines Tages mach ich das schon. Damit du zufrieden bist. Aber erst einmal, denke ich, werde ich mich bei einem dieser Freicorps melden, von denen man so hört. Jemand muss schließlich für Ordnung im Land sorgen! Das ist jetzt viel wichtiger! Wenn ich etwas gelernt habe in den letzten Monaten, dann ist es das: Was Kameradschaft heißt. Und Soldat zu sein!"

Die Mädchen schauten wie auf Kommando zu ihrer Mutter. Diese tat zwar so, als würde sie die Reaktion ihrer Töchter nicht bemerken, blieb völlig ungerührt sitzen, wie sie schon die ganze Zeit dagesessen war, und schaute noch eine Weile nur vor sich hin. Doch dann sagte sie, und das, ohne ihre Mädchen auch nur mit einem Blick zu streifen: *„Guat, dass na hinherts!*[47]"

Wenig beachtete Worte auf Seiten der Männer, dafür aber umso mehr bei den Frauen im Raum.

„Ah. So." Vater Häring brummte zwei abgehakte Laute, wie es die Männer der Gegend oft am Stammtisch taten, wenn ein anderer etwas sagte, was man nicht direkt kommentieren wollte.

„Naja", fuhr der Kamerad Kurt fort, „man fragt sich schon, wozu man ansonsten den Kopf hingehalten hat? Aufgegeben haben die Preußen, kurz vor dem Durchbruch!"

„Nicht in unserem Abschnitt! Wir haben nicht aufgegeben!", warf Andres ein.

„Nein, da nicht", stimmte sein Kumpan zu. „Fast die ganze Kompanie ist verreckt, aber man hat gehalten! Man hat nicht aufgegeben! Erst recht nicht! Und für was jetzt? Erst haben die Franzmänner die Kameraden abgeschlachtet, und jetzt hat man sich an die verkauft, an die Franzmänner. Für einen Frieden, der alle Deutschen versklavt auf Ewigkeit!"

„Eine Schande ist es schon, was man da aushandelt", knurrte Vater Häring unwillig, ganz so, als ob er das eigentlich nicht sagen wollte, aber der Kritik doch zustimmen musste, weil es einfach so war. Doch dann versuchte er, seine spontane Zustimmung abzufedern und fügte hinzu: *„Oba nix im Lem hängta ewig nur auf oa Seitn*[48]!"

„Des scho! Des wird ewig und drei Doch af unsa Seitn hänga!"[49]

Maria folgte diesem Dialog so aufmerksam wie ihre Schwestern, und mit jedem Wort wurde die Kluft zwischen ihr und den jungen Heimkehrern größer. Die Freude, die sie empfunden hatte, ihren Vetter lebend wieder in die Arme schließen zu können, wich einer wachsenden Beklemmung. Damit auch ihre Angst, dass Fritz ebenso zurückkehren würde. So! So, wie die Zwei. Sie begriff dieses „So" nicht, fand keine Beschreibung für das, was sie da sah. Sie hatte viele brave Männer im Lazarett sterben sehen, viele genesen wieder in den Krieg marschieren, obwohl sie lieber nach Hause gegangen wären, gar manchen als Krüppel in ein Leben voller Pein entlassen, aber kaum einer von denen hatte so eine Bitterkeit an den Tag gelegt. Dabei hatten die Zwei noch alle Glieder am Leib und konnten an einem Stück zwei dicke Würste verschlingen. Trotzdem gaben sie sich, als ob das Leben an sich keinen Wert mehr hätte. Der Mangel an

---

[47] Dialekt: Gut, dass ihr zuhört!
[48] Dialekt: Nichts im Leben hängt immer nur auf eine Seite; Bedeutung dieses Sprichworts: Nichts im Leben ist für ewig.
[49] Dialekt: Das schon! Das wird ewig und drei Tage auf unsere Seite hängen!

christlicher Demut schmerzte Maria und diese Betrachtung ließ sie dazu hinreißen, etwas zu sagen.

„Aber ihr habt eure Knochen alle heil nach Hause gebracht. Das ist doch auch etwas wert!"

Die Reaktion folgte auf dem Fuße.

„Das verstehst du nicht!", knatterte Andres wie eine Gewehrsalve, schaute sie dabei aber wiederum nicht einmal an.

Vater Häring war ungehalten: „Rede nicht über etwas, von dem ihr Weibsleute sowieso nichts begreift!"

Maria senkte den Kopf. Dass ihr Vater sie zurechtwies, das waren sie gewohnt. Er mochte es nicht, wenn sich Frauen in Männergespräche einmischten. Aber Andres, der immer gemeinsame Sache mit ihr gemacht hatte, deren Verbündete sie schon als Kind gewesen war, der immer auf ihre Meinung Wert gelegt hatte, dass der sie so abwies, das traf sie.

Mutter Häring blies sofort in das gleiche Horn, wenn auch in anderer Form. Sie wies Maria an, das Geschirr zu spülen. Während Maria und Helene, die ohne Aufforderung das Trockentuch ergriffen hatte, schweigend mit den Tellern im Hintergrund klapperten, saßen ihre Mutter und Walli stumm wie totgeschlagene Fische am Tisch.

„Das wird schon wieder werden!", brummte Vater Häring schließlich nach einer langen Weile. Maria schien mit ihrem Einwand jedes weitere Gespräch im Keim erstickt zu haben. Nur mühsam kam es wieder in Gang. „Es sind noch immer dieselben Köpfe am Ruder. In der Regierung freilich nicht, aber die gleich darunter, das sind doch alle dieselben. Und die in der Armee auch! Da hocken noch die gleichen Großkopferten wie immer. Nichts hat sich geändert. Naja, einen Achtstundentag für die Arbeiter haben sie jetzt beschlossen, das schon. Davon kann Unsereins sowieso nur träumen! Wenn wir vierzehn Stunden auf dem Feld schuften, interessiert das keinen. Sonst hat sich nichts geändert. Und es wird sich auch nichts ändern, ihr werdet es schon sehen. Dieser Sattler-Gastwirt da oben in Berlin[50], den nimmt doch keiner ernst! Da ist unser Kurt Eisner in Bayern schon aus anderem Holz, das muss man zugeben. Ob sie den allerdings lang auf dem Thron sitzen lassen, das werden wir noch sehen."

„Aber dass man behauptet, wir haben den Krieg verloren, das will doch keinem in den Kopf!" Der Kamerad an Andres Seite trumpfte den Satz wie ein Ass im Schafskopfspiel. „Wo denn?"

„Einen Sieg haben die auf dem Schlachtfeld nicht errungen", stimmte ihm Andres bei und starrte dabei vor sich hin auf die Tischplatte, als studiere er eine vor ihm ausgebreitete Landkarte mit abgesteckten Fähnchen für gewonnene Schlachten.

---

[50] Friedrich Ebert war von Beruf Sattler und hatte zuvor in Bremen mit seiner Frau den Gasthof „Zur guten Hilfe" geführt.

„Das hätten sie aber vielleicht bald", gab Vater Häring zu bedenken, „wo doch die Amis auch noch mitmischen."

„Alles Spekulation!", maulte der Kamerad, der die gleiche Haltung eingenommen hatte, wie sein Freund neben ihm. „Das wird man nun aber nie mehr wissen! Dem ist man ja aus dem Weg gegangen."

Maria wollte es hinausschreien, dieses Ja, dieses Aber, dass dieser Friede das Leben vieler Tausender gerettet hat. Vor allen Dingen das ihres Friedrichs. Doch nach der Zurechtweisung von kurz zuvor, wagte sie das nicht mehr. Außerdem verstand sie in der Tat nichts von Politik, und das Gespräch drehte sich nicht wirklich um Menschenleben, so, wie sie das verstand, sondern eben darum, um Politik.

„Freilich, so gesehen, ...", gab Vater Häring zu und trank aus seinem Krug. „Ganz gewiss wissen werden wir es jetzt nicht mehr." Er setzte seinen Steingutkrug schwungvoll ab und klappte den Deckel geräuschvoll zu. *Oba denga kommases[51]!*

Für einen Augenblick blieb dieser Satz unerwidert. Die beiden Soldaten schauten nicht einmal aus ihrer gebeugten Haltung über dem Tisch auf.

„Wir geben unsere Waffen jedenfalls nicht ab!"

Kurt schaute nach Zustimmung haschend zu Andres.

„Nein", nickte der, „das werden wir nicht."

Als sein Onkel ihn mit zusammengezogenen Augenbrauen musterte, fügte er hinzu: „Wer weiß, was noch kommt!"

„Das kann ich euch sagen", erklärte Vater Häring bestimmt. „Eurem Tagwerk werdet ihr nachgehen, wie alle anderen auch. Ob jetzt so oder so: Der Krieg ist vorbei. Das Leben geht weiter. Die Menschen brauchen was zu essen, Kleidung, Schuhe, und was man halt sonst noch so braucht. Und das muss einer machen."

„Und Ruhe und Ordnung im Land! Das muss auch jemand machen", fügte der Kamerad Kurt hinzu.

„Ja, das auch."

Danach saßen sich die drei Männer lange schweigend gegenüber und sagten gar nichts mehr. Ab und zu tranken sie aus ihren Krügen.

Die Mädchen waren gerade fertig mit dem Geschirr, als es abermals an der Haustür klopfte. Alle Köpfe wandten sich, sogar die der beiden Heimkehrer.

Maria versuchte zu erkennen, wer nun noch einen Besuch abstatten mochte? Um diese Zeit! Es war jedoch so dunkel draußen, dass man durch das Fenster nicht mehr erkennen konnte, wer dort um Einlass bat. Also trocknete sie ihre noch feuchten Hände ab und ging, um an der Haustür nachzusehen. Am Ende kam nun Hochwürden doch noch, dachte sie resigniert, und dann müssten sie nochmals Geräuchertes aus dem Kamin nehmen und alles noch einmal aufwärmen. Damit sie ihrem Vater nicht wieder Grund zu Verärgerung gab, schloss sie diesmal sorgfältig die Stubentür, bevor sie weiter an den Hauseingang ging.

---

[51] Dialekt: Aber denken kann man es sich!

„Anna!"

Draußen stand ihre Schwester mit dem schlummernden Sepperl im Arm und der kleinen Anni an der Hand.

„Aber Anna!", wiederholte Maria in ihrem Erstaunen so laut, dass man es auch in der Stube hören musste. Helene kam als erste heraus, um zu sehen, was los war. Dann folgte auch Walli.

Maria nahm Anna das schlafende Bündel ab, weil diese einen so erschöpften Eindruck machte, dass sie fürchtete, die Mutter könnte das Baby aus Ermüdung noch fallen lassen.

„Was ist denn los?", fragte sie gleichzeitig, während auch Helene und Walli laut den Namen ihrer Schwester ausriefen, um ihrer eigenen Überraschung Ausdruck zu verleihen.

Anna bewegte sich nicht von der Stelle.

Sie schaute ihren Schwestern lange in die Augen.

Dann stammelte sie: „Er ist wieder da!"

Rückkehr der überlebenden Reste des Infanterieregiments 107
auf dem Leipziger Markt am 15.12.1918;

Heimkehrer
Friedensweihnacht, Neumarkt 1918

Maria erlebte ein Déjà-vu: Dieselbe Pforte, dasselbe herzzerreißende Weinen des Kindes und dasselbe niedergeschlagene Gesicht ihrer Schwester Anna. Das kleine Mädchen plärrte sich die Seele aus dem Leib. Sie wollte partout nicht auf dem Arm ihrer Tante bleiben, strebte diesmal mit ihren Händchen nach der Mutter. Vergeblich küsste diese die kleine Anni ab und tätschelte ihr das Köpfchen.

Krippenspiel für Kriegsverwundete

„Sie wird sich schon beruhigen", versuchte Walli die, für die Mutter gewiss schmerzliche Reaktion des Kindes herunterzuspielen. Sie sprach mit lockenden Worten auf die Kleine auf ihrem Arm ein.

„Die Mama kommt doch bald wieder!", tröstete Anna ohne Unterlass, als müsste sie nur kurz zum Kramer um die Ecke. Aber das Kind ließ sich nicht täuschen. Die kleine Anni spürte genau, dass die Mutter fortging, das neue Baby mitnahm, während sie zurückgelassen wurde. Da konnten sich die Tanten noch so bezaubernd geben und sie mit süßer Marmelade locken, diesen großen Schmerz musste sie hinausschreien in die Welt.

„Du solltest einfach hierbleiben", murmelte Maria, die den kleinen Josef in einer Wolldecke eingewickelt im Arm schaukelte, damit sich ihre Schwester von ihrer Tochter verabschieden konnte. Angesteckt vom Schreien der Halbschwester greinte es auch aus der Wolldecke.

„Das geht doch nicht", schüttelte Anna den Kopf. „Es ist gar kein Platz im Haus für mich mit zwei Kindern."

Sie sagte das, anstatt auszusprechen, was alle drei dachten. Die Eltern Häring würden so einer Idee nie und nimmer zustimmen, einer Trennung oder gar einer Scheidung! Das war ein schier undenkbares Ansinnen. Die Schande hätte sie beide umgebracht. Da ertrugen sie es doch lieber, das Elend ihrer Tochter mit ansehen zu müssen. Es war das geringere Übel.

„Das hätte gar keinen Zweck!", winkte Anna weiter ab. „Er würde kommen und mich heimzerren, und niemand würde ihn daran hindern. Ich bin ja schon froh, dass ihr die Anni aufnehmt."

Sie versetzte der Kleinen mit einem „sei brav!" einen letzten dicken Kuss auf die Stirn und wandte sich dann abrupt ab. „Seinem eigenen Kind wird er schon nichts tun."

Anna ergriff ihre Tasche, die sie auf dem Boden abgestellt hatte, wandte sich mit einem „gehen wir!" an Maria und riss sich los. Die kleine Anni steigerte ihr Gebrüll in ein Fortissimo, das keine der drei Frauen für möglich gehalten hätte.

„Ich habe ein feines Marmeladebrot", säuselte Walli indes auf den Schreihals ein und drehte sich mit dem Kind ins Haus. Sie schloss schnell die Tür hinter sich, damit sich die Kleine beruhigen sollte, wenn sie erst einmal abgelenkt war.

Das Brüllen drang nur noch gedämpft nach draußen auf die Straße. Annas Augen waren zum Bersten gefüllt mit Tränen. Beherzt nahm sie ihrer Schwester das Neugeborene ab und reichte ihr im Tausch die Tasche. Aber auch auf dem Arm der Mutter schrie der Bub noch, als würde sein Leben davon abhängen. Anna beachtete weder das Gezeter noch das Kind, ging, so schnell als möglich weiter, als wollte sie dem Trennungsschmerz dadurch entkommen. Maria, die hastig ihre Schuhe geschnürt und sich eine wärmende Jacke übergeworfen hatte, versuchte, mit der Schwester Schritt zu halten.

Den gesamten Weg zum Bahnhof plärrte es ohne Pause aus dem Bündel, unabhängig davon, wer es gerade im Arm schleppte. Maria und Anna wiegten es abwechselnd, schaukelten, immer wieder den Wonnesauger[52] in den Mund des Kindes schiebend, der sofort wieder im hohen Bogen ausgespuckt wurde. Die letzten Meter zum Bahnhofsgebäude wechselten sie Tasche und Kind nach beinahe jedem Schritt.

„Der ist wie sein Vater!", knurrte Anna das Kind an. „Der schreit aus Bosheit. Hat gar keinen Grund dazu, trockene Windeln, vollen Bauch, warm hat er es! Und nach Hause darf er! Trotzdem brüllt er."

Maria blieb abermals stehen, um Anna den Kleinen wieder abzunehmen. Sie hörte Worte wie diese nun wahrlich nicht zum ersten Mal, aber noch immer trafen sie sie wie Donnerschlag. Sie konnte ihre Schwester besser verstehen als diese dachte, aber trotzdem fand sie, dass man so etwas nicht sagen durfte. Der kleine Josef schrie vielleicht auch deswegen, weil er es möglicherweise intuitiv spürte: Das Leid seiner Mutter.

Immerhin hatten sich weder ihre Schwester noch eines ihrer Kinder bei der Schwiegermutter die Spanische Grippe eingefangen. Das hatte Maria die ersten Tage nach deren Tod noch Sorgen bereitet. Die Ansteckung zeigte sich aber in der Regel bald, und so hatte sie schon nach der schlichten Beisetzung, die in aller Eile und wie in solchen Fällen üblich, in einem gesonderten Bereich des Friedhofs stattgefunden hatte, aufatmen können. Und immerhin hatte Anna danach eine Weile zu Hause richtig Ruhe gehabt. Lange war ihrer Schwester das aber nicht vergönnt gewesen. Die Hexe schien noch aus dem Jenseits das Staffelholz an ihren Sohn übergeben zu haben.

„Geh[53], Anna", versuchte Maria besänftigende Worte „das ist doch ein unschuldiges Kindlein! Der kann doch nichts dafür, dass er so einen Vater hat."

---

[52] Der sogenannte "Wonnesauger" bestand aus schwarzem Kautschuk, war aber auch in gebleichtem Weiß erhältlich. Der weiße enthielt giftiges Blei, was man zu dieser Zeit nicht wusste.
[53] Dialekt: Komm schon!

„Freilich nicht", murmelte Anna mit gesenktem Kopf voranschreitend, „aber da sind halt so Sachen, weißt du, so Momente, da sehe ich direkt seinen Vater in seinen Augen. Ich gebe mir alle Mühe, lieb zu sein zu ihm. Aber du müsstest nur einmal sehen, wie der an der Brust saugt! Weh tut es mir, wie der Bub trinkt! Und er giert, als ob er mir das Blut aus dem Leib saugen wollte! Das hat die Anni nie gemacht."

„Die ist ein Mädchen und das Sepperl ist ein Bub. Das sagen doch immer alle, dass die Buben anders sind."

„Ach Maria ..."

Der Gefreite Adolf Hitler (sitzend rechts) im 1. Weltkrieg;

Ein paar Schritte liefen sie schweigend, nur das Kind jammerte ohne Unterlass. Maria guckte hinab in sein gerötetes Gesichtchen, die zusammengekniffenen Äuglein und den aufgerissenen Schlund. Der Wonnesauger lag schon wieder in der Decke. Sie bemühte sich, den kleinen Kerl abermals damit zum Schweigen zu bringen. Sie versuchte, in seinem Gesichtchen aufzufinden, was ihre Schwester geschildert hatte. Aber sie entdeckte darin nur Annas Baby, das, warum auch immer, abscheulich schrie. Trotzdem, etwas war stimmig in dem, was ihre Schwester behauptete. Auch sie selbst empfand nicht dieselbe Liebe zu dem kleinen Wesen wie zu ihrer Nichte Anni. Sie konnte es sich nicht erklären, aber sie verspürte wenig Verbindung zu diesem Neffen in ihrem Arm. Es fühlte sich beinahe so an, als trage sie ein fremdes Kind.

„Ich weiß nicht, warum mich der Herrgott so strafen muss", klagte Anna ohne aufzuschauen. „Was habe ich denn verbrochen? So viele brave Männer haben in diesem Krieg ihr Leben gelassen. Und der Sauhund kommt kerngesund wieder heim!"

Maria hätte gerne darauf geantwortet, wenn sie nur gewusst hätte, was. Zwar glaubte sie nicht, dass der Liebe Gott ihre Schwester strafte – warum sollte er das tun –, aber sie hatte auch keine andere Erklärung für dieses schlimme Schicksal zur Hand. Was konnte sie also sagen, das eine tröstliche Begründung abgegeben hätte? So erwiderte sie das Nächstliegende, das ihr einfiel, und schon als sie es aussprach, wusste sie, dass es Unsinn war.

„Der Herr Pfarrer sagt, dass Gott uns nur so viel zu dulden schickt, wie wir tragen können."

Anna hatte sofort eine Antwort parat und es mangelte dieser auch nicht an Überzeugung.

„Ach, was weiß denn der von dem Leben einer Frau wie mir! Eine Krähe hackt der anderen kein Auge aus. Die Mannsbilder können sich aufführen wie die Teufel, und keiner sagt was! Aber Frauen wie ich, die müssen stillhalten. Und dass der Hund mir dieses Kind angehängt hat, das war doch grad Absicht! Da kann eine Frau nicht weglaufen. Wo sollte ich denn hin mit einem Balg an der Brust?"

Sie kamen auf dem Bahnsteig an. Der Zug fuhr gerade pfeifend und dampfend ein. Das Kind brüllte.

„Vielleicht hat er doch schon wieder volle Windeln?", überlegte Maria, weil sie sich die Ausdauer, mit der der Bub schrie, nicht anders erklären konnte. Und, weil es etwas war, das den Anstrich des Normalen trug. Anna hob die Decke am Bauch des Kleinen an und schnupperte hinein. Sie schüttelte den Kopf.

„Er wird vom Ruckeln des Zuges hoffentlich einschlafen", hielt sie nach einem Abteil dritter Klasse Ausschau.

Es ergossen sich zahlreiche Soldaten aus diesen Wagons auf den Bahnsteig. Männer, die mehr oder weniger aussahen wie Andres und sein Kamerad ausgesehen hatten. Männer, die rechtzeitig zu Weihnachten nach Hause wollten und das Glück gehabt hatten, einen Zug zu erwischen. Trotzdem waren die Wagons noch immer eng besetzt. Viele fuhren weiter nach Osten in Richtung Regensburg, Passau oder Wien, oder was dahin auf dem Weg lag. Anna hatte Mühe, einen Platz für sich und das Kind zu ergattern. Schließlich drängte sie sich zwischen eine alte Bauersfrau und einen Soldaten auf die Holzbank, klemmte ihre Tasche auf dem Boden zwischen ihre Füße.

„Hat's Hunger?", wollte der Soldat neben Anna mit einem Wink auf das schreiende Kind in ihrem Arm wissen. Er zog ein Stück altes Brot aus der Brusttasche und hielt es Anna hin.

„Das kann er noch nicht essen", lächelte sie, „er ist nur müde, er wird gleich schlafen."

„Das gibt einmal eine kräftige Stimme, wenn er fleißig schreit", orakelte eine Bauersfrau von der anderen Seite her. Sie hielt einen Käfig mit zwei kleinen Hühnern auf dem Schoß umklammert, als fürchtete sie, dass ihr das kostbare Gut aus den Händen gerissen werden könnte.

„Ein strammer Bub", nickte daraufhin der Soldat und steckte sein Brot wieder ein. „Da wird der Vater stolz sein, wenn er heimkommt!"

Anstatt einer Antwort an ihre Reisebegleiter, winkte Anna mit der freien Hand ihrer Schwester auf dem Bahnsteig. Der Schaffner warf die Tür des Abteils mit einem lauten Knall zu, pfiff kurz mit seiner Trillerpfeife und der Zug setzte sich in Bewegung.

Maria schob ihre Hände in die Manteltaschen. Sie waren vom Halten des Kindes wie steif gefroren. Sie konnte sie kaum bewegen. Sie kehrte bereits um, bevor der Zug außer Sichtweite war.

Vielleicht hatte der Soldat recht mit dem, was sie aufgeschnappt hatte, bevor die Abteiltür zugeschlagen worden war? Vielleicht würde sich ihr Schwager wirklich mit der Zeit freuen, dachte sie mit einer Wallung an Hoffnung. Vielleicht würde ihn der Anblick seines Sohnes milde stimmen? Vielleicht würde sich damit alles für ihre Schwester zum Besseren wenden? Vielleicht.

Trost in diesem Vielleicht suchend trottete sie ihres Weges, schaute niemandem in die Augen, heftete ihre Aufmerksamkeit auf die Bewegung ihrer Füße. Ihre schwarzen Schnürschuhe waren abgetragen, und sie dachte, dass sie sie vor der Weihnachtsmesse dringend putzen sollte. So konnte sie damit nicht in die Kirche gehen. Allein der Gedanke an diese Arbeit war ihr plötzlich zu viel, als müsste sie an dieser kleinen Aufgabe zerbrechen. Sie gähnte. Maria hatte letzte Nacht ihre Kammer mit Anna und ihren Kindern geteilt. Sie hatten kaum geschlafen. Ständig war eines der beiden aufgewacht. Heute Nacht würde sie den Schlaf hoffentlich nachholen.

Schritte hasteten von hinten heran. Jemandem pressierte es. Maria trat zur Seite an einen Gartenzaun, um die heraneilende Person auf dem Bürgersteig vorbeizulassen, denn es machte sie nervös, sie fühlte sich fast verfolgt. Sie war auf halbem Wege in der Hindenburgstraße[54], wo sich das Haus der Familie Heym befand. Das Dienstmädchen Heidi klopfte im Hof einen Teppich aus, grüßte sie flüchtig mit dem bastenen Schläger, ohne ihre Tätigkeit zu unterbrechen. Sie drosch auf einen jener handgeknüpften Perserteppiche ein, einer von der Sorte, die man in dieser vornehmen Straße besaß, ein unerreichbarer Luxus für einfache Leute. Maria hatte selbst einst solche Brücken im Haus der Dreichlingers geklopft und damals immer dabei gedacht, dass sie allenfalls auch einmal so einen Läufer besitzen würde. Aber da war sie noch ein dummes, junges Ding gewesen. Das dachte sie jetzt nicht mehr.

Mit einem Mal wurde sie von hinten von Armen umfasst, an einen Körper gepresst, gedrückt und herumgewirbelt. Eine Wolke übelriechender Ausdünstung versuchte sie zu betäuben.

„Maria, Maria, Maria!", murmelte eine heiße Stimme an ihrem Ohr, und da erst begriff sie.

„Fritz!"

Nun fiel sie dem Soldaten um den Hals, obwohl das kaum noch möglich war, denn er hielt sie schon so fest umschlungen, dass sie sich kaum noch bewegen konnte. Fritz drückte ihr einen dicken Kuss direkt auf die Lippen. Er schmeckte modrig, wie ein schrumpeliger Apfel nach zu langer Lagerung. Maria konnte sich nicht gegen diesen Übergriff wehren, zum einen, weil sie von ihren eigenen Gefühlen völlig überwältigt war und es gerne geschehen ließ, zum anderen, weil er einfach stärker war und sie gar nicht anders konnte, als es zuzulassen. Trotzdem überlegte sie noch während all dies geschah, dass das auf offener Straße ein ungehöriges Benehmen war. Gleichwohl war die Freude dieses Wiedersehens so

---

[54] Spätere Bahnhofstraße

überwältigend, dass ihr weder der herb schmeckende Kuss, noch dieser Gedanke unangenehm genug waren, als dass sie sich dagegen ernsthaft gewehrt hätte. Mit einem Mal war ihr nicht mehr kalt. Eine wohlige Wärme, wie die, die sie einmal nach dem Genuss eines ganzen Glases Burgunderweins empfunden hatte, durchströmte ihren ganzen Körper. Es war zwar schon eine Weile her, dass man sich so etwas gönnen konnte, aber an dieses Durchfluten von Wärme erinnerte sie sich sehr gut. Und das hier, fühlte sich fast noch besser an! Es war eher wie mit Sekt angereicherter Burgunder.

„Maria, Maria, Maria..."

Fritz brachte nichts anderes zustande als sie mit dieser liebevollen Dusche ihres Namens zu überschütten. Es war auch unnötig, dass er weitere Worte fand, denn sie fühlte sich bereits berieselt vom warmen Regen der Liebe und hätte die Bedeutung anderer Begriffe ohnehin nicht aufgenommen. Er war gesund und in einem Stück zurückgekommen, das alleine zählte. Nicht nur hatte er allen Gefahren getrotzt, er hatte auch sein Versprechen gehalten, seine Zuneigung nicht irgendwo auf dem Schlachtfeld zurückgelassen, seine Fähigkeit zu lieben dem ihn ständig umzingelnden Tod ausgehändigt, seine Leidenschaft für sie in irgendeinem dieser Bordelle begraben. Er stand vor ihr, mit schlagendem, treuem Herzen, unversehrten Gliedern und halbwegs intakter Seele, wie es schien. Sie hatte ein Auge für Letzteres entwickelt. Zu viele hatte sie gesehen, die körperlich gesundet, aber mit gebrochenem und krankem Seelenleben wieder an die Front abmarschiert waren.

Plötzlich spürte Maria jedoch die Blicke des Dienstmädchens im angrenzenden Garten, die sich wie glühende Pfeile in ihren Rücken bohrten. Sie schielte zur Seite.

Diese Heidi stand auf den Teppichklopfer gestützt, eine Faust in die Hüfte gestemmt und beobachtete sie in Untätigkeit mit einem ungenierten Gesicht, das Bände sprach. Ihre Augenbrauen so weit hochgezogen, dass man meinen konnte, sie sollten dort für immer verharren. Sie reckte den Hals hin und her, spähte, dass ihr auch bestimmt nichts entginge.

Fritz schien es nicht zu bemerken oder es als unwichtig abzutun.

„Komm!", zog Maria ihn sachte weiter. Wohin konnten sie sich nur wenden, ohne sich einer Beobachtung auszusetzen? Die Bedrohung fremder Augen, die überall in der kleinen Stadt lauerten, die ihre Nähe zu diesem Fremden sofort bemerken und die Neuigkeit hinter vorgehaltener Hand weitertragen würden, begann mindestens ebenso schwer zu wiegen, wie das Entzücken über dieses unerwartete Wiedersehen.

„Magst du einen Kaffee? Oder ein Bier? Bestimmt hast du Hunger? Viel gibt es ja nicht mehr, aber irgend etwas wird man schon bekommen, *schaumer mal*[55]", plapperte sie vor sich hin, fühlte sich dabei selbst gestört durch die dummen Anregungen, die sie dieser Wiedersehensfreude aufdrängte.

---

[55] Dialekt: Wir werden sehen

Er trottete an ihrer Hand hinter ihr her wie ein Schaf, murmelte immerzu nur ihren Namen. Sie indes fieberte. Wohin konnten sie nur gehen, wo man sie nicht kannte? Sie zog ihn weiter, als wüsste sie ganz genau, wohin sie ihn führen wollte. Aber sie wusste es nicht, wollte nur fort aus dem Sichtfeld dieser Tratsche, die bestimmt sofort herumerzählen würde, was sie gesehen hatte. Außer Sichtweite, an der Ecke der nächsten Straße, blieb Maria stehen.

„Hast du Geld?"

Fritz nickte stumm, schaute sie dabei an, als wollte er sie mit Haut und Haar verschlingen.

„Gut," befand sie, ohne einer Spur von Eindruck wegen seiner ungestümen Blicke, „ich nämlich nicht. Dann gehen wir ins Café Kainz! Dort kennt mich bestimmt keiner."

Das Café lag oben am Hang des Weinberges (ein irreleitender Name für den Hang, denn das Klima der Oberpfalz ist viel zu rau für Weinanbau), das war ein ganzes Stück Weg, und es war das nobelste Lokal der Stadt. Dort würden sie allenthalben auf ihre ehemaligen Arbeitgeber oder andere feine Leute treffen, aber bestimmt auf niemanden, der sie näher kannte und schlecht reden könnte. Diese reichen Leute interessierten sich nicht für das einfache Volk. Was Mädchen wie Maria taten, bemerkten diese Leute nur dann, wenn sie als Dienstmädchen in deren Hause demselben einen schlechten Ruf zufügen konnten.

„Freust du dich denn gar nicht, mich zu sehen?", wollte Friedrich auf der Hälfte des Weges schließlich wissen und blieb mit dieser ersten vollständig formulierten Frage auf dem Fleck stehen.

„Aber freilich! Und wie!", versicherte sie. Sie drückte verstohlen seine Hand. „Sehr glücklich bin ich, dass es dir gut geht! Sehr! Ich habe so dafür gebetet, dass du heil zurückkommst. Jeden Tag habe ich der Mutter Gottes Kerzen angezündet, dass sie dich beschützt. Ich habe solche Angst um dich gehabt ..." Sie schaute kurz um sich. Es war niemand in der Nähe. Trotzdem flüsterte sie den nächsten Satz, als ob selbst die Straße Ohren hätte. „Ich will nur nicht, dass man uns sieht, hier in aller Öffentlichkeit." Sie küsste ihn flüchtig und verstohlen auf die Lippen.

„Aber wir sind doch so gut wie verlobt!" Wie, um seine Worte zu unterstreichen, umarmte er sie wieder.

Aber Maria schob ihn sachte von sich.

„Noch nicht offiziell!", ermahnte sie ihn. „Komm! Lass uns ein Stück laufen. Wir müssen vernünftig sein. Das muss sein, damit das alles seine Ordnung hat." Sie blieb wieder kurz stehen und schaute ihn direkt an. „Schau Fritz, es ist alles so gut für uns gegangen! So gut! Man darf das Schicksal nicht herausfordern. Wenn es Gerede gibt, dann ist unser Glück ganz schnell vorbei, glaub mir!"

„Gerade deswegen bin ich auf dem Heimweg nach Eisenberg erst hierhergekommen!", erklärte er mit aufgesetzt ernstem Gesicht. „Ich möchte bei deinen Eltern vorsprechen und danach nehme ich dich mit zu meiner Familie und stelle dich als meine Braut vor. Dann hat das alles seine Richtigkeit."

„Heute?", überraschte sie sich. Als sie nicht sofort Antwort bekam, wandte sie sich wieder um und zog ihn, der keinen Widerstand leistete, weiter die Straße hinauf. Eine Mischung aus Jubel und Schreck schien sie gleichzeitig anzutreiben und zu lähmen, und weil sie selbst nicht recht wusste, wie ihr damit geschah, blieb sie nach wenigen Metern abermals stehen, musterte ihn vom Haaransatz bis zu seinen verdreckten Stiefeln: „So?"

Er sah an sich herab: „Ich war im Krieg."

„Schon", lächelte sie, bemüht um ein allerliebstes Lächeln, „aber du stinkst wie ein Iltis."

„Ich habe auch Filzläuse", gestand er, zuckte die Achseln. „Was soll man machen? Der Krieg ist kein Kuraufenthalt."

Sie drückte seinen Arm. „Das weiß ich doch!"

Abermals zog sie ihn weiter. Es war ein ständiges Stehenbleiben und Gehen, Gehen und wieder Stehenbleiben, und er folgte ihrer Bewegung wie einem Befehl.

Freilich war sein Aussehen nicht der springende Punkt, das musste sie sich selbst eingestehen. Ihre Eltern hatten auch Andres und seinen Kameraden in ihrem Heim gastlich bewirtet, und die hatten nicht viel besser ausgesehen. Oder gerochen. Läuse hatten sie bestimmt auch gehabt. Doch sie wollte unbedingt, dass ihr Friedrich einen guten Eindruck hinterließ, dass ihre Mutter von ihm hingerissen sein sollte, ihr Vater begeistert von diesem feinen Mann aus gutem katholischem Hause. Sie sollten ihn ohne Bedenken sofort als ihren Bräutigam akzeptieren. Sie wollte die Tochter sein, die alles richtig machte bei der Wahl ihres Zukünftigen.

Eine Weile liefen sie schweigend nebeneinander her, ohne gleich wieder anzuhalten, jeder in eigene Gedanken versunken, weiter den ansteigenden Weg hinauf. Hinter der langgezogenen Kurve versteckte sich bereits das Café Kainz zwischen den Bäumen. Maria entdeckte einen davor geparkten großen Straßenflitzer. Es war einer dieser raren Wagen, die nur einem Industriellen gehören konnten.

„Filzläuse?", wiederholte sie zögerlich und grinste ihn ein wenig von der Seite an. „Dann sollten wir doch lieber ins Lazarett gehen, anstatt ins Café, meinst du nicht? Dort können wir das behandeln. Und waschen kannst du dich da auch."

„Gut", willigte er ein. Diesmal blieb er wieder stehen und hielt sie am Arm fest, so dass sie sich ihm zuwenden musste. „Und danach spreche ich bei deinen Eltern vor!"

Als sie noch immer zögerte, wurde er ungeduldig.

„Worauf sollen wir warten, Maria? Ich will nicht mehr warten! Keinen Tag länger! Siehst du nicht, wie das Leben läuft? Von heute auf morgen kann alles vorbei sein! Ich liebe dich! Ich habe ehrliche Absichten und kann dich ernähren, meine Familie hat ein wenig Geld. Es gibt keinen Grund, warum wir nicht heiraten sollten. Ich habe lange darüber nachgedacht, dort im Schützengraben. Und ich hatte viel Zeit zum Nachdenken, das kannst du mir glauben. Ich habe mir geschworen, wenn ich je aus dieser Hölle lebend rauskomme, dann heirate ich dich, sofort, du kommst mit mir nach Thüringen, ich mache meine eigene Steuerkanzlei auf und zusammen gründen wir eine Familie!"

Sie presste die Lippen aufeinander und blinzelte ihn an. Seine Vehemenz beeindruckte sie. So lange Zeit hatte sich die Angst um ihn in ihr Herz gefressen. Nun wollte dieses Herz nicht recht glauben, dass es dazu keinen Grund mehr gab. Es sah noch immer unendlich viele Gefahren für ihre Liebe, beharrte darauf, dass man sich wie auf Glatteis bewegen musste, nur keinen falschen Schritt tun. Dieses zarte Glück konnte jede Sekunde zerbrechen. Sein festes Auftreten in dieser Sache ließ die Angst in ihr nun jedoch ein wenig verstummen. Dort, wo sie gesessen hatte, breitete sich ein Gefühl wohliger Geborgenheit aus. Ein Behütetsein, wie sie es vor sehr langer Zeit nur als Kind manchmal gespürt hatte. Sie entließ einen langgezogenen Seufzer aus ihren Lungen, als hätten diese seit Jahren darauf gewartet, ihn endlich freilassen zu dürfen.

„Das klingt wunderschön", schmiegte sie sich dann, nach ein paar Sekunden eines letzten Zögerns, an ihn wie eine streunende Katze, die nach einem kargen Dasein in der Kälte endlich ein warmes Plätzchen gefunden hat.

„Na, siehst du." Seine Stimme wurde weich, er nahm sie wieder in seine Arme und wiegte sie wie das kleine Kind, als das zu fühlen sie sich mehr sehnte als alles andere. Tiefe Seligkeit machte sich in ihr breit. Das war es wohl, was Frieden bedeutete, dachte sie. Erst, wenn der Frieden im Inneren ankam, war der Krieg wirklich vorbei.

„Ach", seufzte sie noch einmal mit einem tiefen Zug der Erleichterung und stieß damit alle Bedenken, die sie je gehabt hatte, weit von sich. „Du hast ja recht! Wie dumm von mir. Ich weiß auch nicht, wovor ich weglaufen will. Dieser Krieg hat mich zu einem Angsthasen gemacht."

„Du wirst sehen", versicherte er und begann eine Zukunft an den Horizont zu malen, wie sie es sich nicht im Entferntesten hätte auch nur träumen lassen, „es wird wunderschön! Wir suchen uns ein Häuschen mit einem Garten, in einer kleinen Stadt oder einem Vorort einer großen Stadt, weil ich meine Kanzlei dort aufmachen muss, wo meine Kunden sind, verstehst du? Vielleicht gehen wir auch nach Leipzig? Mein Bruder Emil hatte da vor dem Krieg seine Praxis aufgemacht. Er hat schon einen recht respektablen Ruf als Schönheitsarzt. Das könnte sich für meine Kanzlei gut auswirken, der hat nämlich nur Damen aus den besten Kreisen als Patientinnen."

„Dann baue ich Gemüse an und in einem kleinen Stall halte ich eine Kuh und ein paar Hühner. Und Gänse! Für den Weihnachtsbraten", fiel sie ihm ins Wort, spann das Bild ihres zukünftigen Lebens weiter. Es war zu schön, sich dieses Leben, erfüllt von Liebe so auszumalen. Wenn sie die Augen schloss, konnte sie diesen Garten direkt vor sich sehen: Die hochstehenden Blumen zwischen dem Gemüse, das herrliche Obst an den Bäumen, die wohlgenährten Gänse, die darin herumschnatterten. Die Sonne glitzerte wie Gold durch das frische Laub und ihr

Vorratsraum füllte sich jedes Jahr mit mehr Eingemachtem als sie essen konnten. Es würde ein kleines Paradies sein, ihr Paradies.

Friedrich feixte mitten in ihre Träumerei hinein.

„Aber Kindchen!", lachte er sie aus. „Das musst du doch nicht mehr! Du wirst die Frau eines Steuerberaters. Meine Familie genießt dort einen Namen, du wirst ein Teil dieser Familie sein, du wirst eine Frau aus gutem Hause sein."

Das Bild vor Marias geistigem Auge löste sich auf wie Kernseife in Waschlauge, und alles, was sie sich gerade noch als das Paradies erträumt hatte, verschwand in einem seifigen Nebel. Sie schlug die Augen nieder, heftete sie auf ihre Füße, abermals auf diese ungeputzten, alten Schuhe, die an manchen Stellen so abgewetztes Leder aufwiesen, dass man es selbst mit dicker Creme nicht mehr kaschieren konnte. Gewiss, Friedrich kam aus einer feinen Familie. Das waren keine Bauern. Dann dachte sie, dass sie unmöglich in diesen Schuhen vor ihre zukünftigen Schwiegereltern treten konnte. Wenn seine Familie so vornehm war, dann musste sie sich vorher völlig neu einkleiden! Wie sollte sie das bewerkstelligen? Alleine ein neues Paar Schuhe kostete so viel, wie ihr Vater in einem Monat nicht einmal verdiente. Und ihre eigene Arbeit im Lazarett war eine Kriegsleistung, die viele Frauen wie sie entgeltlos erbrachten. Sie selbst verfügte über gar kein Geld.

„Du darfst die Möbel, Vorhänge und Teppiche aussuchen, ganz wie du willst", fuhr Fritz indes fort, ohne ihre Gedanken auch nur zu erahnen. Er schien sich nun in seinem Element zu bewegen, wie eine Forelle, die sich durch trübes Wasser gekämpft hat und nun endlich im klaren Fluss schwimmen darf.

„Auch einen dieser vornehmen Orientläufer?"

Der Bezug auf das Wort Teppich lenkte Marias Aufmerksamkeit von ihrem Dilemma ab. Die Frage kam ihr schneller über die Lippen als ihre Gedanken zu folgen in der Lage waren. Sie stellte sich tatsächlich vor, wie sie ihre verschlissenen Schuhe auszieht, bevor sie ihren zukünftigen Teppich in ihrem zukünftigen Haus betreten würde. Erst im zweiten Anlauf korrigierte sie sich selbst mit der Idee, dass sie gewiss auch neue Stiefeletten tragen würde, eben solche, wie sie auf den Werbefotos, die man im Schaufenster des Schuhmachers sah, abgebildet waren.

„Natürlich …". Friedrich hielt kurz inne, schien zu überlegen und fügte dann etwas gedämpfter, aber noch immer mit Zuversicht erfüllt, hinzu: „Es wird möglicherweise ein wenig dauern, bis wir alles zusammenhaben werden. Die Schreiner und Stoffhändler waren immerhin auch im Krieg. Aber das wird sich finden."

So schwer sich Maria auch damit tat, sich ein Leben ohne Bauernhof vorzustellen, dafür eines mit seidenen und wollenen Teppichen, über die man hinwegschritt, als würde man auf Wolken leben, sie war bereit, ihrem Friedrich zu folgen, wohin er sie auch führen wollte. Allerdings zwickte der Gedanke in ihrem Herzen, fortzugehen in die Fremde, weit weg von dem Ort, wo sie aufgewachsen war, wo sie viele Menschen kannte, wo ihre Freundin Hilda und ihre Schwestern lebten, ihr Zuhause war. Aber es war die Pflicht der Frau dem Manne zu folgen.

Es war der Beweis ihrer Liebe. Das hatte auch Hochwürden immer wieder in seinen Predigten einfließen lassen. So sollte es sein. So war es recht. Jede Frau schenkte dem Mann ihr Leben, nahm mit seinem Namen seine Welt in ihrem Herzen auf, pflegte und hegte diese Welt, und er sorgte für sie, beschützte sie und ihre Kinder bis an ihr Lebensende. Maria entfuhr an dieser Stelle ein langgezogenes „Ach", weil sie befand, dass sie über diese beglückende Fügung Gott auf Knien danken sollte, anstatt diese Traurigkeit zu empfinden. Von nun an musste sie keine Kuh mehr melken, keine Gänse mehr rupfen, keine Hühner füttern, kein Holz machen, keine Erdäpfel klauben, keine Wäsche kochen und, im selben Zober, Blut rühren und Würste brühen, keinen Holzboden schrubben, keine schrecklichen Verwundungen verbinden, keinen Eiter ertragen, keine abgetrennten Gliedmaßen herumliegen sehen, nichts mehr von all dem, was ihr Leben bisher ausgemacht hatte. All dies zu verlassen, mochte es auch noch so mühsam sein, war mit einer Wehmut bedeckt, die sie selbst nicht verstand. Dabei war es doch eine Aussicht, die nichts als beneidenswert war! Und trotzdem, wirklich froh war sie allein über eine Sache: Sie liebte Fritz und er liebte sie auch.

„Und wir werden einen Sohn haben, der eines Tages meine Kanzlei übernehmen wird", träumte Friedrich laut weiter, hielt Maria in seinem Arm und sah sie dabei abermals mit leidenschaftlichem Augenausdruck an.

Maria lachte freudig, weil ein Kindlein natürlich auch in ihrer erträumten Zukunft vorkam und sie sich darüber freute, dass auch er so empfand.

„Und wenn es ein Mädchen wird?"

„Dann werde ich ihr ein großes Puppenhaus kaufen! Und sie wird Klavierspielen und Gesangsunterricht nehmen, wenn sie größer ist", stand für ihn fest. „Sie wird das anmutigste Mädchen der Stadt sein, und das hübscheste natürlich, so wie ihre Mutter. Alle werden sie bewundern! Zu ihrer Konfirmation wird sie eine silberne Armbanduhr bekommen und ..."

„Konfirmation!"

Maria schreckte hoch, als sei direkt neben ihnen eine Bombe explodiert. Die Wucht des Wortes katapultierte sie förmlich aus seinen Armen. Sie starrte mit aufgerissenen Augen auf diesen Mund in seinem mit Bartstoppeln übersähtem Gesicht, der soeben diesen Begriff herausgeschleudert hatte.

„Konfirmation?", wiederholte sie stammelnd. Dieser eine Begriff hatte genügt, sie schlagartig in die Realität zu feuern wie ein Geschoß. Wo kam das auf einmal her? Wollte er sie reizen? Trieb er ein übles Spiel mit ihr? Das wäre aber ein schlechter Scherz! Über die Religion machte man keine Witze. Wie konnte er!

Sein Gesicht verriet nichts dergleichen. Er guckte sie an wie eine plötzliche Erscheinung, der man nicht traut und die man sich nicht gleich erklären kann. Er kniff die Augen zusammen, warf die Stirn in Falten und rüttelte dabei den Kopf, als müsste er sich selbst aus einem Tiefschlaf wecken.

„Du bist evangelisch!"

Es war ein Vorwurf, wie er schlimmer nicht vorgetragen werden konnte. Maria rang um Fassung, aber es gelang ihr nur schwer. Die Erkenntnis des Augenblicks warf sie förmlich nieder. Ihr Fritz war Protestant! Er war evangelisch, so wie der geächtete Vater des unehelich geborenen Kindes ihrer Schwester! Ein Protestant!

Sie atmete so heftig, als hätte man sie soeben in einen eiskalten Fluss gestoßen. Wie konnte das geschehen sein? All die Monate war sie felsenfest davon überzeugt gewesen, dass er derselben Konfession angehörte wie sie. Nie im Leben hätte sie es zugelassen, sich in einen Andersgläubigen zu verlieben. Niemals! Nun hatte sie schon ihre Vorsicht entgegen Soldaten über den Haufen geworfen, aber dass der nun auch noch Protestant war, diese Dummheit auf ihrer Seite war zu arg. Wie hatte sie so blind sein können? Die Zukunft, die sich schon greifbar wie poliertes Silberzeug um sie ausgebreitet hatte, zerplatzte wie ein herabfallender Spiegel in tausend Scherben. Und sie stand mitten in diesen Trümmern.

Er hingegen schaute noch immer, wie von einem bösen Zauber gefangen, ziemlich blöde drein. Seine Verwirrung über die ihrige ließ ihn nicht sofort gleichziehen mit der Geschwindigkeit, mit der sich dieses Gespräch entwickelte. Schließlich brachte er zumindest einen vorsichtigen Gedanken hervor.

„Protestant oder Katholik, das ist doch egal?"

„Aber...", ignorierte Maria seine Erwiderung, „... aber du hast doch immer mit dem Kaplan Schach gespielt!"

„Warum denn auch nicht?"

Maria schüttelte heftig den Kopf, aber eher im Ausdruck ihres eigenen Versagens. „Und du hast dich stundenlang mit ihm unterhalten!"

„Ja, und?"

„Du hast aber nicht mit dem Pastor Schach gespielt!"

„Der spielt kein Schach."

Maria schossen Tränen der Verzweiflung in die Augen. Sie wurde völlig übermannt von einem Ansturm an Panik, die ihren gesamten Körper ergriff. Sie begann zu zittern, als hätte man sie in das Eisloch eines gefrorenen Weihers geworfen. Was sie auch sagen mochte, was sie auch hervorbrachte, seine Antworten machten alles nur schlimmer. Jedes Wort aus seinem Mund unterstrich die schreckliche Wahrheit, die wie aus den Wolken gefallen über sie herabgestürzt war.

Allmählich schien er zu begreifen. Auf seinem Gesicht spiegelte sich ein Ausdruck der Verwunderung, ganz als ob sie völlig den Verstand zu verlieren drohte und er nun die Kontrolle übernehmen musste.

„Aber Maria, was hast du denn?"

Friedrich versuchte, ihre Hände zu ergreifen, jedoch schreckte sie vor ihm zurück, als hätte er die Pest.

„Ich kann dich nicht heiraten!", schrie sie ihn an. Sie musste schreien, weil der Schmerz dieser Worte anders nicht zu ertragen war. „Du hast mich belogen! Du hast mir nicht die Wahrheit gesagt! Du hast mich einfach glauben lassen …"

Sie schlug die Hände vors Gesicht. Sie begann wie untröstlich zu schluchzen, was sie auch war. Nichts und niemand konnte ihr jetzt noch helfen. Alles war aus! Wenn sie einem Schicksal wie dem Annas entgehen wollte, musste sie sich sofort in Sicherheit bringen. Fort von diesem Lügner, der sie in eine Falle gelockt hatte! Wenn sie daran dachte, dass sie beinahe nachgegeben, damals, als er sie in die alte Kaserne gelockt hatte, wurde ihr ganz elend. Der Liebe Gott selbst hatte sie beschützt, er hatte es vereitelt, er hatte ihren Körper fest verschlossen. Gott hatte sie beschützt! Vor ihm! Nun war es an ihr, zu beweisen, dass sie diesen Schutz auch verdiente. Göttliche Ehrfurcht machte sich in ihr breit.

Fritz versuchte sanft, ihre Hände von ihrem Antlitz zu entfernen, ihr das Kinn zu heben und sie zu zwingen, ihm in die Augen zu schauen.

Maria riss sich entschlossen los.

„Geh weg!", raunte sie unter Tränen, starrte ihn an, als sei er der Antichrist selbst, machte Schritte rückwärts, ohne ihn aus den Augen zu lassen. „Geh nach Hause! Komm nie wieder, hörst du? Nie wieder!"

Damit drehte sie sich um, raffte ihren Rock und rannte so schnell sie ihre Füße trugen. Sie schaute nicht zurück, sie rannte, wie damals in Hemau, als es gegolten hatte, Hilfe für Anna zu holen. Es war das Einzige, das sie tun konnte.

Wegrennen.

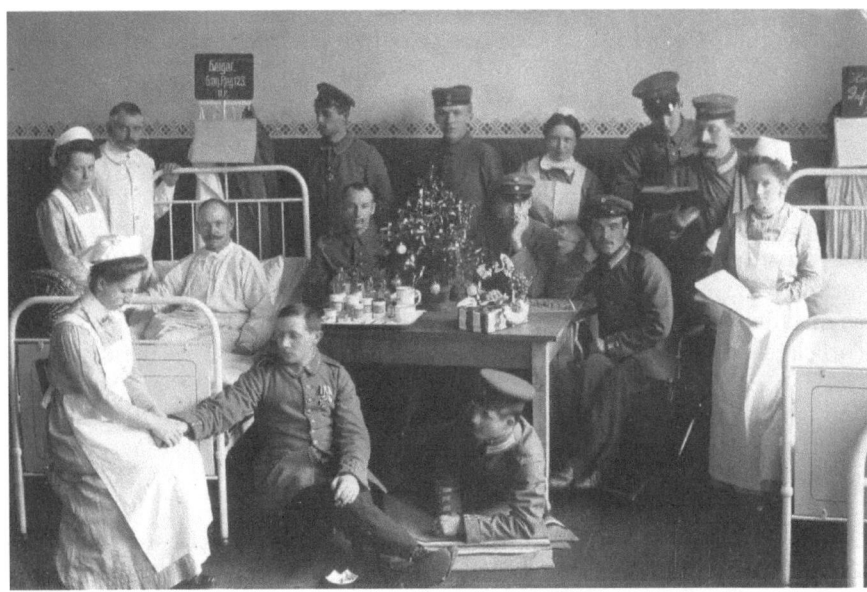

Nicht alle schafften es zu Weihnachten nach Hause:
Verwundete und Schwestern posieren für ein Weihnachtsfoto;

Mord und Marmorkuchen
Familie Heym, Januar 1919

„Da ist das gnädige Fräulein ja endlich!"

Frau Direktor Heym stand wie der Pfeiler einer gotischen Kathedrale mitten in der Küche und wartete knöchern, bis Ida die Tür hinter sich schloss. Ihre Augen musterten die Stieftochter mit Argwohn. Seit Martha ins Kloster abgereist war, oder vielleicht auch seit dem Frieden – über den Hintergrund dieser Sache hatte Ida nicht weiter nachgedacht –, musste Ida den Dienstboteneingang benutzen, weil sie nach Meinung ihrer Stiefmutter zu sehr nach Küche stank, wenn sie aus dem Lazarett nach Hause kam. Die Wohnung hatte zwei Eingänge: Einen vornehmen für Gäste und die Familie, dessen Treppen aus geschliffenem Stein, geziert durch ein Geländer aus geschwungenem, mit Ornamenten verzierten Eisen und aufpoliertem Handlauf nach oben führten, und einen Lieferanteneingang hinten, der direkt in die jeweilige Küche einer Wohnung führte. Dort befand sich ein zweites und einfaches Treppenhaus, durch das diese ihre Waren anlieferten. Die Dienstboten hatten auch ihren eigenen Abort in diesem Treppenhaus, damit sie nicht die edlen Toiletten der Herrschaften verschmutzten.

Wenn Ida nun den Dienstmädchen aus den diversen Appartements auf den Stufen begegnete, schlugen diese beschämt die Augen nieder, ganz so, als hätten sie es zu verschulden, dass das gnädige Fräulein sich hier bewegte. Für Ida war diese Anordnung der Frau ihres Vaters nur eine weitere Schikane in einer langen Liste von Bosheiten, mit der die Stiefmutter sie quälte. Um ihre Würde gegenüber den Dienstboten zu wahren, bekrittelte Ida bei einer Begegnung mit diesen den ungehörigen Schmutz in irgendeiner Ecke, oder gab die schroffe Anweisung, den Abort unten zu reinigen, weil es dort angeblich stank wie in einem Schweinestall, oder den Hof zu kehren, weil dieser den Eindruck eines Hinterhofes der Hottentotten glich. Wer die Hottentotten[56] waren, dass diese in den Kolonien von Afrika zu suchen waren und gewiss in keinem Mietshaus mit Hinterhof wohnten, das wussten diese ungebildeten Dienstboten nicht. Gerade deswegen machte es Eindruck. Irgend etwas in dieser Art wurde Ida jedenfalls los, damit klar war, dass sie noch immer das Fräulein Ida war. Die Mädchen schienen beinahe dankbar dafür, denn sie versicherten immer, unabhängig der Bemäkelung, es gleich zu erledigen. Selbst die aus den anderen Familien, denen Ida im Grunde gar nichts zu befehlen hatte. Trotzdem war Ida überzeugt, dass sie hinter ihrem Rücken über sie tuschelten und lachten.

„Du bist eine Stunde zu spät!", rügte sie die Stiefmutter mit demonstrativem Blick auf ihre goldene Armbanduhr.

„Es ist eine neue Ladung Verwundeter eingetroffen, die hungrig waren." Ida nahm Hut und Schal ab, hielt beides abwartend in der Hand. Das konnte ihre

---

[56] Hottentotten ist eine in der Kolonialzeit von den Buren erstmals verwandte Sammelbezeichnung für die im heutigen Südafrika (damals Kolonie England) und Namibia (damals deutsche Kolonie) lebende Völkerfamilie der Khoikhoi, zu der die Nama, die Korana und Griqua gehören.

Stiefmutter gerne überprüfen, wenn sie es nicht glaubte. Sie hatte zehn Stunden Küchendienst hinter sich und war erschöpft.

Seit der Krieg zu Ende war, schienen mehr Verwundete anzukommen als während der Kämpfe. Rund um die Uhr bereiteten sie Mahlzeiten zu, und die Suppen wurden immer dünner, weil sie kaum noch mit der Anforderung Schritt halten konnten. Der neue Leiter der Lazarette hatte sich mit diesen Soldatenräten, die seit einiger Zeit das Sagen im Lande hatten, vor Kurzem überworfen. Als ranghoher Militär der alten Garde hatte er es nicht ertragen können, von einfachen Fußsoldaten und Arbeitern in seinen Augen dumme und unsinnige Regeln aufgedrückt zu bekommen. Nach einem Eklat war er dann kurzerhand entlassen worden. Das war ein ungeheures Vorkommen gewesen, nicht zuletzt für den Betroffenen selbst. Es hatte allen unmissverständlich klargemacht, dass neue Zeiten angebrochen waren: Es regierten die Sozialdemokraten und nicht mehr die kaiserliche Obrigkeit von einst. Danach hatte der Schwiegersohn des verstorbenen früheren Chefarztes Doktor Grundler, der ortsansässige Doktor Georg Brütting, seinen Posten übernommen. Und der legte großen Wert darauf, dass alle Verwundeten sofort mit Nahrung versorgt wurden, egal, wie die Küche diese Unmöglichkeit bewerkstelligen konnte.

Frau Direktor Heym gab ein knotiges „hm!" von sich, wie um zu signalisieren, dass sie diese Ausrede großmütig gelten lassen, dieses eine Mal von einer Überprüfung Abstand nehmen wolle.

„Bevor dein Vater nach Hause kommt, backst du einen Marmorkuchen!", befahl sie ihr. „Die Heidi soll dir zeigen wie das geht. Schadet nicht, wenn du das lernst. Wir bekommen Besuch. Wir brauchen etwas zum Kaffee." Damit drehte sie sich so schnell auf dem Absatz um und rauschte aus der Küche, dass ihr wildseidenes Kleid nur so raschelte.

Ida warf Schal und Mütze auf den Küchentisch. Sie schnaubte. Seit Achilles sich mit ihrem Vater zerstritten, und Martha ins Kloster geflüchtet war, traf sie allein die Gereiztheit ihres Vaters und die Gemeinheiten der Stiefmutter. Doppelt. Seitdem verbrachte sie ein Leben in geduckter Schutzhaltung, ging beinahe gekrümmt, als könnte sie sich damit unsichtbar machen. Aber Direktor Heym und seine Frau fanden sie immer, ließen ihre von Woche zu Woche schlechter gearteten Stimmungen an ihr ab, ohne dass dies je nachließ. Wie Knollenblätterpilze in warmer, feuchter Luft aus dem Boden schießen, ergaben sich immer häufiger Gelegenheiten, sie, die wehrlose Ida, mit ihrem Gift zu malträtieren.

Ida schaute sich in der Küche um. Sie wusste nicht, wo sie Zutaten für einen Kuchen fand oder überhaupt, womit sie beginnen sollte. Sie öffnete willkürlich Schränke und Türen und warf sie wieder zu, ohne lange darin zu kramen. Heidi, die sonst in diesem Reich schaltete und waltete, war bestimmt schon in ihrer Kammer. Da war sie immer, kaum, dass man sie aus den Augen ließ. Ihr Blick fiel auf das Tablett mit der Post. Das nachlässige Mädchen hatte wieder einmal vergessen, sie rechtzeitig zu übergeben und sie hätte ihr, diesmal und ausnahmsweise, dafür nicht dankbarer sein können. Unter dem kleinen Stapel

Briefe spitzte nämlich ein Kuvert hervor, das ein Kreuz im Eck trug. Ein Brief aus dem Kloster! Ida fingerte den Umschlag aus dem Stapel. Er war an sie adressiert.

Ungeduldig riss sie ihn auf und verschlang die Zeilen in freudiger Erwartung einer geheimnisvollen Rettung aus ihrem kummervollen Alltag.

Liebste Ida,

verzeih, dass ich erst jetzt zu Papier und Tinte greife. Sei versichert, dass ich in Gedanken immer bei Dir bin. Ich bete täglich für Dein Wohlergehen. Ich weiß ja, es ist nicht leicht für Dich, jetzt, wo ich und Achilles fort sind. Oh je, der Esel nennt sich zuerst, gell?

Die Tage hier vergehen wie im Flug. Das mag Dir seltsam erscheinen, weil sie doch immer gleich ablaufen. Gerade das ist es erstaunlicherweise, was die Eindrücke verwischt, die sonst die Zeit länger erscheinen lassen. Der Tag ist gegliedert mit Andacht und Gebet, auch in der Arbeit, und von morgens bis abends. Gerade dies bewirkt, dass man zur Ruhe kommt. Schon lange nicht mehr habe ich mich so eins mit mir selbst gefühlt. Es tut mir sehr gut. Unsere Gespräche gehen mir allerdings ein wenig ab, das muss ich zugeben. Ich freue mich auf unser Wiedersehen. Es wird so viel zu erzählen geben!

Ich muss aufhören, gleich wird das Licht ausgeschaltet. Sei ganz fest umarmt, Deine Schwester Martha.

Ida wandte den Bogen, fand dort jedoch nur Leere. Sie überprüfte das Kuvert, ob sie nicht etwas übersehen hatte. Ein Kärtchen, eine gepresste Blume oder irgend etwas, das ein liebevolles Zeichen gewesen wäre. Nichts.

Sie ließ die Hand mit dem Brief sinken. Sie bebte. Das war alles? Seit Tagen hatte Ida sehnsüchtig auf diese Antwort von Martha gewartet. Kaum eine Seite hatte ihre Schwester verschwendet! Sie selbst hatte ihr einen ausführlichen Brief geschrieben, sechs lange Seiten und ganz eng die Zeilen gesetzt. Sie hatte ihr alles haarklein berichtet und ihre Gedanken in dem Brief aufgezeichnet, als ob sie mit Martha sprechen würde. Und das sollte die Antwort sein? Ein paar hingekritzelte Zeilen, ohne jeglichen Bezug auf ihre, Idas, akribisch geschilderten Befindlichkeiten und Belange? Dabei war so viel passiert! Wenn auch nicht direkt in ihrem, Idas Leben, so aber doch zumindest in der Welt.

Ida warf den Bogen zu Mütze und Schal auf den Tisch. Sie würde Martha ab jetzt mit derselben Missachtung strafen! Sollte ihre Schwester zusehen, wie sie ohne ein Wort von ihr zurechtkam, dort in ihrem freiwilligen Gefängnis. Sollte sie spüren, wie sich das anfühlte!

Idas Enttäuschung über den Brief überwog beinahe den Ärger über den Kuchen, den sie backen sollte. Zusammen vermengte sich beides zu einem gefährlichen Brei, der in ihrem Magen zu gären drohte. Ihr gesamtes Leben schien Ida aus den Fugen zu geraten: Der Frieden, von dem man fürchten musste, dass er die Kriegsanleihen nun total wertlos machte, die unablässige Bedrohung dieser aufständischen Kommunisten, die die neue Regierung stürzen wollten, von der man selbst nicht recht wissen konnte, was sie bringen würde, ihre beiden Vollgeschwister, die sie alleine in der Bosheit dieser Familie zurückgelassen hatten, und nun auch noch Martha, ihre geliebte Schwester, die sich von ihr zurückzog und nicht einmal mehr zu einem richtigen Brief aufraffte. Man hörte wieder von ersten Tanzveranstaltungen, man las in der Zeitung von einem Frauenwahlrecht bei den kommenden Wahlen, und man entdeckte wieder Stellenangebote in der Zeitung. Früher, ja früher, da wären sie und Martha gewiss sofort auf einen Ball oder zu einem Tanztee gegangen, sie hätten sich amüsiert. Aber nun konnte sie nicht einmal mehr das locken.

Sie ließ sich auf den Küchenstuhl plumpsen und legte die Arme vor sich auf die blankgewienerte, hölzerne Tischplatte, als warte sie wie ein Mensch ohne Benehmen darauf, dass jemand Speisen servierte. Wie sollte das alles weitergehen? Achilles und Martha schienen genau zu wissen, was sie im Leben wollten. Und sie nahmen es sich einfach, selbst gegen den Willen ihrer Eltern. Und sie, Ida? Sie war gehorsam, folgte, war das brave Mädchen, zu dem man sie erzogen hatte. Aber was hatte ihr das eingebracht? Sie wusste nicht einmal, was sie wollte. Sie sah nichts, wofür es sich lohnen würde zu kämpfen. Sie hatte keine Vorstellung davon, wie ihre Zukunft aussehen sollte. Sie war verdammt dazu, der Spielball der Willkür der anderen zu sein. Selbst die Dienstboten nahmen sie nicht mehr ernst, das spürte sie allzu deutlich. Warum war das so? Warum nur? Warum sie?

Völlig entkräftet durch ihre eigenen Gedanken sackte sie in sich zusammen und begann zu schluchzen, bis sie den Kopf gänzlich in ihre Arme auf die Tischplatte sinken ließ und haltlos hineinweinte. Wenn Heidi in diesem Moment in die Küche gekommen wäre, hätte sie sich gewiss zusammengenommen, Haltung bewahrt, und das wäre vielleicht gar nicht so verkehrt gewesen. Aber so badete sie eine ganze Weile in ihrem Selbstmitleid und niemand kam, sie daraus zu befreien.

Irgendwann waren ihre Tränen aufgebraucht. Sie hob den Kopf, zog ihr seidenes Taschentuch hervor und blies kräftig hinein.

„Keine recht gescheite Einstellung, Ida!", protestierte sie gegen sich selbst und das auch noch laut vor sich hin, als wollte sie auch sichergehen, dass sie es ja hörte. „Sei ehrlich! Es stimmt gar nicht."

Sie wusste sehr wohl, was sie wollte. Sie wollte leben. Und zwar mit Freude! Allzu gerne würde sie auf einen Tanztee gehen oder auf einen dieser Karnevalbälle, die es bestimmt bald wieder geben würde. Zu gerne!

Entschlossen stand sie auf und schaute vor sich hin, als sähe sie dort ihren Widersachern direkt in die Augen. Genau das würde sie auch tun, komme, was wolle! Es war Frieden. Sie wollte leben, sie wollte tanzen, sie wollte beschwingt sein. Mochte Martha die Fröhlichkeit aufgegeben haben, sie nicht! Jawohl! Sie nicht. Und, vielleicht würde Martha ja wieder nach Hause kommen und dann würde sie froh darüber sein, wenn sie Ida in ein normales Leben folgen konnte.

Der Kuchen war ein wenig schief geraten, er war auf einer Seite nicht richtig aufgegangen. Heidi schnitt ihn kurzerhand auf der Unterseite gerade, stellte ihn wieder auf den Teller und blies ein wenig Puderzucker darüber. Die abgeschnittenen Teile legte sie für ihre eigene Kaffeepause zur Seite. Ida war sich nicht sicher, ob sie das nicht mit Absicht gemacht hatte. Aber sie verstand zu wenig davon, als dass sie ihr das nachweisen hätte können. Jedenfalls sah der Gugelhupf pläsierlich aus, als Heidi ihn nach dem Mittagessen in die Mitte auf den Tisch stellte, und das war alles, was zählte.

„Man hat sie erschossen, haben Sie es gelesen?", rührte Direktor Heym gerade in seiner Kaffeetasse, ohne seine Tischgenossen dabei anzusehen.

Rosa Luxemburg, 1918;

Der Pastor, der neben den anderen Herrschaften des Kirchenvorstandes am Tisch saß – alle waren zu Mittag geladen worden und hatten zu Idas kompletter Verblüffung Gottfried im Schlepptau mitgebracht –, nickte unangemessen besinnlich.

„Es war aber auch an der Zeit, dass das aufhört!", entkräftete einer der Herren den Mord. Er trug ein Monokel im Auge, das ihm ständig herausrutschte, das er immer wieder hineinklemmte und dabei ein schiefes Gesicht zog. „Das sind ja bürgerkriegsartige Zustände da oben in Berlin! Das kann man doch nicht dulden! In München geht es auch schon los. Man musste etwas unternehmen!"

Ida hätte gerne gefragt, wen man umgebracht hatte, aber sie wagte es nicht, sich in das Gespräch einzumischen. Sie schielte auf den Kuchen, den Frau Direktor Heym hatte in Stücke schneiden lassen und von denen sie nun jedem der Herren höchstpersönlich eines auf den Teller legte, nicht ohne zu entschuldigen, dass dieser leider nicht der Qualität eines mit guter Butter gebackenen Kuchens entsprach, da man in diesen Zeiten beklagenswerterweise nur Margarine zur Verfügung hatte. Eine solche Abbitte hatte auch die Suppe und die Hauptmahlzeit, Karpfen mit Grünkohl und Kartoffeln begleitet, was nicht überflüssig gewesen war. Der Karpfen hatte trocken und etwas schlammig geschmeckt, obwohl man ihn drei Tage in der Badewanne gewässert hatte. Immerhin war es Fisch gewesen. Das alleine wäre Grund genug gewesen auch ohne das Lamento der Hausfrau über einen kleinen Mangel hinwegzusehen.

„Diese Sozialdemokraten fürchten zu Recht, dass man sie nicht für fähig hält, für Ruhe im Land zu sorgen", ergänzte der Orgelspieler der Kirche. Er war der Jüngste der Kirchenvorstände, wenn auch alt in Idas Augen. Er war mit einer schmächtigen Frau verheiratet, die nach zwei Kindern schwindsüchtig geworden war, und ebenso sah auch er selbst aus: Schwindsüchtig, obwohl er es nicht war.

„Am Ende könnten die Siegermächte doch noch in Deutschland einmarschieren! Um Gottes Willen, stellen Sie sich das nur vor! Ebert musste dafür Sorge tragen, dem Kommunismus Einhalt zu gewähren. Dem Kommunistenpack kam der Frieden zu früh, es verging ja kaum noch ein Tag, an dem diese vermaledeiten Spartakisten nicht die Vollendung der Revolution predigten! Mit immer neuen Provokationen und Kraftmeiereien versuchen sie, ihre Anhänger zu weiteren Krawallen anzustacheln! Ständig zeigen sie sich schwer bewaffnet auf den Straßen! Man sagt, die Bolschewiki haben sie bestens ausgerüstet."

„Meine Herren, das sind doch nur gezielt gestreute Gerüchte", beruhigte Direktor Heym die Diskussion, die ein wenig hitzig zu werden drohte. „Das erzählt dieser Liebknecht doch nur, um einzuschüchtern und das ungebildete Volk auf seine Seite zu locken. Die Proleten schlagen sich zwar immer auf die Seite des Stärkeren, auch, wenn es nur so scheint, das stimmt wohl. Aber ob sie sich davon verführen lassen, dass sie, wie der Kerl schreit, keine Limonadenrevolution[57] wollen, das glaube ich kaum. Die Menschen würden doch ganze Tagesmärsche ohne Wasser und Brot für süße Limonade auf sich nehmen!"

„Schrie", verbesserte ihn der Pastor und schwang dabei sein silbernes Kaffeelöffelchen, „schrie, mein lieber Herr Direktor. Man hat an die Dreizehn erschossen. Und auch ihn tot aufgefunden."[58]

„Ja, gewiss", nickte Idas Vater wie nebenbei, trank aus seiner Tasse und korrigierte sich im Nachhinein selbst noch einmal: „Schrie."

„Manche sagen, dass die Spartakisten im Grunde recht sanfte Charaktere seien", schaltete sich nun auch der vierte Herr des Kirchenvorstands ein, ein höherer Beamter der Stadt, der, seitdem der Arbeiter- und Soldatenrat das Sagen hatte, seine Position zwar nicht verloren, die damit verbundene Ehre jedoch ein großes Stück einbüßen hatte müssen. Nun hatte man ihm nur noch das Standesamt als Zuständigkeitsbereich gelassen, ein Amt, das er als ein ihm nicht würdiges betrachtete. Er ertrug sein gewandeltes Schicksal mit gekränkter Miene. Er war trotz der Hungerjahre erstaunlicherweise noch immer wohlgenährt, trug

---

[57] Karl Paul August Friedrich Liebknecht war ein prominenter Sozialist und Antimilitarist zu Zeiten des Deutschen Kaiserreiches. Seit 1900 Mitglied der Sozialdemokratischen Partei Deutschlands, war er von 1912 bis 1916 einer ihrer Abgeordneten im Reichstag, wo er den linksrevolutionären Flügel der SPD vertrat. Ab 1915 bestimmte er zusammen mit Rosa Luxemburg wesentlich die Linie der *Gruppe Internationale*. 1916 wurde er aufgrund seiner Ablehnung der Burgfriedenspolitik aus der SPD-Fraktion ausgeschlossen und wenig später wegen „Kriegsverrats" zu vier Jahren Zuchthaus verurteilt. Nach etwa zwei Jahren Haft wurde er knapp drei Wochen vor dem Ende des Ersten Weltkrieges freigelassen. Er bezeichnete in einer Rede die Politik der Sozialdemokraten als Limonadenrevolution.

[58] Die Morde an Karl Liebknecht und Rosa Luxemburg, führenden Mitgliedern der neu gegründeten Kommunistischen Partei Deutschlands (KPD), wurden während der Niederschlagung des Spartakusaufstands am 15. Januar 1919 von rechtsgerichteten, konterrevolutionären Soldaten der Garde-Kavallerie-Schützen-Division verübt.

mehr Haare in seinem weißen Bart als auf dem Kopf. Er ließ seine kleinen Knopfaugen nach jedem Satz nach Anerkennung haschend rollen. „Angeblich entwickeln sie nur an der Schreibmaschine eine aggressive Verbalradikalität. Denken Sie nicht, dass ich diese Meinung teile! Gott behüte! Ich finde, so etwas darf man auf keinen Fall dulden! So etwas ist Grund zu großer Sorge. Eben so fängt es immer an, und dann haben wir Zustände wie in Russland!" Er legte eine Pause ein, in der er wieder seine Augen wandern ließ, bevor er wissen wollte: „Weiß man denn, wer es war? Das Militär?"

„Wohl kaum", urteilte der Pastor zielsicher. „Die Brutalität des Vorgehens lässt auf eines dieser erbarmungslosen Freicorps schließen. Man muss ihn ganz schön zugerichtet haben, diesen Liebknecht." Er stach senkrecht ein Stück des Kuchens mit der Gabel ab. „Das war auf diese Weise nicht nötig. Als guter Christ kann man so etwas nicht gutheißen."

Niemand widersprach ihm. Niemand wollte nicht als guter Christ gelten.

Ida hielt sich sehr wohl für eine gute Christin, war freilich auch erschrocken über diesen Mord, von dem der Pastor mit Abscheu sprach, konnte aber nicht umhin, über die Nachricht selbst, dass man die Kommunisten in die Schranken verwiesen hatte, große Erleichterung zu verspüren. Das allgemeine Schweigen, das die Runde verstummen hatte lassen, passte gut zu ihrem eigenen Empfinden. Alle schienen irgendwie beruhigt über diese Entwicklung, wenn auch die Vorgehensweise Anlass zu Kritik geben mochte. Jeder am Tisch schien mit diesem inneren Zwiespalt beschäftigt, schien das Dilemma im Stillen für sich lösen zu wollen, auf keinen Fall darüber sprechen.

„Den Kuchen hat Ida gebacken", verkündete Frau Direktor mit einem nach Anerkennung fischenden Appell in Richtung der Gäste.

Idas Gesicht wurde rot wie Klatschmohn, weil sich alle Augen wie auf Kommando auf sie richteten. Dabei hatte sie dem Mädchen doch nur zugeschaut, kaum den Löffel in die Hand genommen. Aber das schien niemanden zu interessieren. Lobende Redefiguren und zuträgliches Nicken in ihre Richtung befolgten zuverlässig die Aufforderung der Hausherrin. Man schien geradezu befreit, das Gespräch in eine unverfängliche Richtung gelenkt zu sehen, denn sie hörten gar nicht mehr auf, die ausgezeichnete Qualität des Napfkuchens und die hausfraulichen Geschicke der Tochter des Hauses zu lobpreisen. Ida konnte es nur über sich ergehen lassen, senkte verlegen den Kopf, bedankte sich wiederholt für die unverdiente Belobigung und hoffte, sie mochten endlich damit aufhören. Gerade als es schließlich abebbte, setzte ihre Stiefmutter hinterher, dass Ida im Lazarett auch das Kochen erlernt hatte. Nun gab es kein Halten mehr. Man bestätigte Frau Direktor Heym, dass es heutzutage sehr nützlich sei, dass junge Mädchen aus gutem Hause praktisch lernten, wie man einen Haushalt führte, sonst würden die Dienstboten ihnen später nur auf der Nase herumtanzen. Ida schielte hinüber zu Heidi, die wie mit der Wand verschmolzen dastand, darauf wartete, das Kaffeegeschirr abräumen zu dürfen. Das Mädchen verzog keine Miene, aber Ida konnte sehen, dass es um ihren Mund zuckte. In diesem Moment fühlte Ida sich auf seltsame Weise mit Heidi verbunden, obwohl sie nicht deren Freundin war, weiß Gott nicht auf deren Niveau, und gleichwohl man sie, Ida, in den Himmel lobte.

Irgendwann ließen alle wieder ab von ihrer Frömmelei über die Tugenden einer bürgerlichen Tochter auf ihrem Weg ins Hausfrauentum.

„Und die Frau an seiner Seite hat man offensichtlich verschleppt", fuhr der Pastor entgegen aller Bemühungen der Haushertin in seiner ursprünglichen Rede fort. Der Begriff ‚Frau' schien ihm ausreichend genug, um das Thema wieder aufzugreifen. „Man will sich gar nicht ausdenken, was man diesem armen Weib antun wird!"

Gerade das schien man sich nun erst recht auszumalen, denn die Männer rührten gedankenversunken in ihren Tassen, ließen sich von dem kurz zuvor als nicht zu trauend bezeichneten Dienstmädchen Kaffee nachschenken oder beschäftigten sich auffällig intensiv mit ihrem Kuchenstück.

„Womöglich ist sie aber auch untergetaucht?", gab der Monokelträger dann aufschauend zu bedenken. Er schien seine Fantasien beendet zu haben. „Sie könnte durchaus den Ernst der Lage erkannt haben und bei Unterstützern untergekommen sein."

„Das ist gut möglich", stimmte ihm der Orgelspieler zu.

„Oder sie ist ins Ausland geflüchtet", spann der Standesbeamte die Thesen weiter aus. „Dann aber vermutlich nach Russland, denn ein anderes Land kommt da kaum in Frage, und in diesem Falle werden wir keine Ruhe haben! Das Flintenweib wird nur Luft holen und dann wiederkommen und weitermachen. Da sieht man, was dabei herauskommt, wenn man den Frauen das Wahlrecht gibt. Man reicht ihnen den kleinen Finger und sie nehmen nicht nur die ganze Hand, sie reißen einem den Arm aus!"

Ida wusste nicht, von welchem Weib die Rede war. Sie hatte Mühe sich vorzustellen, dass eine Frau unter Männern ihres Standes Anlass zu derarter Sorge sein sollte. Sie hatte davon gehört, dass die Kommunisten Frauen angeblich als gleichwertig behandelten. Das wohl. Aber sie hatte auch gehört, dass diese Gleichbehandlung in erster Linie das ebenbürtige Gelynchtwerden als vermeintlich politischer Gegner betraf. Und Gegner waren bei denen alle, die nicht direkt zu ihnen gehörten. Auf die Art von Wertschätzung wollte sie gerne verzichten.

„Nun! Nun!", ermahnte Direktor Heym den leidenschaftlichen Ausbruch des Beamten besänftigend, „die Wahlen im Januar haben doch deutlich gezeigt, dass die zweiundachtzig Prozent der Frauen, die daran teilgenommen haben, nur die Stimmen ihrer Männer verstärkt haben. Nicht wahr, meine Liebe?"

Seine Gattin tätschelte ihm die Hand.

„Aber gewiss! Ich wusste gar nicht, wo ich mein Kreuzchen machen sollte. Davon verstehe ich gar nichts! Und bevor ich etwas falsch mache, höre ich lieber auf das Sachverständnis meines Gatten. Und ich darf Sie versichern, meine Herren, alle Damen meines Bekanntenkreises haben es so gemacht."

Ida hatte zum Zeitpunkt der Wahlen noch nicht ihre zwanzig Jahre erreicht, das Mindestalter für ein Stimmrecht. Sie hatte deshalb auch noch nicht tiefer darüber nachgedacht. Was die Worte ihrer Stiefmutter bestimmt nicht beabsichtigt hatten, erzeugte in Ida in diesem Moment seine Wirkung: Sie schwor sich, selbst zu bestimmen, wem sie ihre Stimme eines Tages geben würde. Sie würde nicht schlicht und dumm dem Denken eines Anderen folgen. Sie nicht!

„Freilich habe ich auch nicht Sie, gnädige Frau, damit gemeint!", relativierte der Augenroller sofort.

„Jedenfalls ist jetzt erst einmal Ruhe mit diesen Kommunisten!", bestimmte Direktor Heym, weil es das war, was er denken wollte. „Sie werden sehen, auch die militanten Freicorps werden sich nach und nach alle dem Militär anschließen und für Recht und Ordnung sorgen. Wir haben immerhin allerhand Herausforderungen zu meistern in diesem Land. Da brauchen wir jede Hand, nicht wahr, meine Herren?"

Er winkte mit der seinen und ließ sich von Heidi die Schachtel mit den Zigarren reichen. Aufgeklappt bot er sie den Herren in der Runde an, nicht ohne sich zu entschuldigen, dass die Qualität der braunen Stängel leider nicht jener vor dem Krieg entsprach.

„Was meinen Sie dazu, junger Mann?", richtete er sich zum ersten Mal und sehr direkt an Gottfried, hielt auch ihm die offene Schachtel hin.

Gottfried hatte neben Ida Platz genommen, die über sein Erscheinen im Kreise der Vorstandsmitglieder mehr als irritiert gewesen war. Er hatte nichts von seiner Heimkehr in seinen Briefen angekündigt, sich nicht bei ihr gemeldet oder ihr auch nur etwas ausrichten lassen. Und dies, obwohl sie ihm immer treu und regelmäßig geschrieben hatte. Sie war beinahe ein wenig gekränkt gewesen über diese Nichtachtung ihrer guten Tat ihm als Soldaten gegenüber. Und dann hatte er neben ihr am Tische Platz genommen, als sei er nur ihretwegen gekommen. Die Krönung seines Fehlverhaltens war jedoch, dass er stumm wie ein Fisch dagesessen, mit keinem Wort weder am Gespräch teilgenommen, noch mit ihr geplaudert hatte.

Gottfried lehnte dankend ab, tupfte sich den Mund mit der Serviette, die er von seinem Schoß nahm, räusperte sich und verbeugte sich beinahe im Sitzen, so tief neigte er den Kopf: „Ganz Ihrer Meinung, Herr Direktor."

Die Schachtel Zigarren schnappte mit einem lauten Klick zu und das Mädchen brachte sie zurück zu ihrem Platz auf dem Kaminsims. Die Raucher knipsten die Enden ab, entzündeten die braunen Glimmstängel und pafften ein paar Mal, bis die Glut zog. Es war der Moment für Frau Direktor, das Zeichen zum Abräumen zu geben und sich selbst zu erheben. Ida folgte ihrem Beispiel. Es war der unausgesprochene Befehl des Rückzugs der Damen und Ida war froh darüber, die Gesellschaft verlassen zu können. Sie wollte herausfinden, von welcher Frau die Rede gewesen war. Sie musste ein bemerkenswertes Frauenzimmer sein, wenn man so voll Furcht von ihr gesprochen hatte. Es schien, dass die Herren im

Esszimmer blieben, um noch einen Magenbitter zu nehmen. Vielleicht konnte sie geschwind in die Bibliothek und in der Zeitung nachlesen, was sie wissen wollte.

Sie erhob sich und schob ihren Stuhl an den Tisch, wollte sich leise entfernen, ohne ein Wort zu sagen, aber Gottfried sprang ebenfalls auf und tat es ihr gleich.

„Darf ich Sie auf einen Spaziergang begleiten?"

Ida kniff die Lippen zusammen. Es war der erste Satz, den er an sie richtete und es war ein schlechter Zeitpunkt, wie sie befand.

„Aber natürlich!", flötete Frau Direktor Heym an ihrer Statt und kam beflissen um den Tisch gerauscht. „Sie haben sich bestimmt viel zu erzählen! Gehen Sie getrost!"

Sie stieß Ida von hinten an, weil diese unbeweglich an ihrem Stuhl festhielt, als wollte sie das Möbelstück forttragen.

„Ich wollte mich eigentlich zurückziehen", fand sie endlich den Mut zu einer Antwort. „Ich hatte gestern einen langen Tag im Lazarett, ich bin müde, ich muss mich etwas ausruhen."

Sie wollte sich abwenden, aber ihre Stiefmutter kniff sie hinterrücks und lächelnd so fest in den Arm, dass sie beinahe laut aufgeschrien hätte.

„Frische Luft wird dir guttun!", befand sie knapp. Dann nickte sie Gottfried zu. „Das wird die Müdigkeit gleich vertreiben."

Gottfried hielt Ida den Arm hin. Mit der Stiefmutter im Rücken, den wartenden Arm vor ihr, konnte Ida nicht anders, als sich schließlich – willig oder nicht – aus dem Raum führen zu lassen. Ihre Stiefmutter folgte ihnen auf den Fersen hinaus auf den Gang, wartete dort, bis Ida ihren Mantel, Hut und Handschuhe angelegt hatte und von Gottfried schließlich hinaus ins Treppenhaus geleitet wurde.

Kaum fiel die Tür hinter ihnen ins Schloss, riss diese sich von Gottfried los und schritt erhobenen Hauptes die Stufen hinunter. Er eilte ihr hinterher, überholte sie in der Zwischenetage, sprang die Treppen vor ihr hinab, um ihr die Haustüre unten wartend aufzuhalten wie ein Hotelpage.

„Ganz Ihrer Meinung, Herr Direktor!", äffte Ida ihn nach und schritt an ihm vorbei auf die Straße.

Gottfried bemühte sich, mit ihr aufzuschließen, ihr wieder den Arm hinzuhalten, aber sie ging erhobenen Hauptes weiter ohne ihn zu beachten.

„Sind Sie böse mit mir?"

Ida würdigte ihn keiner Antwort.

„Sie sind böse mit mir!", schloss er aus ihrem schwer zu widerlegenden Verhalten, schien danach aber nicht recht weiterzuwissen. Er lief neben ihr her wie ein Hund an der Leine.

Ida war in Richtung des Bahnhofs losgelaufen, ohne recht darüber nachzudenken. Nun befand sie ihre Wahl als keine gute, denn die Hindenburgstraße endete dort vor dem Bahnhofsgebäude. Kurzerhand bog sie ab in die nächste Straße, die in jene führte, wo sich Gottfrieds Elternhaus befand. Das traf sich gut, dachte sie dabei. Sie würde ihn nach Hause begleiten, unabhängig davon, dass es der

Anstand verlangte, dass der Mann die Frau geleitete, und dann wieder nach Hause gehen. Eigentlich war sie eher über die Machenschaften ihrer Stiefmutter wütend als über ihn. Die hatte das alles eingefädelt: Der Kuchen, das falsche Lob, der Spaziergang, nicht zuletzt Gottfrieds Anwesenheit bei diesem Essen. Das passte Ida nicht, auch, wenn sie sich darüber mehr wundern sollte als ärgern. Dagegen war Gottfried mit seiner Nachlässigkeit ihr gegenüber kaum der Rede wert. Trotzdem wollte sie ihm nicht verzeihen, wenn es auch rein deswegen war, dass er einen guten Sündenbock abgab.

„Was immer ich getan habe, Sie mögen es mir bitte vergeben, Fräulein Ida!", bat er um Nachsehen. "Ich habe im Krieg mein Feingefühl ein wenig verloren. Das muss erst wieder heilen."

Seine Offenheit traf sie. Das hatte sie nicht vorhergesehen. Sie schielte zur Seite. Er hielt den Kopf gerade, seine große Nase aufrecht, als wäre der Zinken ein Körperteil, auf das man durchaus stolz sein könne. Sein schütteres, hellblondes Haar spitzte unter einem neuen Hut hervor, der im krassen Gegensatz zu dem abgetragenen Mantel wie ein Ausstellungsstück auf seinem Kopf thronte. Plötzlich übermannte sie Mitgefühl für ihn. Bestimmt hatte er im Feld schlimme Dinge erlebt, wie alle Soldaten, und dankte Gott im Himmel, dass er lebend und gesund nach Hause gekommen war. Und damit hatte Gottfried auch recht.

„Sie hätten mir schreiben können, dass Sie nach Hause kommen," lenkte sie ihrer Gedanken gemäß ein.

Er lächelte sofort. „Dazu kam ich nicht. Ich musste zusehen, dass ich einen Transport erwischte und nicht hierherlaufen musste."

Ida nickte, aber so schnell wollte sie ihn nicht vom Haken lassen. Die Ehre einer Heym-Tochter gebot es ihr schließlich.

„Aber dann! Dann hätten Sie mir eine Nachricht zukommen lassen können! Sie hatten ja auch Zeit, einen neuen Hut zu kaufen, wie ich sehe."

Er nahm den Hut vom Kopf und betrachtete ihn kurz in seiner Hand, wie ein unerwartetes Fundstück. Dann setzte er ihn wieder auf und lachte.

„Der gehört meinem Vater."

„Ach so." Auf so einen Gedanken war Ida gar nicht gekommen, dass einer keinen eigenen Hut hatte. Dafür schämte sie sich nun.

Mittlerweile liefen sie in der Wiesenstraße, Gottfrieds Adresse. Vermutlich deshalb zeigte er auf einen Trampelpfad, der auf die Wiesen hinter dem Haus führte, hinüber zu dem alten Ludwig-Donau-Main Kanal.

„Wollen wir ein Stück über die Judenwiesen laufen?", regte er an. „Der Boden ist festgefroren, aber nicht vereist. Es läuft sich gut."

Ida ließ sich überzeugen. Eine Weile mussten sie hintereinander laufen, weil der Pfad zu eng war und der harte Boden links und rechts davon zu uneben, um gemütlich voranschreiten zu können. Doch etwas weiter wurde der Weg großzügiger und sie marschierten wieder Seite an Seite zügig voran. Die frische Luft tat Ida tatsächlich gut, auch, wenn sie sich das nicht eingestehen wollte. Ihre Wangen bekamen eine gesunde Farbe und sie sogar Lust, eine größere Runde durch die Natur zu wandern. Sie guckte in den Himmel, betrachtete die kahlen Bäume, die den Kanal säumten, vereinzelte Vögel, die auf der Suche nach Nahrung herumflogen. Sie überlegte, wann sie sich das letzte Mal so lebendig gefühlt hatte? Sie konnte sich nicht gleich erinnern. Es war lange her. Es wäre ihr aber bestimmt noch eingefallen, wenn Gottfried nicht in diesem Moment einen Vorschlag gemacht hätte, der ihre Aufmerksamkeit auf etwas anderes lenkte.

„Hätten Sie Lust, mit mir auf einen Faschingsball zu gehen, Fräulein Ida?"

Sie hob den Kopf und warf ihm einen sehr überraschten Augenaufschlag zu. Eine Einladung zu einem Ball! Von diesem Langweiler? Ein Karnevalsball! Das hatte sie von ihm nicht erwartet. Eine Einladung zu einem Konzert, in die Kirche, zu einem Bibelabend, ja, das schon. Aber nicht zu einem Ball, noch dazu mit Kostüm! Sie war völlig irritiert, konnte ihr Entzücken jedoch kaum verbergen.

„Gerne!", frohlockte sie. „Sogar sehr gerne!"

Das versprach endlich einmal Abwechslung und mit dem bigotten Protestanten-Gottfried an ihrer Seite, würden sogar ihre Eltern nichts dagegen vorbringen. Gleichwohl, ihre Stiefmutter sie ja geradezu in dessen Arme zu diesem Spaziergang gezwungen hatte? Möglicherweise würde sie sie sogar auf einen Ball mit ihm befehligen!

„Es ist ein Wohltätigkeitsball der jüdischen Gemeinde", entschuldigte er unnötigerweise, denn Ida konnte es gar nicht gleichgültiger sein, wer den Ball veranstaltete, und warum. „Es ist für Kriegswaisen. So viele arme Kinder haben ihre Eltern verloren, den Vater im Krieg, die Mutter an Schwindsucht oder einer anderen Krankheit. Das sollte man doch unterstützen, auch, wenn es Andersgläubige sind. Da geben Sie mir bestimmt recht? Die Veranstalter versichern, dass es nicht nur jüdischen Kindern zugutekommt."

„Natürlich", schnitt sie seine löbliche Rede ab, weil sie fürchtete, er würde ihr nun einen Vortrag über dieses Thema halten. „Wann ist der Ball?"

„In zwei Wochen. Ich freue mich, dass Sie mit mir hingehen." Er machte eine Pause und schaute nachdenklich vor sich hin. „Da gibt es nur ein kleines Problem ..."

Ida wartete. Natürlich, es wäre auch zu schön gewesen! Ein Problem musste es immer geben. Nichts konnte dieser Tage einfach nur mehr Freude sein, leicht, unbeschwert, so wie früher. Immerzu musste es eine Sorge geben, etwas, das auf den Schultern lastete wie ein Felsen.

„Ich habe kein Kostüm", gestand er vorsichtig.

Die Erleichterung über seine Beichte ließ Ida laut auflachen.

„Ach was!", winkte sie mit der Hand ab, „da wird sich schon etwas finden!"

„Meinen Sie?"

„Aber sicherlich! Ich durchsuche unseren Schrank auf dem Speicher", überlegte sie dann bereits. „Orient und Afrika sind doch groß in Mode. Wir machen uns Fantasiekostüme in diesem Stil. Da wird sich etwas finden. Da fällt uns schon etwas ein! Lassen Sie mich nur machen!"

Nun war es Gottfried, den die Erleichterung etwas locker werden ließ, entspannter als Ida ihn je gesehen hatte. Er hakte sich vertraulich bei ihr unter wie ein alter Freund.

„Ach, das ist schön!", zog er sie weiter mit sich, „Sie sind so geschickt! Sie können Kostüme hervorzaubern, sie schätzen klassische Musik, spielen Klavier, sind belesen, können sogar kochen und backen ..."

„Das stimmt nicht!", unterbrach sie ihn sofort. „Ich kann überhaupt nicht gut kochen und den Kuchen hat eher die Heidi gebacken, ich habe ihr dabei nur über die Schulter geschaut."

„... und bescheiden sind Sie auch noch!"

Ida gab es auf, aber mit einem unguten Gefühl in der Magengegend, ohne recht zu wissen, warum sie sich so schwer damit tat, die Komplimente einfach anzunehmen. Da war Martha schon immer ganz anders gewesen. Die konnte lächelnd jede freundliche Höflichkeit akzeptieren, sich schlicht bedanken und es war ihr nie unangenehm, recht im Gegenteil.

„Sie als Freundin zu haben, da kann sich ein Mann nur glücklich schätzen", fuhr Gottfried im selben Modus unbeirrt fort.

„Nun hören Sie aber auf! Sie machen mich ja ganz verlegen mit Ihren Übertreibungen!" Diesmal hatte die Burschikosität das Kommando übernommen. Was war nur los mit ihr? Sie nahm sich fest vor, das nächste Kompliment so ruhig anzunehmen, wie ihre Schwester es stets tat. Präzise so! Dann würde er schon damit aufhören.

Doch was Gottfried dann daherredete, verwirrte sie in der Folge gänzlich.

„Der Krieg hat vielen Männern das Leben gekostet, wissen Sie, Fräulein Ida. Da möchte man meinen, dass sich der Frauenüberschuss auf die Bemühungen junger Mädchen löblich auswirkt, nicht wahr? Aber das Gegenteil scheint der Fall! Sie glauben ja nicht, was man in den großen Städten zu sehen bekommt! Es ist widerlich. Einfach nur widerlich! Es gibt keine Sitten mehr, keinen Anstand. Da laufen junge Dinger in Hosen und kurzen Röckchen herum, rauchen auf offener Straße, wie Dirnen benehmen sie sich. Die Männer kämpfen im Schützengraben um die Ehre Deutschlands und riskieren ihr Leben, und die Weiber in der Heimat lassen allen Anstand fallen!"

Er sprach in der Gegenwart, ganz so, als ob kein Friede herrsche. In dieser Weise schilderte er weiter, was er auf seiner Rückreise entweder selbst gesehen, oder aber über Berlin oder München erzählen gehört hatte. Ida lauschte ihm schweigend, ein wenig entsetzt über die deutliche Sprache, die er dabei benutzte, sich wundernd, wie er von Komplimenten für sie auf diese Angelegenheiten gekommen war. Es erregte ihn sichtlich, er bekam ganz rote Wangen davon und bemerkte nicht, dass sie gar nichts mehr von sich gab.

Mitten in seiner Rede blieb er jäh stehen, wie von Donner gerührt, fasste sie an beiden Schultern, sodass sie ihn direkt ansehen musste. Ihre Perplexität über diese unerwartete Handlung war so groß, dass sie es ohne Regung geschehen ließ. Sie blinzelte nur.

„Fräulein Ida!", holte er förmlich wie der Pastor in der Kirche zu seiner Predigt aus, „eine gottesfürchtige, anständige junge Frau wie Sie gibt es wahrlich nicht mehr viele!"

Bevor Ida sich recht versah, kniete er vor ihr nieder und hielt ihr etwas Funkelndes vor die Nase.

„Ich möchte Sie in aller Form und unter Versicherung meiner zärtlichsten Gefühle für Sie bitten, meine Frau zu werden!"

Ida stutzte in Entsetzen, als hätte er ihr unter Lebensgefahr soeben den Mord in Berlin gestanden. Sie brachte weder ein Wort noch eine Regung hervor. Sie starrte ihn nur mit Augen, so rund wie die Gläser ihrer Brille, an.

Frauen hatten sich endlich das Wahlrecht erobert. Das Titelblatt der Frankfurter Wochenzeitschrift "Das Illustrierte Blatt" ruft die Bürger unmittelbar nach Ende des 1. Weltkriegs dazu auf, zu wählen. Es ist die erste demokratische Wahl in Deutschland und der Beginn der Weimarer Republik. Wörtlich: "Jeder tue seine Pflicht und übe sein Wahlrecht aus! Männer und Frauen, geht am 19. Januar zur Wahlurne! Deutsche! Schafft nach innen und außen Klarheit. So wird gewählt. Einwurf des Wahlzettels in geschlossenem Briefumschlag in die neue Wahlurne." In der inszenierten Abbildung sind drei Frauen und drei Männer zu sehen, als Zeichen für das Frauenwahlrecht. Ein Mann, sitzend, beobachtet den korrekten Einwurf des Wahlzettels.

Der Überraschungsbesuch
Familie Häring, Februar 1919

Unruhen in Berlin, militärisches Begräbnis von Opfern des Spartacus-Bundes, 1919;

„Wos hast nacha du zum greina?[59]"

Walli hatte ihren Kopf in ihren Armen auf dem Küchentisch vergraben und schluchzte schon eine ganze Weile vor sich hin. Maria stand am Spülstein und schälte Kartoffeln. Die Schalen schrubbte sie sorgfältig ab und gab sie in eine Schüssel. Auch, wenn es mittlerweile alle so machten, weil der Nahrungsmangel zu groß war, um sie an die Schweine zu verfüttern, die Familie Häring liebte schon seit jeher geröstete Kartoffelschalen. Am liebsten zu einem Glas dunklem Bier am Abend.

Doch diesmal freute sich Maria nicht einmal mehr darauf. Immer wieder musste sie sich heimlich eine Träne aus dem Auge wischen. Sie konnte an nichts anderes denken, als an diesen bohrenden Schmerz in ihrer Brust, den Fritz ihr zugefügt hatte. Es war nun schon fast drei Wochen her, dass sie ihn fortgeschickt hatte, aber dieses Unglück wurde nicht leichter zu ertragen. Er hatte ihren Willen befolgt, er war ihr nicht nachgeeilt, als sie weggerannt war. Er war vermutlich nach Hause nach Thüringen gereist, ganz, wie sie es von ihm verlangt hatte. Obwohl sie genau das natürlich gefordert hatte, empfand ihr dummes Herz eben gerade diesen Punkt als größte Kränkung. Es fühlte sich an, als sei die Tatsache, dass er ihre Aufforderung, sie ihn Ruhe zu lassen, respektiert hatte, ein klagender Beweis für den Mangel seiner Liebe. Er hatte sie belogen, und sie war ihm

---

[59] Dialekt: Welchen Grund hast Du wohl zu weinen?

nicht mal einen letzten, wenn auch sinnlosen Versuch wert gewesen, sie umzu-stimmen. Bewegungslos war er stehengeblieben, er hatte nicht einmal mehr nach ihr gerufen, als sie weggelaufen war. Nicht einmal ihren Namen hatte er ihr nachgerufen!

Maria hatte dem Klagen ihrer Schwester deshalb kaum Aufmerksamkeit schenken können, hatte nur hin und wieder ein „hm" oder ein *„mei"* von sich gegeben, um den Anschein der Aufmerksamkeit aufrecht zu erhalten.

Als Walli die Mutter nun mit diesem Satz eintreten hörte, verstummte sie. So-fort hob sich der Haarschopf aus dieser Schutzhaltung, sie wischte sich die Trä-nen aus den Augen und schnäuzte sich geräuschvoll in ein Taschentuch. Mutter Häring mochte kein Geheule. Das wussten die Töchter. Damit kam man bei der Mutter nicht an, mochte der Grund auch noch so triftig sein.

Diese stellte einen vollen Korb benutzter Leinenbinden auf dem Boden ab und fuhr, ohne die Antwort abzuwarten, fort: „Die müssen gewaschen werden!"

Sie waren eingeweicht, mussten aber regelmäßig ausgekocht werden, bevor man sie wieder benutzen konnte. Zwar waren sie jetzt nur noch drei Frauen im Haushalt, aber die Menge dieser lästigen Utensilien schien trotzdem nicht klei-ner zu werden. Zumal nun auch noch die Windeln der kleinen Anni und diese Schutzmasken hinzukamen, die Maria aus altem Leinen geschneidert hatte, und auf deren unbedingtes Tragen bei Annäherung an Menschenansammlungen sie bestand. Hinter der Befolgung dieser Anweisung war sie her wie der Teufel hin-ter der Seele. Die Familie gehorchte, überzeugt von dieser Maßnahme waren sie nicht, denn sie war hinderlich im täglichen Nachgehen ihrer Arbeiten. Doch noch immer holte sich diese schreckliche Grippe selbst im kleinen Neumarkt täglich ihre Opfer, und die Strenge, mit der die Oberschwester und der Chefarzt den Hilfsschwestern die Handhabung dieses Schutzes eingebläut hatten, wirkte nachhaltig auf Marias Hartnäckigkeit.

„Man hat mich entlassen!", jammerte Walli, etwas mehr, als sie unter diesen Umständen wollte, noch immer mit ihrer Fassung ringend. Ihre Mundwinkel zuckten.

Ein forschender Blick traf sie: „Hast du dir was zu Schulden kommen lassen?"

„Gwies ned, Mama![60]"

Walli richtete sich auf und stopfte ihr zerknülltes Taschentuch in ihre Schürze. „Recht im Gegenteil! Der Herr Direktor hat sogar einmal gesagt, dass ich viel-leicht eine kaufmännische Lehre machen darf, wenn ich weiterhin so fleißig bin! Und jetzt haben sie mich einfach entlassen ..."

Maria folgte diesem Dialog in ihrem Rücken schweigend, ohne sich umzudre-hen. Walli hatte ihr gerade erst die ganze Sache geschildert, wenn auch ein we-nig wirr und immerzu unterbrochen von heftigem Weinen. Sie war sich noch nicht im Klaren darüber, was ihre Schwester aus der Fassung brachte, weil ihr dieses Problem nicht annähernd so niederschmetternd erscheinen mochte wie

---

[60] Dialekt: Bestimmt nicht, Mama!

ihre eigene Kümmernis. Zum ersten Mal konnte sie ihre Mutter in diesem Punkt verstehen. Was gab es da zu jammern? Ständig verlor jemand seine Arbeit ohne Grund, damit war Walli bei den Expresswerken weiß Gott nicht die Einzige. Was stellte sie sich so an?

„Einem Heimkehrer haben sie meinen Platz gegeben!", erzählte ihre Schwester weiter. „Der hat nur noch ein Bein, haben sie gesagt, und der kann keine anderen Arbeiten mehr machen, haben sie gesagt, der braucht die Arbeit, haben sie gesagt. Dass sie die Frauen aus der Fabrik nach Hause schicken und dafür deren Männer einstellen, das verstehe ich ja noch. Aber ich habe doch im Büro gearbeitet und ich bin mit dem doch nicht verheiratet!"

„Schau Walli," meinte ihre Mutter in überraschend trostspendenden Tonfall, so dass Maria sich sogar umdrehte und die Szene am Tisch betrachtete. „Die Soldaten brauchen Arbeit. Du siehst doch, was überall los ist!"

Sie klopfte ihrer Tochter kurz aufmunternd auf die Schulter. „Jetzt ist der Krieg vorbei. Irgendwo müssen die Kerle untergebracht sein. Und wenn es ein Krüppel ist, dann erst recht. Der hat sein Bein für immer verloren! Was soll der denn machen? Der muss auch weiterleben."

Walli schniefte und schaute ihrer Mutter sprachlos, aber sehr dankbar hinterher, wie diese an das Küchenbuffet ging. Sie hatte diese Reaktion ebenso wenig erwartet wie Maria, die sich mit dem Geschirrtuch in der Hand reglos gegen den Spülstein lehnte, als hätte ihr die Überraschung über diese Milde den Halt geraubt.

Mutter Häring ergriff einen Stapel Teller und stellte ihn auf dem Tisch ab, ohne jedoch die Hände davon zu entfernen. Beinahe versonnen sprach sie dann gerade vor sich hin: „Erst bringen sie ihre Knochen heil nach Hause, und dann schlagen sie sich gegenseitig die Köpfe ein!" Sie legte eine Pause ein, ohne ihre Haltung zu verändern. „Weil sie ihren Platz in der Welt verloren haben! Das ist es. Sie haben ihren Platz in der Welt verloren. Deshalb brauchen die Männer Arbeit, versteht ihr?"

Damit drehte sich die Mutter wieder um, ergriff einen Krug mit Gläsern, die sie neben dem Tellerstapel platzierte.

Maria hielt nicht nur in ihrer Tätigkeit inne, sondern sogar in ihrem Kummer, beinahe in Bewunderung. Ihre Mutter war eine einfache, wortkarge Kleinbäuerin, die in einer Wirtsfamilie aufgewachsen war. Aber hin und wieder brachte sie in knappen Worten so viel mehr Klarheit in eine verwirrte Sache, wie es ihr Vater mit all seinem Wissen aus der Wirtschaft nicht vermochte. Den Männern ist ihr Platz in der Welt abhandengekommen? Wohl auch Fritz. Vielleicht hatte er deshalb aus den Augen verloren, dass etwas so Wichtiges wie seine Religion der eigenen Braut zu verschweigen eine böse Lüge war?

„Ja, in München oder Berlin ist das vielleicht so, aber doch nicht hier bei uns!", wehrte sich Walli gegen diesen Gedanken, vielleicht auch ermutigt durch die milde Haltung ihrer Mutter.

„Nachat[61] *gehst halt wieder in Haushalt!* Die Arbeit wird dir kein Mann je streitig machen. Die hast du sicher. Du bist doch eine geschickte Haushälterin! Da findest du schon wieder eine Stellung, und wenn du fleißig bist, kannst du damit auch ein gutes Auskommen haben."

Walli wagte jetzt sogar ein "aber". Marias Augenbrauen krümmten sich vor Überraschung über den Verlauf dieser Unterhaltung zu Bogen so hoch, dass sie dort für immer zu verharren schienen.

„Aber mir gefällt die Schreibarbeit im Büro! Ich mache sie richtig gerne, Mama! Und ich bin auch gut darin! Immer haben sie mich gelobt!"

„Was wir wollen und was wir bekommen, das sind zwei Paar Dinge. Merkt euch das! Man darf keine Flausen im Kopf haben, das bringt einem nur Unglück."

Mutter Häring sah wohl, dass sie ihre Tochter geradezu einlud, weiter zu lamentieren, anstatt auf das einzugehen, was sie den Mädchen an Lebenserfahrung als Frau mitgeben wollte.

„Wenn ihr mit eurem Schicksal hadert, macht euch das nur unglücklich", erklärte sie mit anhaltender Geduld. „Man darf nicht undankbar sein mit dem Leben. Schaut euch doch nur mal um! Da gibt es ganz andere Schicksale! Denkt nur an die Nachbarin, der der Mann neulich an Lungenentzündung weggestorben ist. Jetzt kriegt sie keine Kriegsrente, weil das mit knapp vierzig ein normaler Tod ist, sagen sie, und nicht durch Kampfeinsatz verursacht. Dabei kommt das freilich vom Krieg, wovon denn sonst! Daheim nichts zu beißen und einen Platz im Krankenhaus haben sie ihm verwehrt, weil die Betten für die Kriegsverwundeten gebraucht werden. Die kann jetzt zusehen, wie sie mit den drei Kindern alleine zurechtkommt."

„Ja", murmelte Walli, „die ist arg dran! Stimmt schon."

„Seht ihr!", schloss die Mutter. Sie zeigte sogar ein sanftes Lächeln, als sie das sagte. „So schlimm hat es uns alle nicht getroffen und euch auch nicht! Das wird schon wieder, ihr müsst auf den Lieben Gott vertrauen! Der hat uns alle beschützt, und dafür muss man dankbar sein. Geh, jetzt trage den Korb da hinaus in die Waschküche! Der Onkel Wolfgang und der Papa kommen gleich. Die Männer müssen so etwas nicht sehen."

Walli erhob sich und tat, wie ihr geheißen.

Maria wandte sich wieder ihrer Arbeit zu. Immerzu hatte ihre Mutter in der Mehrzahl gesprochen, ganz so, als ob sie ihren, Marias Kummer, mit ansprechen wollte. Maria fühlte sich ertappt.

An der Türe drehte sich Walli noch einmal um, ließ den Korb auf den Boden plumpsen, lief zu ihrer Mutter und umarmte sie kurz: „Danke Mama!"

„Es ist schon recht!", machte sich Mutter Häring gleich wieder los, wenn auch mit sanften Griffen. Nun war es an ihr, überrascht zu sein. Sie winkte mit dem Kinn zum Korb hin, sprach aber in so freundlichem Tonfall, dass sie ihre eigene Rührung nicht zu verbergen vermochte: „Geh! Trag das raus!"

---

[61] Dialekt: dann

„Danke", wiederholte Walli und trug den Korb diesmal hinaus in die Waschküche.

Maria bemühte sich um ein unbeeindrucktes Verhalten. Was ihre Mutter gesagt hatte, war wohl wahr. Ihr Kummer war bei Weitem nicht zu vergleichen mit dem der Nachbarin. Doch milderte der Gedanke nicht die Pein. Sie musste es aushalten, bis es vorbei sein würde. Nur ihrer Namenspatronin in der Kirche konnte sie das anvertrauen. Sie wollte mit niemandem darüber sprechen. Je weniger man über so etwas redete, umso besser war das. Sie brauchte nicht auch noch belehrende Worte, mochten sie noch so milde sein, sie tadelte sich selbst schon genug. Die Leichtgläubigkeit und Dummheit, die sie an den Tag gelegt hatte, war an nichts zu übertreffen.

„Schür den Kessel schon mal an!", rief sie Walli hinterher. „Ich komme gleich nach mit den Bettlaken." Ihre Stimme brach bei den letzten Worten, gleichwohl sie sich bemüht hatte, ganz normal zu reden. Sie räusperte sich.

Ihre Mutter warf ihr einen prüfenden Blick zu, sagte aber nichts, sondern verfolgte stumm ihre Bewegung mit den Augen.

Schnell trocknete Maria ihre Hände an der Schürze und eilte zur Tür, um den Wäschekorb aus den Schlafzimmern zu holen, ohne die schlummernde Anni zu wecken. Es war mühsam genug gewesen, das Kind endlich zur Bettruhe zu bringen.

***

„Wir müssen zusehen, dass wir die Wäsche rausbringen, bevor die Sonne wieder verschwindet!"

Maria wischte sich nasse Haarsträne aus der Stirn. Sie klebten wie hindrapiert an den geröteten Gesichtern der Schwestern. So ein Waschtag war wahrlich kein Aufenthalt im Schönheitssalon. Obwohl man durch den warmen Dampf das Gefühl hatte, in einem orientalischen Hamam zu arbeiten (dass es so einen ausgefallenen Luxus gab, davon hatte Maria ein verwundeter Wiener erzählt, in dessen Heimatstadt man wegen der früheren Türkenkriege über diese Kultur recht Bescheid wusste). An einem Waschtag jedenfalls, musste man sich abends, nach getanem Tagwerk, auch selbst und die eigene Kleidung am Leib gehörig schrubben. Die Arbeit war schweißtreibend. Das Mittagessen fiel an so einem Tag in der Regel karg aus, weil die Frauen keine Zeit hatten, sich auch noch darum zu kümmern. Gewaschen musste werden, wenn das Wetter versprach, die Wäsche auch zu trocknen, und da wurde jede Hand gebraucht. Diesmal war es nur deswegen anders, weil die Mutter das Essen zubereitete, für den Vater und den Onkel, der extra kommen wollte, um einen ausgedienten Hasenstall mitzubringen. Die Karnickelzucht versprach eine ergiebige Fleischquelle bei geringem Futtereinsatz.

„Außerdem wird es gleich Essen geben", hievte Walli mit der großen, hölzernen Gabel ein Leinentuch aus der brodelnden Lauge und ließ es abtropfen. Die Muskeln an ihren Armen spannten sich wie bei einem olympischen

Bogenschießer in Aktion. Dann ließ sie das nasse Tuch in den Korb zu den anderen bereits gewaschenen Bettlaken klatschen.

Typischer Waschkessel 1915, der auch zum privaten Brühen von Würsten oder Bierbrauen verwendet wurde;

Bleichen der Wäsche in der Sonne, 1919; Wäsche waschen war Schwerstarbeit für Frauen. Im Winter war das Trocknen der Wäsche eine ungleich größere Herausforderung.

„Geh, back o!", [62] forderte sie Maria auf, die den Wäschestampfer beiseitelegte und den anderen Griff des Wäschekorbes erfasste. Gemeinsam schleppten sie das Leinenzeug nach draußen zur bereits quer über den Garten aufgespannten Leine. In der kalten Winterluft dunsteten die noch warmen Stoffe wie ein Kartoffeldämpfer[63] auf dem Herd. Gemeinsam hängten sie ein Tuch nach dem anderen in den Wind. Ihre Finger verwandelten sich derart schnell in kaum zu bewegende Eiskrallen, die ebenso steif wie die Wäsche an der Luft wurden. Gerade als Maria die letzte Wäscheklammer befestigte und Walli schon mit dem leeren Korb an der Hüfte in Richtung Waschküche marschierte, fiel ein Schatten auf die weiße Stoffwand vor Marias Augen.

„Wir kommen schon! Ich muss nur noch mal ein Holzscheit nachlegen", heftete sie die letzte Wäscheklammer an, ohne näher auf die schemenhafte Figur dahinter zu achten, weil sie glaubte, ihr Onkel sei hungrig herausgekommen, um sie zum Essen hereinzurufen. Dass es ein Mann war, das hatte sie wie beiläufig an der massiven Form des Schattens wahrgenommen. Als sie jedoch das Leinen zur Seite schlug, um zwischen zwei Laken auf die andere Seite hindurchzuschlüpfen, blieb sie genauso jäh stehen wie ihr Herz in diesem Moment stehen zu bleiben schien.

„Fritz!"

---

[62] Dialekt: Komm, pack mit an!
[63] Ein Topf aus zwei Teilen, unten kocht Wasser, das obere Sieb dämpft die geschälten Kartoffelstücke im Dampf.

Ein großer Strauß Blumen – die mussten ein Vermögen gekostet haben um diese Jahreszeit! – schwebte ihr wortlos entgegen.

„Was machst du denn hier!"

Es war alles, was sie hervorbrachte, und es war offensichtlich, dass dies keine Frage war und auch kein Ausdruck der Freude, sondern blanke Überrumpelung. Es durchfuhr sie eine Art Eisblitz, heftig und frostig und von oben nach unten, ihr Rückgrat entlang über den schweißfeuchten Rücken. Und wie bei einem Blitzeinschlag wurde ihr sofort anschließend schrecklich heiß.

„Es ist wohl offensichtlich, was ich hier mache."

Er lächelte, oder grinste, oder war vielleicht auch nur nervös und machte deswegen ein Gesicht, das man als freundlich interpretieren konnte, wenn man wollte. Maria aber war so perplex, als dass sie das, was sie sah, richtig zu deuten vermochte.

Fritz reichte ihr mit Nachdruck den Strauß Blumen hin und als sie ihn noch immer nicht entgegennahm, drückte er ihn ihr mit Bestimmtheit in den Arm: „Ich bin hier, weil ich um deine Hand anhalte!"

„Um Gottes Willen! Du kannst doch nicht einfach so hier auftauchen! Wenn dich die Mama oder der Papa sehen!"

Maria fuhr aufgeschreckt herum, versuchte sich vergeblich zwischen dem Leinen zu verstecken und auch Fritz aus dem Sichtfeld zu zerren. Es wurde ihr ganz flau im Magen. Prüfend schaute sie über die Leine kurz zum Haus hinüber, ob dort irgendjemand schon etwas bemerkt hatte. Aber alles schien ruhig. Ihr Vater und der Onkel schienen sich drinnen zu unterhalten, und die Mutter fuhrwerkte am Herd herum.

Marias Finger, die kurz zuvor noch steif wie die gefrorene Karotte eines Schneemanns gewesen waren, juckten und zitterten, als wollten sie ein Halleluja auf einer Harfe spielen. Sie rieb sich die Hände, versuchte das Prickeln aus ihren Gliedern zu vertreiben, dabei war es nur eine Geste der Verzweiflung. Ihr Herz hatte schon in der Mitte seines zweiten Satzes einen Sprung gemacht, dass sie geglaubt hatte, es wollte aus ihren Rippen hüpfen. Doch Maria hatte sich tunlichst davor gehütet, und das mit aller Kraft, diesem Impuls freien Lauf zu lassen.

„Deine Mutter hat mir gesagt, wo ich dich finde."

„*Jessasmariaundjosef*[64]!"

Jetzt schlug Maria die Hände vor den Mund. „Die Mama! …". Sie wurde so bleich wie die Wäsche hinter ihr. Sie konnte es förmlich fühlen, wie alles Blut aus ihrem Kopf nach unten schoss, Gott allein wusste wohin, aber nicht dahin, wo sie es gebraucht hätte. Sie konnte keinen klaren Gedanken fassen. Alles, was sie denken konnte, war, dass ihre Mutter ihn gesehen hatte! Nun gab es keine Ausrede mehr, das Drama würde seinen Lauf nehmen.

---

[64] Jesus, Maria und Josef! Ausdruck für Schock über etwas Schlimmes.

„*Wos issn bassiert?*[65]", steckte just in diesem Moment Walli den Kopf aus der Waschküche, und, als sie den jungen Mann und die Blumen im Arm ihrer Schwester erblickte, trat sie wie unter einem Zauber nach draußen gezogen, ganz durch die Tür und blieb mit offenem Mund stehen.

Fritz drehte sich zu Walli um.

„Friedrich Naubert", reichte er ihr in aller Form die Hand und neigte dabei leicht den Kopf. „Ich vermute, ich habe es mit einer von Marias hübschen Schwestern zu tun?"

Walli strich sich wirre Strähnen hinters Ohr, streifte ihre Schürze über dem langen Rock glatt und versuchte sich ein wenig in Façon zu bringen, was freilich völlig sinnlos war. Beide Schwestern erweckten den Eindruck von abgekämpften Waschweibern, wie man sie sich vorstellte. Sie ließ ihre Hand ergreifen, murmelte wie nebensächlich ihren Namen. Ihr Blick glitt dabei jedoch ständig zwischen dem jungen Mann vor ihr und ihrer Schwester, die sie noch nie so konsterniert gesehen hatte, hin und her, bis er endlich an Maria hängenblieb.

„Jaaaaa....", fing Walli gedehnt an, „wissen denn die Mama und der Papa ...?"

„*Nix wissen's!*[66]", fiel ihr Maria heftig ins Wort und erwachte damit aus ihrer Starre. Sie machte ein paar Schritte nach vorne und schob Fritz, der sich verdutzt umwenden wollte, in Richtung des Gartentors. „Und da gibt's auch gar nichts zu wissen!"

Sie stopfte Fritz die Blumen zurück in seinen Arm – ein paar Köpfe brachen dabei ab und fielen zu Boden –, und schob ihn durch das offenstehende Gartentürchen auf die Gasse hinaus.

„Das ist alles bloß ein Irrtum!", warf sie Walli über die Schulter zu, die ihr bewegungslos zusah, wie sie den feinen Besucher aus dem Garten hinausbugsierte, ganz wie eine freche Ziege, die sich unerlaubterweise am Gemüsebeet gütlich tat.

Maria wiederholte den Satz noch einmal, laut und deutlich, diesmal schaute sie Fritz dabei direkt in die Augen: „Ein ganz großer Irrtum ist das!"

„Nein, das ist es nicht", beharrte er angesichts ihrer Heftigkeit relativ gelassen. Auch er sah ihr dabei direkt in die Augen. „Und das weißt du! Ich liebe dich und ich weiß, dass du mich auch liebst."

Maria war schachmatt gesetzt. Sie beherrschte das Spiel nicht, er dagegen schon, sogar besser, als sie angenommen hatte. Sie hatte alle ihre Kräfte in diesen einen Verteidigungszug gesteckt. Nun stand sie blank vor ihm. Wortlos. Erschreckt. Zitternd.

„Ich flehe dich an, Fritz", flüsterte sie schließlich und ließ ihren Kopf sinken, „ich kann dich nicht heiraten. Versteh' doch! Mach es bitte nicht noch schlimmer! Wenn du mich liebst, dann ... bitte geh! Geh!"

---

[65] Dialekt: Was ist denn passiert?
[66] Dialekt: Nichts wissen sie!

Er holte tief Luft, zupfte die zerrupften Blumen in seinen Händen zurecht, widmete sich voll und ganz einer Weile dieser Tätigkeit ohne sie anzusehen. Dann hob er zuletzt den Kopf.

„Gut", ließ er den Strauß in seiner Hand achtlos sinken, „ich gehe. Aber nur in den Schwarzen Bären, wo ich ein Zimmer genommen habe! Ich werde dort bleiben, bis du zur Vernunft gekommen bist!"

Ausgerechnet im Schwarzen Bären, wo ihr Vater arbeitete, hatte er ein Zimmer genommen? Wusste Fritz das eigentlich? Sie hatte ihm gegenüber nie erwähnt, dass ihr Vater dort den Ausschank bediente. Oder doch? Die Wahl dieses Gasthauses wurde nun, in dieser bereits so heiklen Lage, ein zusätzliches Risiko für sie, aber dafür konnte man Fritz nicht verantwortlich machen. Maria wimmerte ein wenig, schluckte heftig und fuhr sich mit der Hand den Hals entlang, um den Kloß in ihrem Schlund besser hinunterzuwürgen. Es war ihr, als wollte der Liebe Gott ihr eine gehörige Lektion erteilen. Dabei hatte sie längst verstanden, dass sie sich schuldig gemacht hatte. Sie war doch mit aller Kraft dabei, die Dinge wieder ins Lot zu bringen. Warum also auch noch diese Bürde? Aber recht geschah es ihr! Was war sie auch leichtsinnig gewesen!

Fritz wandte sich ohne weitere Worte ab, wartete noch einen Moment, ob Maria nicht vielleicht doch noch eine Reaktion zeigen würde, und ging dann, da diese ausblieb, festen Schrittes die Adlergasse entlang zurück in Richtung der Synagoge. Er wandte sich nicht mehr um, aber winkte lässig mit der Hand, als wollte er damit seine Zuversicht unterstreichen.

Walli trat neben Maria an den Zaun. Diese stand wie eingemeißelt da. Sie schaute, wie Maria, dem unerwarteten Besucher hinterher, wie er freundlich einen Sanitäter grüßte, weiterlief, an der nächsten Straße mit einem um die Ecke kehrenden Wärter drei Worte wechselte und sich nicht mehr umsah.

„Magst du ihn denn nicht?", wollte Walli von der Seite wissen, ohne den Kopf zu wenden. „Der ist doch richtig fesch!"

„A Evangelischer issa![67]"

„Nicht schon wieder!", entfuhr es Walli, die damit ihr Gesicht nun umso heftiger der Schwester zuwandte. „Das brauchen wir nun wirklich nicht noch einmal, Maria!"

„Meinst du, ich weiß das nicht?", schnaubte Maria im Wegdrehen. Sie lief zurück in die Waschküche, um ein Holzscheit nachzulegen, damit das Wasser nicht abkühlte, solange sie aßen. Aber der Appetit war ihr völlig vergangen. Mit Grauen dachte sie an die forschende Haltung ihrer Mutter, die nun immerhin von Fritz wusste, und vor der sie die Wahrheit jetzt gar nicht mehr so hindrehen konnte, dass der Vorfall als harmlos abgetan werden würde. Mit dem Instinkt einer Zigeunerwahrsagerin würde ihre Mutter den Schwachpunkt in der Geschichte sofort herausfinden, und dann Gnade ihr Gott! Dann gab es keine Hoffnung mehr!

---

[67] Dialekt: Er ist evangelisch

Hoffnung! Maria richtete sich auf, fasste sich an den schmerzenden Rücken, hielt einen Moment inne. Wie kam sie nur auf diesen Gedanken? Seit drei Wochen hatte sie nichts dergleichen empfunden. Im Gegenteil: Ihr Schmerz war ein hoffnungsloses Tageintagaus gewesen, ein einziges mutloses Aufstehen am Morgen, ein sinnloses Verrichten von Arbeiten, ein tränenvolles Zubettgehen. Die einzige Hoffnung, die sie gehabt hatte, war, dass die Zeit diese Pein irgendwann überwinden würde. Die Sache war von Beginn an aussichtslos gewesen, auch, wenn sie das nicht gewusst hatte. Und das war sie noch immer. Daran hatte sich nichts geändert.

Doch nun hatte Fritz Kampfeswillen gezeigt. Hatte sie bisher gelitten, weil er keinen Versuch unternommen hatte, sie umzustimmen, und sie deswegen geglaubt hatte, er würde sie nicht lieben, so wünschte sie nun, er hätte es nicht getan. War es doch um vieles härter zu ertragen, dass sie nun Gewissheit hatte, dass er sie liebte und dabei dennoch verzichten zu müssen. Was hatte er gesagt? Er wollte bleiben, bis sie zur Vernunft kam? Heilige Maria Mutter Gottes! Was sollte sie nur tun? Warum musste er es ihr so schwermachen?

Ihr Magen zwickte und ihr Herz pumpte, als hätte sie eine randvolle Zehn-Liter-Milchkanne geschleppt. Sie wischte sich die Schweißperlen von der Stirn, die sich in der Kürze der Zeit im Dampf des kleinen Raumes gebildet hatten.

„*I hoos doch ned so gmoand*[68]", klang es von der Tür hinter ihrem Rücken.

„*Is scho recht*[69]", murmelte Maria ohne sich umzudrehen. „Es ist nicht deine Schuld. Du hast völlig recht, mit dem, was du gesagt hast! Stimmt ja auch."

Walli trat näher neben sie.

„Hast du ihn denn gern?"

Maria schaute erst auf und dann ihrer Schwester in die Augen. Sie nickte ganz langsam und mit jedem Nicken trat eine große Träne in ihre Augen, bis sie zum Bersten gefüllt waren und sie nicht einmal mehr den großen Waschzober deutlich sehen konnte.

Walli nahm sie mit einem „*Mei,* Maria" in den Arm. Diese ließ ihren Kopf auf die Schulter ihrer großen Schwester sinken und den Tränen freien Lauf.

„Es ist gescheiter, wenn du dich hier ausweinst, bevor wir reingehen", tröstete Walli.

***

Maria schluchzte noch eine Weile. Walli tröstete noch eine Weile.

Doch irgendwann mussten sie sich zu Tisch zeigen.

„Es wird schon gehen!", trocknete sich Maria am Ende die Tränen. Sie wusch ihr Gesicht mit kaltem Wasser. „Wir müssen *eh*[70] schnell essen und zurück sein, bevor das Feuer ausgeht."

---

[68] Dialekt: Ich habe es doch nicht so gemeint
[69] Dialekt: Es ist schon in Ordnung
[70] Dialekt: Sowieso

Mit klopfendem Herzen und einem tiefen Atemzug öffnete sie die Stubentür. Sie bemühte sich, ein normales Gesicht zu machen. Sie bemerkte, dass sie gar nicht wusste, wie ihr normales Gesicht sich anfühlen müsste. Sie fürchtete, dass ihr schlechtes Gewissen fest in ihre Züge gedruckt war und jeder es von Weitem sehen konnte. Vor allen Dingen ihre Mutter, die selbst die geringste Andeutung in ihrem Verhalten immer sofort entlarvte. Doch niemand schenkte ihnen Beachtung. Der Vater, der Onkel Wolfgang, und ihre Mutter saßen bereits zu Tisch vor beladenen Tellern. Sie waren so in ihr Gespräch vertieft, dass sie die Mädchen gar nicht eintreten hörten.

FÜR FREIHEIT UND RECHT

KURT EISNER, Bayerischer Ministerpräsident

Ansichtskarte Kurt Eisner 1919;

„Gestern, vor seiner Dienstwohnung!", erzählte der Onkel gerade. „Er hat nur wenige Dutzend Meter zu Fuß gehen wollen, zum Bayerischen Landtag."

Mutter Häring bekreuzigte sich, mit dem Löffel in der Hand. Als sie es bemerkte, legte sie ihn ab und wiederholte den Vorgang mit leeren Händen.

„Aber man hätte ihn doch sowieso abgewählt", warf Vater Häring ein. „Seine Partei hat doch gerade einmal 2,5 Prozent der Stimmen erhalten? Das ist lächerlich wenig! Ein völlig unsinniger Mord ist das!"

„Wen hat man denn jetzt wieder umgebracht?", fiel Walli ein wenig forsch in das Gespräch ein, wohl auch, um von Maria abzulenken. Sie setzte sich mit erwartungsvollen Augen und hochgehobener Nase auf ihren Platz. Zweifellos wollte sie es auch wirklich wissen. Es kamen täglich solche Nachrichten aus Berlin, man konnte sich gar nicht mehr richtig erschrecken darüber, so häufig passierten in letzter Zeit derartige Dinge. Sogar die Nationalversammlung hatte man ins beschauliche Weimar verlegt, weil in der deutschen Hauptstadt so viele Unruhen herrschten.

Maria stand etwas verstört an der Tür, wie ein Besucher, der seinen Platz am Tisch nicht kennt und darauf wartet, dass man ihm diesen freundlich zuweist. Ihre Verwirrung rührte daher, dass man sie so gar nicht mit Vorwürfen und bohrenden Fragen empfing, ja sie sogar überhaupt nicht zu bemerken schien. Doch sie fing sich schnell, noch bevor der Onkel auf Wallis Frage antwortete und eilte ihrer Schwester hinterher. Unauffällig schlüpfte sie auf ihren Platz. Sofort faltete sie die Hände und senkte den Kopf zum Tischgebet, jeglichen Augenkontakt vermeidend. Die Mutter schob ihren Töchtern den Suppentopf über den Tisch zu.

„Unseren Ministerpräsidenten", antwortete der Onkel indes in Richtung Walli. „Den Eisner?"

Nun war Walli doch erschüttert. Das war nicht das ferne Berlin, sondern das war München, da, wo Helene arbeitete, und dadurch war es der Familie im Herzen sehr nahe, wenn auch in einiger örtlicher Entfernung. Sie gab ein *„Jessesmaria!"* von sich, aber sie ließ den Josef weg, so erschrocken war sie nun auch wieder nicht.

„Er war in Begleitung von zwei Vertrauten, liest man", berichtete der Onkel weiter, diesmal aber wieder an Vater Häring gewandt, obwohl alle am Tisch an seinen Lippen hingen. Noch immer hielt der Onkel seinen Löffel startbereit über dem gefüllten Suppenteller, ohne ihn einzutauchen. „Vor den drei Männern gingen sogar noch zwei Polizisten, die den Eisner beschützen sollten. Es hat zu viel Ärger gegeben in letzter Zeit. Vorsichtig war man schon gewesen. Aber wohl nicht genug."

„Naaleid, naaleid, naaleid![71]", schüttelte Mutter Häring den Kopf. „Wo soll das bloß noch hinführen? Was ist das für eine Welt geworden! Nichts ist mehr an seinem Platz. Kein Recht und kein Anstand! Weiß man denn, wer es war?"

Der Onkel erinnerte sich, dass die Suppe wohl völlig erkalten würde, wenn er nicht endlich zu essen begann. Er nahm ein paar Löffel, bevor er weitersprach.

„Keiner vom Militär," erklärte er zwischen zwei Löffeln und einem Schluck Bier aus dem Krug. „Man hat den Kerl in Zivilkleidern ganz und gar übersehen! Der hatte sich anscheinend schon seit geraumer Zeit an der gegenüberliegenden Ecke herumgedrückt. Und nicht einmal, als er über die Straße kam und sich der Gruppe um Eisner von hinten angenähert hat, haben sie es bemerkt. Das muss man sich mal vorstellen!"

„Und so etwas nennt sich heutzutage Personenschutz!", kratzte Vater Häring bereits seinen Teller leer. Er hatte die ganze Zeit in Ruhe weitergegessen und zugehört. „Das hätte es früher unter unserem König Ludwig nicht gegeben!"

„Na, ich weiß nicht, Sepp", gab sein Schwager zu bedenken, der ihn als Einziger immer mit dem in der Region üblichen Kurznamen anredete. „Denk grad mal an das was vor dem Krieg war! Man hat ja auch den Kronprinzen Ferdinand ermordet."

„Und die Kaiserin Sissi damals!", ergänzte Mutter Häring.

„Und den König Ludwig!", wagte auch Walli schon wieder, sich in das Gespräch einzubringen.

„Das war ein Unfall!", korrigierte sie ihre Mutter sofort mit einem Wink mit dem Löffel. „Der ist im See ertrunken, Gott habe ihn selig!"

„Jedenfalls konnte der Kerl ungehindert zu dem Eisner aufschließen", fuhr der Onkel, die Einwände ignorierend, fort. Die hatten nun wahrlich nichts mit dem aktuellen Fall zu tun. „Als der Kerl unmittelbar hinter ihnen ging, hat er eine Pistole hervorgerissen und dem Ministerpräsidenten zweimal in den Nacken geschossen. Eisner war auf der Stelle tot. Eine richtige Hinrichtung war das!"

---

[71] Dialekt: Nein Leute! Ausdruck von Entsetzen, Machtlosigkeit, Kopfschütteln;

„Ich habe zwar nicht für den gestimmt", Vater Häring nahm sich Brot aus dem Korb in der Mitte des Tisches, brach es in drei Teile, wischte damit seinen Teller von letzten Suppenresten sauber und steckte ein Stück davon in den Mund, „aber das hat er nicht verdient!"

„Recht war das nicht", nickte auch der Onkel und löffelte.

„Und der Mörder? Konnte der entkommen?"

Walli war sichtlich froh, dass die Mutter die Frage gestellt hatte, sonst hätte sie selbst noch einmal nachhaken müssen.

Maria aß zügig ihren Teller leer, um nur so schnell wie möglich wieder in die Waschküche verschwinden zu können. Sie hörte nur halb hin, was da gesprochen wurde. Freilich war es bestürzend, was da passiert war, aber die Tragik in ihrem eigenen Leben beschäftigte sie im Augenblick weitaus mehr als es ein noch so mysteriöser Mord je vermocht hätte.

„Die Polizisten haben mehrmals auf ihn geschossen. Er ist aber nicht tot. Er ist in der Universitätsklinik. Man versucht, ihn zu retten." Der Onkel wischte nun ebenfalls mit einem Brotbrocken die letzten Reste aus seinem Teller, so sauber, dass man ihn fast nicht mehr zu spülen brauchte. „Ein Graf ist er! Ein gewisser Arco-Valley, ich weiß nicht genau, wie man das spricht, Walle oder so ähnlich."

„Ein Graf ...", murmelte Mutter Häring, als könnte sie es nur schwer fassen, dass der Mörder ein Adeliger sein sollte. Doch dann weissagte sie: „Das gibt wieder Krawalle und Mord und Totschlag!"

Sie erhob sich vom Tisch und winkte Maria, ihr zu helfen. Maria war in weiser Voraussicht aufgesprungen und schneller am Herd als ihre Mutter. Sie trug behände den Krauttopf mit einem geräucherten *Wammerl*[72] darin an den Tisch. Wenn es in ihrer Macht gestanden hätte, hätte sie sich am liebsten unsichtbar gemacht. Unauffällig bleiben kam dem immerhin am nächsten, und bisher schien es zu funktionieren. Niemand hatte bis jetzt Notiz von ihr genommen.

„Die Monarchistisch-Patriotischen werden sich freuen, denen hat das in München doch alles nicht gepasst", widersprach ihr Mann, fischte ein fettes Stück Fleisch aus dem Topf und legte es seinem Schwager auf den Teller. „Da brauchst du nur bei uns ins Rathaus schauen! Was meinst, wie die jetzt feixen werden! Ich kriege es doch immer hautnah mit, wenn sie in ihren Sitzungen bei uns im Bären hocken. Da herrschen doch noch die alten Seilschaften und verfilzten Zöpfe."

„Muss ja auch so sein", gab der Onkel zu bedenken. „Wie soll der Staat auch sonst noch funktionieren? Man kann ja nicht einfach lauter Metzger und Schuster da hinsetzen und regieren lassen."

„In Berlin schon!", lachte Vater Häring kurz auf, „da haben sie einen Sattler und Wirt hingehockt!"[73]

---

72 Dialekt: Stück durchwachsener Schweinespeck
73 Anspielung auf Friedrich Ebert

„Man sieht ja auch, was dabei rauskommt! Eine gottlose Welt ist das geworden! ", schimpfte Mutter Häring, stellte eine Schüssel Kartoffeln auf den Tisch und setzte sich wieder.

„Die rechten Konservativen werden auf die Barrikaden gehen, wenn der Mörder stirbt!", urteilte ihr Bruder, ohne auf die Bemerkung seiner Schwester einzugehen. „Deshalb ist es schon besser, wenn der Kerl überlebt. Da kann man ihn dann ganz offiziell verurteilen und hinrichten. Das ist gescheiter."

Die Männer spießten mit ihren Gabeln Kartoffeln aus der Schüssel, während Mutter Häring ihnen Kraut auf die Teller lud.

„Jetzt aber genug mit der Politik!", befand sie mit der letzten Ladung bestimmend. „Bei so einer *Red'*[74] kann ja kein Mensch mehr die guten Gaben Gottes genießen! Eine Sünde ist das!"

Die Männer beugten sich diesem Befehl, wie immer, wenn die höhere Gewalt ins Spiel gebracht wurde. Das Kinderkriegen und die Religion waren das Regiment der Frauen. Mutter Häring wusste ihre einzige Waffe gut einzusetzen. Wenn es ihr zu viel wurde, hatte sie immer eines der zehn Gebote parat oder zitierte Hochwürden aus einer Predigt. Dagegen konnten selbst die Männer schwer etwas sagen.

Deswegen wurde aber keineswegs geschwiegen. Sie ließ nicht einmal eine kleine Pause entstehen, in der die Männer möglicherweise ein anderes Thema hätten aufgreifen können. Mit scheinbarer Gleichgültigkeit nahm sie einen Schluck Wasser, griff mit der Gabel Sauerkraut von ihrem Teller, platzierte ihre Frage als Aussage getarnt, und wechselte, ohne Maria dabei überhaupt anzuvisieren, abrupt das Thema.

„Du hast also einen Verehrer. *Wer is nachat der? Wie schreibt er sich?*[75]"

Maria schoss das Blut in die Wangen, so kräftig, dass ihr dabei heiß wurde. Sie konnte es genau fühlen und es war ihr zuwider, weil es eine unausgesprochene und viel zu umfangreiche Antwort auf die Frage war. Aber je mehr sie versuchte es zu unterdrücken, desto stärker schien sie zu glühen.

„Brauchst nicht rot zu werden. Du hast das Alter dazu." Vater Häring sprach in gleichgültigem Tonfall, aber Maria beschämte es bis auf die Knochen, dass überhaupt über sie und Fritz gesprochen wurde. Schließlich hatte sie alles gegeben, um diese unheilvolle Beziehung im Keim zu ersticken!

„Er war ein Verwundeter ... im Lazarett ... ein Schulterdurchschuss", murmelte sie, geschickt seinen Namen nicht preisgebend, denn das hätte schon zu viel Nähe verraten. Besser sie blieb so vage wie möglich. Dann fügte sie noch schnell hintan: „Aber ich habe ihn gleich fortgeschickt."

„So."

Vater Häring drückte mit diesem einen Wort mehr aus als jeder andere es mit tausend Phrasen hätte umschreiben können. Es war eine seiner typischen

---

[74] Dialekt: Gespräch
[75] Dialekt: Wer ist er? Wie schreibt er sich? = Wie heißt er mit Familiennamen?

Reaktionen, die sie schon als kleine Mädchen immer in ihrem Saft hatte schmoren lassen, bis sie gar waren und von selbst erzählt, was sie ursprünglich nicht hatten gestehen wollen. Das Geständnis hatte nie lange gewartet, und keine von ihnen hatte dem je entkommen können. Maria kannte das. Aber diesmal schwieg sie beharrlich.

„*Wo isna der dahoam?*[76]", forschte die Mutter wenig beeindruckt von Marias Antwort und weiterhin wie beiläufig. Aber gerade das machte Maria erst recht nervös. Sie biss sich auf die Lippen. Sie wusste genau, dass sie sich verriet, wenn sie ausführliche Antworten über Fritz gab. Damit gestand sie ein, dass sie ihn näher kannte. Aber auf die Frage der Mutter zu schweigen, dass durfte sie sich nicht erlauben. Und lügen kam nicht infrage, das wäre schon wieder eine Sünde gewesen.

„Aus Thüringen, glaub' ich." Maria überlegte, dass sie als Hilfsschwester so etwas durchaus auch wissen konnte. Das verriet nicht zu viel über ihre Beziehung. Wenn sie es so darstellte, dass er ihr einfach nachgelaufen war, ohne dass sie ihn je dazu ermuntert hätte, konnte das glaubhaft sein?

„*Geh!* Von so weit her!"

Ihre Mutter schaute sie jetzt das erste Mal direkt an. „Und der nimmt so einen weiten Weg auf sich und bringt dir einen *moarts*[77] Strauß? Der ist doch aus feiner Familie, so, wie der angezogen war. Und was die Blumen gekostet haben, ein Vermögen!"

Noch war der Ton ihrer Eltern unverfänglich. Noch waren sie nicht auf den kritischen Punkt gestoßen. Aber diese Frage würde kommen, das war so sicher wie das Amen am Ende des Vaterunsers. Maria musste das Gespräch dringlich im Keim ersticken, bevor sie bei diesem Thema überhaupt ankamen.

„Schon", gestand sie vorsichtig ein, „aber ich habe ihm gesagt, dass das mit uns nichts wird, dass er sich das aus dem Kopf schlagen soll."

Schon im nächsten Moment merkte sie, dass diese Antwort ein Fehler gewesen war.

„Warum?" Ihre Mutter hielt in jeder Bewegung inne und schaute sie forschend an, ruhig und ohne Ablass.

Maria duckte sich. Hätte ihre Mutter gefragt, ob sie Fritz nicht mochte, hätte sie es vielleicht sogar geschafft, mit einer knappen Lüge ein „nein" oder vielmehr ein „ja" hervorzuwürgen, jedenfalls eine knappe Bestätigung der Tatsache, dass nicht. Freilich hätte sie das beichten müssen, doch es wäre ja fast eine Notlüge gewesen, also mit ein paar Vater-Unser zu bereinigen. Zumindest vor sich selbst hätte sie sich möglicherweise mit einem freiwilligen Rosenkranz beruhigen können. Aber diese direkte offene Ein-Wort-Frage in Verbindung mit diesem Blick lieferte sie bitterer Bedrängnis aus. Sie brachte es einfach nicht fertig zu behaupten, dass sie Fritz nicht gernhatte. Nicht, weil es die viel größere Lüge

---

[76] Dialekt: Wo wohnt er? Wo ist er Zuhause?
[77] Dialekt: groß, enorm, abgeleitet von „mörderisch"

gewesen wäre, da mit mehr Worten ausgesprochen, sondern weil sie es nicht übers Herz brachte. Es kam ihr so vor, als würde sie sich gegen Gott selbst vergehen, wenn sie ihre Liebe in diesem Maße verleugnete. Die Liebe an sich war doch ein Gottesgeschenk, auch, wenn in ihrem Fall ein Irrtum vorlag. Ach, sie wurde ganz wirr im Kopf über diesen nicht aufzulösenden Widerspruch.

Sie saß noch immer vor einem leeren Teller und als sie erneute Tränen darauf tropfen sah, tat sie etwas für sie ganz Ungeheuerliches.

„Ein Protestant ist er!", schrie sie und sprang hoch. „So, jetzt wisst ihr es! Warum müsst ihr mich alle so quälen?! Der Fritz und ihr auch! Alle miteinander!"

Damit rannte sie aus der Stube und schlug die Tür so heftig hinter sich zu, dass sogar die Haustür draußen auf dem Flur in ihren Angeln wackelte. Anzeichen für den Schock, den sie mit diesem Verhalten am Tisch gewiss ausgelöst hatte, hatte sie nicht mehr sehen können. Doch sie fühlte sie, sogar noch durch die Wand und durch die Zimmerdecke nach oben in ihre kalte Schlafkammer, wo sie sich auf ihr Bett warf, wie eine dieser verzärtelten Gören der *Großkopferten*, die wegen jeder Kleinigkeit solche Szenen machten.

Das raue Klima der Oberpfalz konnte viel Schnee bringen; der frühe Wintereinbruch 1919 machte das Vorankommen auf den Straßen jedoch überall schwer.

Ida und Maria in Bedrängnis
Neumarkt, März 1919

Ida saß auf ihrem Bett. Zwischen ihren Fingern drehte sie den Ring. Es war ein 18-Karat-Goldring, mit filigranen Verzierungen zu beiden Seiten der Fassung, in der ein stattlicher Diamant funkelte. Immer wieder kreisten ihre Gedanken um die Frage, warum Gottfried ihr ausgerechnet dieses kostbare Familienerbstück, hatte überreichen müssen? Er hätte einen einfachen Ring wählen können. Das wäre weitaus weniger schwerwiegend für sie gewesen. Er hatte sie bekniet, den Ring zu behalten. Er hatte keine sofortige Antwort von ihr erwartet, war aufgesprungen, als er ihre Schockreaktion bemerkt hatte, hatte ihr versichert, dass er ihr alle Zeit der Welt lassen wolle. Sie hatte nicht einmal den Mund öffnen können, um Luft zu holen, gleich hatte er sie mit einem Wortschwall zum Schweigen gebracht. Sie solle den Ring derweilen in ihrer Tasche heimlich aufbewahren, bis sie ihn eines Tages hoffentlich als sichtbares Zeichen an ihren Finger stecken werde. Oder aber nicht. Aber er hoffe innigst, dass das nicht eintreten werde, sondern selbstverständlich, dass sie den Ring eines Tages tragen werde. Genauso hatte er sich das gedacht. Sie hatte es nicht übers Herz gebracht, ihm den Ring gleich wieder in die Hand zu drücken. Zunächst hatte sie geglaubt, dass es einfach schwacher Wille und Feigheit auf ihrer Seite war. Doch nun war sie sich darüber nicht mehr sicher. Nun grübelte sie nicht nur über die Frage des hohen Wertes dieses Objektes, sondern auch darüber, wie sie selbst empfand.

Martha fehlte ihr in dieser Lage mehr denn je. Mit ihr hätte sie dieses Dilemma erörtern können, im Zuge des Gespräches schnell Gewissheit erlangt. Doch ihre Schwester war nicht da.

Sie zog Briefpapier und Federhalter aus der Schublade ihres Schreibpults am Fenster, wo sie als Kind immer ihre Aufgaben gemacht hatte. Sie hatte es bisher durchgehalten, Martha nicht zu schreiben. Nun setzte sie die Feder an, doch es wollten keine Worte auf das Papier gelangen. Immer wieder setzte sie an. Und wieder ab. Gedankenversunken schaute sie vor sich hin. Bis Marthas Antwort auf diese Zeilen kommen würde, war bereits der Tag des Balls, auf den Gottfried sie eingeladen hatte. Außerdem, was konnte sie ihr schon raten? Dass sie ihr Herz fragen musste. Das wusste Ida selbst. Sie steckte den Federhalter wieder in den Ständer und ließ die Arme sinken.

Gottfried hatte gesagt, sie solle sich alle Zeit der Welt nehmen, in aller Ruhe in sich gehen, nicht antworten, bevor sie sich ganz sicher sei. Aber würde er nicht darauf achten, ob sie ihn mit oder ohne Ring am Finger auf den Ball begleitete? Freilich würde er!

Gereizt erhob sie sich wieder von ihrem Platz. Sie spürte richtig, wie sich die Wut in ihrer Kehle ballte, weil sie sich vor eine Entscheidung gestellt sah, die sie so nicht im Entferntesten hatte kommen sehen, und weil es abermals von außen auf sie niedergekommen war. Nichts, was sie selbst herbeigeführt hatte. Wieder einmal war es ein anderer, der in ihrem Leben herumfuhrwerkte. Auch, wenn

Gottfried ihr großzügig Zeit ließ, sie war abermals in Passivität gefangen zu wählen zwischen den Alternativen, die ein anderer ihr unterbreitet hatte.

***

Wallis Bericht war lückenlos:

„Es hat eine ganze Weile gebraucht, nachdem du weg warst, bis jemand am Tisch schließlich etwas gesagt hat. Dann hat die Mama gemeint: ‚Hat man da noch Worte! So ein Benehmen!'

Alle haben sich gegenseitig ganz lang verblüfft angeschaut. Nur ich bin sofort aufgesprungen und an den Spültisch gegangen, habe begonnen, abzuwaschen, weil ich mir gedacht hab', dass ich besser aus dem Weg bin, wenn ich mitbekommen will, was sie jetzt reden. Sonst schicken sie mich am End' noch hinaus, hab' ich gedacht.

Die Mama war die Erste, die dann wieder geredet hat, und sie hat wohl darüber nachgedacht, was du gesagt hast.

‚Oda recht hat's, de Bixn[78]!', hat sie nämlich gesagt. ‚Nochmal so an Protestanten! Naa! Wirklich ned! Womit hab' ich das bloß verdient? Warum straft mich der Herrgott a so?'

‚Er straft dich ja gar nicht', hat der Papa ganz ruhig gesagt, obwohl er auch ganz schön geschaut hat, als du so hinausgefegt bist. ‚Sie hat ihn ja gar nicht ins Haus gelassen.'

‚Das hätte gerade noch gefehlt!', hat die Mama bloß darauf gemeint und danach hat wieder keiner mehr was geredet. Dann hat die Mama aber doch wieder angefangen: ‚Gibt's denn keine braven Katholiken mehr in dieser Welt? Müssen's mit solche Halbchristen daherkommen!'

‚Mei, der Krieg halt', hat der Papa gemeint. Und da hat er schon recht. Sind ja so viele Männer gefallen, gell! Da muss man doch über jeden anständigen Menschen froh sein, der mit dem Leben davongekommen ist. Das hat der Onkel Wolfgang dann auch gesagt.

‚Wenigstens koar Jud[79]', hat er noch gemeint, und die Mama hat sich daraufhin gleich bekreuzigt und große Augen gemacht. Ich glaube, sie hat sich bei dem Gedanken noch mehr erschrocken und ehest still gebetet, dass ihr das bloß erspart bleibt. Jedenfalls hat der Onkel Wolfgang, als er mit dem Essen fertig war und noch ein Bier nachgeschenkt hat, gemeint, dass er dich noch nie so erlebt hat und dass du g'scheid verliebt sein musst, weil du dich gar so wie ein Derwisch aufgeführt hast, und das sonst doch gar nicht deine Art sei.

‚Das gibt sich schon wieder!', hat die Mama gleich zurückgegeben.

‚Bei dir hat's sich doch auch nicht gegeben', hat der Onkel gesagt und der Papa hat ihm auch recht gegeben, und die Mama sogar geneckt, dass sie sich doch auch

---

[78] Dialekt: Aber recht hat sie, das Mädchen; bixe = wenig schmeichelhafter Ausdruck für Mädchen
[79] Dialekt: Zumindest kein Jude!

immer noch gernhaben. Aber die Mama ist überhaupt nicht d'rauf eingegangen. Sie ist ganz schön aufgebraust.

,Das ist ja auch etwas anderes! Wir sind beide katholisch und haben vor Gott geheiratet, wie es sich gehört!'

,Ein Hoderlump[80] war er jedenfalls nicht', hat der Onkel so vor sich hinge-brummt. So fein, wie der angezogen war, und dann die teuren Blumen zu so einer Jahreszeit, der wär' vielleicht gar eine gute Partie g'wesen, hat er gemeint. Da hat sich die Mama dann doch gewiss einen Moment lang verführen lassen und hat dem Anschein nach gar überlegt, dass so ein Geldiger[81] in der Familie schon was wär'. Sie hat nämlich nicht gleich was d'rauf g'sagt. Aber dann hat's sie es sich doch überlegt und ist vom Tisch aufgesprungen, beinahe wie du vorher, bloß, dass sie nicht so geschrien hat.

,Ein Protestant kommt mir nicht ins Haus!'

,Geh Anna! Willst' denn noch eine Tochter ins Unglück stürzen?'

Der Onkel Wolfgang hat sein Bier ausgetrunken, hat seinen Hut aufgesetzt und ist aufgestanden. ,Reicht dir das Elend der einen ned?'

Da hat sich die Mama wieder hingesetzt und nichts mehr gesagt, und der Papa hat mich rausgeschickt, weil er in dem Moment zu mir 'rübergeschaut hat. Be-stimmt hat er gedacht, dass es besser wär', wenn ich das alles nicht höre. Aber da hab' ich schon genug mitbekommen, gell?

„Das hat der Onkel Wolfgang gesagt?", fragte Maria ihre Schwester immer wie-der. Stundenlang hatte Walli den Bericht schon wiederholen müssen, weil Maria es nicht glauben konnte. Immer wieder von vorne.

Maria lag mit offenen Augen und klopfendem Herzen in ihrem Bett, die Arme hinter dem Kopf verschränkt und starrte an die Decke.

„Die Mama hat darauf nichts mehr geantwortet, sagst du?"

Schweigen. Nur die gleichmäßigen Atemzüge ihrer Schwester drangen zu ihr herüber.

„Schläfst du?", insistierte sie noch einmal, erhielt aber keine Antwort, nur ein tiefes Brummen aus den Kissen. Walli drehte sich in ihrem Bett weg.

Maria seufzte.

Noch lange lag sie wach, starrte mit offenen Augen ins Dunkel. Der Onkel hat ihre Partei ergriffen! Das hätte sie nie gedacht, dass ihr Onkel Wolfgang sich so für sie einsetzen würde.

***

Es verging eine ganze Woche. Ihre Eltern hatten sich am nächsten Tag gege-ben wie immer, und auch am übernächsten, ebenso in den folgenden Tagen. Man sprach nicht davon. Zu Marias großer Verblüffung war sogar ihr empörend res-pektloses Verhalten ohne weitere Konsequenzen geblieben. Nichts im Hause

---

[80] Dialekt: Taugenichts
[81] Ein Reicher

Häring deutete auf den Vorfall von vor einer Woche hin. Wie ein Wischmopp den Küchenboden, so fegte der Alltag das Ereignis hinweg und ließ eine anschauliche Gleichgültigkeit herrschen.

In Maria jedoch keimte das unerwartete Wohlwollen, das der Onkel zutage gelegt hatte und trieb seltsame Blüten. Zunächst war es nur ein kleines Pflänzchen der Hoffnung. Doch seine Fürsprache in ihrer Abwesenheit wuchs in ihrer Fantasie zu größerem Ausmaß heran als sie es womöglich gewesen war. Die Erinnerung an Wallis Worte nährte genau die Hoffnung, die sie selbst zu töten versucht hatte, und mit jedem weiteren Tag, der verging, glaubte sie zunehmend mehr an die unerschütterliche Hilfe ihres Onkels Wolfgangs in der Angelegenheit. Nach fünf Tagen und vor allen Dingen Nächten, die sie schlecht oder gar nicht geschlafen hatte, war sie fest entschlossen, alles zu versuchen. Das war sie sich selbst und Fritz schuldig. Leiden konnte sie noch immer, wenn alles umsonst sein sollte. Warum sollte sie freiwillig ihr Herz brechen, wenn es vielleicht doch nicht unbedingt sein musste? Sie hatte keine Vorstellung davon, wie eine Lösung aussehen konnte und sie machte sich auch keine Gedanken darüber, denn sie vertraute voll und ganz auf den Onkel. Der würde schon wissen, was man tun konnte.

Aus diesem Grunde stand sie nun, am sechsten Abend nach dem Vorfall, im Schutz der Dämmerung und in einigem Abstand, vor dem Gasthof des Schwarzen Bären. Sie hatte die Augen zu Schlitzen verengt und versuchte, etwas zu erkennen. Fritz hatte gesagt, er würde nicht abreisen, bis sie zur Vernunft gekommen sei. Aber wer konnte schon sagen, was er wirklich getan hatte? Vielleicht hatte er es sich längst anders überlegt? Ihren Vater konnte sie schlecht fragen, im Gegenteil, sie musste achtsam sein, dass er sie hier, in der Nähe seines Arbeitsplatzes, nicht erwischte. Sie überlegte, ob sie nicht einen der Burschen, der hineinging, abpassen sollte? Einer, den sie kannte und dem sie den Auftrag erteilen konnte, Fritz herauszuholen. Vorausgesetzt, der Gast aus Thüringen war noch da und in seinem Zimmer. Sie warf einen Blick zu den Fenstern im ersten Stock. Dort brannte zweimal ein Licht, aber die Zimmer lagen weit auseinander. Eines davon mochte gut ein Anzeichen dafür sein, dass er noch da war. Die Fenster der Gaststube hingegen waren alle hell erleuchtet. Schemenhafte Schatten bewegten sich hinter den von Rauch vergilbten Gardinen. Es herrschte ungewöhnlich viel Bewegung dort.

Sie spähte abermals den Oberen Marktplatz nach einem bekannten Gesicht ab. Immer wieder kam jemand, doch bisher hatte sie keinem genug vertraut, um ihn anzusprechen, auch, wenn sie den einen oder anderen vom Sehen kannte.

Es erschien eine kleine Gruppe junger Männer, die vom Bahnhof her geschlendert kamen. Sie steuerten direkt auf den Gasthof zu. Dort war an diesem Abend irgendeine Kundgebung, das hatte ihr Vater erwähnt, von den Roten, den extremen Linken oder den Weißen, den Kaisertreuen, das wusste Maria nicht mehr, jedenfalls welche, die nicht an der Regierung waren. Seit dem Mord in München schienen nun viele das entstandene politische Vakuum für sich nutzen zu wollen. Überall gab es politische Treffen, Raufereien und Tumult. In Berlin rollten dröhnend Panzer durch Häuserschluchten, nicht wegen dem Bayrischen Vakuum freilich, sondern wegen deren eigener Probleme. Dort hatten die revolutionären Arbeiter zum Generalstreik aufgerufen. Sie riskierten ihr Leben, denn der Reichswehrminister hatte einen Schießbefehl ausgegeben, wie im Krieg. Jeder konnte von einem der Freikorps erschossen werden, und die zauderten nicht lange. Der Bürgerkrieg auf den Straßen war kein geglückter Auftakt für die junge Republik. Und nun war es so, dass dieses Klima nach Bayern geschwappt war und auch hier alles zu vergiften schien.

Am 3. März 1919 begann ein Generalstreik der Berliner Arbeiterschaft, der von Anhängern der KPD auch nach offizieller Beendigung am 8. März 1919 fortgeführt wurde und zu einer bewaffneten Auseinandersetzung mit Polizei und Regierungstruppen führte. Bereits am 3. März wurde der Ausnahmezustand über Berlin verhängt. Die gewalttätigen Kämpfe, die von den Regierungstruppen auf Grundlage des Befehls von Noske in aller Härte geführt wurden, kosteten ca. 1200 Menschen das Leben.

In Neumarkt war es bisher still geblieben. Die Mentalität der Oberpfälzer ließ sich nicht so schnell aus der Reserve locken. Da wollte man seine Ruhe, und jeder, der die stören wollte mit neuen, aufrührerischen Parolen, wurde mit Argwohn betrachtet. Das Leben war hart genug in dieser Gegend, man musste es nicht auch noch komplizierter machen wegen ein paar unsinniger Ideen.

Die Straße war ungewöhnlich belebt um diese Uhrzeit. Wieder tauchten Leute auf. Maria glaubte den Kameraden von Andres zu erkennen, der, der damals bei ihnen in der Stube gesessen und ihre Weihnachtsbratwürste verdrückt hatte. Wie hatte der noch gleich geheißen? Er lief in einer kleinen Gruppe direkt auf das Gasthaus zu. Maria machte nochmals einen Schritt zurück in die Dunkelheit, um nicht gesehen zu werden.

„Ein Held ist er!", tönte einer aus der Gruppe so laut, dass man ihn noch Straßen weiter hören musste.

„Es war aber auch höchste Zeit! Einer musste sich für diese Heldentat opfern!", stimmte ein anderer zu.

„Dass sie sein Rücktrittsschreiben in seiner Brusttasche gefunden hätten, behauptet man jetzt", brüstete sich ein Dritter. „Das glaubt doch kein Mensch! Das hat das rote Gesocks doch im Nachhinein hineingeschmuggelt, damit es so aussieht, als ob er zurücktreten wollte. Nie im Leben hätte der von alleine abgedankt! Da musste man schon nachhelfen!"

Die Burschen waren viel jünger als Andres' Kamerad. Sie waren allenfalls Schulbuben aus dem höheren Gymnasium. Nein, die konnte sie auf keinen Fall mit so einem Auftrag betrauen. Die Kerle verschwanden im Gasthaus. Für die Dauer, die die Tür offenstand, quoll Stimmengewirr auf die Straße zu Maria herüber.

Dann kamen drei junge Frauen schnatternd vom Unteren Markt herauf. Sie erkannte das Dienstmädchen Heidi und das der Familie Hahn, die Dritte hatte sie noch nie gesehen. Mit Erstaunen beobachtete sie, dass auch sie in den Gasthof eintraten. Alleine, ohne Begleitung! Na, die trauten sich was! Maria zog ihren Schal fester um die Schultern.

Wieder öffnete sich die Tür des Wirtshauses, diesmal von innen. Der kleine Sohn des Wirtes kam mit einem hohen, hölzernen Bierkrug heraus. Er hielt die Hand fest auf dem Deckel, damit er nichts verschüttete, als er die drei Stufen zum Gehsteig hinabsprang. Man hatte ihn offensichtlich auf einen Botengang geschickt. Maria überlegte, ob sie ihn auf seinem Rückweg abfangen sollte. Es war riskant, denn der Bub würde ihrem Vater alles brühwarm erzählen, sollte der ihn fragen. Aber immerhin würde er kein Gerede starten, wie ein Erwachsener. Der Krug wanderte ein paar Häuser weiter, wo er im Haus des Doktor Godlewski[82], eines jüdischen Rechtsanwalts, verschwand. Der Bub musste also gleich wieder zurück sein.

Doch bevor der Junge wieder auftauchte, sprang die schwere Tür des Bärengasthauses erneut auf und ein Mensch flog auf die Straße. Gleich darauf stolperten zwei der jungen Gymnasiasten die Treppen herab, und hinter ihnen nochmal zwei Kerle. Der Wirt erschien groß und breit im Rahmen der Tür und brüllte ihnen hinterher: *„Wenn's raffa woits, dann do afda Strassn. Ned in meiner Wirtschtumm![83]“*

Die Kerle schienen es sich angesichts der Lage aber anders zu überlegen. Zwei halfen dem am Boden liegenden auf, beschimpften dabei auf wüsteste Weise die politischen Kontrahenten, die mit ihnen hinausgeworfen worden waren. Die waren auch nicht auf den Mund gefallen und konterten mit derben Beleidigungen. Es erschienen ein paar Gesichter zwischen den Vorhängen hinter den Scheiben der Gaststube, deren Ausdruck Neugierde erkennen ließ. Aber als sich dort auf der Straße doch kein handgreifliches Spektakel auftat, ließen sie die Gardinen wieder fallen und wandten sich dem Geschehen im Inneren zu.

Maria hatte die Begebenheit von einem Hauseck im Schatten der Nacht, die mittlerweile hereingebrochen war, beobachtet. Der Schreck fuhr ihr jedoch in die Glieder, als sie bemerkte, dass die streitende Gruppe sich in ihre Richtung bewegte. Geschwind drehte sie sich um und wollte zügigen Schrittes fortgehen.

„He! Wo läufst du denn hin?“, stellte sich einer der Streithänsel ihr in den Weg, „dort ist die Veranstaltung!“

---

[82] Spätere Buchhandlung Bögl
[83] Dialekt: Wenn ihr raufen wollt, dann hier draußen auf der Straße. Nicht in meiner Wirtsstube!

Sofort nahm der Gegner es sich zur Aufgabe, die Ehre der Unbekannten zu verteidigen: „Lass die Frau in Ruhe, sonst setzt's doch noch was!"

Was sich schon in Auflösung befunden hatte, verdichtete sich damit nun abermals. Maria schlang ihr Schultertuch eng um sich, versuchte, um den Mann herumzulaufen, doch die Gruppe war so sehr mit ihren gegenseitigen Anfeindungen beschäftigt, dass sie gleich an den Nächsten stieß. Einer hatte geschubst. In ihrer Verzweiflung rannte sie schnurstracks zum Eingang des Gasthauses und schlüpfte geschwind durch die Tür in den Gang.

Die innere Flügeltür des Gastraumes stand weit offen. Man hatte zusätzliche Tische und Stühle aufgestellt und alle waren eng besetzt. Die Luft war zum Schneiden dick, Maria konnte im ersten Moment kaum atmen.

Sie blieb bei dem vollbehängten Kleiderständer stehen, der vom Schanktisch aus nicht eingesehen werden konnte. Dort stand Vater Häring und zapfte gerade mit der Geduld eines Schweizer Uhrmachers ein Bier. Der warme, rauchgeladene Mief raubte Maria noch immer den Atem. Sie fragte sich ernsthaft, wie ihr Vater tagein tagaus in solcher Luft seinen Dienst tun konnte? Ein Redner stand, mit den Armen aufgestützt, an einem Tisch. Er sprach von dem heimtückischen Mord an Eisner und dass man gerade jetzt Ruhe bewahren müsse, die Sache der Demokratie mit Vernunft vorantreiben. Seine Worte waren begleitet vom Gemurmel der Gäste, die an den Tischen immer wieder ihre Meinungen dazu austauschten. Man ging nicht mehr zum Tanzen oder ins Kino, man ging jetzt zu politischen Veranstaltungen.

Jemand winkte ihr aus dem Meer der Köpfe zu. Es waren die Mädchen, die sie an ihren Tisch wedelten. Maria schüttelte den Kopf, sie wagte sich nicht weg hinter dem Sichtschutz der geballt übereinander geschlichteten Mäntel und Jacken. Sie wollte sowieso nur abwarten, bis sich der Ärger draußen gelegt haben würde, damit sie dort auf den Buben warten konnte. Sie drückte die schwere Tür nach Draußen einen Spalt auf und spähte vorsichtig hinaus, als sich eine Hand auf ihre Schulter legte.

Maria fuhr hoch und herum, und stieß dabei frontal an die Person hinter sich.

„Maria!", lächelte Friedrich über das ganze Gesicht. „Du hast es dir überlegt! Ich freue mich so!"

„Fritz!"

Sie fing sich schnell von dem kleinen Schreck und zog ihn nach hinten in die Tiefe des Ganges auf der anderen Seite der Mauer zur Gaststube. Wenn auch unverhofft, so war es doch nicht völlig überraschend für sie, ihn hier vorzufinden. Dieses Wiedersehen war zwar ein wenig plötzlich, aber schließlich war es ihr Ansinnen gewesen, ihn zu finden.

„Ich bin froh, dass du noch da bist!"

Sie küsste sein Gesicht ab, wie man das eines Kindes abküsst, das man verloren und nach langer Suche wieder gefunden hat. Zwischen diesen Küssen warf sie Wortfetzen heraus, die jeden Zuhörer – selbst, wenn er des Dialekts kundig gewesen wäre, was bei dem Empfänger der Liebkosungen ja nicht der Fall war, – vor ein Rätsel gestellt hätten.

„*Her her! ... Es is wos g'scheng! ... Lus! ...*".

Er guckte sie entsprechend verdutzt an und erst dadurch merkte sie, dass sie in der Aufregung in tiefstem Dialekt dahergeredet hatte.

„Was für ein Glück, dass ich zweisprachig bin!", lachte sie über sich selbst. „Hör her! Es ist etwas geschehen. Hör mir zu!"

In Neumarkt (hier Oberer Markt) blieb die Situation relativ ruhig. Man beobachtete die Unruhen im Lande aus der Distanz der Kleinstadt, wo die Bürger mit dem eigenen Überleben vollauf beschäftigt waren.

Tage der Angst
Neumarkt, April 1919

Ida stand am Tisch und schälte verschrumpelte Kartoffeln, als draußen im Saal, der noch immer voll belegt mit Verletzten und Grippeerkrankten war, befremdende Unruhe zu vernehmen war. Die Frauen in der Küche hoben die Köpfe und lauschten. In diesem Moment flog die Küchentür auf. Der alte Wärter wedelte mit einem roten Tuch durch die Luft, hob seine Maske vor dem Mund gerade so weit an, dass er sprechen und verstanden werden konnte, und warf einen Satz in die Küche, ganz wie ein Zeitungsjunge auf der Straße der großen Städte, der die aktuellen Schlagzeilen hinausposaunte: „In München wurde die Bayrische Räterepublik ausgerufen!" Dann klappte er die Maske wieder herunter und war auch schon wieder draußen. Er hechtete weiter, seine Neuigkeit zu verbreiten.

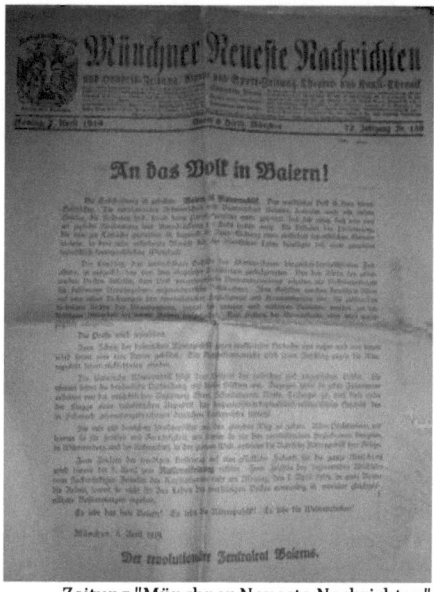

Zeitung "Münchner Neueste Nachrichten" vom 7. April 1919: Deklaration der Bayrischen Räterepublik;

Ida glitt das Messer aus der Hand. Es fiel in den Topf mit den geputzten Kartoffeln. Sie wandte sich um zu den anderen Frauen, stützte sich mit beiden Händen hinter sich am Tisch, damit sie nicht vor Schreck das Gleichgewicht verlieren mochte. Alle standen wie im Märchen des Dornröschens, wie durch ein Zauberwort, in ihrer Bewegung angehalten da.

„Was bedeutet das?", wagte das neue Küchenmädchen als Einzige vorsichtig zu fragen. Sie war mager und blass, sah deshalb viel jünger aus als sie tatsächlich war, fast noch wie ein Kind. Das lag unter Umständen an der mangelnden Nahrung, oder sie hatte die Schwindsucht, oder beides. Das war in diesen Tagen nicht so selten. Sie war die Einzige, die noch nicht wusste, dass die Chefin der Küche es nicht duldete, dass man bei der Arbeit unnötig redete. Es war offensichtlich, dass diese selbst überrascht war.

„Die Kommunisten rücken näher!", weissagte Eine vom Spülbecken her, jetzt, da das Mädchen den Mund aufgemacht hatte. „Ihr werdet es schon sehen! Lange wird es jetzt nicht mehr dauern!"

Es war nicht ersichtlich, ob sie dies bedauerte, fürchtete oder gar begrüßte. Sie machte jedenfalls ein Gesicht von großer Wichtigkeit.

„Redet keinen Unsinn!", fing sich die Köchin schon wieder von ihrem eigenen anfänglichen Verdutzen. „In diesen Tagen gibt's doch ständig was anderes! Heute so, morgen so, übermorgen schon wieder anders. *Schaun' mer mal, dann sen mas scho!*[84] Nichts wird so heiß gegessen, wie es gekocht wird. Arbeitet weiter, los los!"

Sie wedelte mit der Messerspitze durch die Luft in Richtung der Mädchen ringsum. Gehorsam machten diese sich wieder an die Arbeit.

Alle, bis auf Ida. Sie stand weiter wie in Eis erstarrt da. Sie konnte es nicht fassen, dass niemand zu verstehen schien, was diese Nachricht bedeutete. Die Kommunisten würden sich jetzt nicht mehr aufhalten lassen, sie würden das Kommando bald überall ganz übernehmen. Zustände wie in Russland waren unaufhaltsam!

„Ich muss sofort nach Hause!"

Ida riss sich die Schürze vom Leib, als hätte diese Feuer gefangen. Diese Bauerntrampel mochten der Neuigkeit gelassen gegenüberstehen. Sie nicht! Nun war der Kommunismus doch so nahe gerückt! Das, was sie wie die Pest gefürchtet hatte, war nun eingetreten. Als Bürgertochter würden die sie doch sofort herausfischen, verschleppen und lynchen. Das kannte man doch! Und die Weiber hier würden vielleicht sogar noch mit dem Finger auf sie zeigen, damit man sie auch ja nicht übersah. Keine Minute wollte sie länger hierbleiben, das auch noch tatenlos abwarten!

„Ich muss unverzüglich nach Hause!" Und mit einem „Sofort!" flüchtete sie zur Tür hinaus, bevor die zunächst noch platte Küchenchefin sie groß aufhalten konnte.

Ida eilte durch den Saal ohne links und rechts zu schauen, hinaus auf die Straße. Sie raffte ihre Röcke und rannte los. Es war ihr gleichgültig, ob man ihr kopfschüttelnd hinterher sah. Sollten sie ruhig! Die Gaffer von heute würden morgen die Flucht ergreifen, da war Ida sich sicher. Schon bald würde sich niemand mehr wundern!

Als sie in der Hindenburgstraße ankam, musste sie vor dem Haus völlig außer Atem stehenbleiben, sich mit den Händen auf ihren Knien aufstützen wie ein verausgabter Marathonläufer. Sie rang nach Luft. Ihre Lungen pfiffen wie ein Wasserkessel auf dem Herd. Sie riss sich die Maske vom Gesicht. In der Aufregung hatte sie vergessen, sie abzunehmen. Ihre Haarnadeln waren alle aus ihrer Frisur gefallen, bildeten eine Spur vom Lazarett bis zur Hindenburgstraße. Die letzte fiel direkt vor ihr auf das Pflaster. Sie ließ sie liegen. Ihr langes Haar hing ihr wirr auf die Schultern.

Kaum hatte sich ihr Körper ein wenig erholt, jagte sie weiter die Stufen hinauf zur Wohnung im ersten Stock. Sie nahm nicht den Dienstboteneingang, sondern den offiziellen, läutete Sturm und hämmerte gleichzeitig an die Tür.

„Was ist denn das für ein Aufruhr!"

---

[84] Dialekt: Schauen wir, dann werden wir sehen!

Ihre Stiefmutter stand im Gang, die Hände in die Hüften gestützt, ihre Augen schossen Pfeile der Entrüstung auf Ida ab. „Ja, um Gottes Willen! Ida! Wie siehst du aus! Was ist denn das für ein Aufzug?"

„Man hat in München die Räterepublik ausgerufen! Jetzt ist alles aus!"

Die Stiefmutter wurde so weiß wie die edle Spitze um ihren Kragen. Sie schlug die Hand vor den Mund.

Ida drang an ihr vorbei in die Wohnung.

Das Dienstmädchen Heidi stand noch immer mit der Türklinke in der Hand an der sperrangelweit offenstehenden Tür. Nun drückte sie sie behutsam ins Schloss, warf den Kopf in den Nacken, drehte sich langsam um und ging erhobenen Hauptes an den beiden Damen des Hauses vorbei. Sie sagte kein Wort, aber sie senkte nicht die Augen, sondern schaute beide direkt an, als sie an ihnen vorüberging.

Lastwagen mit Revolutionären in München;

***

„Es ist noch nicht alles verloren."

Direktor Heym saß hinter seinem Schreibtisch. Er sprach gefasst und sehr leise, wie immer, wenn man in der Familie darauf bedacht war, dass das Mädchen möglicherweise an der Tür lauschen konnte. Was er zu sagen hatte, war nicht für deren Ohren bestimmt. Er hatte seine Frau und Ida in die Bibliothek gebeten. Alleine das war für beide Anlass zur Beunruhigung.

Seine Frau, die auf dem Ohrensessel neben dem Fenster Platz genommen hatte, hielt die Hand ans Ohr, weil sie kaum verstehen konnte, was ihr Mann von sich gab. Er winkte sie mit der Hand heran und wies ihr den Stuhl neben Ida zu.

„Es ist noch nicht alles verloren", wiederholte er in gedämpftem Ton. „Man wird paramilitärische Truppen aus Bamberg schicken. Hoffmann[85] und sein Kabinett dort werden sich die gewaltsame Absetzung nicht gefallen lassen. Schon die Tatsache, dass sie sich dahin zurückziehen mussten, ist eine Schande! In Kürze kommen auch Reichswehrtruppen von der Regierung zur Hilfe, das weiß ich aus verlässlicher Quelle. Man muss also abwarten. In ein paar Tagen werden wir mehr wissen. Dennoch …", er warf einen kontrollierenden Blick zur Tür und sprach in noch leiserem Ton weiter als er ohnehin schon angeschlagen hatte, „… sollten wir gewisse Vorbereitungen treffen. Ich habe schon mit Geneviève gesprochen. Sie wird alles Nötige veranlassen, dass wir uns vorübergehend bei ihr aufhalten können, sollte das nötig werden. Haltet auf jeden Fall eure Pässe immer griffbereit bei euch. Und näht den Schmuck und kleine Wertgegenstände in eure Unterröcke! Zu Lissy und Walty kein Wort darüber! Sie könnten in ihrer jugendlichen Naivität unvorsichtig plaudern."

„Um Gottes Willen!" Frau Direktor Heym sackte auf den Stuhl neben Ida als wäre ihr Korsett soeben zusammengebrochen. „Flucht! So weit ist es also gekommen! Wir müssen fliehen? Wie in Russland, mein Gott, wie in Russland!"

Sie brach in Tränen aus und hielt sich die Hände vors Gesicht. Direktor Heym schaute unwillig drein. Das konnte er offensichtlich in diesem Moment gar nicht brauchen. Jedoch erhob er sich, ging um seinen Schreibtisch herum und legte seiner schluchzenden Frau ein wenig unbeholfen die Hand auf die Schulter. Er wirkte dabei beinahe hilflos, doch er hielt es wohl für wichtig, dass diese nicht völlig die Nerven verlor und sich vor allen Dingen nicht weiterhin so lärmend gab.

Ida hatte ihre Stiefmutter noch nie ohne steinharte, kerzengerade Haltung erlebt. Entsprechend erschrocken beobachtete sie die Szene. Was jedoch noch viel beunruhigender war, war die Geste der Zärtlichkeit, die ihr Vater zutage förderte. Beide Elternteile zeigten Schwächen, die Ida noch nie an ihnen beobachten konnte. Die Lage musste demnach ernster sein als sie selbst gedacht hatte. Dabei hatte sie sich diese längst in den düstersten Farben ausgemalt.

Zu ihrer eigenen Überraschung kam ihr Gottfried plötzlich in den Sinn. Sie konnte doch unmöglich einfach abreisen, womöglich für immer, ohne ihm zumindest vorher Bescheid zu sagen! Das ging doch nicht. Schon gar nicht mit einem so kostbaren Erbstück seiner Familie in der Tasche! Sie wusste ja noch nicht einmal, ob sie diesen Ring behalten wollte?

„Was ist mit Martha?", murmelten ihre Lippen wie von selbst. Dieser Gedanke sprang sie als nächstes an, und sie war selbst verwundert, dass ihr erster Gedanke Gottfried und nicht, wie sonst, ihrer Schwester gegolten hatte. Sie schaute auf zu ihrem Vater, auf dessen Stirn die altbekannte Längsfalte erschien, die immer finstere Gedanken erkennen ließ.

---

[85] Amtierender Nachfolger Kurt Eisners, der seinen Amtssitz nach Bamberg verlegen musste.

„Ja ... Martha ...," er sprach nicht augenblicklich weiter. Er musterte Ida. „Ruf sie im Kloster an! Sie soll kommen! Auf dich wird sie hoffentlich hören. Du kannst das Telefon in der Brauerei benutzen."

Ida wurde von einer Welle der Dankbarkeit überflutet, die ihr beinahe Wasser in die Augen trieb. Weniger, weil sie ihre Schwester ganz offiziell aus dem Kloster zurück in die Familie befehlen konnte, vielmehr, weil ihr Vater diesen einen, in sie Vertrauen setzenden Satz ausgesprochen hatte. Es benötigt Krisen, um gewisse Dinge sichtbar zu machen und diese Krise brachte unerwartet hervor, dass ihr Vater ihre, Idas Qualitäten, doch zu sehen schien. Er vertraute ihr. Er bat sie, ihm zuzuarbeiten. In dieser Lage, wo selbst auf seine Frau, die immer noch haltlos schluchzte, kein Verlass zu sein schien, war sie, Ida, die einzige Stütze, auf die er noch bauen konnte. Sie wandte den Kopf zur Seite, damit er ihre Emotion nicht entdecken würde. Er hätte es für Schwäche gehalten, und sie hätte sein Wohlwollen damit sofort wieder verloren. Noch ein Weib in Tränen hätte ihn vermutlich überfordert.

„Ich werde den Wagen vorbereiten lassen. Alles muss aber dennoch weiterhin seinen gewohnten Gang gehen." Prüfend betrachtete Vater Heym seine Frau, bevor er vorsichtig die Hand zurückzog. Sie kramte ein Taschentuch hervor, tupfte sich Augen und Nase trocken, hob den Kopf in den Nacken: „Es geht schon wieder. Verzeih, ich habe für einen Moment die Fassung verloren. Es ist ja aber auch zu schrecklich! Zu schrecklich!"

Direktor Heym ließ sich wieder auf seinem Sessel hinter dem Schreibtisch nieder, stützte seine Ellenbogen auf der Schonmatte vor sich auf, legte sein Kinn auf seine Hände und schaute nachdenklich vor sich hin.

„Beten wir, dass unsere Flucht nicht nötig sein wird. Sonst verlieren wir möglicherweise auch noch die Brauerei."

***

Ida hatte es geahnt. Nein gefürchtet. Beinahe so sehr, wie sie die Lage in München fürchtete. Martha zeigte sich in dem Telefonat, das Ida noch am selben Abend mit ihr führte, nicht einsichtig. Sie schien dort, in der Abgeschiedenheit des Klosters, solchermaßen fernab von jeder Realität, dass selbst Idas drastische Schilderungen ihr wenig Eindruck zu machen schienen. Dabei waren gerade Klöster, wie man wusste, nicht vor den Gewalttaten der Kommunisten sicher. Außerdem gab es auch in der Schweiz Klosterleben! Es musste doch nicht dieses eine in Regensburg sein? Aber dieser Gedanke entlockte Martha ein kleines Lachen und ein „Ach, Ida".

In ihrer Verzweiflung griff Ida schließlich zum letzten Mittel: „Vater lässt dir ausrichten, dass du dich sofort und ohne Widerrede in der Wohnung in der Hindenburgstraße einzufinden hast."

Die folgende Stille ließ Ida beinahe glauben, die Leitung wäre unterbrochen worden.

„Hallo?", trat sie ganz nah an das Muschelrohr des Apparats. Am anderen Ende der Leitung waren nur tiefe Atemzüge zu vernehmen.

Als Martha schließlich ihr Schweigen brach, klang ihre Stimme so andächtig, als verkünde sie einen Vers aus der Bibel. Doch ihre Botschaft war keine Frohe. „Wenn Vater darauf besteht, dann muss er mich polizeilich holen lassen. Ich habe mich entschieden. Ich will als Novizin ins Kloster eintreten. Ich werde zum katholischen Glauben konvertieren, Ida. Wenn er mich zwingen will, so muss er das tun. Das neue Gesetz der Volljährigkeit schenkt mir aber diese Hoffnung.[86]"

„Was redest du denn da?", erboste sich Ida, obwohl sie sich fest vorgenommen hatte, ganz ruhig und überlegt zu bleiben, aber Marthas ungeheuerliche Haltung und ihr Ungehorsam erschreckten sie. Nicht zuletzt auch deswegen, weil Marthas Antwort die endgültige Trennung von ihr, Ida, bedeutete. Für immer. Und das in dieser Lage! „Du bist erst achtzehn Jahre alt! Du bist auch nach diesem neuen Gesetz noch unmündig! Einundzwanzig! Das sind noch drei ganze Jahre hin!"

Im Gegensatz zu ihr verlor ihre Gesprächspartnerin in am anderen Ende der Leitung nicht an Haltung, sprach weiterhin gefestigt, distanziert und beinahe kühl, als könnten sie die dicken Klostermauern vor jeder Gefahr von außen beschützen, ja, als nähme sie diese Gefahren jenseits der Mauern nicht einmal wahr. Weder Idas krasse Schilderungen über die aktuelle Lage der Familie, noch ihr Appellieren an die schwesterliche Nähe schienen diese zu erreichen. Es prallte ab an Marthas ruhiger, bestimmter und ungekünstelter Gleichgültigkeit gegenüber diesen Dingen.

„Hier lernt man die Welt und die Menschen darin, alles, was sie tun, das Schöne und das Schreckliche, was man selbst tut oder nicht tut, ja die Zeit selbst, ich möchte fast sagen, besonders die Zeit, mit ganz anderen Augen zu sehen, Ida," erklärte Martha mit freudiger Stimme, ganz so, als wollte sie ihre Schwester überzeugen, ihr in diesem Schritt zu folgen.

Sie erreichte damit nur, dass Idas Bestürzung ins Unermessliche wuchs. Sie hatte den Eindruck mit einem Wesen aus dem Jenseits zu sprechen, das man in einer Séance mühsam herbeigerufen hat, um es dann nach einigen zu entschlüsselnden Worten wieder ziehen zu lassen. Gerne hätte sie die schmerzhaft fehlende Nähe, die sich in diesem Gespräch nicht einstellen wollte, dem Tatbestand des Telefons zugeschrieben. Aber Ida wusste nur zu gut, dass dies nicht der Grund war.

„Ach Ida!", seufzte es wie glücklich am anderen Ende der Verbindung, als Ida keine weiteren Argumente in die Schale warf, weil sie intuitiv begriff, dass es zwecklos war. „Es ist unerheblich, ob volljährig oder nicht, völlig unerheblich. Nicht in dieser Frage, verstehst du? Drei Jahre: Das ist nur ein Zeitmaß, das besagt nichts. Es ändert nichts."

---

[86] Seit Februar 1919 war das neue Gesetz in Kraft, das die Volljährigkeit von 24 auf 21 Jahre herabsetzte.

Das alles Elend der Welt gleichgültig überspannende Himmelsdach, unter dem man seit Monaten lebte, mordete, und starb, dieses kalte Grau in Grau, dieser gesamte Himmel mit seiner regenschweren Last stürzte in diesem Augenblick scheinbar über Ida zusammen. Sie war kaum noch in der Lage, die runde Hörmuschel mit der Hand am Ohr zu halten.

„Du weißt ja gar nicht, was du uns allen damit antust, Martha! Unserem Vater und mir auch", murmelte sie. Sie hatte verstanden, noch bevor Martha zu Ende geredet hatte, dass es sinnlos war, ihre Schwester weiter davon noch abbringen zu wollen.

„Doch Ida, das weiß ich."

„Nein Martha, das meinst du nur! Du hast keine Ahnung, wovon du sprichst! Adieu."

Ida hängte ohne weitere Worte den Hörer in die Gabel ein. Lange starrte sie vor sich hin. Ihre Schwester opferte willig die innige Beziehung von einst, die sie verbunden hatte. Auch wenn es einer höheren Sache dienen mochte, das machte es nicht leichter für Ida. Darüber hinaus hatte sie nun die undankbare Aufgabe, diese schlimme Nachricht ihrem Vater überbringen zu müssen. Er würde es ihr ankreiden. Er würde es als ihr Versagen betrachten. Die Schuld für seinen Schmerz würde Ida verantworten müssen, obwohl es doch Martha war, die ihm diesen zufügte. So war es immer gewesen. Ida begriff, dass es besser gewesen wäre, sie hätte nie in diesem Wohlwollen des Vaters gebadet. Es würde umso schlimmer werden, aus dieser Wärme wieder verstoßen zu werden.

Vielleicht war ihre Reaktion, das Telefonat so abrupt zu beenden, eine impulsive Rache gewesen, weil sie gewollt hatte, dass auch Martha leiden sollte. Rachsucht war kein schöner Charakterzug, nein. Aber es war nur ein weiterer Makel an ihr. Warum sollte der also groß ins Gewicht fallen?

***

Einige Tage später übernahmen führende KPD-Mitglieder offiziell die Regierung in München. In Neumarkt wurde die Aufstellung von Einwohnerwehren zur Aufrechterhaltung der polizeilichen Ruhe und Ordnung gestattet. Arbeiter, Bürger, Beamte, speziell solche, welche gedient hatten, wollten sich sofort und zahlreich beim hiesigen Garnisonskommando im Reservelazarett anmelden, wo auch die näheren Auskünfte erteilt wurden.

Direktor Heym befahl Ida, ihre Arbeit im Lazarett wie gewohnt zu verrichten. Zum einen, weil es galt, den Anschein des Gewohnten aufrecht zu erhalten, zum anderen jedoch, weil sie dort hautnah mitbekommen würde, was diese Bürgerwehr veranstaltete. Man durfte niemandem trauen in diesen Tagen.

Ida hütete sich sorglich, den Auftrag abermals als ein Zeichen der Zuwendung zu interpretieren. Zu deutlich hatte sie noch den Moment vor Augen, als sie ihrem Vater Marthas Antwort übermittelt hatte. Seine Wangen waren plötzlich eingefallen, hatten Hohlräume gebildet wie ein zusammengefallenes Soufflé, der Ausdruck seiner Augen war ins Innere entflohen, seine Mundwinkel hatten kaum merklich gezittert – aber es war ihr nicht entgangen –, sein gesamter Körper war wie in sich zusammengesunken. Er war in wenigen Momenten um Jahre gealtert. Er hatte sie, Ida, gar nicht mehr wahrgenommen, war in diesem Zustand sitzengeblieben und hatte nichts mehr gesagt. Es war ein Rückzug seiner Zuneigung auf ganzer Linie gewesen. Sichtbar, fühlbar, ja beinahe hörbar durch die unerträgliche Stille, die gefolgt war. Ida war hinausgegangen und hatte ihm ein Glas Wasser gebracht. Er hatte es entgegengenommen wie von einem Dienstboten, hatte sie mit der Hand auch hinausgewinkt wie einen solchen.

In der Lazarettküche gab Ida später vor, plötzliche Krämpfe hätten sie damals nach Hause laufen lassen. So etwas konnte man als Frau als Entschuldigung immer anbringen, dachte sie. Das war glaubhaft. Aber sie hatte nicht mit der Häme der anderen Mädchen gerechnet. Sie machten sich lustig über die verzärtelten Bürgersfrauen, die sich beim kleinsten Übel sofort ins Bett legen mussten. Was sollten sie, die einfachen Arbeiterinnen und Bauerntöchter da sagen! So ein bisschen Monatsbeschwerden, das war doch nichts! Deswegen so einen Aufstand zu machen! Ida ließ es über sich ergehen. Sie musste ihnen im Stillen sogar recht geben. Es war eine dumme Ausrede gewesen. Nie hatte sie sich wegen so etwas je vor einer Pflicht gedrückt. Das wäre auch im Hause Heym undenkbar gewesen. Aber lieber ertrug sie das Lästern, als dass sie die Wahrheit gestanden hätte. Dafür war ihr zu bange.

***

Einmarsch der Reichswehr auf dem Marienplatz, München;
Während auf den Straßen Münchens und im Alpenvorland blutige Kämpfe tobten, waren die folgenden zwei Wochen in Neumarkt bestimmt von Ruhe.

Mochte die Bürgerwehr glauben, dass dies ihrer Anwesenheit zu verdanken war, sie hatten jedenfalls nicht viel zu tun. Man mochte es Besonnenheit nennen, doch die Wahrheit war, dass die Menschen der Kämpfe müde waren. Es beherrschte sie die Sehnsucht nach dem gewohnten Leben, das in der Oberpfalz ja an sich schon kein Zuckerschlecken war.

In der Familie Häring war die Nachricht über die Unruhen in München vor allem mit der Sorge um Helene verbunden. Politische Fragen mussten da zurückstehen. Vater Häring war der Überlegung verfallen, selbst in die Landeshauptstadt zu reisen, weil man nichts von ihr hörte. Kein Brief, kein Telegramm, kein Anruf, nichts. Der Versuch, sie im Hotel über das dortige Telefon zu sprechen, war fehlgeschlagen. Die Vermutung lag nahe, dass die Leitungen gekappt waren. Das war zwar eine schlüssige Erklärung, aber alles andere als beruhigend.

Auch Maria war durch diese Besorgnis abgelenkt von ihrer eigenen Nervosität. Sie und Fritz hatten – kaum, dass Maria ihn über ihre Hoffnung in Kenntnis gesetzt hatte, dass ihre Verbindung unter Umständen doch möglich werden konnte – den Onkel Wolfgang in Nabburg aus dem Postamt angerufen. Das war natürlich ein größeres Unterfangen gewesen, weil man den Onkel in der dortigen Poststelle erst einmal an den Apparat bestellen musste. Drei Anrufe waren nötig gewesen, bis sie sein besorgtes „Hallo, Maria? Ist etwas Schlimmes passiert?" endlich gehört hatten. Als sie ihn beruhigt und ihm ihr Anliegen geschildert hatte, hatte er ihre Euphorie sogleich ausgebremst. Er wolle schon mit seiner Schwester sprechen, freilich, das wolle er für Maria tun. Aber wegen so etwas könne er natürlich nicht extra nach Neumarkt fahren. Da müssten sich die Zwei schon bis Juni gedulden. Das sei das nächste Mal, wenn er zum Hausschlachten auf den Hennenhof käme, hatte er laut nachgedacht. Da möge man so einen Gedanken anbringen, ganz in der Arbeit und wie nebenher durch den Kopf gegangen. Das wäre sowieso am besten, da falle das nicht ins Gewicht, da sei die Mama beschäftigt mit anderem.

Also geduldeten sich Fritz und Maria. Er war abgereist zu seiner Familie nach Thüringen, und sie seitdem ihrer Arbeit nachgegangen, nun jedoch die Brust voll berstender Hoffnung. Nun tauschten sie sich in Briefen aus. Maria ließ sich die ihren ins Lazarett schicken, und eilte täglich voller Vorfreude zur Poststation, denn Fritz schrieb fleißig. Seitdem war Maria erfüllt von keinem anderen Gedanken, als dass endlich der Schlachttag kommen möge. Doch nun gab der Bürgerkrieg da unten in München Anlass zu großer Angst um Helene, und das drängte ihre eigene Sorge in den Hintergrund.

Es war der dritte Mai, ein kalter, verregneter Tag, nicht anders, als das Wettereinerlei der letzten Wochen. Maria breitete ihr Schultertuch wie ein Segeldach über den Kopf und wollte gerade die wenigen Schritte vom Lazaretteingang hinüber zum Elternhaus durch den Regen eilen, als jemand von der Straßenseite dicht an sie herantrat. So dicht, dass sie erschrocken einen Sprung zur Seite machte.

„Maria? Maria Häring?", raunte ihr ein Unbekannter mit harscher Stimme zu. Er war ihrem Schritt gefolgt und stand nun direkt vor ihr. In ihrer Überraschung antwortete sie reflexartig, lehnte sich nach hinten zurück, ohne ihre Füße zu bewegen: „Ja?"

Erst dann betrachtete sie den Mann genauer. Seine Kleidung hing an ihm wie nasse Wäsche an der Leine, nur dass sie vor Dreck strotzte. Man fragte sich, ob sein klappriges Knochengestell die Kleidung hielt, oder eher umgekehrt, so verkrustet war der Stoff. Er stank wie ein verwester Marder, hatte einen ebenso üblen Atem und schaute sie aus dunklen, düsteren Augen an. Einen Moment lang dachte sie, er sei einer, der sich verirrt hatte und zu spät aus dem Krieg zurückgekommen war. Sie wollte ihm schon fast den Weg ins Lazarett weisen.

„Das ist für Sie!"

Der Kerl steckte ihr etwas zu, drehte ab, huschte zurück durch den Regen die Gasse entlang und verschwand bei der Synagoge um die Ecke. Er war so schnell wieder verschwunden, wie er aufgetaucht war.

Maria starrte auf ein schmutziges, zerknittertes, durchnässtes Kuvert in ihrer Hand.

Max Levien (1885 in Moskau; † 1937 in der Sowjetunion) war ein deutsch-russischer Kommunist. Zum Jahreswechsel 1918/19 war er einer der Mitbegründer der Kommunistischen Partei Deutschlands. Als erster Parteivorsitzender der KPD in Bayern war er im April 1919 einer der Protagonisten der Münchner Räterepublik.

Dr. Max Levien
geb. 21. Mai 1885 in Moskau, neben Leviné der gefürchtetste Kommunistenführer der bayer. Räterepublik, auf dessen Ergreifung 30 000 M. Belohnung ausgesetzt sind

Alles andere als ein Wonnemonat
Neumarkt, Mai 1919

Maria eilte nach Hause. Sie war, wie meistens, die erste, die von der Arbeit heimkehrte. Sie schürte den Holzherd an, weil alles in der Stube sich klamm und kalt anfühlte. Im Mai zu heizen war ein Luxus, und viel Vorrat an gehacktem Holz war auch nicht mehr da, aber sie fror bis auf die Knochen. Diese andauernde Nässe kroch in jede Faser des Körpers, und irgendwann vermochte dieser einfach nicht mehr, sich dagegen zu erwärmen. Den ganzen Tag war ihr schon so gewesen. Sie fürchtete, sich erkältet oder gar angesteckt zu haben. Einen flüchtigen Gedanken lang dachte sie sogar, dass sie sich diese schreckliche Grippe nun doch noch eingefangen hatte. Verwunderlich wäre es nicht gewesen. Es waren viele junge Frauen daran schon elendig zugrunde gegangen.

Sobald der erste Scheit loderte, zog sie den Brief aus ihrer Schürze und drehte das feuchte Stück Papier unschlüssig in ihren Händen. Das Kuvert enthielt keine weiteren Informationen, keine Adresse, keinen Absender, es war ein unbeschriebener Briefumschlag, der ebenso dreckig und elendig aussah, wie der Überbringer es getan hatte. Mit spitzen Fingern zog sie bedacht den Bogen Papier heraus und strich ihn behutsam auf dem Tisch glatt, ohne die Tinte zu verwischen. Sie erkannte Helenes Schrift.

Ein Lebenszeichen ihrer Schwester aus München, wie gut! Doch warum war der Brief auf so geheimnisvolle Art zu ihnen gelangt? Mit einigem Maß an Bedenken faltete sie Helenes Botschaft auseinander. Manche Wörter waren durch die Nässe verwischt und kaum noch zu entziffern. Sie ließ das Papier erst einmal neben dem Ofen ein wenig antrocknen. Sie machte sich in der Zwischenzeit einen Kräutertee, unruhig, was sie wohl erwartete. Endlich war das Blatt getrocknet. Sie setzte sich und las.

1.Mai 1919 – Liebe Familie, sorgt euch nicht, mir geht es gut. Aber hier in München geht es seit zwei Wochen ganz wild zu! Ich habe nicht eher schreiben können, weil ich gar nicht aus dem Haus konnte und zur Post gehen. Fast alle sind wir ´dringeblieben. Draußen hat man sogar starken Kanonendonner gehört und das Hoteltelephon war dann auch kaputt. Der Freund, der euch den Brief gebracht hat, der ist ein Freund von unserem Concierge. Deshalb habe ich dem geholfen. Ich habe ihn in meiner Kammer versteckt, als sie ihn gesucht haben, und er hat mir deswegen versprochen, auf der Flucht nach Norden euch einen Brief vorbeizubringen. Der hat uns erzählt, was in der Stadt los ist, dass die Arbeiter vieler Fabriken ganz zäh gegen eine viel größere Übermacht der Weißen[87] kämpfen, fast sechs- bis

---

[87] Im öffentlichen Schlagabtausch der nach-revolutionären Kämpfe in Deutschland kennzeichneten die Formulierungen "roter/weißer Terror" die wechselseitigen Schuldzuweisungen zwischen revolutionären und gegenrevolutionären Kräften. Mit "weißem Terror" waren hier in erster Linie die Vorgänge in München nach der Niederschlagung der Räterepublik durch Regierungstruppen und Freikorps gemeint, die durch Gewaltakte und Willkür gegen echte wie vermeintliche Unterstützer der Linken geprägt waren.

achtmal so viele, hat er gesagt! Trotzdem haben die Arbeiter heldenhaft gekämpft, aber dann mussten sie doch in die Innenstadt zurück. In den engen Straßen ging es dann weiter. Das ist der Lärm, den wir immer gehört haben. Ich habe fest gebetet, dass sie nicht hereinkommen! Und die anderen Mädchen auch. Der Freund hat erzählt, dass gestern das Zeughaus, Munitions- und Artilleriedepot den Weißen in die Hände gefallen ist. Da war es mit dem Munitionsnachschub für die Rote Armee vorbei. Und heute hat er selbst auch noch den ganzen Tag bei der Verteidigung sparen müssen, um den Bahndamm bis zur Dunkelheit halten zu können. Nach Abschuss der letzten Patrone blieb ihm aber nichts anderes übrig, als die Stellung in der Nacht aufzugeben und zu fliehen. Aber er hat recht damit, dass wir einfachen Leute zusammenhalten müssen. Ich hoffe, dass er durchkommt und euch den Brief bringen kann. Ich muss jetzt aufhören, er will weg. Ich schreib schon bald wieder! Helene.

Weißgardisten rücken am 1.Mai 1919 in München ein;

Maria ließ das Papier auf die Tischplatte sinken. Das dumme Mädchen! Einen solchen Brief zu schreiben! Wenn das in die falschen Hände gefallen wäre, Gott behüte! Worauf hatte sie sich da eingelassen? War sie noch bei Trost? Einen völlig fremden Kerl auf der Flucht in ihrer Kammer zu verstecken! Die Naivität, die aus diesen Zeilen sprach, erschreckte Maria noch mehr als sie der Tatbestand eines Lebenszeichens zu beruhigen vermochte. Und wer war dieser Concierge? Warum hat der seinen Freund nicht selbst versteckt und Helene da rausgehalten?

Aber sie beruhigte sich sogleich. Immerhin schien alles gutgegangen zu sein, sonst wäre der Brief nicht angekommen. Der Rest der Familie zeigte später zunächst dieselbe Reaktion. Doch je länger man über den Brief sprach, umso mehr Gelassenheit breitete sich aus. Helene war wohlauf, das war alles, was zählte. Man fand sogar eine gute Seite an der Sache: Immerhin hatte Helene Kreativität bewiesen, es geschafft, ihnen trotz der Lage ein Lebenszeichen zukommen zu lassen.

***

Völlig erschöpft und mit sich nicht erwärmen wollenden Gliedern legte Maria sich an diesem Abend mit der kupfernen Wärmeflasche ins Bett und fiel in einen traumlosen Schlaf. Am Tag darauf fühlte sie sich wieder besser. Sie war mehr als erleichtert, dass sie das Virus doch nicht eingefangen zu haben schien. Erst jetzt wurde ihr selbst klar, wie sehr sie diese Angst beschäftigt hatte. Schon fünf der Frauen aus dem Lazarett hatte diese Grippe hinweggerafft, von den vielen Soldaten ganz zu schweigen.

So ging Maria wie jeden Tag wieder ans Werk, als sie auch Hilda ins Lazarett kommend erblickte. Von allen Seiten strömten die Lazarettmitarbeiter herbei, wie Ameisen bei Ankündigung eines Regenbruchs in den Bau, um sich für eine weitere Ansprache zu versammeln. Das Gefühl eines Déjà-vus machte sich in ihr breit. Das letzte Mal als sie sich in ähnlicher Situation befunden hatte, waren die Masken und strenge Hygieneregeln ausgegeben worden. Noch immer wütete die Spanische Grippe, wie man die Krankheit mittlerweile nannte. Alle hatten begriffen, dass die Krankheit in ganz Europa die Menschen hinwegfegte wie die Fliegen. Es war eine moderne Pest.

In der Befürchtung, eine neue Hiobsbotschaft zu vernehmen, eilte sie mit allen anderen in den Saal. Sie spürte die Erschöpfung in allen Knochen, die eine abermalige Warnung über irgendeine neue Gefahr in ihr hervorrief. Hatte sie bisher in jugendlicher Unbedarftheit allem getrotzt, so empfand sie diesmal ein deutliches Schwinden ihrer Widerstandskraft. Sie fürchtete sich direkt vor dem, was sie hören würde, obwohl es nur Worte sein würden und Phrasen an sich ja noch keine Bedrohung bedeuteten. Aber es half nicht mehr, sich das einzureden. Die innere Erfahrung hatte das Vertrauen verloren in das, was ihre Vernunft ihr einreden wollte. Es dauerte alles schon viel zu lange, als dass ihre seelische Immunität darunter nicht hätte Schaden erleiden müssen.

Es schien allen anderen ähnlich zu ergehen. Grau in grau stand man in Reih und Glied, die Gesichter in derselben Düsternis wie die Kleidung und die Umgebung. Der Lazarettleiter und der Leiter der Bürgerwehr standen bereits Schulter an Schulter am Ende der Halle, so wie damals der inzwischen verstorbene Doktor Grundler. Sie warteten, bis die Belegschaft vollzählig stillstand. Dann erhob der neue Doktor das Wort. Er las von einem Blatt ab.

„Mit der Räumung Dachaus und den Siegen in Rosenheim und Kolbermoor wurden auch die Kämpfe in München eingestellt. Die Räterepublik ist abgeschafft! Es regiert wieder Recht und Ordnung!"

Niemand zeigte eine Reaktion. Völlige Stille herrschte im Saal. Man schien dem entweder nicht zu glauben, oder aber der Veränderung nicht zu trauen. Am Wahrscheinlichsten war jedoch, dass niemand recht wusste, was damit anzufangen war.

Auf Maria traf Letzteres zu. Sie verspürte mehr Erleichterung über die Tatsache, keine neue Hiobsnachricht über das Virus zu hören, als sie die politische Gegebenheit berührte. Die Pandemie bedeutete eine ganz direkte, tägliche Gefahr für sie alle, die Auswirkungen der politischen Veränderungen im Lande tröpfelten erst nach und nach in den Alltag der Menschen. Deshalb stand man diesen eher fatalistisch abwartend gegenüber, wogegen der Dienst im Lazarett eine zunehmend beträchtlichere Herausforderung für den Alltag eines jeden Einzelnen darstellte.

Der Geräuschpegel im Saal schwoll an. Es machten sich unterschiedliche Reaktionen auf diese Nachricht Luft. Bevor sich aus dem Gemurmel Gespräche oder gar Streit entwickeln konnte, ergriff der Leiter der Bürgerwehr lautstark das Wort.

„Die Bürgerwehr wird deshalb in den kommenden Tagen der Auflösung entgegensehen. Die Abwicklung findet, wie damals bei Ausgabe, hier im Lazarett statt. Die dritte Nachricht betrifft das Lazarett selbst."

Der Redner legte eine Pause ein und schaute mit einer gewissen, Spannung aufbauenden Macht im Gesicht, indem er die Neuigkeit noch etwas zurückhielt, über die Köpfe seiner Zuhörer. Es verfehlte nicht seine Wirkung. Nun waren alle wieder ganz aufmerksam, nachdem sich erste Auflösungsbewegungen bemerkbar gemacht hatten. Man hatte gedacht, dass die Kundgebung mit der zweiten Nachricht beendet sei.

„Auch das Reservelazarett wird aufgelöst werden", verkündete nun wieder der Chefarzt. Die Verwundeten werden in Heimatkrankenhäuser gebracht und Sie, meine Herren ...", er schaute dabei die Wärter und Sanitäter an, „... Sie werden bald ihren zivilen Berufen wieder nachgehen können. Ebenso wie Sie, meine Damen ...", er wandte den Kopf den Hilfs- und Klosterschwestern zu, „... Sie werden spätestens Ende des Monats wieder zu Hause wirken können."

Diese letzte Nachricht bewirkte nun Totenstille. Die Verletzten mochten die Botschaft mit stiller Freude aufnehmen, weil man ihnen versprach, sie in die Nähe der Heimat zu bringen. Manch einer der Wärter guckte jedoch betroffen fahl im Gesicht drein. Der zivile Beruf, wie es der Herr Doktor auszudrücken beliebte, bedeutete aller Voraussicht nach: die Arbeitslosigkeit. Auch die jungen Mädchen, ob Hilfsschwester oder als Küchenhilfe eingesetzt, trugen gemischte Gefühle zur Schau. Der Lazarettbetrieb war für sie alle in den letzten Jahren der Ort ihres Wirkens gewesen. Sie hatten sich eingebracht, geholfen, wo sie konnten, manche von ihnen hatten in dieser Aufgabe ihr Leben gelassen, jeder hatte seinen Teil dazu getan, den Betrieb am Laufen zu halten, und es hatte sich, trotz allem, zwischen dem Einen oder dem Anderen sogar eine Freundschaft gebildet. Zweifellos war die Nachricht, dass man das Lazarett nun nicht mehr benötigen würde, eine im Grunde gute. Dennoch bedeutete es das Ende einer Gemeinschaft, die in der Not zusammengefunden hatte. Es war ein warmer Ort gewesen, man hatte dort gegessen, Tag und Nacht an diesem Ort verbracht, gelacht, viel öfter geweint, bis man gelernt hatte, die menschlichen Dramen nicht mehr in die Seele eindringen zu lassen. Man hatte gestritten und sich versöhnt, sich in dieser Gemeinschaft bewährt. Man war ein Ganzes geworden. Dieses Empfinden kroch nun in allen hoch und machte sich im Saal breit. Jetzt, da es nicht mehr sein sollte, wurde das Gute daran erst so richtig bewusst.

Maria wurde von dieser Nachricht ebenso überrascht wie alle. Wie jeder Einzelne sein ganz persönliches Schicksal durchdachte, überfiel sie als erstes der

Gedanke an die Briefe, die Fritz heimlich an die Adresse des Lazaretts schickte. Wohin sollte er sie adressieren, wenn es nicht mehr existierte? Sie musste sich etwas einfallen lassen. Vielleicht konnte Fritz die Briefe postlagernd schicken? Das war aber ein wenig riskant, man kannte sie auf dem Postamt. Da würde der Beamte, der ein Mann der Nachbarschaft war, es mit dem Briefgeheimnis nicht so genau nehmen, wenn es galt, junge Frauen auf dem Pfad der Tugend zu halten. Freilich würde er kein Kuvert öffnen, aber eine Bemerkung über die Postsendungen würde er bei seiner Frau schon fallenlassen, da war sie sich sicher. Und die alte Tratsche würde es Mutter Häring mit großer Genugtuung unter die Nase reiben. Aber ein wenig Zeit hatte sie noch, eine Lösung zu finden. Bis Ende des Monats war es noch eine Weile und so ein Lazarett löste man schließlich nicht von heute auf morgen auf. Immerhin schien diese Nachricht aber doch zu besagen, dass im Lande alles wieder im rechten Lot zu sein schien? Helene konnte in München wieder beruhigt auf die Straße gehen.

Doch Maria irrte sich.

***

In den Tagen nach dem Zusammenbruch der Münchener Räterepublik war die Bevölkerung dort einem hemmungslosen Terrorregiment der Regierungstruppen und vor allem der Freikorpssöldlinge ausgesetzt. Hunderte von Menschenleben, auch am politischen Geschehen ganz und gar Unbeteiligte, fielen dem zum Opfer. Die Nachricht über diese tragischen Ereignisse verbreitete sich wie ein Lauffeuer in alle Ortschaften Bayerns, selbst wenn in den Zeitungen darüber zunächst nicht viel zu lesen war, und wenn, dann nicht in der Form, wie die mündlich überbrachten Schreckensnachrichten von Augenzeugen. Vermeintliche oder tatsächliche Anhänger der Räterepublik wurden in den nachfolgenden Wochen mit Haftstrafen sanktioniert, von Standgerichten zum Tode verurteilt oder unmittelbar ermordet. Die Täter gingen größtenteils straffrei aus.

Auch in Berlin wurden in diesen Tagen Urteile gefällt. Urteile gegen die mutmaßlichen Mörder von Liebknecht und Luxemburg, deren Leiche man noch immer nicht gefunden hatte. Einer der Täter wurde zu zwei, ein anderer zu achtundzwanzig Monaten Haft verurteilt. Allerdings nicht wegen Mordes, sondern lediglich wegen Wachvergehens und Missbrauchs der Dienstwaffe. Die anderen Beteiligten, selbst ein Geständiger, wurden allesamt freigesprochen.

Die geschundene, stark verweste Leiche des weiblichen Mordopfers wurde Ende des Monats im Landwehrkanal in Berlin geborgen. Die Obduktion ergab Anwendung großer Gewalt und einen Kopfschuss.

Die Beisetzung von Rosa Luxemburg am 13. Juni 1919;

Ein vom Sicherheits-
batallion Ulm gefangen
genommener 18-Jähriger
(Johann Lehner) kurz vor
seiner Ermordung am
3.Mai 1919;

;

Idas Geburtstag
Neumarkt, 5. Juni 1919

Die Alarmstimmung im Hause Heym war vorerst aufgehoben. Mit großer Erleichterung hatte man dort die Niederlage der Roten in München aufgenommen. Und auch in Berlin schienen sich die Dinge in diese Richtung zu bewegen. Man hatte das Dienstmädchen angewiesen, die Koffer, die die Herrschaft vorsorglich selbst gepackt gehabt hatte, wieder auszupacken.

Gleichwohl war seit diesen Tagen der kalten Angst nach wie vor eine gewisse Unruhe spürbar. Sie wollte nicht so schnell verfliegen. Dabei waren es eher kleine, unscheinbare Dinge, die diese so zäh am Leben hielt. So teilte Direktor Heym seitdem die Nachrichten aus der Zeitung regelmäßig bei Tisch mit der Familie, anstatt alleine in seiner Lektüre zu versinken. Seine Frau war weiterhin mit einer Art anhaltenden Schockzustand beschäftigt, sie belästigte Ida kaum noch mit Sticheleien. Das Dienstmädchen trug seit dem Moment im Korridor, als sie Zeuge der Angst ihrer Herrschaft beim Ausrufen der Räterepublik geworden war, weiterhin den Kopf hoch und senkte nicht mehr den Blick, wenn man sie schalt. Etwas hatte sich verändert, aber es war schwer zu deuten, was es war. Man versuchte, wieder den alten Gang zu finden, aber das Getriebe stotterte wie der Motor eines Automobils der ersten Generation.

Am Morgen von Idas Geburtstag war es nicht anders. Vater Heym gratulierte ihr nur flüchtig, bevor er die ersten Nachrichten aus der Morgenzeitung erlas. Er schenkte sich selbst den Kaffee ein, weil Heidi, wie häufig in letzter Zeit, nicht mehr zugegen war, um dieser Aufgabe nachzukommen, und Ida es leid war, sie wieder einmal zu rufen.

Wiegenfeste wurden, mit Ausnahme des Geburtstages von Gottes Sohn natürlich, im Hause Heym schon immer schlicht begangen. Vater Heym vertrat die Auffassung, dass es egozentrische Charaktere heranzüchte, wenn die eigene Geburt als etwas so Zentrales gefeiert wurde. Darüber hinaus gab es gerade in diesen Zeiten genügend Beispiele von einst Geborenen, die weiß Gott keinen Grund zur Feier boten.

„Dieser Eugen Levine[88] muss nun in München vor Gericht Hochverrat verantworten! Der Sozialist wird zum Tode verurteilt", las Vater Heym laut vor. Er ließ das Blatt sinken und schaute mit einem Seufzer der Erleichterung über den gedeckten Tisch ohne Geburtstagskuchen.

Ida kannte das Prozedere und sie hatte auch nichts Besonderes für diesen Tag erwartet, aber trotzdem wollte sie diese schrecklichen Dinge am Morgen ihres Wiegenfestes nicht hören. Gerne hätte sie an diesen Tag nicht an die schlimme Welt da draußen gedacht. Einen Tag einfach nur sorglos sein zu dürfen, wäre schon Geschenk genug gewesen.

Die Zeitung wurde mit einem Ruck wieder in die Senkrechte geschlagen.

---

[88] Einer der Führer der Münchner Räterepublik

Gesicht und Stimme des Familienoberhauptes verschwanden hinter einem Vorhang an Druckerschwärze und Buchstaben.

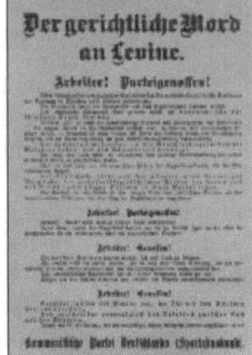

„Friedensverhandlungen schleppen sich. England und Amerika sind für Zugeständnisse an Deutschland."

Wieder senkte sich das Blatt, eine Hand griff nach der Kaffeetasse.

„Sehr vernünftig! Das kann man nur hoffen! Wenn es kommt, wie man hört, dann wird dieser Knebelvertrag unser Land ins Elend stürzen! Die Wirtschaft wird zu Boden gedrückt und die Armen werden reihenweise verhungern. So ein gottloses Vorgehen kann doch niemand wollen!"

„Ich habe im Wohltätigkeitskomitee erfahren, dass Amerika 50.000 Kindern hundert Tage Ausspeisung spendet", warf Frau Direktor Heym ein.

„Was ändert das schon?", brummte ihr Mann unwillig, schon wieder hinter seiner Wand aus Neuigkeiten.

„Nun ja …". Frau Direktor Heym rührte in ihrer Tasse, nachdem sie einen kleinen Löffel Zucker nachgefasst hatte. „Es ist doch besser als nichts. Man muss …"

„Da haben wir's!"

Nun faltete sich die Zeitung heftig zusammen und landete mit einem Schlag neben dem Gedeck. Direktor Heym schaute starr vor sich hin, als könnte er den Artikel noch immer in der Luft lesen. „Panik an der Börse! Die Arbeiterbewegung in Frankreich, Streiks in Kohlengruben und Eisenwerken, höhere Löhne werden dort gefordert! Die Franzosen werden in dieser Lage selbst jeden Pfennig brauchen. Es ist doch klar, wo sie sich das holen werden! Da brauchen uns die Amerikaner keinen Sand in die Augen zu streuen mit ihrer kleinen Wohltätigkeit."

Mit einer unwilligen Bewegung stieß er die Zeitung vom Tisch. Seine Frau und Ida duckten sich. Viel mussten sie ihre Köpfe nicht mehr senken, die Last der schlechten Nachrichten hatte schon das ihre getan.

Direktor Heym schüttete seine Tasse in einem Zug hinunter wie ein Russe den Wodka, warf die Serviette auf den Teller und erhob sich. Er war schon ein paar Schritte gegangen, als er sich nochmals umwandte, zurück an den Tisch kam und Ida etwas hinhielt, das er gerade aus seiner Westentasche gezogen hatte.

„Hier! Das ist aus dem Nachlass eurer Mutter. Mit zwanzig bist du jetzt alt genug dafür." Er legte ihr eine silberne Brosche neben ihr Gedeck.

Ein Funken der Freude entzündete sich in Ida über diese unerwartete Geste. Sie drehte das fein gearbeitete Schmuckstück in ihrer Hand. Ihre Mutter hatte es oft getragen, daran erinnerte sie sich gut. Sie hatte sich als Kind immer gefragt, was die drei ineinander verschlungenen Bänder darstellen sollten? Andere Broschen zeigten in der Regel Figuren, Profile von Frauenköpfen, Blumen oder funkelnde Steine. Diese hier war ihr als Kind stets langweilig erschienen. Doch nun fand sie das Schmuckstück wunderschön.

„Martha kommt dafür ja nicht mehr infrage", drehte sich ihr Vater ab.

Ida ließ die Hand mit der Brosche in ihren Schoß sinken, als sei sie mit einem Mal zu schwer geworden. Die Flamme der Freude erlosch wie eine Kerze im Sturm. Trotzdem murmelten ihre Lippen wie unter Hypnose noch ein artiges „Dankeschön".

Ihr Vater schritt mit langen Schritten der Tür entgegen und winkte mit der Hand ab, ohne sich umzudrehen. „Du hast Post!", warf er ihr im Hinausgehen zu. „Sie liegt auf dem Tablett auf der Anrichte."

Dann warf er die Tür hinter sich so unwirsch ins Schloss, dass beide Frauen zusammenzuckten. Ihre Stiefmutter verließ ebenfalls den Tisch und entfernte sich, ohne ihr überhaupt gratuliert zu haben.

Immerhin. Ihre Geschwister hatten an sie gedacht. Sie hatten geschrieben. Achilles hatte ihr eine Grußkarte geschickt, die hauptsächlich davon erzählte, wie geizig man in der Schweiz nun mit einem Visum geworden war. Man fürchtete sich vor der Flut der Flüchtlinge aus Deutschland, davor, mehr revolutionäres Gesindel ins Land zu lassen. Von Martha war ein richtig dickes Kuvert gekommen. Gespannt öffnete sie es. Es fiel neben dem Brief ein Blatt mit einem Gedicht heraus. Es war von einem gewissen Kurt Tucholsky und titelte „Krieg dem Kriege". Ida seufzte. Sie konnte dem Drama einfach nicht entkommen, nicht einmal an diesem Tag! Es war durchaus ein lesenswertes Gedicht, doch Ida musste sich in der Hauptsache darüber wundern. Warum hatte ihre Schwester ausgerechnet diese Verse zu ihrem Freudentag geschickt? Sie fand es unpassend. Deprimierend.

Marthas Brief gab über den Grund dieses unpassenden Geschenkes keinen Aufschluss. Kein Wort der Erläuterung. Wohl hatte sie aber Formulierungen der Nähe gefunden, hatte Ida ihre Entscheidung dargelegt und vor allen Dingen immer wieder betont, wie wichtig ihr die Verbindung zwischen ihnen trotzdem war. Das letzte Telefonat zeigte also Wirkung. Das tat Ida gut. Das schönste Geschenk erreichte sie, zu ihrer Überraschung, von Gottfried. Er schenkte ihr in Form einer Grußkarte mit einem hübschen, gedruckten Blumenstrauß einen Ausflug mit dem Fahrrad zur König-Otto-Tropfsteinhöhle[89] nach Velburg. Der hiesige Turnverein organisierte am Sonntag nach ihrem Geburtstag diesen Ausflug für Männer und Frauen. Das war endlich etwas, worauf sie sich wahrlich freuen konnte! Wenn nur das Wetter mitspielte. Es hatte wochenlang geregnet. Von Frühling und ein bisschen Wärme war bisher keine Spur gewesen.

---

[89] Entdeckt wurde die Höhle durch den Schäfer Peter Federl am 30. September 1895, als er einem Fuchs nachspürte, am Namenstag des Bayernkönigs Otto, daher der Name.

Sie lagen vier Jahre im Schützengraben.
Zeit, große Zeit!
Sie froren und waren verlaust und haben
daheim eine Frau und zwei kleine Knaben,
weit, weit –!

Und keiner, der ihnen die Wahrheit sagt.
Und keiner, der aufzubegehren wagt.
Monat um Monat, Jahr um Jahr ...
Und wenn mal einer auf Urlaub war,
sah er zu Haus die dicken Bäuche.
Und es fraßen dort um sich wie eine Seuche
der Tanz, die Gier, das Schiebergeschäft.
Und die Horde alldeutscher Skribenten kläfft:

»Krieg! Krieg! Großer Sieg!
Sieg in Albanien und Sieg in Flandern!«
Und es starben die andern, die andern,
die andern ...

Sie sahen die Kameraden fallen.
Das war das Schicksal bei fast allen:
Verwundung, Qual wie ein Tier, und Tod.
Ein kleiner Fleck, schmutzigrot –
und man trug sie fort
und scharrte sie ein.
Wer wird wohl der nächste sein?

Und ein Schrei von Millionen stieg auf zu den
Sternen.
Werden die Menschen es niemals lernen?
Gibt es ein Ding, um das es sich lohnt?
Wer ist das, der da oben thront,
von oben bis unten bespickt mit Orden,
und nur immer befiehlt: Morden! Morden! –

Blut und zermalmte Knochen und Dreck ...
Und dann hieß es plötzlich, das Schiff sei leck.
Der Kapitän hat den Abschied genommen
und ist etwas plötzlich von dannen geschwom-
men.
Ratlos stehen die Feldgrauen da.
Für wen das alles? Pro patria?

Brüder! Brüder! Schließt die Reihn!
Brüder! das darf nicht wieder sein!

Geben sie uns den Vernichtungsfrieden,
ist das gleiche Los beschieden,
unsern Söhnen und euern Enkeln.
Sollen die wieder blutrot besprenkeln
die Ackergräben, das grüne Gras?
Brüder! Pfeift den Burschen was!
Es darf und soll so nicht weitergehn.
Wir haben alle, alle gesehn,
wohin ein solcher Wahnsinn führt –

Das Feuer brannte, das sie geschürt.
Löscht es aus! Die Imperialisten,
die da drüben bei jenen nisten,
schenken uns wieder Nationalisten.
Und nach abermals zwanzig Jahren
kommen neue Kanonen gefahren. –

Das wäre kein Friede.
Das wäre Wahn.
Der alte Tanz auf dem alten Vulkan.

Du sollst nicht töten! hat einer gesagt.
Und die Menschheit hörts,
und die Menschheit klagt.
Will das niemals anders werden?
Krieg dem Kriege!
Und Friede auf Erden.

Kurt Tucholsky, 1919

***

Gott war Ida gnädig, zumindest der Wettergott. Zwar ließ sich die Sonne nur flüchtig sehen, verschwand immer wieder hinter dunklen Flauschwolken, die den Anschein wahrten, jeden Moment einen Regenguss abzulassen, es aber nicht so weit kommen ließen. Mit einer warmen Strickjacke im Gepäck würde es gehen. Da Gottfried sie zu diesem Ausflug eingeladen hatte und sich die Regierung nun wieder in den Händen vernünftiger Leute befand, ließ man Ida ziehen.

Eine bunt gemischte Gruppe von etwa zwanzig Radfahrern aus allen Gesellschaftsbereichen, die in der sportlichen Tätigkeit ein gemeinsames Interessensfeld fanden, tummelte sich auf dem Startplatz. Handwerker mit Gattin, Krankenschwestern ohne Begleitung, viele der Turner und auch ein paar Frauen aus der Gymnastikgruppe. Die Expresswerke hatten die Fahrräder für den Tag zur Verfügung gestellt. Somit war sogar die lokale Presse des Neumarkter Tagblatts mit Fotograph und Journalist beim Start zugegen. Ida bemerkte zu ihrer Überraschung, dass ein Tisch mit freien Getränken aufgestellt war, die von der Brauerei zu diesem Anlass gestiftet worden waren. Bier für die Herren, Limonade für die Damen. Der Photograph erkannte Ida, kam auf sie zu, als sie gerade ihr Fahrrad entgegennahm und bat sie, stillzuhalten. Irritiert wandte sie sich um zu Gottfried, der bereits, seinen Drahtesel zwischen den Schenkeln, beide Füße fest auf dem Boden, intensiv damit beschäftigt war, seinen umgeschnallten prallen Rucksack in die rechte Position zu rücken.

„War das die Idee meines Vaters?", sprach Ida ihn an.

Gottfried hob verwundert den Kopf, warf einen pfeilgeschwinden Blick auf Idas Hand, an der noch immer kein Ring funkelte und überging den Tatbestand mit einem leichten Zucken um die Mundwinkel: „Was?"

„Diese Radtour", sie winkte mit dem Kinn zum Tisch der Getränke, „und das da!"

Der Verdacht war bereits in ihr gekeimt, als sie die Reklamefahne der Brauerei im Wind flatternd entdeckt hatte. Dass der Reporter nun auch noch ein Foto von der Tochter des Inhabers in die Zeitung bringen wollte, hatte sie in diesem Gedanken bestätigt. Doch sie wollte ihrer Enttäuschung nicht gleich nachgeben. Sie wollte das einzig wirklich persönliche Geburtstagspräsent nicht auch noch verlieren. Dass dieses wunderbare Geschenk womöglich gar nicht der herzliche Gedanke ihres Verehrers war, um ihr damit eine Freude zu machen, sondern nur ein Vorwand für einen wirkungsvollen Werbetrick ihres Vaters, dieser schmerzhaften Schlussfolgerung Glauben zu schenken, davor schreckte sie noch zurück.

„Ganz im Gegenteil!", zog Gottfried den Gurt seines Rucksacks vor seiner Brust mit einem letzten Ruck fest. Er warf ihr einen mit Stolz erfüllten Blick zu. „Es war meine Idee! Ich habe bei Ihrem Vater angeregt, die Brauerei könnte doch die Getränke spenden. Der gute Zweck hat ihn überzeugt. Und das hat wiederum die Expresswerke mit ins Boot gebracht. Die Gemeinde braucht jede Unterstützung, Ida. Viele können sich ja nicht einmal die Startgebühr leisten."

„So?"

Fahrrad-Expresswerke in Neumarkt um die Jahrhundertwende;

Ida sah ihm eine Weile prüfend in die Augen. Sie wusste nicht, was sie mit dieser Antwort anfangen sollte. Die Enttäuschung bohrte in ihr wie ein vergifteter Pfeil, weil dieser Ausflug eben nicht alleine um die Idee ihrer Freude daran kreiste, weil links und rechts davon noch andere Interessen bedient wurden. Andererseits musste sie Gottfried doch auch recht geben mit seiner Argumentation. Jeder, der konnte, sollte etwas für die Armen tun.

Sie warf den Kopf in den Nacken. Sie entschied, sich den vielversprechenden Tag nicht verderben zu lassen. So hielten sie beide still und lächelten in die Kamera, hinter der der Zeitungsmann geduldig gewartet hatte.

Sogar der Bürgermeister Friedrich Gruber, der sämtliche Turbulenzen der letzten vier Jahre, inklusive der vier Wochen andauernden Bayrischen Räterepublik, politisch überlebt hatte und noch immer im Amt war, selbst der war gekommen, um den Startschuss zu geben. Um die Volksgesundheit war es wahrlich nicht gut bestellt, deshalb ermutigten Regierung und Kommunen jede sportliche Betätigung. Das Land benötigte in Zukunft eine kräftige Arbeiterschar.

Gleich nach den ersten Metern ging es schon bergauf, die Wildbadstraße hinauf in Richtung des Cafés Kainz und des Kurhauses. Noch hielten alle wacker mit, wenn sich auch das Feld schon in die Länge streckte. Die Turner führten schnell, fuhren allen anderen davon. Der Rest des Pulks radelte gemäßigter und mit weniger Ehrgeiz. Ida und Gottfried bildeten das Schlusslicht, weil Gottfried die Rolle des Hintermanns übernommen hatte, der dafür Sorge tragen musste, dass niemand zurückblieb. Ida war das recht. Sie war durchaus sportlich, aber ihre Kondition war nicht von der Art, dass sie problemlos diesen Berg in einem Stück hinaufradeln konnte. Schon beim Kurhaus musste sie absteigen und eine kleine Pause einlegen. Sie war damit nicht alleine, die Mehrzahl der Teilnehmer sammelte sich dort, um Kraft für die Serpentinen zu tanken, die ihnen nun bevorstanden. Die Turner wollten sich diese Blöße nicht geben, sie nahmen eine Kurve nach der anderen in einem Schwung, die gesamten sechshundert Meter des Höhenbergs hinauf. Oben mussten sie allerdings auf die Gruppe warten, von denen gut die Hälfte immer wieder das Rad schob.

Gottfried hatte seine alte Feldflasche aus dem Krieg mit Apfelsaft gefüllt und reichte Ida immer wieder zu trinken. Nach einer guten Stunde war auch der Letzte oben angekommen. Die Turner, die sich bereits eine halbe Stunde hatten ausruhen können, stürmten sofort wieder los, als wären man noch immer im Krieg und der Feind hinter ihnen her. Manch einer ließ sich davon anstecken und radelte seiner Gattin davon. Irgendwann war nur noch Gottfried mit einer Schar Radlerinnen unterwegs. Sie ließen den dichten Wald der Greft hinter sich und strampelten schließlich in der matten Sonne über die Felder der Hochebene in Richtung Lengenfeld. Beim Gasthof Winkler wollte man sich wieder treffen, Rast machen und dann das letzte Stück zur Höhle gemeinsam fahren.

Ida kannte keine der anderen Frauen näher und sie legte auch keinen besonderen Wert darauf, das zu ändern. Es waren einige sehr einfache Weiber aus dem Volk dabei. Sie hätten ihre Köchin oder das Dienstmädchen sein können. Es ärgerte sie, dass Gottfried sich um diese ebenso kümmerte, wie um sie. Da wurde es doch offensichtlich, dass er nicht aus gleich vornehmem Hause kam wie sie. Er wusste nicht die Grenzen einzuhalten.

Als sie bei dem Gasthof abstiegen, wo man nur eine kleine Pause einlegte, da sich kaum jemand ein Essen im Restaurant leisten wollte, machte sie bereits ein ziemlich verdrießliches Gesicht. Gottfried fragte sie, ob sie böse mit ihm sei.

„Haben Sie denn Grund, mich verärgert zu sehen?", gab sie zurück, ohne auf Antwort zu warten. Sie ging in Richtung Abort, wo die anderen Frauen bereits geduldig in einer Schlange warteten.

Es blieb unklar, ob Gottfried einen Grund gefunden hatte oder nur ihren Ärger besänftigen wollte, jedenfalls kümmerte er sich auf der letzten Etappe mit großer Aufmerksamkeit um sie.

Vor dem Eingang der König-Otto-Höhle machte man Mittag. Man öffnete die mitgebrachten Bier- und Limonadeflaschen und zog die Butterbrote hervor, die mit so wenig Fett beschmiert waren, dass kaum Weißes zwischen den Stullen sichtbar war. Manch einer hatte einen alten Winterapfel oder erste Johannis- oder Erdbeeren dabei. Ida reichte Gottfried zwei hart gekochte Eier und erregte damit schweigendes Aufsehen. Eines pro Person wäre ja noch zu ertragen gewesen, aber zwei! Als Gottfried die Eier schälte, in jeweils vier Teile zerschnitt, um sie mit den anderen zu teilen, musste Ida es ihm wohl oder übel gleichtun. Dabei war sie ziemlich hungrig und hätte zumindest eines der Eier lieber selbst gegessen. Doch sie begnügte sich mit dem Viertel, das nach dem Herumreichen übriggeblieben war und aß still ihr Brot, das nicht im Geringsten mehr Butter aufwies als das der anderen. Alleine diese Tatsache hätte doch allen klarmachen müssen, dass es bei den Heyms keineswegs jeden Tag Gänsebraten und fette Soße gab. Das schienen diese ungebildeten Menschen nämlich zu denken, ihren verdrossenen Blicken nach zu urteilen.

Glücklicherweise hielt man sich mit dem Essen nicht sehr lange auf, denn die Besichtigung durch die Höhle beanspruchte nach Auskunft des Führers eine ganze Stunde und man musste die Heimreise rechtzeitig antreten, um nicht in der Dunkelheit den Greftwald durchqueren zu müssen. Das hatten die Frauen der Gesellschaft unmissverständlich zur Bedingung gemacht.

Diesmal bot sich einer der Turner an, den Schlussmann im Spaziergang durch die Unterwelt zu machen. Der Höhlenführer reichte ihm als einzigem außer ihm selbst eine Fackel.

König-Otto-Tropfsteinhöhle bei Velburg, Opf.

In der Höhle war es gefährlicher als im Wald. Nur ein schmaler Trampelpfad führte durch die Räume, gespickt wie ein Igelkuchen mit Stalaktiten und Stalagmiten. Ida hatte davon in ihren Lektionen im Unterricht auf dem Mädchenpensionat gehört, und ehrfürchtig geschaudert bei den Zeichnungen mit all ihren bedrohlich wirkenden Spitzen, aber nie hätte sie sich die Wirklichkeit so zauberhaft vorgestellt. Im Licht der Flammen erschienen die Säulen wie weiße Eiszapfen und waren von einer atemberaubenden Schönheit. An manchen Stellen war die Höhle hoch wie eine Kathedrale, auch ebenso majestätisch, an anderen wieder wurde die Passage so eng und niedrig, dass nur eine Person nach der anderen hindurchschlüpfen konnte. Man musste darauf achten, sich nicht den Kopf anzuschlagen, die Kanten waren stellenweise messerscharf und spitz. Hin und wieder mussten sie um eine Pfütze herumgehen oder durch eine größere Lache sogar mitten hindurchschreiten, weil es kein Herum gab. An einer Stelle war es gefährlich rutschig. Ein junger Kerl fiel rücklings auf den Po, weil er nicht aufgepasst hatte. Alles lachte, aber Gottfried nahm Ida daraufhin bei der Hand.

„Ich halte Sie, keine Angst!"

Ida schenkte ihm ein Lächeln. So gehörte sich das schließlich auch! Ein Kavalier sorgte dafür, dass der Dame nichts zustieß. Dabei halfen diese naseweisen Gedanken mehr ihr selbst, als dass sie über Gottfried damit urteilen wollte. Diese Höhle war zauberhaft, der Anblick immer wieder ergreifend, aber auch ein wenig furchteinflößend. Besonders dann, wenn man einzeln durch längere Passagen schlüpfen musste. Außerdem war es kühl. Sie fröstelte und war froh, dass Gottfried in ihrer Nähe blieb.

Als sie wieder hinaustraten ins Freie war der Himmel grün und dunkelgrau, schwere Wolken trieben über die Hügel. Es sah nach Regen aus. Man beschloss, die sofortige Rückreise anzutreten. Der Weg retour war leichter zu bewältigen. Was man zuvor mühsam erklommen hatte, bot nun hang ab freie Fahrt ohne Anstrengung. Ein junger Mann aus der Truppe der Turner nahm die Hände vom Lenkrad, hob sie hoch in die Lüfte und ließ das Fahrrad einfach den Berg hinabrollen. Er jubelte laut, als er an allen vorbeisauste. Kurz darauf flog er in hohem Bogen durch die Luft und sein Rad hinterher. Alle stiegen abrupt in die Bremsen, beinahe hätte es deswegen eine Karambolage gegeben. Zwei Männer sprangen los, um nach ihm zu sehen. Aber schon stand er wieder aus dem hohen Gras auf und lachte. Seine Knie und Ellenbogen waren aufgeschürft, er blutete am Kopf, aber es schien ihm nichts auszumachen.

„Du Blödmann!", boxte ihn einer seiner Kameraden, und dabei war es schwer zu sagen, ob das nun spöttisch oder ernst gemeint war. „Da kommt er heil durch den Krieg und dann bricht er sich das Genick beim Fahrradausflug! *Des is scho' g'scheid dammisch!*[90]"

„Ach, die paar Schürfungen!", winkte der Flugkünstler ab, ergriff sein Rad und stellte es wieder auf die Straße. „Hoffen wir lieber, dass der Drahtesel nicht kaputt ist." Er testete die Pedale und alle wichtigen Funktionen und setzte wieder auf, da er alles für funktionstüchtig hielt.

„Ständig muss er das Unglück herausfordern", bemerkte sein Kamerad wie zu sich selbst, sein eigenes Rad ergreifend.

Dem Jüngling Alois Hintermeyer
Erschien ein jedes Rad zu teuer.
Es war ihm alles ganz egal,
Er kauft ein billiges Special.
Der Rahmen ist ihm bald gebrochen,
Ein Rohr hat ihn ins Herz gestochen,
So mußt er sterben jung an Jahren.
Weil er nicht hat Express gefahren.

O Wanderer, traure über ihn:
Einst fuhr er Rad – jetzt ist er hin!

Werbepostkarte der Neumarkter Expresswerke;

---

[90] Dialekt: Das ist wirklich richtig dumm!

„Wenn der Tod dich nicht in dieser Hölle geholt hat, dann holt er dich wegen so was bestimmt nicht!", sauste der Gestürzte schon wieder los und winkte dabei den anderen. „Los kommt! Wer zuerst unten ist!"

Viele der Männer ließen sich animieren, ihm hinterherzujagen. Der Fuchsberg schien bergab noch steiler als am Morgen in umgekehrter Richtung. Ida musste immer wieder abbremsen, weil das Rad unter ihr viel zu schnell wurde. Bisweilen musste sie sogar vor lauter Glück laut lachen, obwohl das unschicklich war. Aber sie konnte sich dessen nicht erwehren. Ihre Haare flatterten im Wind, ihr Rock blies sich lustig auf wie ein Ballon, weil sie den Stoff mit Wäscheklammern eng um ihre Beine befestigt hatte, ihre Jacke flatterte zu beiden Seiten, schlagenden Flügeln eines Vogels gleich, die Luft war frisch und rein. Gottfried radelte dicht hinter ihr und lachte auch über das Bild, das sie abgab.

„Fahren Sie nicht so schnell, Fräulein Ida! Sonst heben Sie noch ab!", scherzte er, indem er mit ihr gleichzog.

„Fliegen ist doch schön!", ließ sie übermütig die Bremsen los. Sofort sauste sie binnen weniger Sekunden vor allen anderen den Berg hinab davon, auch weit vor Gottfried, der mit den anderen gemäßigter weiterfuhr. Unten wartete bereits die kleine Schar der Wettfahrer am Straßenrand. Sie applaudierten ihr lautstark und johlten, wie sie als Erste unten bei ihnen ankam. Ida bremste mit glühenden Wangen und sprühenden Augen ab, fuhr mit der Hand in die Luft und lachte: „Sieg!"

„Donnerwetter! Die ist ja ein richtiges Teufelsweib", feixte einer. „Wer hätte das gedacht! Das brave Töchterlein des Brauereidirektors. Schade, dass der Zeitungsfritze nicht da ist und ein Foto gemacht hat, wirklich schade."

Ida sonnte sich im Lob der Männer, bis Gottfried mit dem Rest der Ausflügler herankam. Es war lange her, dass sie so viel Spaß gehabt hatte. Sie fühlte das Blut in ihren Adern pochen, Wärme durch ihren ganzen Körper strömen, prallvoll mit Gesundheit und Leben. So, wie man sich mit zwanzig Jahren auch fühlen sollte, dachte sie. Dass sie das Zeug zu einem Teufelsweib hatte, wer hätte das gedacht! Sie selbst am allerwenigsten.

Gottfried dagegen machte ein verdrießliches Gesicht. Mit Missbilligung schaute er auf die anderen Männer, die sich um Ida scharten wie die Fliegen um einen süßen Brei. Sie bemerkte es wohl, aus den Augenwinkeln, und seine Eifersucht schmeichelte ihr, doch nicht mehr, als ihr die Reaktion der anderen Männer gefiel. Sie fühlte sich lebendig, sorglos, jung und schön, und sie kostete jeden Augenblick davon aus.

Er brachte sie nach Hause, nachdem sie die Fahrräder wieder abgegeben hatten.

„Es war ein großartiger Tag!", bedankte sich Ida und reichte ihm die Hand. „Ich habe mich sehr amüsiert. Es war ein wirklich wunderbares Geschenk, Gottfried! Herzlichen Dank auch für diese einzigartige Idee."

Er wurde leicht rot, sah für eine Sekunde auf ihre linke Hand, senkte dann aber die Augen auf seine Schuhe und schwieg. Ida wusste, was er dachte und sie dachte es auch. Warum steckte sie noch immer den Ring nicht an den Finger? Warum gab sie ihm noch immer keine Antwort?

„Gute Nacht, Gottfried", beeilte sie sich, dieser Peinlichkeit ein Ende zu machen und sich vor allem nicht ihr Glücksgefühl verderben zu lassen, und sputete die Treppen hinauf, ohne sich nochmals umzudrehen.

„Es war ein ganz herrlicher Tag!"

Das rief sie ihm schon vom oberen Absatz des Stiegenhauses zu und ohne sich dabei umzuschauen oder in ihrer Ungestümtheit anzuhalten.

In der Wohnung herrschte Totenstille und Finsternis. Nur aus dem Schlafzimmer ihrer Eltern fiel ein Lichtstreifen unter der Tür hindurch. Weder Lissy noch Walty waren zu sehen oder zu hören. Nicht einmal in der Küche brannte Licht. Heidi müsste dort doch um diese Zeit das Abendbrot zubereiten? Wo war sie?

Dann hörte Ida dumpfe Stimmen aus dem Schlafzimmer am Ende des Flurs. Ihre gute Stimmung verflog so schnell, wie sie den Berg hinunter gesaust war.

Ida schritt vorsichtig lauschend voran. Die Bodendielen unter ihren Füßen knarrten. Sie zögerte, ob sie an die Schlafzimmertür ihrer Eltern klopfen sollte? Das war ein Raum, den sie und ihre Geschwister nie mehr betreten hatten, seit ihre Mutter gestorben war. Offensichtlich hatten sich ihr Vater und die Stiefmutter zurückgezogen, um etwas zu besprechen, und sie hatten sogar das Mädchen fortgeschickt.

Ein Schreck durchfuhr sie. Was hatte sich heute ereignet? Möglicherweise waren die Kommunisten wieder da, während sie in aller Ruhe durch die Gegend gefahren war! Sie mussten vielleicht doch fliehen?

Verstört stand sie im Gang und wusste nicht, was tun. Wenn sie an die Tür klopfte und nichts dergleichen war geschehen, sondern die Eltern wollten nur für sich sein, dann wäre das nicht nur außerordentlich peinlich, sondern sogar mit Ärger verbunden gewesen.

In diesem Moment ging die Flügeltür auf und der Hausarzt der Familie trat heraus. In der Hand trug er seine abgewetzte, lederne Arzttasche. Als er Ida erblickte, nickte er ihr zu, ergriff ihren Arm und führte sie hinüber zum Salon. Ida ließ sich von ihm geleiten, versuchte dabei aber einen schnellen Blick in das Zimmer hinter ihnen zu erhaschen. Doch ihre Stiefmutter schloss schon die Tür von innen, bevor sie etwas erkennen konnte.

„Fräulein Ida, hören Sie!"

Der Doktor schaute sie eindringlich an.

„Ihr Vater hatte einen Herzinfarkt. Sein Zustand ist kritisch. Er braucht absolute Ruhe. Er wird diese Nacht vielleicht nicht überleben. Rufen Sie ihre Geschwister."

Tod und Verlobung
Neumarkt, Juni 1919

„Der Direktor der Brauerei ist gestorben."

Josef Häring erwähnte es, wie er auch anderes erwähnte, das er im Bärenwirt auf die eine oder andere Weise erfuhr: Nebenbei und ohne Wertung.

„Ah geh! Der war doch kerngesund, hast du gesagt, als er das letzte Mal mit dem Wirt verhandelt hat?"

„Scho[91]."

Familie Häring saß, wie oft des Abends, um den Tisch, der Vater rauchte seine Pfeife, Mutter Häring flickte irgendein verschlissenes Kleidungsstück, Maria stand am Spülstein und wusch ab, Walli trocknete das Geschirr und räumte es weg. Alles spielte sich im fahlen Licht der Abenddämmerung ab, das eine düstere Atmosphäre verbreitete. Die Lampe wurde erst dann eingeschaltet, wenn es wirklich dunkel war. Aber es war eine gute Zeit, um über das zu reden, was es zu reden gab.

„Mei", erwog Walli laut und ein wenig unüberlegt, wie Maria fand, „der war doch auch schon bald fünfzig?"

Maria stieß sie von der Seite an und machte eine Bewegung mit dem Kopf, sie möge schweigen. Auch ihre eigenen Eltern gingen in großen Schritten auf dieses Alter zu.

Da sich das Lazarett bereits in Auflösung befand und Maria nur noch einige letzte Dienste zu erweisen hatte, war ihr nicht aufgefallen, ob das Fräulein Ida schwarz getragen hätte. Deren Schwester war ohnehin schon vor längerer Zeit plötzlich nicht mehr gekommen. Man hatte gemunkelt, dass sie in ein Kloster eingetreten war, gar in ein katholisches. Aber Genaueres hatte dann doch niemand in Erfahrung gebracht, und über die Ereignisse in München hatte man es auch aus den Augen verloren.

„Der Andres hatte doch mit dem Direktor schon ausgemacht, dass er für die Brauerei Gerste anbauen wird? Er hat extra einen Kredit aufgenommen auf den Hof, erinnerst dich schon, das hat meinem Bruder gar nicht gepasst. Es heißt aber jetzt, dass der Heym-Sohn die Brauerei gar nicht übernehmen will."

„De junga Leid heitz'dog![92]", schüttelte Anna Häring den Kopf, ohne überhaupt von ihrer Arbeit aufzuschauen. „Die Vergangenheit hassen sie. Die Gegenwart verachten sie, und die Zukunft ist ihnen gleichgültig. Nichts respektieren sie mehr! Wie soll das nur ein gutes Ende nehmen!"

Maria und Walli sahen sich kurz an. Maria konnte nicht umhin zu denken, dass dieser Ausspruch ihr galt. Die Hausschlachtung, bei der der Onkel ihre Mutter auf das heikle Anliegen hatte ansprechen wollen, war nun schon über eine Woche her. Sie wusste noch immer nicht, wie es ausgegangen war. Inzwischen schrieb Fritz keine Briefe mehr an das Lazarett und auch nicht postlagernd. Sie

---

[91] Dialekt: schon
[92] Dialekt: Die jungen Leute heutzutage!

196

hatten vereinbart, dass er gar nicht mehr schreiben sollte, da der Termin so nahe gewesen war. Sicher brannte auch er, genauso wie Maria, auf das Ergebnis dieses Gesprächs. Doch weder Mutter noch Vater Häring zeigten irgendwelche Anzeichen, dass die von den Verliebten so bitterlich erwartete Unterhaltung überhaupt stattgefunden hatte. Maria begann, den Mut zu verlieren. Unerwartete Bemerkungen wie diese schreckten sie jedes Mal auf.

„Was ist denn ein gutes Ende? Ein Ende kann doch nur gut sein, wenn vorher alles schlecht ist, oder? Dann wäre doch ein schlechtes Ende viel besser, denn dann wäre die lange Zeit vorher zumindest gut gewesen?"

Walli stand mit dem Geschirrtuch in der Hand und stellte diese Überlegungen an, sprach sie in den Raum, ohne irgend jemanden dabei genau anzuschauen. Ihre Familie guckte sie entgeistert an, auch Maria.

„Was redest du denn da? Das sind doch jüdische Verdrehungen!", schimpfte ihr Vater.

Mutter Häring schaute dabei auf, fuhr mit der Nadel in der Hand durch die Luft in Richtung ihrer Tochter, als wollte sie ihr aus der Entfernung einen Stich damit versetzen. „Sieh' lieber zu, dass du eine Stelle im Haushalt findest! Hast du dich bei den Goldmanns vorgestellt?"

Die Stadtpfarrkirche im Zentrum der Stadt, in der direkten Nachbarschaft der Familie Häring, wo sie regelmäßig in die Messe gingen;

Walli nickte, wie aus einer Trance erwacht.

„Freilich. Aber die brauchen niemanden."

Ihre Mutter wandte sich an ihren Mann: „Was geschieht denn mit der Brauerei, wenn der Sohn das nicht weiterführt?"

Der zuckte gelassen die Schultern: *„Mei. Nix gwies woasma nonned.*[93]"

Maria schüttete das verschmutzte Wasser aus der Schüssel in den Ausguss. Sie wurde den Eindruck nicht los, dass dieses Gespräch nur ein Vorgeplänkel zu etwas Größerem war. Ihre Eltern machten das immer so: Sie redeten belangloses Zeug dahin, als müssten sie sich an das, was sie eigentlich zu sagen vorhatten, heranpirschen wie ein Jäger an das Wild. Und dann kamen sie auf einmal und ganz direkt mit etwas daher, dass sie und ihre Schwestern immer völlig unvorbereitet traf. Zwar hatte Maria dafür mittlerweile ein Gespür entwickelt, aber trotzdem war sie nie in der Lage, sich zu wappnen, weil man ja nicht wusste,

---

[93] Dialekt: Man weiß noch nichts Genaues.

was es war, was da kommen würde. Es mochte durchaus die endgültige Ablehnung ihres Anliegens sein, aber genauso gut konnte es Walli treffen, die noch immer keine Stellung im Haushalt gefunden hatte. Es war gut möglich, dass man auch sie wegschicken würde, wie einst Helene oder Anna, nach München oder Nürnberg, oder gar noch weiter, Hauptsache in Brot und Arbeit. Die Schwestern hatten sich abendelang über ihre jeweilige Befürchtung unterhalten. Deshalb drückten sie sich nun, mit ihrer Hausarbeit fertig, herum, verunsichert, ob sie den Raum verlassen sollten, oder sich setzen und stricken und abwarten.

Vater Häring nahm ihnen die Entscheidung ab.

„Setz dich her, Maria, wir haben mit dir zu reden!"

Maria fühlte, wie ihr Herz einen plötzlichen Ortswechsel zu vollziehen schien. Es schlug jäh irgendwo in der Nähe ihres Halses. Ihr wurde heiß und kalt zugleich, erst wickelte sie ihre Jacke fester um sich, nur um sie gleich darauf wieder auszuziehen. Sie zog einen Stuhl vom Tisch und ließ sich darauf nieder. Walli tat es ihr gleich, obwohl es klar war, dass sie diesmal nicht Objekt des Gespräches sein würde. Sie schwiegen und warteten.

„Deine Kinder werden einmal katholisch sein!", fing Mutter Häring dann nach einer langen Weile an. Ihr Gesicht verriet eine Anstrengung wie sie ein Holzhacker zeigt, der über drei Ster geschlagen hat. „Unsere künftigen Enkel werden erzkatholisch erzogen werden, wie sich das gehört!"

Maria erhielt, wie von einem Unsichtbaren hinter ihr, einen Schlag ins Genick. Sie rieb es sich mit ihrer Hand, so schmerzvoll spürte sie die Verkrampfung ihrer Muskeln. Ihre Augen waren weit und ohne Ausdruck, so leer wie ihr Kopf. Ihr Hirn war nicht in der Lage, das, was ihre Mutter gesagt hatte, weiter zu verarbeiten. Es wiederholte immer wieder in Schleifen diesen letzten Satz und das mit großer Betonung auf dem Wort ,erzkatholisch'.

„Seit Generationen sind unsere Familien katholisch", fuhr ihre Mutter indes stoisch fort. „Die von deinem Vater und auch die meine. Und das soll auch so bleiben!"

Der Onkel hat also nichts ausrichten können, dachte Maria mit erzitternden Beinen wie unter einem Erdbeben. Ihre Knie schlotterten wie unter Strom gesetzt, gleich, wie sehr sie auch versuchen mochte, sie stillzuhalten. Sie fühlte, wie alle Farbe aus ihrem Gesicht wich, so kalt und steif, geradezu leblos fühlten sich ihre Glieder an. Ihre Lippen vibrierten wie vor Kälte. Ihre Hände wurden eisig feucht als hätte sie hohes Fieber. Instinktiv griff sie wieder nach ihrer Jacke und legte sie sich über ihre Schultern.

„Jawohl, katholisch."

Diese Bestätigung kam von ihrem Vater, an seiner Zigarre paffend. Er stieß eine Wolke Rauch aus und wiederholte wie ein Echo: „Katholisch."

„Alles andere kommt nicht in Frage!", ergänzte die Mutter mit der Bestimmtheit einer unumstößlichen Tatsache.

Maria sackte ganz in sich zusammen. Warum hatte sie sich überhaupt dieser dummen Hoffnung hingegeben? Es war doch abzusehen gewesen, dass ihre

Eltern niemals in die Ehe mit einem Protestanten einwilligen würden. Nicht, nachdem, wie diese in Bezug auf ihre ältere Schwester Anna reagiert hatten. Wie hatte sie nur denken können, dass sie bei ihr anders entscheiden würden? Wie einfältig musste man sein, um sich so einer Träumerei hinzugeben! Sie hatte damit den Schmerz nur hinausgeschoben, hatte sich selbst belogen, hatte sich eingeredet, dass sie später leichter leiden würde. Aber das war nicht der Fall. Der Schmerz in ihrem Herzen wütete heftiger denn je. Sie fühlte sich wie ein Kind, dem man eine Süßigkeit hinhält, nur um sie ihm sofort wieder zu entreißen. Der Verlust der Süßigkeit schmerzt, auch wenn man sie nie besessen hat. Ihre Hoffnung auf ein Leben mit Fritz und dass sie dafür sogar ihren Onkel eingespannt hatte, das alles war nicht nur unglaublich einfältig von ihr gewesen, sondern auch unachtsam. Sie war unbegreiflich fahrlässig mit ihrem Herzen umgegangen.

„Ist dein Hochzeiter überhaupt noch interessiert?", forschte Vater Häring in ihre Selbstzerfleischung hinein.

Maria schüttelte den Kopf, ohne recht zu wissen, dass sie das tat. Nicht, weil sie die Frage verneinen wollte, sondern weil die Unterstellung so ungeheuerlich war. Wenn ihr Vater sie damit trösten wollte, weil er hoffte, dass Fritz gar nicht mehr auf sie wartete, dann irrte er! Es linderte die Pein nicht im Geringsten. So ein abwegiger Gedanke! Ihr Kopf schüttelte sich noch einmal wie von selbst, weil ihr ganzer Körper sich gegen das, was nun unzweifelhaft folgen würde, wehrte, weil sie bewusst überhaupt nicht mehr zu folgen in der Lage war, was an Worten gesprochen wurde.

„In dem Fall brauchen wir ja gar nicht weiterreden", griff ihr Vater nach dem Tabakbeutel, schaute überlegend hinein, ob der Inhalt es noch hergab, die Pfeife nachzustopfen.

„Siehst du! Der Herrgott hat die Sache ganz im Sinne der Religion geregelt."

Das war nun der tatsächliche Versuch der Mama ihre Tochter zu trösten. Seltene Worte aus deren Mund, wenn auch gänzlich ungeeignet, das Werk zu vollbringen. „Wenn er dich wirklich gerngehabt hätte, dann hätte er schon gewartet!"

Maria schreckte auf wie aus einem bösen Traum, fühlte sich genötigt, Fritzens Ehre zu verteidigen. Das verdiente er nun wahrlich nicht, dass man ihm vorwarf, er hätte zu wenig Geduld bewiesen.

„Aber er wartet doch! Er ist sogar extra vor ein paar Wochen noch einmal gekommen, und hat gemeint, dass er nicht eher wieder geht, bis ich endlich ‚ja' sage, weil er nicht verstanden hat, dass das doch nicht geht, nicht hat verstehen mögen, er war doch im Krieg, da verlieren die Männer den Blick für solche Sachen völlig, und deshalb hat er es halt weiter so hartnäckig versucht, deshalb hat er ja nicht auf mich gehört, und weil … "

Maria musste aufhören zu reden. Noch ein Wort mehr und sie wäre in Tränen ausgebrochen. Haltlos. Sie schnappte nach Luft wie ein Karpfen, den man gerade aus der Wässerungswanne nahm.

„Ist er denn immer noch da?", verwunderte sich der Vater und ließ seine Pfeife einen Moment in den Schoß sinken.

„Nein, ich habe ihn doch weggeschickt, nach Hause, weil ...". Wieder unterbrach sie sich selbst. Diesmal jedoch, weil sie nicht zugeben wollte, dass sie mit dem Onkel gesprochen und ihn sogar um Hilfe angefleht hatte. Sie musste ihm dankbar sein, durfte ihm keinesfalls Ärger mit seiner Schwester heraufbeschwören. Außerdem konnte es leicht sein, dass diese dann erst recht böse wurde, wenn sie verstand, dass Maria hinter ihrem Rücken den Onkel um Hilfe gebeten hatte.

„Woher weißt du dann, dass er noch wartet?", verhörte sie ihre Mutter argwöhnisch, und als Maria nicht gleich antwortete, wiederholte sie die Frage mit einem einzigen Laut: „He?"

„Er schreibt mir noch", gestand Maria kleinlaut mit hängendem Kopf. Wozu lügen, dachte sie, überschwemmt von einer Erschöpfung, die ihr jede innere Regung raubte.

„So." Das kleine Wort kam abgehackt wie ein Schlusspunkt aus dem Mund ihres Vaters. Diese zwei Buchstaben in dieser Weise ausgesprochen, konnten so viel bedeuten: Verwunderung, Geringschätzung, Zweifel, Argwohn, ja sogar Zustimmung, es hing ganz von der Nuance der Betonung ab. Aber in diesem Moment war Maria nicht fähig, diese urbayrische Botschaft richtig zu entschlüsseln.

„Na, dann schreibst ihm halt jetzt, dass er herkommen soll. Wir haben mit ihm zu reden!"

Maria hob ihr Antlitz wie beim Gebet vor der Statue ihrer Namenspatronin in der Pfarrkirche. Sie schaute von ihrem Vater zu ihrer Mutter und wieder zu ihrem Vater und wieder zu ihrer Mutter.

Walli war bisher wie ein Schatten mit stiller Miene am Tisch gesessen. Doch nun hob auch sie irritiert die Augenbrauen.

„Unter der Bedingung, dass eure Kinder katholisch erzogen werden, – und die Bedingung ist unabdingbar! – hast du, in Gottes Namen, unseren Segen. Schreib ihm das!"

***

Ida fiel ihrer Schwester um den Hals.

„Jetzt hat er es doch noch geschafft, dich aus dem Kloster hierherzuholen!", scherzte sie unter Tränen. „Wer hätte gedacht, dass Vater zu solchen Mitteln greifen würde?"

Martha senkte ihr Augenspiel auf ihre Schuhe und lächelte milde über diesen schwarzen Humor, der für Ida schon immer typisch gewesen war. Sie konnte in den unpassendsten Momenten unglaublich treffende Dinge sagen, und dabei auch noch witzig sein.

Martha war in ihrem einfachen Reisekleid gekommen, in dem sie damals abgereist war. Sie war blass, aber nicht mehr ganz so schmal wie bei ihrer Abreise. Die Blässe mochte der Trauer geschuldet sein, oder aber dem Mangel an Sonnenlicht, aber da die meisten Menschen in diesen Tagen so daherkamen, fiel das nicht weiter ins Gewicht. Auf den ersten Blick hatte Martha auf Ida sehr verändert gewirkt, aber Ida konnte nicht genau sagen, was es war. Etwas an ihrer Schwester war jedenfalls anders. Vielleicht war es ihre Art zu sprechen? Sie redete leise und irgendwie gleichmäßig im Tonfall, unterbrochen von langen Überlegungen, bevor sie etwas von sich gab.

Während Achilles umgehend aus der Schweiz gekommen und bereits seit zwei Tagen da war, war Martha erst jetzt, am Morgen der Beisetzung gekommen, obwohl sie gerade mal an die siebzig Kilometer zurückzulegen hatte.

Die letzten Tage waren für Ida schier unerträglich gewesen, und die Anwesenheit ihres Bruders hatte ihr sehr geholfen. Er hatte sich um alles Formelle gekümmert. Als Sohn war er reinweg der Alleinige, der das tun konnte. Lissy hatte den ganzen Tag geweint, und wenn sie eine Pause eingelegt hatte, hatte der kleine Walty losgelegt. Ihre Mutter hatte sie nicht trösten können, so war es an Ida gewesen, sich um die jüngeren Geschwister zu kümmern. Frau Heym war in eine Form der Apathie verfallen. Sie saß stundenlang herum, schaute vor sich hin, betrachtete Gegenstände, als hätte sie sie nie zuvor gesehen, sprach nicht einmal mehr mit den Dienstboten. Auch das hatte Ida übernehmen müssen. Das Gesicht von Frau Direktor Heym hatte Farbe und Konsistenz von gelblichem Wachs angenommen, keine Regung war darin zu finden. Nur hin und wieder blitzten ihre Augen abgebrüht auf, der Kern der Bosheit war also noch am Leben. Er versteckte sich nur hinter einer Maske. Ida nahm ihr die Trauer nicht ab. Sie war gewappnet, dass sich ihre Rohheit schon wieder zeigen würde, im rechten Moment, wenn die Angelegenheit erledigt sein würde, die gesellschaftlichen Konventionen bedient, ihr Mann unter der Erde.

Martha ließ sich bei einer Tasse Tee und viel Tränen, die beide immer wieder in ihrem Gespräch unterbrachen, in der Küche erzählen, was geschehen war. Sie hörte sich alles still an. Sie interessierte sich für die medizinischen Details, aber dazu konnte Ida nicht viel sagen. Herzinfarkt, hatte der Doktor festgestellt, und erklärt, dass sein Herz seine Schwachstelle gewesen sei. Er hätte ihm schon vor einem Jahr gesagt, er müsse die Dinge etwas langsamer angehen. Aber das sagten Ärzte gerne, wenn sie nichts anderes zu diagnostizieren wussten. Was machte das auch für einen Unterschied? Tod war Tod. Die Ursachen dafür genau zu kennen, erweckte ihn auch nicht wieder zum Leben.

Ida hatte nach dem ersten Schock nur noch funktioniert, war des Abends erschöpft ins Bett gefallen. Das Versorgen der jüngeren Geschwister, die Organisation aller nötigen Dinge, das völlige Ausfallen ihrer Stiefmutter in dieser Situation, die Formalitäten der Beisetzung, die zahllosen Beileidsbekundungen der Nachbarn, der Kirchengemeinde, Geschäftsfreunde, der Stadt, Bekannten und Verwandten, die man alle hatte informieren müssen, hatten sie und ihren

Bruder rund um die Uhr gefordert. Es war keine Zeit gewesen, sich ihrer eigenen Trauer zu widmen. Und das war gut so gewesen! Denn sie ahnte, dass das, was aus der Tiefe ihrer Brust empordringen wollte, zu bedrohlich war, als dass sie dem freien Lauf lassen durfte. Doch die Tränen ihrer Schwester, die Tränen einer trauernden Tochter, der besseren Tochter, die den sie liebenden Vater verlor, berührten das Vorhängeschloss dieser verdrängten Emotionen nun auf beunruhigende Weise.

Ida schaute zur Wanduhr. Das laute, gleichmäßige Ticken zählte stoisch die ablaufenden Sekunden der Lebenden. Ida hasste dieses einsame Geräusch in der Stille, das so deutlich die verrinnende Lebenszeit kundtat. Das hatte sie schon als Kind bedrückt, als sie noch nicht mit dem Tod konfrontiert worden war. Für ihren Vater tickte sie jetzt nicht mehr. Für ihre Mutter schon länger nicht. Nun waren beide Eltern tot. Die Uhr ging fast zehn Minuten nach, so als wollte sie Zeit schenken. Immer wieder hatte Ida dieser Heidi angeordnet, dafür Sorge zu tragen, dass die Uhr richtig ging. Aber die schien das wenig zu kümmern. Nie zeigte diese Uhr die präzise Stunde, sie ging immer entweder zu schnell oder zu langsam.

„Wir müssen los", erhob sie sich, nicht zuletzt, um der Verfolgung dieses Tickens zu entfliehen. „Komm!"

Martha wischte sich vergeblich die Tränen aus den Augen. Sie hatte mit Fassung zugehört, doch nun weinte sie haltlos.

„Es tut weh, weil ich mich nicht verabschieden konnte", erläuterte sie ihrer Schwester und erhob sich so mühsam, als wäre sie durch ein gespenstisches Band an den Stuhl gefesselt. „Weißt du Ida, daran habe ich nicht gedacht. Das wird jetzt immer so sein: Ich werde mich nie mehr von jemandem außerhalb des Klosters verabschieden können. Die Regeln der Dominikaner sind sehr streng."

Ida schwieg. Der Tod nimmt, das Leben gibt, dachte sie, aber ohne Hoffnung oder Trost zu empfinden. Dazu war sie selbst zu sehr aus dem Gleichgewicht. Es war nur ein Gedanke. Wie widersprüchlich das Leben doch sein konnte! Möglicherweise war dieser Schicksalsschlag nun der Anlass für ihre Schwester, ihre Entscheidung noch einmal zu überdenken? Dadurch würde dieser Tod sogar Sinn erlangen.

Achilles stand bereits in Mantel und Hut auf dem Korridor und wartete vor der Garderobe, wie einst ihr Vater dort immer den Mantel angelegt, den Hut aufgesetzt und seinen Stock genommen hatte, wenn er in die Brauerei gegangen war. Hinter einer Tür hörte man die Kinderfrau, die manchmal ins Haus kam, um mit den jüngeren Geschwistern zu helfen. Sie war dabei die Jüngeren auf den Gang zum Friedhof vorzubereiten.

Martha wischte sich die Tränen aus dem Gesicht, hob den Kopf und gesellte sich zu ihrem Bruder. Ida folgte ihr schweigend.

Im gleichen Moment rauschte Frau Direktor Heym, die ihre lethargische Haltung ganz offensichtlich rechtzeitig zur Beerdigung abgelegt hatte, von der anderen Seite des Korridors heran. Achilles öffnete die Tür für die Damen. Das Mädchen war bereits zum Friedhof gelaufen, wo sie mit anderen Dienstboten der Nachbarschaft im Hintergrund an der Beisetzung teilnehmen würde. Sie ging freilich nicht mit der Familie.

„Es ist alleine deine Schuld!"

Der Satz fiel in ihrem Rücken, als Ida und Martha an Achilles vorbei hinaus in das Stiegenhaus traten. Die drei Geschwister schauten sich, wie Soldaten bei einem militärischen Kommando, gleichzeitig um zu ihrer Stiefmutter. Diese stand, wie der Sensenmann selbst, schwarz in schwarz, im dunklen Flur der Wohnung – das Licht hatte sie bereits ausgeknipst – und rührte sich nicht von der Stelle.

Jeder der Heym-Nachkommen fühlte sich angesprochen. Keiner von ihnen war in der Lage, zu reagieren. Die Anklage war in diesem unscheinbaren Moment so unerwartet gekommen, dass sie wie von Donner gerührt waren. Wie bei einem Duell standen sich die Kontrahenten drei zu eins, Auge in Auge regungslos gegenüber.

Dann tat Frau Direktor Heym einen Schritt aus dem Dunkel nach vorne, blieb in der offenen Tür stehen. Gerahmt von diesem Hauseingang, der Zeit ihres Lebens der Zugang zu dem sicheren Nest ihrer Kindertage für die Geschwister gewesen war und nun in andere Hände übergehen würde, verharrte die Witwe wie ein Britischer Wachsoldat vor dem Buckingham Palast in seinem Kabäuschen. Die Drei standen davor wie unerwünschte Besucher.

„Es hat ihn umgebracht! Du hast ihn auf dem Gewissen!" Ihr Arm fuhr waagrecht nach vorne, ihr Finger zeigte spitz auf eine Person, ihr Gesichtsausdruck war verzerrt. „Du, mit deiner Eigensucht und Gewissenlosigkeit! Er hat euch alle drei viel zu sehr verwöhnt, und nie habt ihr es ihm gedankt! Aber du! Du hast es auf die Spitze getrieben! Du hast seinen Tod verschuldet! Zu konvertieren! Das hat ihm den Todesstoß versetzt!"

**

Während der gesamten Dauer der Totenmesse war Ida immer verspätet bei der Sache. Die Botschaften des Pastors erreichten ihr Bewusstsein nur in Fragmenten, meistens dann, wenn er nicht mehr sprach, in den Gesang stimmte sie erst bei der dritten Strophe ein, das Vaterunser murmelten ihre Lippen völlig eigenständig. Sie starrte auf den blumengeschmückten Sarg und konnte immer wieder nur eines denken: Das hätte ihr Vater nicht gewollt.

Nie hätte er Martha für seinen Tod verantwortlich gemacht sehen wollen. Er hätte ihr, Ida, die Schuld aufgebürdet, so, wie Ida es selbst auch erwartet hatte. Sie war reglos dagestanden, auf dem Treppenabsatz, einen Fuß bereits auf der ersten Stufe nach unten, hatte die Ausführung der Beschuldigung gehört und fest damit gerechnet, dass es sie treffen würde. Nicht Achilles, den Sohn, der als männlicher Nachkomme anderen Gesetzen unterlag. Nicht Martha, die vom Vater geliebte Tochter, der die Stiefmutter zu Lebzeiten ihres Mannes nie die

Grobheit entgegenzubringen gewagt hatte, mit der sie Ida stets gestraft hatte. Ida war die einzig mögliche Schuldige gewesen. Ida.

Und dann hatte es Martha getroffen. Das Erstaunen darüber war auch ihren Geschwistern anzusehen gewesen, und war es noch. Es schien sie im Mark erschüttert zu haben. Auch das wäre nicht im Sinne ihres Vaters gewesen.

Postkarte aus dem Jahr 1869 der evangelischen Kirche in Neumarkt i.d. Opf.

Überwältigt von diesem jüngsten Ereignis, saß sie wie betäubt in ihrer Bank neben ihren Geschwistern und starrte auf den Sarg. Dort drin lag ihr toter Vater. Tot. Für immer fort. Es war nicht zu begreifen, aber dennoch wahr. Dass Martha dafür die Verantwortung tragen sollte, das war natürlich Unsinn. Ida schielte auf ihre Schwester, die neben ihr in der Bank mit gesenktem Kopf kauerte und unaufhörlich damit beschäftigt war, sich Augen und Nase zu putzen, weil sie mehr Tränen vergoss als das Tuch aufnehmen konnte. Ida drückte ihr kurz tröstend den Arm. Ihre Stiefmutter hatte Martha Salz in die offene Wunde gestreut, sie mit dieser ungeheuren Behauptung mit dem belastet, was nur Gottes Verantwortung sein konnte. Bestimmt war auch das der Grund dieser fortwährenden Tränenflut.

Und doch, wandte Ida wieder den Blick auf den Sarg, vielleicht war etwas Wahres an dieser bösen Anschuldigung? Marthas Entscheidung hatte ihren Vater hart getroffen, das hatte sie selbst gesehen, als sie ihm die schlechte Botschaft hatte überbringen müssen. Er war damals völlig in sich zusammengefallen und nun war er daran vielleicht zu schnell zugrunde gegangen? Nicht nur das Leben war paradox, der Tod beinahe noch mehr! Das, was ihm womöglich das Leben gekostet hat, hätte vielleicht der eine Wendepunkt in ihrer eigenen Beziehung zu ihrem Vater werden können! Doch nun war er fort. Für immer. Nie mehr würde sie erfahren, ob er nach dem ersten Schock über die Entscheidung ihrer Schwester nicht doch noch Wertschätzung für seine zweite Tochter hätte entwickeln können.

Mit diesem Gedanken heulte Ida so laut auf, so dass sich nicht nur die Augen des Pastors auf sie richteten, der für einen Moment sogar in seiner Rede innehielt, sondern auch die vieler anderer in der Kirche. Diesmal war es an Martha, ihr den Arm um die Schulter zu legen. Beide schluchzten gemeinsam, wenn auch aus unterschiedlichen Gründen.

Von der Empore erklang das Solo einer Bach-Sonate, ein Lieblingsstück ihres Vaters. Gottfried spielte wunderbar. Nie zuvor hatte Ida wahrgenommen, wie begabt er war. Fehlerfrei war selbstverständlich, aber da war etwas in diesem Musikvortrag, das mehr ausdrückte. Jeder Ton war wie tiefes Mitgefühl, als spiele er nur für sie. Ida hatte Gottfried seit dem Tod ihres Vaters nicht mehr gesehen. Diese Melodie war das Erste, was sie von ihm seitdem hörte. Es kroch unter ihre Haut, drang durch ihr Fleisch, bis hin zu dem Ort im Körper, wo Zuneigung und vielleicht sogar so etwas wie keimende Liebe seinen Platz hatte.

Mit gesenktem Kopf saß sie in der Kirchenbank und ließ die Töne auf ihr Haupt rieseln. Endlos hätte sie so sitzen können. Endlos sich von dieser Musik umschmeicheln lassen, endlos weinen.

Als der letzte Takt verhallte, hob sie den Kopf, griff in ihre Manteltasche und zog den Ring hervor. Sie hatte das Schmuckstück stets in der Tasche mit sich getragen, nur für den Fall einer plötzlichen Gewissheit folgend, ihn vielleicht schnell zurückgeben zu können.

Sie steckte den Ring an ihren Finger.

Gottfried Schuler zu Beginn des 1. Weltkrieges als Soldat;

Nachwort

Am 31. Juli dieses Jahres, nach der einundsiebzigsten Sitzung der Nationalversammlung, wurde die Weimarer Republik ausgerufen, die Verfassung verabschiedet. Am 11. August unterzeichnete Reichspräsident Friedrich Ebert in Schwarzburg, knapp 80 Kilometer von Weimar entfernt, die neue Verfassung. Sie schrieb die Gewaltenteilung eines demokratischen Staates vor und sicherte ihren Bürgern bedeutende Grundrechte zu, darunter die Pressefreiheit und die rechtliche Gleichstellung von Frauen.

Im Ersten Weltkrieg, der von 1914 bis 1918 andauerte, kamen rund 17 Millionen Menschen um. Die Spanische Grippe, die 1918 plötzlich auftrat und bis 1920 weltweit wütete, sogar in Inuitdörfern und auf Samoa, raffte je nach Schätzung 20 bis mehr als 100 Millionen Menschen dahin. Es waren auffällig viele junge Frauen darunter.

Die Ereignisse des Jahres 1918 legten den Grundstein für Vieles, was in den Folgejahren geschehen sollte;

206

Anmerkungen zum Roman

Der Roman basiert auf Tatsachen und wirklichen Ereignissen. Die Geschichten könnten sich in Details so oder ähnlich abgespielt haben. Die Figuren sind, obwohl sie auf reale Personen zurückgehen, fiktionale Geschöpfe. Die Ereignisse der Familien stammen aus überlieferten Erzählungen und Fotografien, Daten aus dem Geburts- und Sterberegister, bzw. aus Quellen, die unter „Quellen" genannt sind. Die Namen der Protagonisten, der Freundin Hilda und der jüdischen Familien, der öffentlichen Personen der Stadt Neumarkt sind authentisch, andere Namen von Nebenfiguren sind teilweise frei erfunden. Aus Gründen einer flüssigen Erzählung wurden folgende Änderungen und Ergänzungen vorgenommen.

o   Manche Ereignisse der Familien Heym und Häring wurden aus erzähltechnischen Gründen zeitlich verschoben.

o   Familie Heym lebte nicht in Neumarkt i.d. Opf, sondern in Fribourg, Schweiz. Familie Schuler lebte in Augsburg. Die Familien Heym und Schuler lernten die Familie Häring nicht, wie im Roman geschildert, durch die Arbeit im Lazarett kennen, sondern erst später, nach dem 2. Weltkrieg.

o   Der Name der Tante Geneviève ist frei erfunden; der wahre Name der Tante ist nicht mehr bekannt. Jedoch bestand tatsächlich die innige Beziehung zwischen den Nichten und der Schwester der Mutter von Martha und Ida Heym.

o   Das einzige damals erbaute Haus in der Wiesenstraße in Neumarkt war später von der jüdischen Familie Haas bewohnt, nicht wie im Roman angegeben von der Familie Schuler.

o   Das Konzert im Lazarett zu Silvester 1917 ist ein Element des Romans. Es ist jedoch überliefert, dass Gottfried Schuler zu Kriegszeiten für Soldaten im Feld Violine gespielt hat.

o   Ida lernte Gottfried nicht durch die lutherische Kirche kennen, wie im Roman geschildert, sondern in Augsburg, wo sie und Martha in einem Mädchenpensionat zur Schule gingen. Gottfrieds Familie Schuler wohnte in derselben Straße des Internats.

o   Die Kinovorstellung im Drei-Mohren-Kino in Neumarkt im Jahre 1918 entspricht den Tatsachen, der Zusammenhang zwischen diesem Ereignis und der kurz daraus ausbrechenden Grippewelle im ganzen Land – und auch in Neumarkt – ist nicht nachweisbar, nach den Erfahrungen 2021 liegt die Vermutung jedoch nahe.

o   Das Motiv der Martha Heym für den Eintritt in ein Kloster ist nur vage bekannt. Aus Erzählungen von Ida Heym ist jedoch überliefert, dass die Entscheidung ihrer Schwester mit einem im Krieg gefallenen Verlobten eng verbunden war. Ob eine Schwangerschaft vorlag, ist unbekannt.

o   Die Verlobung von Hilda und Emanuel Hahn fand ungefähr in diesen Jahren im Rahmen der jüdischen Gemeinde statt, und nicht im Lazarett, wie im Roman geschildert. Maria Häring kannte Hilda zwar, die geschilderte enge Freundschaft zwischen den beiden Frauen ist jedoch ein Romanelement, das stellvertretend für gesellschaftliche Beziehungen zwischen Juden und Deutschen stehen soll.

o   Es ist nicht bekannt, wie lange die Schwiegermutter von Anna von der Sitt lebte. Die Konflikte zwischen Anna und ihrer Schwiegermutter im Roman sind Fiktion. Sie sind stellvertretend für viele Generationenkonflikte der Zeit, als es üblich war, dass die Schwiegertöchter die Alten auf dem Hof versorgen mussten und häufig schlecht behandelt wurden. Es ist nicht überliefert, woran Frau von der Sitt gestorben ist.

o   Der Lazarettleiter Doktor Grundler starb im Kriegsjahr 1918, jedoch vermutlich nicht an der Spanischen Grippe. Die Figuren im Roman, die der Spanischen Grippe zum Opfer fallen, stehen stellvertretend für die vielen zivilen Toten der Pandemie. Maria Häring, spätere verheiratete Naubert, hatte ihren Kindern davon immer wieder erzählt.

o   Helenes Brief aus München über die Tage der Räterepublik und die dortigen Kämpfe ist ein Romanelement. Es entspricht jedoch der Wahrheit, dass Helene im Hotel Elefant in München gearbeitet hat.

o   Die Ortschaft Hemau besitzt keinen Bahnhof, wie im Roman geschildert; es besteht nur eine Busverbindung.

Stammbaum der Familien

Familie Häring um 1920

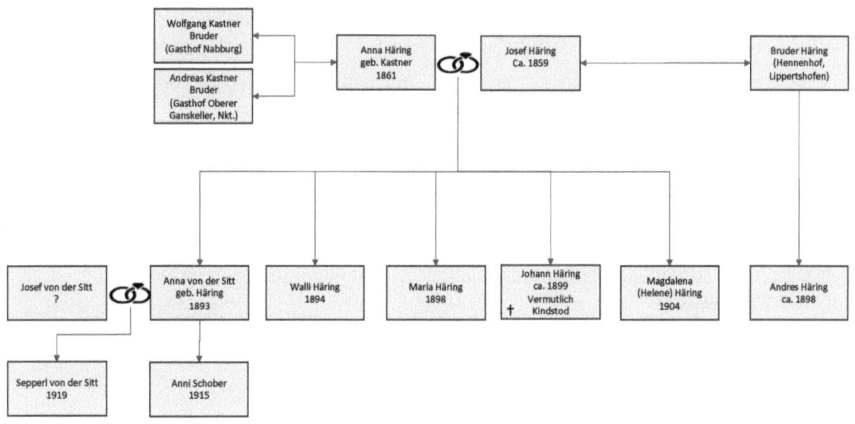

Familie Heym um 1920

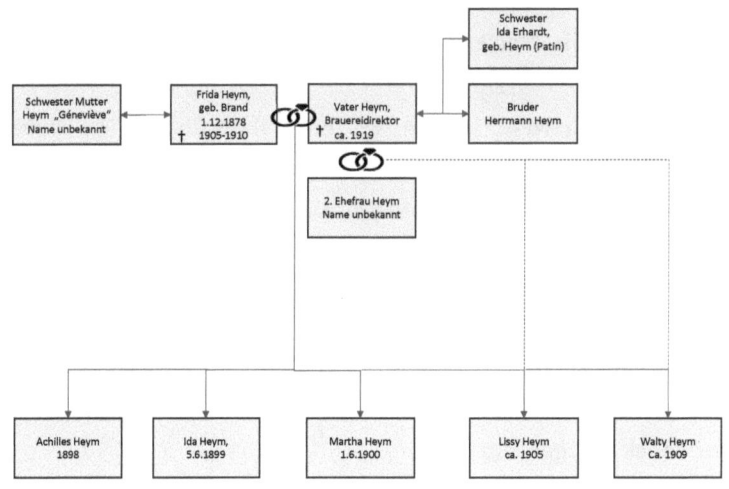

Quellen

Schilderungen und Zitate im Lazarett und zur Spanischen Grippe sind folgenden Quellen entnommen:

o   Paula Schlier; „Petras Aufzeichnungen - Konzept einer Jugend nach dem Diktat der Zeit"; Otto Müller Verlag.

o   Artikel von Thomas Weber; Experte für den Ersten Weltkrieg. Quelle: University of Aberdeen

o   Helen Wiedmaier unter Leitung: Prof. Doktor Birgit E. Klein, Doktor Susanne Bennewitz; „Jüdische Krankenschwestern im 1. Weltkrieg, Tagebucheinträge von Rosa Bendit".

o   https://www.ardalpha.de/wissen/gesundheit/krankheiten/spanische-grippe-influenza-virus-pandemie-106.html

o   https://de.euronews.com/2020/09/28/wie-starker-regen-und-kalte-die-spanische-grippe-1918-beeinflusst-haben

***

Gottfrieds Brief von der Front ist folgender Quelle entnommen:

o   Ein rheinisches Tagebuch 1914-1918:
    https://archivewk1.hypotheses.org/48811#more-48811

***

Die Geschichten und Hinweise über jüdische Familien in Neumarkt sind folgenden Quellen entnommen:

o   Jüdisches Leben in Neumarkt und Sulzbürg; Hans Georg Hirn, Historischer Verein Neumarkt

o   https://stolpersteine-guide.de/map/biografie/2276/familie-hahn-oberer-markt-5

***

Fotografien und Illustrationen entstammen neben privaten Bildern folgenden Quellen:

o   Historischer Verein für Neumarkt und Umgebung;
    https://hv-nm.de/links/

o   Shutterstock Fotogalerie;

o   Gemeinfreie Fotos:
    https://commons.wikimedia.org;

o   Russische und deutsche Soldaten tanzen:
Bundesarchiv, Bild 183-S10394 / CC-BY-SA 3.0, CC BY-SA 3.0 de,
https://commons.wikimedia.org/w/index.php?curid=5369279;

o   Fotos der Bayrischen Räterepublik:
Artikel Räterepublik; WajKoenitz; CC BY-SA 4.0,;
https://commons.wikimedia.org/w/index.php?curid=51607883;
Märzunruhen:
https://weimar.bundesarchiv.de/WEIMAR/DE/Content/Virtuelle-Ausstellungen/Raete-Re-volution-Republik/maerzunruhen_1919.html;
Lastwagen mit Revolutionären in München: Von Bundesarchiv, Bild 146-1992-092-04 / CC-BY-SA 3.0, CC BY-SA 3.0 de,
https://commons.wikimedia.org;
Einmarsch Reichswehr Marienplatz in München: Von Bundesarchiv, Bild 146-1977-087-14 / CC-BY-SA, CC BY-SA 3.0 de,
https://commons.wikimedia.org;
Weißgardisten rücken in München ein:
https://commons.wikimedia.org/w/index.php?curid=5483887;
Eisendreher Johan Lehner vor seiner Ermordung:
Bundesarchiv, Bild 146-2004-0048 / CC-B>-SA 3.0 de.;

***

Geschichtliche Hinweise und Zitate sind folgenden Quellen entnommen:

o   „Höhenrausch", Das kurze Leben zwischen den Kriegen; Harald Jähner; Rowohlt Verlag, Berlin; 2022;

o   Inhalte über die Ermordung Kurt Eisners wurden folgender Quelle entnommen:
https://www.welt.de/geschichte/article189020253/Attentat-auf-Kurt-Eisner-1919-Rechte-hassten-Bayerns-Regierungschef.html;

o   Andere Inhalte wurden folgenden Quellen entnommen:

https://www.zeit.de/zeit-geschichte/2017/02/1917-europa-19-jahrhundert-krieg-revolution-russland

https://kpbc.umk.pl/Content/261423/Czasopisma_265_POWER_03_02_nr_330.pdf - Wilnaer Zeitung; 2. Dezember 1917,

https://www.dhm.de/lemo/kapitel/erster-weltkrieg/kriegsverlauf/fruehjahrsoffensive-1918.html

Stadtarchiv Neumarkt i.d. Opf: https://stadtarchive-metropolregion-nuernberg.de/das-neumarkter-tagblatt-im-ersten-weltkrieg-ein-erschliessungsprojekt/

https://chroniknet.de/extra/was-war-am/?ereignisdatum=31.12.1917

Innenpolitik in Bayern unter König Ludwig III: https://www.hdbg.eu/koenigreich/index.php/themen/index/herrscher_id/4/id/61

Die Bayrische Räterepublik in Neumarkt: https://www.mittelbayerische.de/region/neumarkt-nachrichten/neumarkt-in-der-raeterepublik-21102-art1722100.html

o   Die Schlacht um München; Webseite des DGB, Region München:
https://muenchen.dgb.de/themen/++co++c66c02aa-d3e7-11e0-4d2e-00188b4dc422
https://www.historisches-lexikon-bayerns.de/Lexikon/Wei%C3%9Fer_Terror,_1919

***

Andere Inspirationen, Schilderungen aus Krieg, gesellschaftlichen Lebens, Zitate wurden in Anlehnung an folgende Literatur verarbeitet:

o   Unda Hörner; „Das Jahr der Frauen 1919"; Verlag Ebersbach & Simon.

o   Erich Maria Remarque; „Drei Kameraden"; KiWi Verlag.

o   Sandor Marai; „Bekenntnisse eines Bürgers"; Piper Verlag.

o   Bertold Brecht; „Dreigroschenroman"; Suhrkamp Taschenbuch.

o   Stefan Zweig; „Ungeduld des Herzens"; Fischer Verlag.

o   Marguerite Yourcenar; „Der Fangschuß"; Süddeutsche Zeitung Bibliothek.

***

Danksagung

Großen Dank an viele Zeitzeugen und deren Nachkommen, die private Ereignisse und Fotos für diese Romanserie zur Verfügung gestellt haben, und die Erlaubnis gaben, persönliche Erfahrungen der Familie in dieser Buchserie zu verarbeiten.

Meiner Schwester Nicola Lahner, geb. Naubert danke ich für die Hilfe bei der Recherche im Kirchenregister zu fehlenden Familiendaten, sowie für historische Aufnahmen aus St. Johann und Neumarkt.

Herzlichen Dank gebührt besonders Herrn Dr. Präger des Historischen Vereins Neumarkt, der mit Informationen und Bildmaterial meine Recherchen immer wieder intensiv unterstützt hat.

Das Schicksal der besseren Schwester
Buch 1 (1916-1917)
Das Erbe der Frauen

Taschenbuch/E-Book
ISBN: 9798854867443

Illustrierte Ausgabe/E-Book
ISBN: 9783769368482

Im Jahr 1916 sind Ida Heym und Maria Häring knapp achtzehn Jahre alt. Es ist das Einzige, das sie gemeinsam haben. Denn beide Mädchen wachsen in verschiedenen Welten auf, obwohl sie in derselben Stadt und in derselben, sich rasant verändernden Zeit leben. Ida, die Bürgerstochter aus wohlhabendem Hause hat wenig mit der Bauerntochter Maria zu tun. Und doch kreuzen sich ihre Wege durch die Wirren des Ersten Weltkrieges. Die jeweiligen Schicksale ihrer geliebten Schwestern vor Augen, deren Leben in jeweils völlig andere Bahnen gezwungen wird als sie es wünschen, lehrt sie, schnell erwachsen zu werden.

Ehre und Ehrfurcht
Buch 2 (1918 – 1919)
Das Erbe der Frauen

Taschenbuch/E-Book
ISBN: 9798864057810

Illustrierte Ausgabe/E-Book
ISBN: 9783769317664

Im Jahr 1918 sind Ida und Maria knapp zwanzig Jahre alt, ihre Jugend geprägt vom Krieg und einem Leben mit wenig Vergnügungen. Die heimkehrenden Soldaten tragen den Krieg nach Hause. In der Kleinstadt Neumarkt beobachtet man wie aus der Distanz, was im Land passiert. In der Familie Heym wächst die Angst einer Entwicklung wie in Russland, während Familie Häring den Zusammenbruch des Königreichs Bayern in Orientierungslosigkeit erlebt. Inmitten dieser wirren Zeiten verliebt sich Maria Hals über Kopf in den Soldaten Friedrich. Ida ist über ihren Verehrer Gottfried zunächst irritiert, dann geschmeichelt, bis sie sich in einer Rolle wiederfindet, auf die sie im Grunde nicht vorbereitet ist.

Zeit der Weichenstellung
Buch 3 (1920-1923)
Das Erbe der Frauen

Taschenbuch/E-Book
ISBN: 9798324636944

Illustrierte Ausgabe/E-Book
ISBN: 9783769317664

Im Jahr 1920 sind Maria und Ida bald 21 Jahre alt. Trotz einiger Neuerungen, die den Frauen mehr Rechte gebracht haben, besteht das Patriarchat fort, die Vormundschaft für die jungen Frauen geht nahtlos vom Vater auf den Ehemann über. In dieser Zeit werden sowohl im Land als auch im Leben der jungen Frauen die Weichen für die Zukunft gestellt. Marias und Fritzens Liebe trotzt allen Widerständen. Sie heiraten. Während Maria lernen muss, sich ihr Glück im Sturm der Ereignisse zu bewahren, wird die Trauung von Ida und Gottfried immer wieder verschoben. Nach einem Streit flüchtet Ida völlig verunsichert in die Schweiz. Der Tod des Vaters raubt ihr die Sicherheit der bürgerlichen Familie. Erst eine Reise nach Berlin bringt endlich die Entscheidung. Die Hochzeitsnacht entpuppt sich dann als eine Komödie.

Erwachen der ewigen Vergangenheit
Buch 4 (1923 - 1932)
Das Erbe der Frauen

Demnächst 2025

Die Jahre der Weimarer Republik sind für Ida und Maria die Jahre der Familiengründung. Doch die goldenen Zwanziger im wilden Berlin spiegeln sich nicht im Rest des Landes wider. Marias und Idas Kinder werden in eine Welt der Unruhen, der harten Arbeit, der aufkommenden radikalen Werte geboren. Während Ida ihr Glück in den ersten Ehejahren kaum fassen kann, erkennt Maria bald, dass sich das Versprechen auf eine bessere Zukunft an der Seite ihres bürgerlichen Mannes nicht erfüllt. Was früher das Dienstmädchen erledigte, ist nun die Aufgabe der Ehefrau. Kaum scheint ein Hindernis überwunden, taucht eine neue Herausforderung auf. Gefangen im herrschenden Patriarchat, steht Maria dennoch wie ein Fels in der Brandung. Doch dann droht ein unerwartetes Ereignis die Familie zu entzweien. Und auch Ida muss feststellen, dass ihr Glück auf wackeligen Beinen steht. Während sie durch eine Fehde mit ihrer Stiefmutter abgelenkt ist, bröckelt unbemerkt das Fundament ihrer Existenz.

Ferner von der Autorin erschienen:

Massimiliano
Dolce Vita auf leisen Pfoten
Buch 1

Taschenbuch/E-Book
ISBN: 9781549894930

Illustrierte Ausgabe/E-Book
ISBN: 978-3748166931

Es scheint ein eigenwilliger, aber liebenswerter Kater zu sein, der sein neues Zuhause bei der deutschen Lisa sucht, die für ihre Firma drei Jahre in Italien arbeiten wird. Doch während die junge Frau nach ihrer Ankunft mit den ersten praktischen und kulturellen Unterschieden zu kämpfen hat, entpuppt sich das kluge Tier als römischer Hausgeist in Designeranzug und Sonnenbrille. Massimiliano verfolgt, ganz Kater, seine eigenen Ziele und setzt dabei, ganz Hausgeist, seine über zweitausend Jahre entwickelten Fähigkeiten geschickt ein, um Lisas Liebesleben nach seinem Gusto zu gestalten. Eine humorvolle Liebeskomödie in Italien mit spritzigen Dialogen über kulturelle Missverständnisse, in welcher ein eleganter Hausgeist als Kater im Designeranzug herumspukt.

Massimiliano
Verliebt in Bella Italia
Buch 2

Taschenbuch/E-Book
ISBN: 9781983344312

Illustrierte Ausgabe/E-Book
ISBN: 978-3748192923

Die bis über beide Ohren verliebte deutsche Lisa ist mit ihrem neuen Leben und ihrer neuen Liebe in Bologna überglücklich, als eine geheimnisvolle Nachricht sie in den Süden des Landes, in das einst durch den Vulkanausbruch verschüttete Pompeji lockt. Während sich dort die Ereignisse überstürzen und Lisa und der charmante *Carabiniere* Marco mit kulturellen Unterschieden in ihrer deutsch-italienischen Beziehung kämpfen, spinnt der *geist*reiche Kater Massimiliano seine Fäden, um die beiden in seine ganz eigenen Pläne zu verwickeln. Eine humorvolle Beziehungskomödie in Italien mit spritzigen Dialogen, in welcher ein eleganter Hausgeist als Kater in Designeranzug herumspukt.

Massimiliano
Rezept für Liebe piccante
Buch 3

Taschenbuch/E-Book
ISBN: 9781796650327

Illustrierte Ausgabe/E-Book
ISBN: 9783734785115

Endlich darf die deutsche Lisa nach dreimonatiger Trennung ihren italienischen Traummann wieder in die Arme schließen. Doch das verliebte Paar kann seine Frühlingsgefühle in Bologna kaum genießen. Eine Überraschung nach der anderen stürmt auf die beiden von deutscher und italienischer Seite ein. Sogar der *geist*reiche Kater Massimiliano kann dem Treiben nicht entkommen, obwohl er selbst gehörigen Anteil an manchem Durcheinander hat. Die frische Liebe wird ernsthaft auf die Probe gestellt. Eine humorvolle Beziehungskomödie in Italien mit spritzigen Dialogen, in welcher ein eleganter Hausgeist als Kater in Designeranzug herumspukt.

Spiele der Tiere
Fabeln für Erwachsene
auf Basis der Spiele-Theorie der
Transaktionsanalyse

ISBN: 9783753435374

**Märchenwelt der
Transaktionsanalyse**
Märchen für Erwachsene
zur Entwicklung
der Persönlichkeit
ISBN: 978-3-7431-6319-5

„Spiele der Tiere" ist eine Sammlung neuer Fabeln für Erwachsene nach der Spiele-Theorie der Transaktionsanalyse (TA). Die Geschichten sind leicht verständlich, kurz und in traditionellem Stil gehalten. Die Erzählungen behandeln ausschließlich das Thema der psychologischen Spiele nach Eric Berne (teilweise auch Gefühlsmaschen). Die Fabeln erzählen anschaulich und verständlich verschiedene Beispiele von typischen Maschen und Spielen Erwachsener, deren vorhersehbares, ungutes Ende, und auch, wie man aus dieser Dynamik aussteigen kann. Sie vermitteln auf diesem Wege eine Botschaft, die der Leser auch ohne Vorkenntnisse der TA auf sich wirken lassen kann.

Diese Sammlung neuer Märchen in traditionellem Stil ist für alle Erwachsenen, die die Entwicklung der Persönlichkeit als einen nie abgeschlossenen Prozess betrachten. Die unterhaltenden Erzählungen basieren auf der Lehre der Transaktionsanalyse (TA) und vermitteln eine Botschaft, die der Leser auch ohne Kenntnisse der TA auf sich wirken lässt. Jede Geschichte ist in sich abgeschlossen. Doch sie fügen sich zu einem großen Gesamtbild zusammen, da sie in einem Königreich spielen und die verschiedenen Figuren in den Märchen immer wieder auftauchen. Die Erzählungen brechen auf sanfte Weise mit traditionellen Rollenvorbildern, ohne die Faszination der historischen Figuren zu verlieren.

Weiß der Kuckuck,
wie der Hase läuft

Tiergeschichten für Kinder
über Streit und Versöhnung

ISBN: 9783753463834

Kleine Feigheiten

Geschichten zum Nachdenken
und Nachfühlen für Erwachsene

ISBN: 9783751972895

Warum transportiert ein Hai einen kleinen Hund auf seinem Rücken? Wer hat jemals ein fleißiges Faultier gesehen? In diesen Geschichten ist es aber so. Und das hat auch alles seinen Grund, auch wenn der nicht immer ein guter ist. Aber die Tiere sind schlau. Sie haben Ideen. Doch vielleicht hast ja auch du noch einen Einfall und kannst ihnen helfen? „Weiß der Kuckuck, wie der Hase läuft" ist ein Kinderbuch zum Vorlesen und Besprechen. Die Fabeln erzählen von Streit zwischen Tieren, wie sie sich wieder versöhnen und daraus lernen. Die Geschichten eignen sich gut, um in Gruppen mit Kindern darüber zu diskutieren. Es geht um Verantwortung für das eigene Verhalten. Die Geschichten sind für Kinder ausgewählte Fabeln aus dem Sachbuch zur Spieletheorie der Transaktionsanalyse „Spiele der Tiere".

Wie würde unser Leben verlaufen, wenn es die kleinen Feigheiten nicht gäbe? Diese Momente, in denen wir davor zurückschrecken zu tun, was richtig ist, wir eine neue Erfahrung zulassen könnten? Wenn wir uns nicht aus einem Impuls heraus ab*schirmen* würden? Wenn wir überlegt und bewusst handeln könnten? Nicht aus abgewogenem Risiko, sondern aus dem Grund, den Mut dafür aufbringen zu können, aus der eigenen Komfortzone zu treten. Dieses Buch ist eine Aneinanderreihung von Kurzgeschichten in den späten siebziger Jahren, zum Nachdenken und in sich gehen, über Personen, die unterschiedlicher nicht sein könnten und doch etwas gemeinsam haben.